Gook man ノート

世界ぜんたいの幸せを

戸田忠祐

TODA Tadasuke

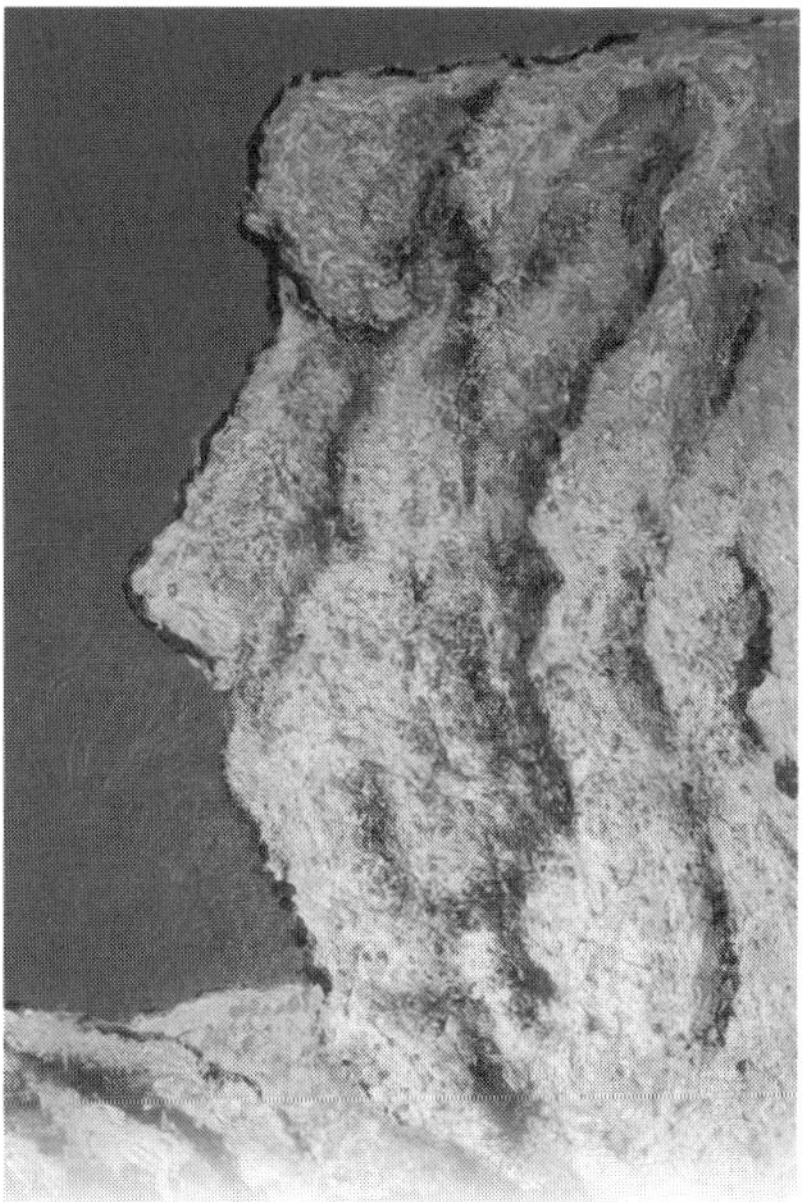

文芸社

はじめに

二〇一八年末に『Gook man ノート』を上梓(文芸社)した。この時、原稿が長大すぎ、後半分を削って前半分だけを副題〝卒寿からの提言〟として送り出した。中身は明治初めから第二次大戦に敗北するまでの史実を、自分の眼で見届けた〝いくさ狂いの日本〟を糺すものとなった。それは「もの狂い」をこの先の時代に引き継がせまいとの願いの結集となった。

前編を出したものの、残った後半を見捨てるには忍びない思いだったのに加えて、後半があることを知った周囲からも追加出版せよとの励ましをいただいたこともあって、慰留していた分を読み返し『Gook man ノート』後編として蘇生させることに漕ぎつけた。

この後編は三本柱にまとめた。

最終の第三章は「〃ネギをうえた人〃を偲ぶ」とし、私が戦後に会った〃人のきずなづくり〃を実践した先輩方にお出ましいただく。皆かさばらずに自然体で「地の塩、世の光」となり、周りへの気配りを忘れず、腕力に依らずに争いを鎮め、和平に貢献された方々だった。年を経たお陰か、私は〃世の横糸〃の大切さを知るようになった。隣近所から隣国同士までを、離反しないように結びつける力はこの〃世の横糸〃しかないと思うようになった。縦軸社会に生きる若者も中年も、懸命に人生の縦糸を括ることで手いっぱいで、人を繋ぐ〃絆〃に気配りする余裕も暇もない。縦社会の仕組みの悲劇である。そんな中にあって〃世の絆づくり〃の役割をするのが朝鮮民話にある〃ネギをうえた人〃と信じたい。〃ネギをうえた人〃の朝鮮民話は本編の中で紹介するとして、幸いにも私の半生で出会った〃世の横糸〃の役割を果たしてきた幾人かの先人の面影を朝鮮民話になぞらえて偲びたいと思う。

第三章に入る前に、整理しなければ収まらなかったのが第一章、第二章である。第一章は敗戦後の庶民が辛酸をなめた日々の記録である。軍国一辺倒の幕が取り払われた時に現れた裸の日本。一九四五年八月を契機に誕生したニュージャパンに向かって一斉に走り出したモンペ姿の日本国を描きたい。十代後半だった私にもこの幕開けは、むき出しの人を見る初体験で、日本の国体に埋もれていた自分に目覚める時でもあった。これが起点になって人を結ぶ信頼という楔にも気づいた。私を覚醒させてくれた歴史の断片と体験を独り占めにせずに、第一章「私の戦後遍歴」としてまとめた。
第二章「私の日本脱出」の始まりは、海の向こうの世界を知りたいという欲求の強まりが基であった。海の向こうにも自分の居場所があるか知りたいとの思いが、日本脱出・国際協力への転身となった。
第三章は、私にとって最も大事である。

副題の〝世界ぜんたいの幸せを〟は賢治の農民芸術概論綱要の序論にある「世界全体が幸福にならないうちは個人の幸福はあり得ない」にあやかったものである。現世には「世界全体の幸福」はないことに心痛める賢治に見習って、後編ではこのテーマを突き詰めて考えたい。私にとっての宮澤賢治は盛岡中学と盛岡高等農林学校に重なる大いなる先輩である。賢治は地球を抜け出し、宇宙の成り立ちを見つめる世界観を持つ、幸福追求論者だったと疑わない。

賢治の世界観に並ぶ想いを持った人格として、ネルソン・マンデラが浮かぶ。マンデラは南アフリカに生まれ、五十歳近くから十八年間も小島の刑務所に収監され服役する。出所後の晩年近く、初の黒人大統領に選ばれる。『自由への長い道　ネルソン・マンデラ自伝』（ＮＨＫ出版）の中で氏は「肌の色、育ち、信仰のちがう他人を憎むように生まれついた人間などない。（人は長じて）憎むことを学ぶ。憎むことが学べるなら、愛することだって学べる」と語る。

マンデラのこの言葉には、山中教授らがつくり出したｉＰＳ細胞が持つ無限な可能性に繋がるものを感じる。この可能性を持った細胞は次第によってはいかなる体組織も補修してくれるという。この万能性はあたかも無垢で生まれた子供が次第によっては愛情深き者にも、その反対者にもなるたとえに似て興味深い。人智の万能性を示した賢治とマンデラの二人は、人類最大の財宝は「他への思いやり」にあると明言しているように私は思う。この後編は「世界ぜんたいの幸福」と「人類の財宝」を主題に書き進めたい。〝わたしだけ〟〝わたしの国だけ〟の追求はやめて、みんながぜんたいの心象に近づけるようになりたいものだと願う。

目次

第一章　私の戦後遍歴

一、岩手県職員として（一九五〇〜一九六二年）

その一、畜産業見習い

戦後、モラトリアムという言葉が持て囃された。出展は精神科医の小此木啓吾氏の『モラトリアム人間の時代』（一九七八年　中公叢書）であった。厄介事から逃げる、なすべきことを先に延ばすことを自分に許す生き方とある。モラトリアムが流行るはるか以前に盛岡農専生だった頃の私はこの病に感染していたようだ。それもあって、昭和二十三年（一九四八年）に農専獣医を卒業したが時は戦後混乱の〝就職氷河時代〟。そんな実社会に背を向け、実家が金欠で困っているのを口実にして、八戸の米軍キャンプに逃避した。

モラトリアム人間だった私だが、二年間米軍キャンプで働いた後の一九五〇年に二十一歳二ヶ月で現実逃避をやめることにした。それには四つ要因があった。

一、人生の伴侶と思う女性に出会ったこと。

二、私の勤務するPX倉庫の最後の責任者だった米兵伍長ヨーブスト（Yobsut）から〝お前はこんなところに長居するな。将来mayor（市長）にもなれる素質を無駄にするな〟とまで叱咤されたこと。彼のオーバーな激励には面食らったが、私の逃避心理に釘を刺したのは間違いない。今もヨーブスト伍長は目の色の異なる兄のように忘れ難い。

三、運命的な手引きがあった。盛岡農専獣医科で同期だった藤原敬一氏が図った就業紹介である。岩手には明治初期の設立になる県立種畜場があり、戦後間もなくだったが、最新の畜産テクノロジーである牛の人工授精所を開設していた。藤原氏は同窓の盛岡中学では二年前の先輩。敗戦で閉校になった陸軍士官学校から盛岡農専の獣医科に編入されて図らずも同期生になった。彼は既に故人となったが、先見を持って種畜場研究生になり、人工授精技術を体得し、その道で盛岡市内の会社に就職が決まったのだった。ありがたいことに彼は空席となった授精所に来るように私に説いてくれたのだった。

四、いささか気が滅入る話。私は獣医職を放棄して、無謀にも文系に進学しなおそうと米軍キャンプでいっとき独学した。PX倉庫の奥の小部屋で古本屋から集めた蛍雪時代や分厚い数学の問題集などに取り組んだ。雑誌蛍雪時代は一九三二年以来の受験生の定番。ただし私は数学、物理は全く肌に合わない性質。一年足らずで文系進学の迷いごとは放棄するケリがついた。

疲れ果てた戦後日本には新たな農業の芽吹きが起きた。戦地からの引揚者の就業として土を耕し、生き物を飼う農家が一気に増えた。中でも酪農家がその筆頭だった。乳を得るには牛のお産が絶対条件。しかし雌牛を飼う人は多いが雄牛がいない。そこで雄牛に代わる繁殖手段が必要とされ、それが人工授精の幕開けになった。雄牛から横取り法によって人工的に精液を採取し、人がその種を運んで雌牛に授精する仕事が急がれた。藤原氏は農専卒後に逸早く県種畜場の研究生になり、仲間の佐藤幹氏と組んで人工授精の実用技術をマスターし、盛岡市内の乳業会社に採用され、その後釜に私が納まることになった次第。こうして私の〝公務員研究生〟生活が始まった。関係諸氏に感謝してのモラトリアムからの脱出だった。

（一）日本社会への第一歩

私が昭和二十五年二月に就職した県種畜場は瀧澤村（現滝沢市）にあった。そこは岩手の中心都市、盛岡市にある岩手県庁農政部畜産課の現場機関のようなお役所だった。当時の公務機関には旧日本軍の体質が濃厚に残っていた。軍服を平服に着替えた安直さ、上下意識や横柄な物言いなどなど。古い既得権への執着である。米軍キャンプから転入したばかりの私には、この役所内の体質こそむしろ異国に感じられた。その私と言えば、実務経験ゼロのペーパー獣医。上役ばかりでなく種畜場にいる家畜からも、未熟獣医の足元を見透かされているような竦みを覚えた。私の獣医職は乳牛の白い毛並みに恐る恐る触れることから始まった。

種畜場に入った私は〝準公務員的な研究見習い生〟だった。渡される手当は日給百円、月三千円ぽっきり。米軍キャンプ時代の三分の一だった。健康保険制度もない時代。身一つで全責任を負った。戦後「にこよん」という呼び名があった。日雇い労務者である。一九四九年に東京都の失業対策事業の職業安定所が日雇い労働者の日給を二四〇円としたことによる。日雇いさんは百円札二枚と十円札四枚を手にしたことから「にこよん」と呼ばれた。私は一九五〇年からの三年間、これにも及ばぬ日給「百円」でやり過ごした。

私の日給が「百円」だった当時の我が国の貨幣水準を調べてみた。昭和二十年（一九四五年）九月、米ドルと円の交換レートは十五円だった。信じられないほど高い通貨レートだった。だがその直後に始まるインフレはうなぎ上り。一九四七年のレートは五十円になり、二年後の一九四九年には三百六十円に急落する。昭和四六年（一九七一年）八月までの二十二年間は、対ドル三百六十円が固定相場となった。その後ベトナム戦争の影響などでドルが不安定になった時、固定相場維持が難しくなり、日本政府は一九七三年二月に変動相場制に移行する。振り返って明治四年（一八七一年）に金本位制の円が成立した時の一ドルは一円だったことを思うと「金は世につれ、世は金につれ」だと実感することとなる。

私は日給百円札一枚の赤貧な身で、昭和二十五年秋には所帯を持った。場内にあるこじんまりした二軒長屋の官舎があてがわれた。ありがたいことに住宅費無料、野菜を作る畑もあった。英語に堪能だった家内は盛岡の女学校に臨時職の働き口もあって生活の見通しは立った。平屋建て官舎には明るい裸電球があった。テレビ、洗濯機、炊飯器、電話、水洗トイレなどはもちろん、ラジオもない。水は近くの湧水から台所の水槽に運んで溜める。気楽な時代。贅沢を知らないうちは不便を知らない。てくてく歩く。これが戦後数年の私たちの生活実態であった。私はこの日給百円の研究生を三年間やった後、県の任用試験に受かり昭和二十九年から正規の地方公務員になった。めでたし。この時二十六歳であった。

(二) 酪農業界への入門

岩手県種畜場とは、から始める。そこは牛馬、豚、羊などの優れた資質を持つ種畜(雄・雌)の遺伝子を農家に供給する由緒ある役所。私はここに自分の獣医職養成の第一歩として腰を据えた。先輩だった藤原敬一氏、佐藤幹氏の仕事を、私と同年輩の菅野実氏の二人で継いだ。仕事場は種畜場内の乳牛舎。そこは場内の東端の一角で三号地区と呼ばれていた。そこでの実務は乳牛たちの日常管理と牛人工授精の県内普及だった。

牛人工授精の実務は体格雄大なホルスタインの雄牛から精液を採取し、その精液を県内の畜産農家さんへ持って行き、雌牛たちに授精してあげること。農家からの授精依頼の電話が来ない日は、場内の三号地区にある乳牛舎での牛管理の手伝い。早朝一番の仕事は乳牛舎の掃除(通称ボロ出し)、餌やり、腕がパンパンに張る手搾りの搾乳などだった。

この大きな木造の古い二階つくり牛舎は階下が牛の棲み場所、階上は干し草の収納場所だった。その古風さは明治時代につくられた小岩井農場の番号付き牛舎とそっくりだった。今にして思う。あの古風さはアメリカン・リアリズム画家の第一人者、アンドリュー・ワイエス(一九一七〜二〇〇九)が描いた大陸開拓時代を偲ばせる重厚な木造牛舎にも似る。

ワイエスが描いた世界はアメリカ北東部、北緯四〇度のペンシルバニア州であり、私の滝沢村の緯度とも符合したのだった。

この牛舎は年代物だが骨太で逞しかった。横長の階下の中央に幅広の出入り口があって、そこに二枚の大きな扉が下がっていた。牛小屋の左手の四室は巨大なホルスタイン雄たちの個室、それ以外の十室ばかりは雌牛用の四坪の個室だった。当時は繋ぎ式のスタンチョン牛舎はまだで、牛たちは贅沢な個室暮らしをしていた。牛舎の職場長は長屋の隣人である菅原岩吉さんだった。

岩吉さんは言葉よりも目と振りで物言う人だった。年配は私より三十歳近く上だったろう。岩吉さんの身振り一つで牛たちはすんなりいうことを聞く。牛飼いの神様みたいな人に見えた。その当時、三号牛舎には三頭のホルスタイン種の雄牛がいた。彼らは体重一トンを超える猛者だったが、岩吉さんのロープ裁きには穏やかに従っていた。この中には前編でも触れた名牛、第53サー・ロメオ・オームスビーもいた。この時第53サー・ロメオは既に十一歳になっており、牛年齢としては風格ある長老格で、黒斑毛の中に僅かながら白髪が交じっていた。

雄牛はいつも二間四方（一三・二㎡）の広い厩で自由にしているが、彼らにも日光浴が必要だった。外に出す時は鼻腔に着けられた真鍮製の鼻環に引き綱を通して外に曳き出し、地面に打ち込んだ太い丸太のてっぺんにある鐵輪に繋いだ。種牛をこの丸太の輪に繋ぐ作業はかなり危険だった。彼等の中には、隙あらば人を手玉に取ろうと狙う曲者がいた。自由に戸外闊歩を許されない雄牛たちは、独房では自由とはいえ板壁に囲まれた独房環境の閉塞感に悩み、人間不信に陥って当然だった。

元小岩井農場で場長をしていた葛原貫一氏からはしばしば注意されていた。〝牛には判断力はないが、記憶力はある。牛を粗略に扱うといつか仕返しをされる。雄牛の扱いは慎重に〟と。種牛を厩から曳きだすには、厩栓棒の間から鼻を突き出させて、人に鼻環を預けさせなければならない。人と雄牛の間の信頼関係が必要だった。岩吉さんが曳き綱の先端を手にして、コツコツと厩栓棒を叩く。すると雄牛たちは日光浴の誘いと知って神妙に鼻環を岩吉さんに預けるのだった。私も含めた他の牛飼いたちもこれを学んだが、私などはいつも不安だった。仕事が一段落した子昼《こびる》時には、牛飼い一同は飯場小屋の焚火を囲みキセルを咥える。そんな時でも無言で刻みタバコを詰める小柄な岩吉さんには、近づき難い威厳が具わっていた。

時には飯場の向かいの人工授精室にある場内電話が鳴る。本部から県内農家の授精注文の知らせである。精液の蓄えが切れている時は早速、採取にかからねばならない。当時は精子を摂氏四℃で保存する以外に術がなく、三、四日すると保存精子の生存力がガタ落ちした。したがって、少なくとも週に二回は精液採取して具えておく必要があった。家畜人工授精史によると世界的な人工授精技術は馬で先行していた。帝政ロシアの研究者が開発した技術（一九〇七年）を京都大学の研究者が日本に持ち帰り、馬の改良に役立つ仕事に繋げている。日本での牛人工授精の実用が始まったのは、戦後の昭和二十三年（一九四八年）頃から。京都大学教授であった西川義正氏が欧米の進んだ家畜人工授精技術を取り入れて、実用的な授精器具、機材や技術の開発に取り組み、実用に拍車がかかった。そして昭和二十五年（一九五〇年）に家畜改良増殖法がつくられ、能力の高い雄の精液を多くの雌牛に人工的に授精させることが農家の庭先でできることになった。私が岩手県種畜場に入った昭和二十五年はまさにこれに重なる。

その当時の牛精液の保存方法はごく幼稚で、ガラス製の小試験官に入れた原精液を氷水に浸けて、四℃前後で冷蔵するだけだった。授精に出かける時には原精液を小分けした試験官を氷水入りの魔法瓶に入れて持ち運ぶ。なんとも原始的であった。牛人工授精所に入門した時の私は全くの初心者。その私を指南してくれたのが佐藤幹氏であった。彼は私と同年輩の獣医師であったが、時代に率先する戦士だった。藤原敬一氏と同じく早くから、戦後酪農の進展に参加しようと人工授精の幕開けから携わっていた。藤原氏、佐藤氏に出会った私はラッキーだった。その後の牛人工授精は京大の西川教授などの研究開発を背景に、原精液に蔗糖液やクエン酸ナトリウムに卵黄を加味した保存液を加える、精液の保存技術改良が年々進む。さらには、精子の長期保存には超低温が最良なこともわかり、近年では液体窒素凍結による半永久保存、海外からの長距離輸入もできるまでに技術革新が進んだ。

(三) 牛人工授精普及と菅原岩吉さん

牛の人工授精は授精用の精液を採取することから始まる。この精液採取は荒事だった。いろいろな操作があるが、まずは何を措いても雌牛に似せて作った〃偽牝台〃に雄牛が乗る意欲が出るように誘導しなければならない。この〃偽牝台〃は頑丈な四つ肢の木枠に木造の胴体を取り付けた武骨な代物。これに牛の鞣し皮をかぶせてはいるが、首も頭もなしで、およそ雌牛とは似ても似つかぬもの。とにかく雄牛を乗駕させる誘いにかかる。言ってみれば動物調教師であるが、雄牛騙しは一苦労。偽牝台（写真）に被せた牛革には雌の匂いをつける。辛抱強く雄牛がその気になるの待つ。それが来た時、技術者は手作りの人工膣を抱えて、雄牛の下腹部に半ば潜り込んで精液を横取りする方法で採取する。これがなかなかの難事。雄牛の交配行動について一言。それはまさに一瞬で終わるのだった。陰茎を巧みに人工膣に挿入させると、雄牛は強力な腰のジャンプ一発で、人工膣内に射精を終える。このジャンプ一発の衝動は極めて強烈だが簡潔の一言に尽きる。雄牛は自分の役割には真剣で忠実だが、だらだら性を楽しむ気配は毛筋もない。動物の雄はすべての雌に平等に仕えるべきことを心得ているかのようである。

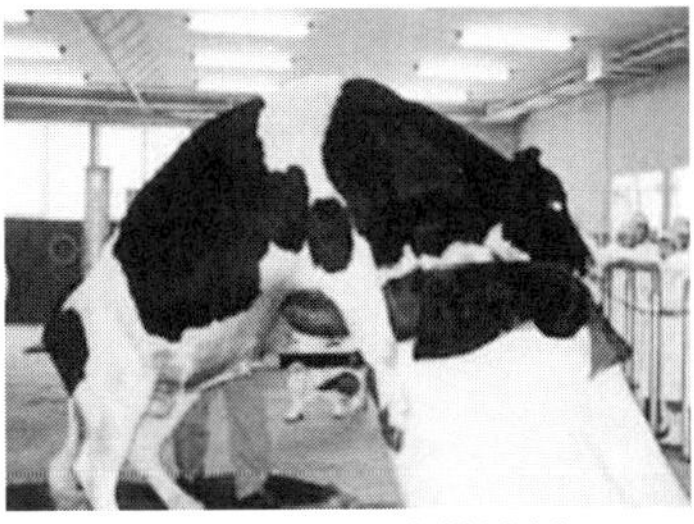
横取り法による牛精液採取

ここで生き物の生命への凄まじい執着ぶりをお伝えする。健全な雄牛が一回の射精で放出する精液量は約五㎖。だがその一㎖中に含まれる精子はなんと十三億匹。なので一回の射精で六十五億匹もの精子が発動される。ただし顕微鏡サイズの微小な精子が広大な子宮内で、卵子に拾ってもらえる幸運者はたった一匹。不経済も甚だしいが、広い子宮の長旅の危険には、二千万匹近い予備軍が必要とされる。これに対応する卵子はどうか。それは独り身だ。この王女にかしずく精子の莫大さ。これが生命機構を司る自然のゆるぎない能動性と言うべきか。

第53サー・ロメオ・オームスビーのように長年自然交配だけやってきた雄牛は、牛の皮を被せた偽牝台など見向きもしない。そこで、自然交配の経験のない専用の若牛が必要になる。県では北海道江別市の町村農場産から第42フエムコローヤルキング（一九四六年生）という若雄牛を購入した。名牛サー・ロメオより七歳も年下だった。彼には私も初対面だった。彼は写真で見るように首が太く短く、背腰がまっすぐで頑健そのもの。加えて気性が頗るつきの猛者だった。種畜場入りして間もなく、杭に繋がっていたフエムコの頭を撫でようと近づいた、顔利きぶったおじさんを突き飛ばした前歴の持ち主。窪んだ眼窩の面相からも只ならぬ気性の持ち主とわかる。ともあれ、精液採取のためにはこの暴れん坊の鼻環にロープを通して戸外

第42フエムコローヤルキング

の偽牝台に曳き寄せねばならない。この危険な仕事をお願いできるのは、岩吉さんをおいていなかった。

ロープの端を握った岩吉さんがフエムコを偽牝台に寄せる。偽牝台には発情牛の新鮮な粘液を塗り込んでいたが、既に乾涸らびてもいる。私と花巻出身の菅野実君の二人が精液採取器を構えて控えている。フエムコは初め太い頸を偽牝台にこすりつけてこちらの気を持たせる。そのまま偽牝台に乗って陰茎を出してくれればしめたもの。私たちは人工膣を右手に持ち、勇を奮って猛牛の下腹部にピタリと身を寄せ、一気に精液を採取する。しかし、その成功率は七、八割だった。フエムコが彼の太い頸を偽牝台になすりつけているうちに、横に張り出した不格好な角が偽牝台のどこかにぶつかると、偽牝台に向かって猛然と躍りかかる。あたかも自分をたぶらかそうとする、にっくき偽物を懲らしめるといった形相だ。その行為は只ならぬもので、こうなったら最後、私らにはなす術はなかった。

体重一・二トンもの怪力のフエムコである。地面に打ち込んだ丸太と偽牝台を括りつけたロープを断ち切ると、一〇〇キロ前後の木製の偽牝台を図太い首に乗っけて近くの藪に放り込むまで狼藉を止めなかった。これが終わると彼はやれやれの手打ちこそしないが、さばさばした風で岩吉さんに曳かれて厩に戻るのだった。こんな時、私と菅野君は放心状態。岩吉さんは黙然としてロープを離さずにフエムコの狼藉はなすがままにしている。ほっとけばやんちゃは治まるとわかっているようだった。その通り、やんちゃを終えたフエムコは岩吉さんを困らせることはなかった。岩吉さんはフエムコの鬱憤のガス抜きする必要を理解していたかもしれない。こんな日の精液採取はお流れで、私たちは壊れた偽牝台を藪から引き出し、大工小屋に修理に持ち込む後始末にかかった。

〝わす（私）は人工に反対だす〟

これが岩吉さんの短い回答だった。それだけだったが、フエムコの狼藉を力ずくで止めない一因も、彼の自然主義にあった。岩吉さんの生き物への思い、自然観には確かな哲理があった。私には返す言葉がなかった。生命のあり方や自然の掟を大切にし、人工的なお節介、仲介を良しとしないものが強かったと思う。今にして理解する。岩吉さんは〝草木国土悉皆成仏〟の諺は知らないにしても、〝生き物は自然で幸せな生活をするもの〟を固く信じる方であったと。人工的に生命を操ることなど、大きな誤りと感じておられたのだろう。また、もしかして、プライドある第42フエムコローヤルキングも、偽牝台相手の不自然さを強制されることに侮辱を感じていたのでは。先輩の第53サー・ロメオの毅然たる物腰を思うにつけ、わからぬまでも動物の身になってみることの大切さを少しは理解した。

岩吉さんは十年近く前に奥さんに先立たれ、長男夫婦との暮らしだった。長屋隣の私と家内は岩吉さんが秋の山で採ってくる〝ムキタケ〟（写真）や、山菜などをどっさり頂戴する間柄であった。岩吉さんにいただいたムキタケの傘の大きさに感嘆した優子は「あら〜ベレー帽」と叫ぶ。私は今なお、亡き岩吉さんが偲ばれる。決して奢らず、粗衣を纏い、煙管タバコ以外は吸わず、人には厳しく牛には優しく、そして盗まず、質実を旨とし、不必要に豊かさを求めぬ岩吉さんのような生き方が国是であったなら恐らく、日支事変も日米摩擦も起こさずに済んだかもしれない。片田舎であったが、日本には凄い人がおられたものだ。亡くなって久しいが、私はずっと岩吉さんの実在感と引力を感じている。

ムキタケ

（四）牛人工膣　黄色いポリウレタンの妙味

先に精液を横取り法で採取するには、人工膣を持って雄牛の下腹部に潜り込む話をした。専門的過ぎる話で恐縮だが、やや解説したい。人工膣の本体は長さ四〇㎝ばかりの硬質プラスチックの外筒。その中に伸縮性に富む薄いゴム製の内筒を嵌める。この外筒とゴム内筒の空間に牛の体温三八・〇～三九・〇℃の温湯を満たす。生体膣の擬態つくりである。さらには雄の陰茎を導入する外筒口は、ペニスに先端を敵度に圧迫する構造にしなければならない。入り口がガフガフでは雄牛は騙されない。入り口を適度な締まり具合に仕上げるのが精液採取成否のポイントだった。

私が種畜場に入った当初、人工膣の挿入口の締まりをつくり出す材料には、海洋性の天然スポンジ（海綿）が使われていたと記憶する。これを細切れにしてガーゼにくるみ、人工膣入り口に密着させていた。スポンジとはいえ所詮ゴツイ〝海綿〟である。締まり感覚を出すにはイマイチだった。委細を知った私はもっと〝うってつけ〟の素材があることに気づく。八戸の米軍キャンプで見かけていたあの軟質のスポンジが浮かぶ。そうだあれだ。そこで早速キャンプに残っている武田さんに、スポンジ数個の融通を頼む。当時の日本ではまだ作られていない代物だった。この手の早い製作はドイツだったらしいが、工業化は一九五〇年以降という。私の八戸滞在の頃に一致する。今ではどこでも手にするポリウレタンである。

届いたポリウレタンは黄色のフカフカだった。これを見た仲間の佐藤幹さんの顔がぱっと輝く。

〝こんないいものがあるんだ〟

この素材は牛人工膣の挿入部の適度な軟らかさつくりには最適だった。妙味はこれにとどまらなかった。茶目っ気たっぷりの佐藤氏は、この黄色のフカフカを奇麗に切って皿に盛りつけ、隣の小原繁雄さんに〝カステラ〟をどうぞと差し入れる。小原ご夫妻は恐縮しながら、この佐藤氏のいたずらにまんまと乗せられた。さほどに黄色いポリウレタンは見事だった。

（五）公私の別なかった駆け出し獣医時代

私と菅野君が牛人工授精業務を受け持った範囲は、岩手県全域だった。時には隣県の青森、秋田からの授精注文もあった。私の最初の出張は一九五一年頃だったと思う。私より一足先に入所した菅野君と分担しての巡回である。戦後に乳牛農家が一気に増えたことは先に述べた。使役用の朝鮮牛や黒毛和牛しか飼われていなかった水田農家にも、乳牛が繋がれる時代となっていた。さらには、北満などから引き上げきて、県内そちこちの開拓地に入植した酪農家が一番の得意先になっていた。

ＮＨＫのＢＳプレミアムで二〇一二年放送の「開拓者たち」という番組を見る。これは戦前の日本政府が進めた満蒙開拓と、戦後に引き揚げ入植した人たち、二つを繋いで扱ったドラマであった。この番組には私が知る引き揚げ酪農家の体験と重なるものが多々あった。ドラマは明治から昭和四十年代までを拾っていたが、その中で「日本は人口が多すぎる。放置すれば食料や、雇用の面で深刻な問題が起きる。それを解決するために移民として海外に送りだせば、外国に土地が拓かれ、関連する諸事業も展開し、日本の利益になる」を謳い文句に、「国策として海外移民と開拓を進めた」と当時の政策が紹介された。その移民先はアジア大陸、南北アメリカ大陸、フィリピン、朝鮮や台湾、南サハリン、太平洋諸島と広大だったが、その中でも最も大規模でかつ悲惨な結末を生んだのが満蒙開拓移民だったことはよく知られる。

一九三一年の満州事変を機に日本は満州を占拠し、傀儡国家「満州国」をでっち上げた。日本政府はこの満州国の地固めのため、百万人の日本人を送り出す計画を作った。新聞・ラジオのマスメディアは「満州に行けば広大な土地が手に入る。開拓し農地にすれば豊かな生活ができる」と煽り、送り出す若者を訓練するために、岩手県は独自に〝六原青年道場〟を創設した。茨城県には国策で満蒙開拓青少年義勇軍のための〝内原訓練所〟が造られた。植民地支配した満州への農業移民を補充し、開拓事業とソ連に対する防備を兼ねた計画に、十五～十八歳の少年が武装開拓団の構成員として送り出された。

二〇一三年一月の朝日新聞によると、昭和時代には全国から約十万人の少年が武装開拓団に参加したとある。岩手の六原道場からは昭和七年～十六年の間で、少なくとも五百十四名の『満蒙開拓生』が巣立っている（「六原道場」伊藤金治郎）。この満蒙入植に当たって、日本政府の宣伝は、最初から大変な欺瞞に満ちていた。それは無人の荒野開拓と宣伝していたのは真っ赤な嘘で、多くの開拓地は中国人が作っていた耕作地を日本人用に強奪したものだった。私が入手した満蒙回顧録（『引揚者団体岩手県連合会』一九九一年）は岩手県滝沢村に引き揚げ入植した皆さんが纏めた冊子だが、そこには次の言葉が並ぶ。

「私に支給された入植地は最初から立派な既耕地（水田一町歩、畑八町歩）で、二年目には日本から家族を迎えられた。経営も共同から個人経営に移れて満人、鮮人を使った営農で恵まれた開拓団でした。満州に来てつくづくよかったと思ったものだった」（『涙と汗と血の跡：引揚者苦労集』岩手県版）

土地を取り上げられた満人、鮮人を使っていい就農ができた。全部の農家がそうだったかはわからないが、満蒙開拓の欺瞞の一端が窺える。土地を取りあげられた満人、鮮人の声なき怨嗟が上がって当然である。ここで念のため、一九三一年に日本が傀儡国家「満州国」を練り上げるまでの経緯をお浚いする。日露戦後の明治四十年（一九〇七年）にロシアと日本は、中国東北部の三省（遼寧省、吉林省、黒龍江省）の勢力範囲を分け合う日ソ協議をしている。この時すでに清朝は崩壊しており、これに代わる新中国が育っていない空白の時期であったので、それをいいことに中国が主権する地域の覇権を、ロシアと日本が勝手に分け合った。どさくさに紛れて欧米強国を出し抜く思惑もあったようだ。とにかくその分け方とは、東北部三省の北側の黒龍江省と、吉林省の北半分をロシアに、吉林省の南半分と遼寧省の全域を日本としている。ところが、一九三一年の満州事変を機に日本はロシアの勢力下にあった北満州も併合して傀儡「満州国」をつくり上げてしまう。かような経緯があったので、不信を募らせたソビエトと日本の間柄がその後に険悪になったのは当然であった。

この傀儡国家は満州事変後十四年目の一九四五年八月九日、ソ満国境を越えるソ連軍の侵攻で一気に崩壊した。なんとも短命な傀儡国家であった。ソ連にしてみれば一九〇七年の日ソ協議違反をした日本へのしっぺ返しであったろう。とにかく開拓移民を守ってくれるはずの日本関東軍は、移民団を見捨てる。移民は大混乱の中、必死に身を守ったと伝えられる。その時移民たちはソ連軍から無差別攻撃、虐殺や集団レイプ、中国人住民の報復も受けたとも聞く。集団自決も相次いだ。「満州移民の戦後史」を研究する神奈川大学森教授によると、旧満州（現中国東北部）などに入植した開拓団員は約二十七万人、終戦前後の混乱で約八万人が亡くなり、日本に引き揚げた者のうち約七万五千人が一九四五～六四年に日本各地の開拓地に入植したとある。戦後入植の内の約一六％は満蒙開拓団出身者であったと。「戦前の貧しい余剰農民は国策で満蒙開拓団となり、終戦を迎えて命からがら帰国したが、結局は戦後の混乱期を生き抜くには再び開拓を選ばざるを得なかった」と森教授は分析する。満蒙開拓団参加が全国で最多であった長野県飯田下伊那地区からは、戦後の開拓入植は北海道から宮崎県まで三十八ヶ所に及んだと言われる（網谷利一郎　二〇〇九年八月十三日付毎日新聞）。

岩手県の滝沢村にもこの長野県下伊那郡旧上郷村の出身の方々が〝上郷開拓〟の名で入植し、現在も半数近くの方が営農を続けておられる。繰り返しになるが終戦時の満州国現地の混乱は大きく、一家離散も多数と聞く。その過程で中国残留孤児や残留婦人問題が発生した。日本に帰国した方々の落ち着き先に日本政府が選んだのが全国に跨る開拓地であった。その多くは原野のまま放置されていた岩手山周辺の痩せた火山灰地などだった。引揚者は満蒙開拓の悲惨を抱えながら、再び原野を拓き、木の根を掘り起こし開墾していった。この時代、機械力は望むべくもなく、腕一本の開拓であったことを私も見ている。昭和二十五年（一九五〇年）に私が県種畜場に入ったのは、外地引き揚げの方々の入植とほぼ同じ。いわば同じ初年兵みたいなもの。私は県職の経験不足な馬喰獣医だったが、新規開拓者の皆さんにはたいそう頼りにされる。獣医師不足の戦後である。すべての壁を越えた無境界派の馬喰が必須とされた。私はこの方々との出会いでつぶさに引き揚げ入植の難儀を見た。初めて飼った瘠せて貧相な若い雌牛を種畜場まで曳いてきて、

「うちのベコはどうして発情がこねーのす」

と訴える人。生草の食べ過ぎによる第一胃の異常醱酵で、牛の腹が破裂寸前になった危機を知らせにくる人。あるいはこんなとんでもないこともあった。牛の目の前で生草を切っていて、その〝押し切り〟で誤って切断した牛の舌を新聞紙にくるんでくる人がいたのだ。人は夜がふけると不安がつのる。申し合わせたように夜半近くに牛の難産などでお呼びがかかる。私と農家の付き合いは産科の仕事が多かった。難産後の子宮脱などは例数こそ少なかったが壮絶の一言に尽きる。分娩後に子宮の一部または全部が内部反転して陰門から脱出するのである。分娩後の強いきばり努責が主因。体重六〇〇キロもある母牛が、生まれる時四〇キロもの胎児を育てた子宮体はつかみどころのない大袋である。まずはブルーシートの上に乗せての洗浄。そして母牛胎盤からの子牛の胎膜の引き剝がし。牛の胎盤のつくりは特有で、小振りな拳大の多胎盤が母牛の子宮の内面にずらりと並ぶ。これにへばりついた子牛側の胎膜を一個ずつ引き剝す作業は大仕事である。

牛の授精が成功すると受精卵の胚成長が始まる。この胚は一丁前の生命体と言える。ただちに母胎からの栄養補給を求め、栄養補給の繋ぎである子宮胎盤が形成される。子宮内膜にはたくさんの子宮小丘が盛り上がっており、これと胎児を包む胎膜の一部がくっつきあって胎盤が出来上がる。ヒトなどの胎盤は一個の円盤状の胎盤だけなので盤状胎盤と呼ばれるが、牛では子宮内にいっぱいある子宮小丘がみんな胎盤になる〝多胎盤〟なので、産後に後産が剝がれないで、ひっかかるなどの厄介が多かった。

母牛の多胎盤にへばりつく子牛の胎膜を剝がす大変な作業を終えると、次は身軽になった子宮の洗浄消毒。これには特大の盥が役立つ。さて母牛はここまでは寝かせていて良かったが、いよいよ外に出ている子宮を母体内へ収納することになる。ここからは母牛にも頑張って立ち上がってもらわねばならない。子宮の入った大盥を持ち上げて、牛と人の呼吸を合わせて大きな子宮体をすっぽり母体内に戻す。

子宮脱ほどの難行ではないが、後産停滞との付き合いは多かった。お産直後は母子胎盤の癒着が緊密で剝がれがたい。そこで四、五日後に停滞した胎盤の除去になるが、腐敗が始まった匂いが強烈。だがこの時点では母子胎盤は掌に収まるほどに縮んでいて具合がいい。母の胎盤を傷つけないように注意して、絡まる子牛の胎盤組織を一つ一つ指先で剝がす。寒い中でも上半身裸で行う作業が、今でも鮮明に思い出される。雌牛の直腸に腕を差し込んでする妊娠鑑定（妊鑑）や卵巣機能検査のお陰で、私の右腕は指先まで黄色に染まっていた。無数の牛の直腸検査（直検）のお陰で、そのうちに私は妊鑑のスペシャリストなっていた。

妊娠二、三ヶ月も経てば直腸に腕を挿入するだけで、誰もが子宮内の胎児を確認できる。もっと早期の受精後一ヶ月くらいに子宮内に発生し始める胎膜を、指先で認知できれば農家は安心。これがスペシャリスト。直腸、子宮の二重の襞を介して子宮体内に微かにある胎膜を蝕知するには、指先の練磨が必要だ。それはあたかも、穿いたズボンの上から、中の下ばきを摘まみ、さらにその内部の薄着を探るのに似る。言うなれば三段階の摘まみだ。摘まんだ親指と人差し指の間から順次に離れてゆく最初の胎膜、続いて子宮壁、最後に直腸壁を確認できれば、胎膜蝕知の妊鑑ＯＫとなるのだった。首尾よく済んだ時の安堵と、ご苦労さんと出される温かいお茶と農家の笑顔がご褒美だった。

近年であるが『オーラルヒストリー「拓魂」―満州・シベリア・岩手―』（黒澤勉　風詠社）を手にする。本書は著者が聞き書きした満州引き揚げ・岩手入植者の足跡である。郷土新聞の「盛岡タイムス」連載記の二〇一四年出版である。黒澤氏が真っ先に挙げた引き揚げ者代表が現滝沢市柳沢在住の山上忠治氏（九十七）だった。山上氏はなんと私が県種畜場に入った当時からの長い付き合いがあった酪農家。同誌によると忠治氏は大正六年（一九一七年）長野県下伊那郡上郷村の山上家の七人兄弟の末っ子の生まれ。昭和十五年の二十三歳で満州へ渡る。それまでは家の農業を手伝っていた。満州移民が盛んだった長野でも下伊郡は最大手だった。渡った満州ではなんと、八町歩（八ヘクタール）の畑に一町歩の水田をそっくり配分される。いつの間にか中国人、朝鮮人の農夫を雇う「地主」生活に馴染む身分になった。

その安泰な生活が崩れたのが昭和二十年五月。「満州にいる限りはこない」と信じていた召集令状が届く。入隊すると野蛮な古参兵の往復ビンタの日本式新兵訓練を体験する。そうこうするうちに八月九日のソ連軍の爆撃が始まる。そして十四日の本格的なソ連軍の襲来。日本の敗戦も知らぬまま八月三十一日まで戦争を続けていたが、ようやくニュースを知って武装解除に応じる。その先はシベリア抑留。そして離郷して八年ぶりに上郷村に戻ったのが昭和二十三年八月であった。故郷の兄たちからはもうどこへも行くなと諭されるが、上郷村が企画する岩手県への分村計画に手を挙げた。昭和二十四年（一九四九年）に滝沢村の上郷開拓に入植し現在に至る。彼は私の十一歳の年長だったが、お互いに滝沢村初年兵的な縁で話の合う間柄であった。堅調な営業を続けた山上家の酪農経営は、一九九〇年の全農主催の酪農経営発表会で全国一の栄誉に輝いた。上郷入植後四十一年目の快挙であった。この時の当主は二代目幸夫氏だったが、この発表にいささかながら私もお手伝いする幸運を授かった。

（六）お困りですかの出会い

これは「What can I do for you ?」（お困りですか）で始まる出会い。昭和二十七年（一九五二年）の雪の多い暮れだったと記憶する。夕闇に声がして数人の若者が我が家のガラス戸を叩く。彼らは種畜場が開設している「有畜営農指導所」の練習生、私の弟子たちだった。

「せんせ、アメリカがオラたちのどこさ来て、何かそってる（言っている）。さっぱわからね」

「そいつら、どこだ？」

家内が不在だったので、私は一歳ちょっとの長男桂を抱えて、雪つぼの中を裏手の国道筋に上がる。そこにふたりの人影があった。

〝What can I do for you〟

の私の呼びかけに救われたように人影が近づいてくる。

「盛岡から青森に戻る途中だが、大雪の夜道でジープの動きがとれなくなった。できたらこの辺で一夜を過ごさせてもらえないだろうか」

これが彼らの申し出だった。雪道に嵌《はま》った旅人なのだ。私はすぐ弟子たちを場長宅に走らせて、一夜の宿の斡旋の承認を取り付けた。二人の旅人は木造平屋建て大講堂の畳部屋に落ちつかせた。隙間だらけの大広間だったが薪ストーブをガンガン燃やしてあげる。ストーブの暖かさの周りに二人の旅人、物珍しさに頬を紅潮させた練習生らが座をつくる。昔話にある大雪の夕暮れに僧侶を泊めた佐野源左衛門が、鉢の木を燃やして旅人を労らう「昔語り」とは程遠いが、二人のアメリカ兵は幸せげだった。若者たちはアメリカさんが差し出すキャンデーを摑んで和み、みなひと時を楽しんだ。

　その後二、三度、あのアメリカ兵たちは私のボロ官舎に立ち寄ってくれた。盛岡市にある米軍情報局に出かけた帰路のようだった。こちらが思いもかけないほど、彼らは一夜の労りに感謝していた。彼らは「鉢の木」の古事など知る由もないのに、来る都度、ささやかながら手土産を忘れなかった。米軍キャンプ時代に私が蒙った差別、殴打事件の痛みなどはこの二人の温かい心遣いで癒されるものであった。六十三年も前のことだが、オンボロ官舎前で長男の桂を抱くあの時のアメリカ兵の写真が見つかった。長男桂はこの時一歳半、二人の兵の一人はMr. Hewitt の記録がある。私とは同年代だったようだ。よき人生を送ったことと信じている。

　ところで、一歳半の桂が着ている〝つなぎの幼児服〟の写真も見つかった。その頃は珍しいチャック付きの上下つづ

アメリカ兵と贈られた
古着の長男桂

りである。寒い北国ではとても重宝した幼児服だった。実はこれもアメリカのクリスチャングループからの贈り物の古着だった。どのような経緯で贈られたものか、あらかたを失念したが個人的な贈呈品に違いなかった。家内が前に勤めた米軍キャンプの教会牧師の米国関係者からの贈りものだったかもしれない。私の記憶に残る送り主の一人には、アメリカ中部ミネソタ州ミネアポリス市のミセス・ブロスバーグ（Mrs. Brossburg）がいる。我が家へのこの古着届けは昭和二十七年から二年間ほど数次にわたった。

古着の恩恵は種畜場内にとどまらず、婦人会の手で近隣の開拓地にも届けられた。ミセス・ブロスバーグと家内の間のその後の文通で交流はかなり長く続いた。いずれにしても太平洋戦終了後、多くのアメリカ市民が敗戦国日本を気遣ったのは事実であった。我が家へのような個人的な贈呈ではなしに、アメリカ合衆国が認可した団体を通じて大量の〝ララ物資〟が日本の家庭を広く潤していた。これらのことは忘れてはなるまい。本書で時々取り上げる〝超現実主義〟〝実用主義〟一点張り国家とは趣の異なる、好感度なアメリカ市民が多数おられたことを忘れまいと思う。

［註］ララ物資：LARA; Licensed Agencies for Relief in Asia（アジア救援公認団体）が提供していた日本向け

の援助物資。これはアメリカ合衆国救済統制委員会が一九六四年六月に設置を認可した日本向け援助団体。サンフランシスコ在住の日系人が中心となって設立した「日本難民救済会」を母体とする。当時アメリカ対外慈善活動は海外事業篤志団アメリカ協議会が担っていたが、反日感情から日本は含まれていなかった。このため、「アジア救援公認団体」認可に際しては知日派のキリスト友会員の協力で日本援助も実現した。物資支援は一九四六年から一九五二年までに行われ、多くの民間人、民間団体からの資金や物資の提供があり、その救援総額は不明だが、推定で当時の四百億円という莫大な金額であったと言われる。

その二、牛人工授精は戦後酪農の救世主

戦後の食糧難が期せずして、畜産発展の推進役になったことは前に述べた。乳牛が水田地帯でも飼われるようになり、人工授精は活躍の場が広がった。当初の授精技術は稚拙であったが、戦後の新農村つくりに貢献したのは間違いない。乳牛が増え、県内各地に森永、明治、雪印の乳業工場もでき、日本人の食文化に変革をもたらした。さきにふれた種畜場の暴れん坊のホルスタインの雄牛「第42フエムコローヤルキング」（北海道江別市町村牧場産）が岩手の酪農発展に目覚ましい貢献をした。それは優れた資質の伝達ではなく、彼の極めて〝活力に富む精子力〟のお陰だった。私たちが授精する雌牛たちに間違いなく子牛を誕生させ牛乳の増産に貢献したのだった。

私は種畜場が畜産試験場に名義替えになるまでの十三年間、人工授精の普及に終始した。その間、毎週、月、金曜の二日を乳、役肉用牛を含む十数頭の牛精液の採取日に当ててきた。通算では一万回を超える牛精液採取をしたと思うが、顕微鏡の下でフェムコローヤルキングを超える優れた活力ある精子群を私は見ていない。顕微鏡下で彼の精子は、渦巻くように力強く回遊した。彼の精子はたくさんの乳牛を間違いなく受胎させ、酪農家を満足させた。あの乱暴者のフェムコの鼻息は日本の敗戦など、どこ吹く風の勢いだった。その意味でフェムコは岩手の戦後酪農の救世主であった。猛獣に近い雄牛からの精液採取は大袈裟でなく命がけだった。精液採取は得意とした私だが、週に二回、今日も無事に仕事が終えられたと安堵しながら十三年間を過ごした。

(二) 担ぎ屋人工授精師――I. 開拓農村の巻

戦後の酪農家を盛り立てた牛人工授精の足取りを書き留める。私たちは既存の農村、開拓農村に分け隔てなくどこにでも授精に出かけた。既存の農村地帯は交通の便がよいので楽だった。授精申し込みに従って、時には発情の様子を勘案して花巻と水沢の二農家セットの一泊二日の日程で滝沢駅から汽車に乗る。臨時職員の私たちには出張旅費は支給されない。交通費は行き先の農家持ちだった。出向いた農家に汽車賃コレコレ、途中借りた自転車代金はこれだけなどと断って金子を頂戴する。道中に時間がかかる時は、精液を冷やしている携帯魔法瓶の氷が心配になる。そんな時は魚屋を探し氷の無心をする。魚屋はけったいな無心に怪訝ながらも応じてくれた。人工授精用具一式は、精液を収めた携帯用魔法瓶、牛用の膣鏡(写真)、子宮頸管を固定する長柄の鉗子、そしてガラス製のピペット精液注入器、アルコール綿ケースなど。これらの入った横長な黒鞄を抱えた風体は薬売りの商い人にでも見えたかもしれない。

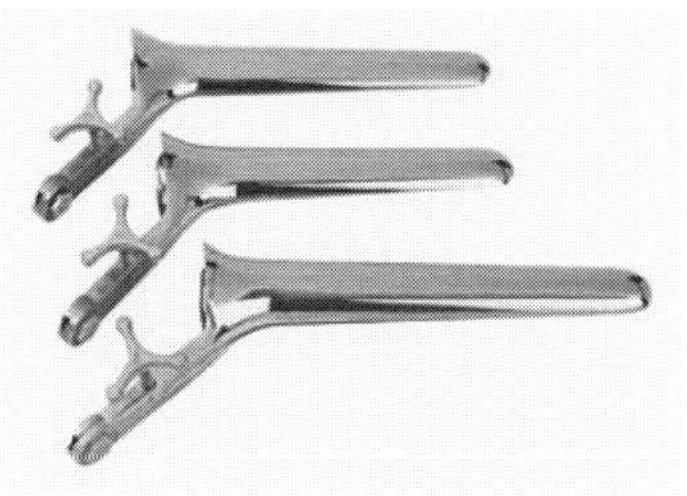

牛用の膣鏡

人工授精料金は県条例で決まっていた。乳牛千五百円、役肉用牛千円だった。この値段で受胎するまで何回でも再授精してあげる決まり。一回で受胎させるのが腕の見せどころである。農家さんは自転車料金まで計算する私を気の毒に思ってか、稀にぽんと余分に弾んでくれる場合もあった。そのような時は顔がほころんだ。当時はまだ牛の人工授精は珍しく格好の見世物になった。農家の庭先で授精をするには、まず長丸太をお借りする。立杭三本を菱形三角形に地面に差し込む。これに横棒二本で脇固めをすれば牛を保定する簡易な三角枠ができる。牛小屋から曳き出した発情牛をこの三角枠にしっかり固定する。すると待ち構えていたご近所さんたちが周りを囲む。その顔つきには物珍しさと、こんなことで牛がほんとに孕むものかと疑わしさが漂う。そこで、稀には小型顕微鏡を持参し、その場で特殊なスライドグラス（ホールグラス）を使って活発に泳ぎ回る精子を〝どうぞ〟とのぞかせる。取り巻き連は顕微鏡に近づき、被り物を取って覗き込み納得するのだった。

水田農村以外の北上、奥羽山系の開拓地への出張は大変だった。戦後間もない北奥羽の開拓地などは人跡未踏だった。電話のない農家からの授精の受付は、前回の発情から見積もった予定日の通告だったりする。すっかり家畜化した牛の繁殖生理は、野生のような決まった時期の発情スタイルではない。妊娠しない限り、ほぼ二十一日間隔で年中発情を繰り返す。なので、次はいつ頃来るかの予測は立つ。ただし、牛の受胎に適する時間帯は短い。発情開始からせいぜい十数時間内。実用的には朝に発情が来れば、授精の適期はその日の夕方。夕方の発見なれば翌午前が授精のタイミング。したがって、農家の発情見立てが間違うと混乱をきたす。担ぎ屋人工授精師が悩まされるところだ。

忘れられない苦労をした訪問事例としては、奥羽山系のただ中にある岩手町の豊岡開拓や、松尾村（今の八幡平市）の前森山集団農場などがある。岩手町の豊岡開拓入職者との接点をお聞き願う。昭和二十六、二十七年に私は担ぎ屋授精師として初めて豊岡を訪ねた。豊岡への道のりは、滝沢駅で東北本線下り列車に乗り、渋民、川口を経て沼宮内駅で下車し、徒歩で鉄路脇をひたすら北上すると、その数キロ先の無人の信号所御堂に着く。この信号所から左折して奥羽山系への山道を辿る。この先に人里があるとは信じ難い数キロの獣道に似る細い道だった。後に知るが北上川の水源地も間近だった。目的の開拓地に着いたのは午後も遅かった。ハガキで知らされた牛の発情は残念ながら起きていなかった。やむなくその日は何もせずにその農家の板敷の間に泊めてもらった。

石油ランプの下の囲炉裏端で一汁一菜の夕食も頂戴する。食後に誘われて戸外の鉄砲風呂に入る。それは勤労臭が煮染まった浴槽だった。その後に潜り込んだ布団の中は驚くほどの蚤の棲家だったのが記憶にしっかりと残る。私にはたまさかのことだったが、臭い鉄砲風呂も、石油ランプも、蚤との共棲なども彼らには日常なのだった。疲労の日々は続く。あの入植者が旧満蒙の引揚者であったかの確証はないが、可能性はあっただろう。この時は食事付きの一泊をさせてもらい、様子を窺ったがやはり発情は不発。授精せずに汽車賃だけをいただいて帰る。残念だったが誤った授精をして要らざる出費をさせる愚は避けた。豊岡開拓にはその後も少なくとも二、三度は出向いた。初回訪問時の体験は戦後入植の暗く、辛かった印象として忘れ難い。あの湯船、蚤共棲は開拓者が求めたものではない。心が揺れる。日清、日露戦争以降の日本歴史に翻弄された人民の姿に間違いないかった。

豊岡開拓のその後について私は、不つつかにも尋ねもせずにきた。が、この続編を書くに当たり、ネットを開いて、ありがたいことにいろいろな史実にぶつかることができた。まずは豊岡開拓の命名は、戦前の樺太に起因すること。昭和二十二年（一九四七年）に南樺太の旧豊原市（現ユジノサハリンスク）と旧真岡市（現ホルムスク）から引き揚げ、当時の御堂村久保の地に入植し、故郷樺太の都市名の二文字をとって豊岡と名付けたのだった。

岩手町が出したパンフレットから、昭和二十三年（一九四八年）六月に戸数四十五戸で入植し、二十四年には水堀小学校が開校したこと。そして平成六年（一九九四年）には豊岡入植・開拓と小学校設立を記念する〝拓魂〟の碑を建てたことも知る。さらには二〇一四年に加藤九一郎氏（八十六歳）、五十嵐正吉氏（八十歳）の二人が生まれ故郷の南樺太

（現サハリン州南部）を六十七年目ぶりに訪ねたことを、写真入りで報じている。幸いなるかなである。私が昭和二十六年頃に授精に行った農家とは異なるであろうが、豊岡開拓が健在であったことに深く感動した。

私は昭和二十八年に正規の県職員になり、種畜場が畜産試験場に衣替えはしたが、同じ職場にとどまった。岩手山麓にある試験場の周りには、三百所帯を超える戦地からの引き揚げ入植した方々がおられた。原野を切り拓いて造った牧草地が増え、当初の仮小屋は新築に代わり、建て増しの牛舎には牛の数も増えた。しかし当時、この地域には開業獣医師はいなかった。そこで上郷、一本木、南部といった開拓団からは、しばしば私に声がかかった。公務に差し支えない限り私はそれに応じたので、入植者とは随分と懇意になった。お礼に差し出される畑野菜を快く頂戴する。消化器障害、産科のトラブルなどが主だったが、朝夕を問わずお手伝いをしたお陰で、私は馬喰獣医の貴重な実務を身につける幸運を頂戴した。今にして宮澤賢治の〝雨ニモマケズ〟の「東ニ病気ノコドモアレバ、西ニツカレタ母アレバ」の勧めの体験だったかと振り返る。先にも触れたが当時の私の手指は黄色く染まっていた。これは産科獣医の勲章であった。

授精の仕事で出歩く列車に絡む逸話には事欠かなかった。

［逸話の一］

戦闘帽に松葉杖の傷病兵姿の旧日本兵と思しき男性に遭遇したのもこの頃。これは一度ならずだったと記憶する。彼は先頭車両から順次やってきた。車輛ドアから押し入るなり、彼は杖を投げ出し床に両手をつき、戦闘帽の頭を下げて声を上げる。

「私は中支第○○連隊○○部隊で……負傷し……このような見苦しい姿となり……ここに皆様のご支援をお願いにまいりました……」

口上を終えた彼は松葉杖を拾って立ち上がり、一方の拳に握った戦闘帽を左右の座席に差し出しつつ車内を進む。乗客は一様に硬く押し黙り、傷病兵が行きすぎるのを待つ。戦闘帽に寸志を入れたものは見なかった。薄給の身の私も然りだった。この傷病兵の真偽のほどは誰もわからない。

列車内で跪く傷病兵姿の人：戸田画

ほとんど実入りのなさそうなこの行為は、国家を追及するものだったのか。大局からすれば戦争という暴風に壊された不幸の象徴ではある。なんらかの訴えはあった。生き残り特攻隊員で帰還後に貧困と闘った私の兄にすれば、軍人の面汚しだと罵るだろう。しかし、これは正に〝昭和奇胎の遺産〟の一端であることには間違いない。私の担ぎ屋人工授精の渡世時代には馴染み難い「負の遺産」との出会いだった。

［逸話の二］

六十余年前の岩手は町村合併もなく、昔の由来を感じさせる地名が残っていた。稗貫郡、亀ケ森村、千徳村、就馬牛村、鱒沢村、水分村、徳田村、虚空蔵、渋民村等々。稗貫は田圃の稗抜きに苦労した名残か、水分村は田に引く水争いが絶えなかったか、虚空蔵は冷害が多発して蔵の中がいつも空っぽな土地なのか、などと思い描いて汽車に揺られた。車内では私の黒い鞄が気になるらしく、

「おめさん、何する人だす。薬でも売っておでるのか」

ボール箱や風呂敷包みを積み重ねた担ぎ屋おばちゃんたち

と乗り合わせのおばちゃん連に尋ねられる。連中はボール箱や風呂敷包みを積み重ねた担ぎ屋おばちゃんたち（写真）で、モノ売り仲間に思われたのかもしれない。当時は黒い煙を吐き出して走る蒸気機関車の全盛時代である。今では懐かしい担ぎ屋に囲まれての日々だった。

［逸話の三］

牛人工授精の職域は全県下だったことは既に触れた。県南一関の在への授精の時など、帰りの列車が盛岡駅止まりになることもある。すでに夜分の八時を過ぎている。滝沢の官舎に帰る術がない。こんな時のために、職場の先輩から授かった奥の手があった。客車便は終わったが、貨車便はまだある。ほの暗いプラットホームで待っていると、静かに長い貨車便が滑り込んでくる。これが助けの神だった。おもむろに先の黒い蒸気機関車に近づき、機関士に挨拶し、なんとかこの二つ先の滝沢駅まで貨車の隅にでも乗せていただきたいと懇願する。

当時の鉄道は国鉄である。国鉄職員はお巡りさんの次ぐらいに位が高かった時代。恐る恐るお願いすると機関士さんは意外なほど物わかりがよく、乗車を認めてくれた。現業職の優しさに打たれた。貨車のどこに乗せてもらったか記憶は薄れたが、盛岡を出て厨川で一度停まる。厨川を出ると鉄路は岩手山の右側の裾野に向かうので、行程は緩やかな上りになる。蒸気機関はシュッシュッと息づきながら滝沢駅構内に静々と停まった。私が機関士さんに深く頭を下げると、列車は何事もなかったかのように発車していった。記憶するに、少なくも二度はこの蒸気機関の貨物列車のお世話になった。ありがたかった。ただし、貨物列車の恩典が得られなかった時は、一〇キロ超の夜道を鉄路に沿って帰路に就いたのだった。

(二)　我が家の台所事情

［小咄の一］

昭和二十五年に私が所帯を持ったことは前に触れた。昭和二十六年に長男（桂）が、三十年には次男（純）が生まれて食べる口が増えた。この頃もまだ米は配給制の時代。昭和十七年（一九四二年）に食糧管理制度によって米穀配給通帳なるものが発行された。これは身分証明書みたいなもので大切だった。これがないと米がもらえない。この制度はなんと昭和五十六年まで続いたが、その内途中で実効性がなくなった。所帯を持った官舎の前には十分な野菜畑が付いていた。その上、種畜場の耕運部からは立派な堆肥が届く。馬鈴薯、大根、ニンジンなどに困ることはなかった。加えて種畜場はたくさんの牛馬を養うため、毎年大面積の馬キビ（デントコーン）を栽培していた。この馬キビは秋遅く機械収穫される。その収穫こぼれしたキビの実が畑に転がって残されている。ミレーの〝落ち穂拾い〟ならぬ〝キビ拾い〟が励行されていた。

「戸田さんも、キビ拾ってきて、ニワトリ飼うもしぇ」

なるほど、鶏卵という蛋白質を自給できるとは幸甚だ。私も大工小屋で見つけた廃材を使い、見様見真似で小振りな鶏舎を建てる。買い求めてきた金網で鶏舎に続く囲いの運動場もできた。あとは拾ってきた馬キビから、実を掻き落とす夜なべ仕事をすれば事足りる。お陰で我が家でも数羽のホワイトレグホンが産んでくれる白卵に恵まれる。幼い息子らも鶏小屋の中の卵探しを楽しむ。そのうちにどうやら鶏舎荒らしをやっているものがいると気づく。鶏が減り、羽毛が散乱している。なんと犯人はイタチだった。この素速い茶褐色の生物は私がこさえた金網の裾をたくし上げて自在に出入りしていたのだった。

［小咄の二］

戦後は食肉の出回りは皆無に近かったが、魚介類はほどほどだったと記憶する。そんな中でも、クジラ肉は庶民にも手のとどく食肉資源だった。半世紀を超える昔話だが、盛岡市の上田界隈に「むらかみ」と呼ぶ掘っ建て風の魚屋が生まれた。記憶に狂いはない。その露天スーパーは今の上田通りを盛岡中学（現盛岡一高）方向に左折する角あたりにあった。ありがたいことに市内のこの魚屋には時折、鯨肉が入荷するのだった。その情報はすぐ広がり、評判を聞きつけた老若男女が駆けつけた。私も人工授精の帰路などに馳せ参じた。種畜場の御大将である加藤場長も熱心な鯨肉バイヤーで情報通だった。店では切り分けた赤黒い肉塊を古新聞にくるんでポイッと渡すだけ。家に戻るや貴重な肉塊から新聞紙を引き剝がし、炭火コンロのフライパンで鯨肉ステーキに仕上げる。冷蔵庫の無い時代だ。一刻も早く火を通して日持ちを良くし、息子らの胃袋を満たさねばならない。鯨肉はこよなくありがたい食肉だった。

クジラは鰓呼吸する魚ではなしに歴とした哺乳類。卵を産む魚と違って、海中にあって自分のお腹で子育てする胎生類。子を産んでからは巨大なシロナガスクジラでさえ、上手に水の中で哺乳する。彼らは口で空気を吸い、頭のてっぺんからそれを吐き出す高等動物。

日本でクジラが「魚ではない」と知られたのは、江戸時代の中頃らしい。なのにクジラにはずっと魚偏がつく鯨と呼ばれ続けた。日本人はクジラを魚のように思うところがあったのではないか。どうしてどうして、鯨肉は小骨などのない立派なお肉だ。水中に棲む魚の姿をした哺乳類には、他にイルカ、シャチがいる。だが、日本人が食料や鯨油目的で捕獲してきたのはクジラだったようだ。

人類の捕鯨活動には長い歴史がある。創始は北欧のノルウエーらしい。紀元前三〇〇〇年の洞窟に鯨の壁画があるという。十一～十二世紀にはスペインのバスク地方民が大西洋で鯨油をとり、西欧で売りさばいたという。次いで十六世紀以降はオランダ、イギリスが優位に立ち、鯨油市場を独占する。アメリカも十七～十八世紀には大型帆船による捕鯨を始める。ただし肉はほとんど捨てて鯨油採取に専念する。資源を求めて太平洋を中心に、北極海、オーストラリア大陸周辺の海域にまで活動を広げる。嘉永六年（一八五三年）にあのペリー提督が開港を求めて浦和に来たのは、長旅のアメリカ捕鯨船への水、糧食などの補給を求めてのことだったらしい。しかし、十九世紀には鯨の資源が枯渇してきたし、ちょうどアメリカ大陸で油田が見つかり、鯨油の需要が減ったアメリカは捕鯨から撤退する。

日本でも、縄文前期（前四〇〇〇年〜三〇〇〇年）には小さなイルカを食べていたようだ。爾来、手投げ銛、網漁と漁を進歩させながら肉利用を続けてきた。第二次大戦終戦の翌年の一九四六年から南氷洋の捕鯨に進出し、その後の日本人が消費する動物タンパク質の四七％を鯨肉が占めるまでになった。この頃ほんとうに我が家の育ち盛りの男の子らも鯨肉に助けられた。

しかしその後、日本の食肉産業が振興したほか、国外からの食肉輸入も増大し鯨肉を食べる度合いが激減する。近年では調査捕鯨で水揚げされた在庫処分にも苦労するとの裏話もある。国民が食べる肉全体に占める鯨肉の割合は〇・一％以下とも聞く。今や世界の捕鯨国は僅かになり、反捕鯨の国際的な機運が高まる。クジラは牛馬と違って絶滅危惧種の懸念がある他、養殖することなどできっこない。加えて知性の優れた認識機能も高い高等動物であると知られる。にもかかわらず、日本政府はなぜか捕鯨維持にこだわる。今や反捕鯨国との対立は異様な段階となる中で、日本政府は二〇一八年十二月に国際捕鯨委員会（ＩＷＣ）を脱退する強硬施策を発表し、この姿勢は国際社会に驚きをもって迎えられた。そしてついに日本は二〇一九年六月三十日にＩＷＣを正式脱退する。この商業捕鯨の再開を捕鯨基地のある下関市や　和歌山県の大地町では〝伝統文化を守る三十年来の悲願〟と喜ぶが、私には弁えのない「我田引水」に見える。これは昭和八年に国連総会で〝満州国成立〟を否決され、それに抗議して国際連盟脱退を表明して退場する、日本の松岡洋右外相の愚かしい姿に重なる。今や日本の捕鯨は政府事業になろうとしている。聞くところでは、下関市や大地町は安倍首相や二階自民党幹事長の選挙区であるとか。愚かしい政治選択である。食料難時代の「むらかみ」の鯨肉は大切だったが、時勢が変わったことの自覚を促したい。

(三) 担ぎ屋人工授精師――Ⅱ．集団農場の巻

岩手には戦後極めて珍しい入植事例があった。それはたくさんの中国からの帰還者が、一団扱いで入植した前森山集団農場（以下前森山）である。私はここにも授精に出かけた。その農場は十和田八幡平国立公園の山並みが東に延びる、今の八幡平市の前森山（一三〇五m）の南緩斜面に開設されていた。この農場は異例尽くしだった。共産農場と言われるほど、生活の一切が共同、共有であった。住まい、食事、牛飼い、畑仕事まですべて共同に徹していた。ここの方々は戦後もしばらく中国に残留していた集団で、昭和二十九年（一九五四年）に遅れての集団帰国だった。中国東北部の元開拓団、同義勇隊が主体で、

これに元兵士、軍属も加わっていた（前森山集団農場の経営：全国農地保有合理化協会：昭和五十九年）とされる。一行も中国で終戦を迎えるが、その後八年間、中国残留を余儀なくされたという。帰国が遅れた理由は定かでないが、残留中に強力な共産思想を学んだことは確かだった。

私はこの集団農場以外にも、中国東北部の寒冷地で酪農を成功させて帰国した方の体験を知っている。その方は敗戦時に毛沢東率いる八路軍から居残って酪農経営を続けてほしいと要請された渡辺幸作さんである。渡辺さんが北満の厳しい気候環境で成功させた酪農の実績を共産政府が引き継ぎ、実力を付けるまで手伝ってほしいと求められたものだった。中国新政府はその約束をしっかりと守り、役割を終えた日本人を無事に帰国させている。帰国した渡辺さんは縁あって、岩手県の金ケ崎町で三たび酪農を営む（この物語は後に詳述する）。同じ頃、満蒙在住の日本人を無期限にシベリアに強制連行したソビエト政府の行為にくらべると、当時の新中国政府がとった友好的な対応は感動的でさえある。

前森山の開拓は昭和二十九年（一九五四年）の帰国で始まる。『写真記録　まえもり』（前森山集団農場三十周年記念）によると、第一次から三次までの先遣隊二十二名に、最後の一九五五年の本隊三十三名が加わり、総勢五十五名（所帯数三十一戸）の大集団農場が結成されたとある。入植者の構成は二十代から三十代前半の働き盛り。日本中のすべての開拓地と同じく、人里離れた茫漠たる森林の伐採作業から始まった。農場の理想は新中国で学んだ「団結の力」を核とする共同体制を日本に植え付けようとするものだった。初めはどこの開拓でもそうであったように、人が食べるものの自給営農だったが、二年後から乳牛が入り、七年目にはなんと四棟の大きなスタンチョン牛舎がすべて完成し、共同運営が開始された。驚くほどの急展開だった。

私が依頼されて初めて乳牛の授精に出かけた昭和三十二年（一九五七年）頃の農場の日常はまだ質素で、掘立造の大食堂での朝昼晩三食の共同給食、住まいも集合住宅。現在のＪＲ東日本花輪線大更駅から当時あった松尾鉱山鉄道（今は廃業）に乗り換えて寄木という停留所で降りた。ここから北へ向かって直進する数キロの山道を徒歩で登りきると、山中に忽然と出現した大農地が前森山農場だった。入植が遅れたお陰で、農業補助事業制の恩恵に与る幸運があった。トラクターなどの機械力

前森山集団農場の掘立の大食堂

や乳牛の導入がスムースにできた。この頃はもう牛の人工授精も珍しくはかった。私の授精が終わり、大食堂で昼食をご馳走になった時の盛観を忘れない。湯気と熱気で大食堂が霞む。大鍋の周りを男女、子供、嬰児も入り混じって囲む。個別の盆なんかの手間はなし。大皿を抱えて並ぶ。私に残る前森山の印象は熱気の満ちる所だった。「共産農場」実現に燃えていた。この前森山へは二、三度は授精に通ったが、ほどなく農場の構成員が畜産試験場の人工授精師養成講習会に参加し、授精師資格を取得したので、以降、授精依頼は来なくなった。

以上は戦後間もない一九五〇年代の前森山集団農場の姿であった。『戦後開拓地における集団の組織化と変容：岩手県松尾村前森山集団農場を事例として』（原田由起乃　一九九八年　人文地理学会編）を手にしたお陰で、集団農場の推移を直視できた。敗戦後に八年間も中国に残り、共産経営を学習して戻った入植者は、個人の資本力の弱さを補うため共同経営方針を固める。学んできた中国式集団農場（生産手段の完全共有、共同経営、共同生活、共産主義的イデオロギー、いっさいの共同、サイフ一つ）の選択であった。この時思いがけない幸運が後押しする。それが昭和二十九年に日本政府が設定した酪農振興法の制定である。この法のおかげで入植早々ながら集団農場は大型トラクター、乳牛、制度資金導入まで受けられる幸運を拾う。私が訪問した昭和三十二年には、酪農に必要な基盤はほぼ整っていた。入植十年後には乳牛二百頭、二十年後四百頭、三十五年後の一九九〇年には成牛五百頭も養える広い牧草地も整備され、乳牛一頭当たりの年間乳量も六〇〇〇キロの大台に達した。これが集団入植後ほぼ四十年の前森山の姿だった、

だが、この辺りから集団体制に変革が起こり始める。それは入植十五年頃から表面化する人心の変化である。構成員の世代交代が背後にあった。「いっさい共同、サイフ一つ」にブレーキがかかる要因（個人エゴの発生、外部社会への羨望）などが第二世代に生まれる。かくして昭和四十五年（一九七〇年）若い世代の声に応えて生活共同化の解体、個人住宅の新築、各戸への電話導入、厚生年金の設定などの生活向上が進められる。さらに一九七八年には経営の共同体制を農事組合法人に転換し、給与性に移る。こうして集団農場は監事会、農場長、理事会で仕切られる企業体質に大改造された。生活でも一九八一年には共同食堂の廃止、婦人は場内仕事の束縛から解放されて、外部アルバイトも自由となる。

以下は私考である。事業体を切り分けて個人化する意見もあったと聞くが、大経営向けに造られた牛舎、諸施設、機械装備などを個人分割するなど無理な話。結局は初期の精神

主義的な経営を農事組合法人（株式会社方式）に転換させて治まっているようである。良い決断であり、妥当な選択であったと思う。人はイズム（主義）の縛りの中では息苦しくなる。中国でも鄧小平のイズム批判の〝白い猫でも黒い猫でも〟があったし、ソビエト連邦の崩壊も起こった。

必要な脱皮は避けられない。前森山農場の一九五五年開設当時の三十一所帯は一九八五年には二十二戸になる。正規常勤三十二名＋臨時十六名（女性）の体制で「株式会社前森山集団農場」の名称で民主的に運営されることになる。イズム体制がぐっと民主化された。前森山集団農場は戦後の開拓農業から大変革を遂げた。ほぼ四分の一世紀を経て大きく自主的に脱皮した。おめでとうである。共同食堂でいただいた昼食以来ご無沙汰しているが、今後も難関を乗り切ることを期待する。

（四）現場を踏む大切さ——I．人工ならぬ人口授精

私は一九五〇年から十三年間、牛人工授精の仕事にかかわった。その間に種畜場が畜産試験場に衣替えした。名前が変わってもおいそれと人柄まで変えられるものでないように、技術職だった者がすぐさま研究職の頭に切り替えられるものでない。私が尊敬する先輩で研究職の上司でもあった佐藤農政部長には次のように諭されたものだった。

「戸田君よ、県の試験場なんかにはな、新技術の開発なんか誰も期待していねーのよ。そんなことは大学や国に任せて、ここは新人公務員の実務の研修の場でいいのさ。若者の垢落としする訓練所でいいんちゃ」

「例外があってもいいと考えます。それぞれの県には必要な実務研究はあるはず。私のことはずっと現場においてください」と私は請願した。

その願い叶って、私は三十年間、同一研究機関勤務を通した。県営外山牧場（県種畜場の前身）は一八七六年の開所以来百余年になるが、私は同一場所に在籍した最長不倒の牛馬喰だったかもしれない。冗談みたいな事実のお陰で、農家に喜んでもらえる仕事ができたと思っている。その後も含めた四十余年の私の公職の中で、ほんとうに農家に役立った実務は何だったかを自問すると、それは初期十三年間のなりふり構わぬ牛の人工授精従事だったなと思う。間違いなくいつも手の爪まで黄色に染まった馬喰獣医だった。その頃は自分が生きた昭和が世界に憚る「奇胎時代」であったなどは気づきもしないいまま、脇目も振らずベコ屋の日々を送った。人工授精に伴う失敗談は座右の銘だったが、乗り越える力も身に付けた。その中の一例を話したい。

県南の水田農家の授精に出向いた時のこと。いつもの黒革鞄と精液を収めた小型魔法瓶を抱えて農家に到着した。手筈通り、庭先に授精用の枠場を組み立て、雌牛を引き入れて発情兆候を見届ける。以上は大切な工程である。授精された時、雄牛からの精子は子宮頸管を抜けると、広大な子宮体、子宮角の道程を自分の細くて長い尻尾を振り振り懸命に上り詰める。それは生命を生みだすための懸命な営みだ。やっとのこと、輸卵管の突端に達したそれらの一群は排卵されてくる卵子のお出ましを待つ。顕微鏡的な小さな虫けらの精子にとっては、子宮内はとてつもなく広い世界だ。一匹や二匹の精子では排卵される卵子に巡り合えるチャンスはゼロに近い。かなりの精子軍団が揃っていないと卵子を取り逃がす。長話になったが、この受精にいたる経過を頭におきながら、今の発情段階を見究めることが肝要。

枠に繋がれた雌牛の発情は授精適期と判断された。頃合いよしと黒鞄を開けた私は唖然とする。精液を注入する大切な注入器を収めたケースがない！

〝なに！　しょうべ（商売）道具を忘れてきたっつのか！　なんじょする（どうする）。えれーこったな〟

農家も取りまきの見物連も気抜け顔。私は長く沈思黙考した覚えはない。忘れ物のために滝沢にとって帰す間に授精の適期は終わる。要は精液を無菌的に子宮内に注入することだ。段取りはすぐ頭に浮かんだ。精液を子宮頸管の外口に注ぐ筒先はササの茎を削って作ればよい。注入器に当たるものは自転車の口ゴムを伸ばせば足りる。これで決まり。農家の親父さんには、裏山からササをとってくることを頼み、私は自転車屋に走る。ササの茎四cm余りを滑らかに削り、これに四〇cmばかりの自転車の口ゴムを繋いで鍋で十分間煮沸消毒する。

それを終えるとササ筒に自転車の口ゴムを繋いだ即席注入具の内壁を、持参した消毒済みの生理的食塩水で濯いで準備完了。ササ製の注入器の筒先を試験官に差し入れ、ゴムの端を口に咥えて、静かに精液を吸い上げる。次いで、ササの筒先を洗浄した右手に持って、そっと腟内に挿入し、手探りで筒先を子宮外口から子宮頸管内に挿入する。私には目をつむってもこの行程はわかる。最終段階はもっとも簡単。咥えたゴム管内の精液を子宮頸管深部に吹き込むだけ。これで終わった。見学者たちも、ほぼ納得したようだった。私のこの人工ならぬ人口授精は妊娠に成功したと思っている。再授精の申し込みがなかったからである。これは決して自惚れている行為でない。大切な乳牛の繁殖のための、やむにやまれぬ人口授精であった。

（五）現場を踏む大切さ――Ⅱ．慙愧

盛岡の南の紫波町に彦部と呼ぶ在所がある。ここに、県の畜産職（酪農）を退いてから三十余年、ホルスタイン乳牛数頭と一町八反の稲作で水田酪農を営む小野文真氏がおられた。私が小野氏から人工授精の申し込みを受けたのは、昭和三十年代初め。氏の希望は当時岩手畜試が繋養する雄牛の中で一番人気だったベッス・バーク・フォーブス（写真：昭和二十七年生）の種であった。この種牛は当時、北海道にあって、名牛を生産するブリーダーとして知られた宇都宮牧場産で母牛を遡ること三代まで非常に高い産乳を挙げた保証付きの系統牛だった。日本近代酪農発祥の地と言われる農場を開設されたの

ベッス・バーク・フォーブス
（戸田撮影）

は、初代の宇都宮仙太郎氏（一八六六〜一九四〇）だったが、私たちが訪ねる頃の当主は、二代目の宇都宮勤氏であった。氏は、若い頃に渡米し酪農の研鑽を積んだ。物腰は穏やかで、ベッス・バークの育ての親だった。ちなみにこの若かったベッス・バークを掘り出して購買してきたのが、岩手県畜産課で酪農主任をしていた村上栄氏である。

今を遡る六十余年前のその日の私は小野氏とは初対面だった。とても博学な方で、乳牛にも農作全般にも明るく、理にかなった管理を尽くしていることがよくわかった。数頭の牛は小岩井農場の血筋を引いているようだった。当時の小野氏は知られた篤農家で、国内で広く講演に出かけておられた。後年、小野氏は正しい営農の実践と指導の貢献者として酪農家では只一人、黄綬褒章を受章されていた。氏は全国公演のために「乳牛の見方・飼い方」の冊子を作っており、よい牛の見方の稿には「既成の指導書には血統を過大視するものが多い。これは誤りで、自分（小野）は外貌（目で見た牛の姿）から牛の資質を判断する研究をしてきた。人間に手相、人相があるように牛には牛相がある。私は牛相研究をしてきた」と述べている。

小野氏のアドバイスは、戦後に乳牛を飼い始めた農家には貴重であったに違いなかった。

血統に惑わされずに、自分の目で牛を見分ける牛相観は、知名度の高い画家名に惑わされずに、優れた美術品を捉える鑑賞眼の大切さにも通じる。私が小野宅を訪ねた時は、牛の発情の適期を待つために一泊をお願いすることになった。氏は岩手県の現職時代には小岩井にも始終行かれたと聞く。私が小岩井ゆかりの者とわかると、たいそう親近感を持って下さった。結果、なんと同室に布団を並べて休むことになる。小野氏は獣医ではなかったが牛との付き合いが長く、下手な獣医の及ばない産科技術を磨いておられた。氏が布団の上で難産実技の手際を開陳し始めたのには驚く。生まれてくる子牛の胎位が悪く、小牛の首だけが産道に出て両前足が隠れたケース、その首と足が逆なケース、胎児が逆さまなケース等々。

ここでちょっと寄り道するが、牛のお産はテレビでよく目にするアフリカのヌーたちと同じように立ち姿が一般的だ。お産が始まると初めに胎児の両前足が揃って産道に現れるのが正常位。なので第二破水の羊膜の中に見える足の蹄が下向きに揃っていて、その上に頭が乗っているのが正しい産位。子牛の蹄が上向きであれば胎児が上向いている証拠で、これは反転矯正しなければならない。子宮内に手を入れて両前脚を捻って正常位にする。これで出産は無事成立する（参照：子牛誕生の絵）。かなり多い胎位不正には、足を差し置いて頭だけが出てくる不届きがある。この辺りからが獣医の出番になる。隠れた前脚はまっすぐ後ろに伸びていて、これを引き出すのは容易でない。

小野氏はこの子宮の奥に隠れている前脚を引き出すテクニックについて、布団を跳ねのけ、体を捻りながら実演される。隠れた小牛の前脚を手前に曳き寄せるポイントの実演が圧巻だった。子牛の体に沿って狭い産道に思いっきり利き腕を差入れる。足首の先の爪先を指先でしっかり捉える。氏によると、ここで大切なコツがある。爪先を摑んだら、繋がる球節を内側にコクッと曲げてやる。すると突っ張っている上部関節まで面白いように折りたたまるという。こうなればしめたもの。たたんだ爪先を摑んで胎児の頭の下をしずしず引き出す。もう一方の脚も同じくして、頭の下にを両脚を揃えてあげる。初対面の若者にこんなに真摯な実技指導をしてくれた方は初めてだった。この〝子牛の球節コクリ〟のお陰で、どれだけ雌牛たちの難儀を救えたことか。私は県職員で開業獣医ではなかったが、岩手山麓開拓団の近くの試験場にいて、いろいろな体験をさせられた結果、難産や胎盤停滞、子宮脱処理などでは県職

小室寛「子牛誕生」ダダの家所蔵

仲間で一番腕が立つとの下馬評を頂戴した。

この小野氏とのお付き合いは、残念ながらホロ苦い終焉を迎える。慙愧の限りだった。災いは私の授精で生まれた雌小牛が元だった。純粋種のホルスタインの子牛はホルスタイン種牛協会の規定に従って登録しないと品種資格を失う。氏からの依頼を受けた私がベッス・バーク・フォーブスの授精証明書を発行すると、思いもよらない返事が小野氏から届いた。生まれた小牛の黒白の斑毛、体型、毛つやなどの外貌を重視する小野氏の目には、その子牛がベッス・バークの子に見えないというのだ。畜試にいる別の小岩井農場産の種牛に似ているので、授精証明書の種牛名を書き直してほしいというもの。

この申し出は、私が精液を取り違えて授精したことを承認せよと迫るも同然である。敬愛する先輩だが、この公文書偽造の依頼は受け入れられない。何度かやり取りをし私も子牛を見に行った。結局私たちは折り合えず、折角純粋種の登録資格のある子牛は、生涯を雑種牛として過ごす運命になった。これはやりきれない結末だった。〝黄綬褒章〟まで手にされた酪農家、正しい乳牛管理のエキスパートで後輩の私を真摯に指導された小野氏が、一体なぜだったかの思いであった。小野氏は自己過信による「弘法の筆の誤り」を犯したものか、それとも、小野氏の主張のように私が精液を取り違える誤りを犯したか。現代ならばＤＮＡ鑑定で白黒をはっきりさせられるのだが。この一件で残念ながら、私と小野氏を結ぶ糸は切れた。

（六）満蒙開拓史の生き証人たち

満蒙から引き揚げて岩手に落ち着き、牛を介して知り合った方々の体験談をもう少し反芻したい。明治から昭和まで産めよ増やせよを唱えた日本は、国策として海外移民と開拓を奨励した。少子高齢化の今と違い、太平洋戦争の終わる頃までの日本は、人口過剰を富国強兵に向けたのだった。夭逝した三名を含む戸田家の兄弟姉妹はなんと十四名だった。「日本は人口が多すぎる。放置すれば食料や教育、雇用の面で深刻な問題が起きる。それを解決するために、移民として外国に送りだそう。移民が外国の土地を開拓し、事業を起こせば日本の利益にもなる」

一石二鳥のこの呼び掛けで南北アメリカ大陸、フィリピン、植民地化した朝鮮や台湾、南サハリン、太平洋諸島へ多くの移民が送り出された。その中で国策として最も大規模に進められ、悲惨な結末を招いたのが満蒙開拓移民（分村移民）であったろう。この国策の蔭には、一九二〇年代の経済恐慌回避の他、満州を傀儡国家にしようとの思惑が絡んでいた。一九三一年の満州事変で、満州（中国東北部）を占拠した日本は「清王朝ラストエンペラー」の溥儀氏を担ぎ出し、傀儡国家「満州国」をでっち上げる。日本政府及び陸軍はこの満州を完全に日本のものにするため、百万人の日本人移民を送り出す計画を立てた。新聞・雑誌・ラジオ・映画などのマスメディアも「行け！　満蒙へ！」と大々的に宣伝した。また、都道府県や市町村の職員、学校教員を動員して、「満州に行けば広大な土地が手に入る。開拓し農地にすれば豊かな生活ができる」と勧誘を繰り返した。これに乗せられた多くの人々が夢を求めて満州移住に走った。宣伝では無人の荒野を開拓するものと聞かされており、その通りの開拓地もあった。しかし、あてがわれた開拓地の多くが、中国人から取り上げた既耕地であった。いわば、中国人の土地を強奪して移住日本人に与えたもの。この実態を証言している日本人帰還者がいる。

私の手元には旧満州開拓を引き揚げてから五十一年目に、侵略のお詫びと友好復活を願って訪中をされた方々の遺稿集がある。それは「農村交流雫石訪中団研修視察報告書」(雫石町一九九六年)。纏めたのは故吉沢喜美男氏。吉沢氏自身も北満移住者であり、迷惑をかけた中国農民に、何かお返しできるものを探すために訪中団に参加した。これは貴重な旅だったようだ。どうやら吉沢氏は、中国には牛舎改良の手伝いをする余地があると、確信してこられたようだ。中国には〝借りがある〟が氏の口癖だった。氏は真剣に酪農管理の手伝いに中国再訪を切望していた。高齢に近い氏がお返しのためにと、牛を繋ぐスタンチョンの試作に励んでおられたのを記憶する。しかし、その途次に吉沢氏は病に倒れ、中国再訪は実現できなかった。氏はこの遺稿文の中で、なぜ日本人の満州移民がなされたかの歴史的な事実を「国の宣伝に踊らされた背景をあちらがわ（中国側）に伝えることが、友好を進める第一歩である」と述べつつ、その最初に、渡満訓練を受けた日本の若者が歌わせられた一節を紹介している。

俺も行くから　君もゆけ　北満州の大平野
広漠千里　果てもなく　自由の天地　我を待つ
生きて帰れぬ命とぞ　誓て堅き　この胸に
高鳴りおどる　大和魂　熱血今ぞあふれける
文化日本の先駆と　鋤振る腕　目に朝に
築き開かん　新楽土　往け往けいざや溌剌と
我ら世紀の青少年

この欺瞞の一節を中国側に伝えられなかった吉沢氏の歯ぎしりが聞こえる。十四〜十五歳で渡満応募に至った背景として、親の勧め六%、本人の自発的な意志三四%、教師指導四七%であるとし、喧伝に乗った当時の教育指導の誤りを力説している。氏はこの強硬な渡満政策が生まれた背景として、第一次世界大戦後から昭和初期にかけての世界大恐慌、「職」も「食」もなく「凶作」「娘売り」「五・一五、二・二六事件」などの社会不安と資源不足を避けるために、戦争の仕掛けが練られ、満州移民政策が選択されたと見ている。「貧すれど盗むなかれ」「武士は食わねど高楊枝」といったわかりやすい諺が我が国にはある。氏は続ける。にもかかわらず日本は傀儡国家満州北辺の守り、五族協和※、王道楽土の建設の美名のもとに、食糧大増産、石油、石炭、森林資源などの開発に国民総動員を仕掛けたのだと厳しい発言を残している。

[註]　五族協和：大日本帝国時代の満州国を建国した時の理念。五族とは日本人・漢人・朝鮮人・満州人・蒙古人を指した。

満蒙入植した日本人は、冬のマイナス三〇度以下の寒波と病害虫に悩まされながら、土地を耕し、家、学校を建設し懸命に働いた。しばらくは日中戦争や太平洋戦争の影響は満州にはほとんど及ばず、おおむね平穏な生活を送っていた。それが一九四五年八月九日のソビエト軍の参戦で一気に崩壊した。開拓移民を守ると信じられていた日本軍は、広げ過ぎた東南アジアの戦線で手が足りなかったとも言われる。吉沢氏によれば北満の実態は深刻で、開拓民には知らせもせずに軍とその家族が一斉に退却したとある。それのみか、防波堤になるようにとして農民を残し、さらに自らの安全のために鉄路や橋を爆破して去るという念の入れようであったと。これが吉沢氏の見た北満における「国益を守るためには、自国民も捨てる」大日本帝国陸軍の実態だった。

残された移民は大混乱の中を必死で逃げた。その移民たちに対してソビエト軍は無差別攻撃を仕掛けたという。虐殺や集団レイプが至るところで横行した他、恨みを買った中国人住民からの報復もあった。集団自決が相次いだと言われる。しかし氏は述べている。中国人の既耕地に手を付けずに未耕地に入植して営農した一部の日本移民団は、戦後も無事であったと。本質において中国農民の多くは弁えのある善人であったと、氏は正論を述べている。

逃亡生活で多くの人が餓死や病死に追い込まれる中、悲惨な状況をさらに悪化させたのが、満州での主導権を握ろうとした中国共産党と国民党の対立であった。それにソビエトが絡んで情勢は複雑になった。日本人移民はこの政治混乱に翻弄され、一家離散が多発した。中国残留孤児や残留婦人問題はこの時に発生したもの。命からがら日本に帰国した移民たちに、日本政府には打つ手が乏しく、今度は内地の開拓を押しつけたのだった。そこは耕作されずに残されていた山間部や高原の原野であった。これが食糧不足解消のためと称された戦後開拓の実態であった。

一九四五年（昭和二十年）十一月九日、日本政府は閣議で「緊急開拓事業実施要領」を定める。それは戦後の混乱と深刻な食糧難を乗り越えようとする策で、食糧増産、離職者・復員者の就労確保、新農村建設を掲げて五年間で百万戸を新規に就農させ、大規模な開墾と開拓を行ってコメ換算で千六百万石（尺貫法における容量の単位）を上げようとするものだった。新農村建設ではコメばかりでなく、畑作や畜産にも気配りを見せていたが、コメ千六百万石の意味するところを試算した結果、政府が千六百万人を一年間養えるコメ生産を目標にするものだったことがわかった。

戦後には全国で二十一万余戸が開拓地に入植した。しかし、人力による開拓は困難を極め、入植者のうちで開拓終了時に残っていたのは九万三千戸に激減している。入植者の努力により畜産や果樹・蔬菜などの産地づくりに成功した地域も確かにあるが、営農条件の悪い、特に山間部の規模の小さい営農では、開拓行政の手厚い支援にもかかわらず、営農に失敗し、全戸が離村した村も出た。入植者の中には満州開拓移民に躓いた挙句、引き揚げ後の内地開拓でも離農した人が少なくなかった。

帰還入植した皆さんは、力を合わせて森を拓き、鍬で木の根を掘り、やせた土を懸命に養い、自給食を栽培しながら牛飼いもこなした。岩手山の麓に棲む県の獣医職にあった私は、そのありのままを見た。偽りはない。力尽きた入植者の傍らでかろうじて成功した農家も、その後の農産物輸入の自由化による牛肉価格の下落、オイルショックによる費用高騰で苦しむことになる。敗戦から長い年月が経ち、世界情勢、国内世相まで多様な変遷を経た。その波浪の中で、北満から引き揚げて個別入植し、再び夢破れた方々に

歴史の証人：廃屋となった
雪原の牛舎（戸田素描）

はかける言葉もない。畜産試験場の周辺には、引き揚げ帰国と再離農のダブルパンチを受けた廃屋牛舎が、そのまま残されている（二〇一三年一月三十一日戸田素描）。私はこれこそが日本近世史に置き去りにされた〝物言わぬ証人〟と見る。

戦を仕掛けて敗れた国家に迷惑を被った人たちは満蒙に限らない。北米に移住された多くの日系の方々が、帝国の真珠湾攻撃の直後に、アメリカ国内の強制収容所に収監された生々しい話も聞く。その後にアメリカ政府はこれらの方々に謝罪はしたが、日本政府が何かを償ったかは知らない。南アメリカではブラジルの日系人の間で、祖国に対する考え方の相違で深刻な仲間割れが起こった。日本に住む者は素知らぬ顔の〝頬かむり〟はすべきでないと思う。

その三、戦後不条理の残像

青森、岩手、福島の東北三県には、馬を育種改良する伝統が濃く、国営の馬改良の牧場が戦前からたくさんあった。しかし、牛、中小家畜のための国営牧場は戦前にはほとんどなかった。事ほどさように戦前の国は、畜産といえば軍馬、馬産しかなかった。岩手はその筆頭で明治二十九年に岩手種畜場所が設けられ、その後に種馬育成所、軍馬補充部なども追加され、広大な国有地を使っての軍用馬、農耕馬の改良増殖が巾を利かせ、国家としての軍事一色であった。

戦後昭和二十四年になって全国の国営種畜牧場は家畜改良センターに衣替えになり、役割は乳・肉用牛の育種が主流になる。家畜改良の分野にもやっと民主主義の風が吹いた。岩手の種畜牧場も乳牛の育種をするにあたり、昭和二十六年に不用になった分厩を県種畜場に移管した。これによって県種畜場は、事務所の他、二階建ての数棟の畜舎群、たくさんの種馬、加えて国の牧場で働いていた現場職員もそっくり受け取った。そこで県種畜場は今までのおんぼろ事務所や、私が働いていた牛舎、人工授精室をたたみ、新居に移転させた。これはみな棚から牡丹餅であった。

(二) ある年の暮れの血の教訓

昭和二十六年に建物、家畜を国から譲られた種畜場では、二つの厩に逞しい種牡馬たちを入れ、残りの厩に乳牛と羊を収容した。新装なった種畜場では、年末に種畜の総見をすることになる。種牡馬、種雄牛を各厩舎から検査棟に連れ出し、健康チェックと体重を量るのだった。そのがっしりした木造検査小屋も国からの移管施設で、左半分が大きな秤検査室で、右側が治療室だった。秤部屋の床の中央に角型の大きな家畜用秤量器が埋設されていた。この総見は年末年始の無事を願っての行事。これには場長以下の幹部が立ち会う。時の場長は温厚で人望のある加藤実栄氏であった。ところがこの総見中に思いがけない事故が起きたのだった。

思いがけない事故は、昭和二十八年の雪の深い暮れだったと記憶する。種畜の総見の日であった。最初の種牡馬見が終わり、種雄牛の番になり私にも体重計操作の役目が来た。深い雪道の中をロープで曳かれて黒毛和牛、褐毛和牛、ジャージー牛、そして最後にホルスタイン種牛の順にやってくる。種牛たちは大きな背中を丸め、雪道に蹄をとられてのよちよち歩きだった。秤量小屋の中央に据えられた体重計の脇には、メモリ計器の納まったガラス張りケースがあった。私はこのケースの脇で測定を受け持つ。順次秤量を終えた種牛たちは、無難に退出していき、ホルスタイン種牛の最後に第53サー・ロメオ・オームスビーが、岩吉さんに曳かれて秤量小屋の入り口に差し掛かる。相変わらずあたりを払う威容がある。ロメオの姿はいつも土俵入りの横綱の如しだった。

だがなぜかその時のロメオはいつもと違い落ちつかず、秤量盤上に乗せようとする岩吉さんの指示に従わなかった。駄々をこねる子のようだった。これまでの岩吉さんとロメオの信頼関係からは考えられない様子。経験ある責任者なればこの異変に気づいたのだろうが、そんな識者はその場にいなかった。ロメオの目つきはいつになく鋭く血走っていた。岩吉さんはやむなく長めに持っていたロープを丸め、それを小脇に抱え、右手でロメオの鼻環を握って、駄々をこねるロメオを手懐けようとし始めた。その瞬間であった。

測定秤の覗きガラス越しだったが、いきなりロメオの巨体が左から右へ突進するのが見えた。それは一瞬だった。岩吉さんの体が小屋の天井の梁近くまで舞い上がって建物の隅に落ちた。そこは私から数歩の距離だったが、背を丸めて蹲った岩吉さんはひどく縮んで見えた。その時鋭い声が響いた。

「戸田君！　助けろ」声の主は加藤場長とわかった。

日頃穏やかな場長にしては激しい響きだった。私の反応も電光石火だった。丸められたロープは蹲る岩吉さんの懐の中。ロメオの脇をすり抜けるようにして私は、一瞬にして岩吉さんの懐からロープもぎ取り、既に飛びのいていたロメオの鼻を〝しなり〟をつけたロープで打った。ロープの〝しなり〟を受けロメオは屋外に飛びすさってくれた。正確には岩吉さんを襲ったロメオは私の〝しなり〟を受ける前に数歩後退していた。この間、私は竦みも、恐怖も覚える暇がなかった。岩吉さんから丸めたロープを取り出した早業は、再現できるものではない。私を突き動かしたものは、蹲る岩吉さんの痛ましさ以外の何物でもなかったと思う。ロメオは再度岩吉さんを襲う気は毛頭なかったと思う。そもそもロメオの初めの襲撃も、憎しみが元ではなかったと後でわかる。もし恨みでもあればロメオは徹底的に襲いかかったろう。賢いロメオは、何か嫌なことを押しつけられることに反発したのだったとわかる。ロメオには再度岩吉さんも私も襲う気配はなかった。私は凄い体験後しばらく、ロープを握ってロメオに対峙したが、ロメオは戸外の雪壷にあって静かだった。

気づくと私の周囲には誰もいない。見えたのは事務所に戻ろうと向こうの土手を駆け上る加藤場長と田中部長の後ろ姿だった。ロメオが制止されたのを見て、牛舎現場に急を知らせに走ったのだろう。ロメオの手綱を握る私は修羅場に残された思いを味わう。上官のお二人は平素いい方々だったが、危機一髪に際しての対処の仕方には、妙なものを感じた出来事であった。

岩吉さんは肋骨の複雑骨折で重傷だったが、命には別条がなかった。しかし緊急入院の後遺症が、岩吉さんの退職を早めたように思えてならない。その後にずっと不思議に思うものがあった。私の行為は人命救助に違いなかったと思うし、間違えば私も重傷を負ったかもしれない。だが、この一件は場内で全く口にされなかった。目撃者はあった訳だが、明らかにすれば事故の不祥事が問われたかもしれない。重傷を負った岩吉さんも、私の行為を露知らずに過ごし、しばらくして亡くなられた。

ロメオがあの時、なぜあれほど駄々をこねたかの説明が要る。それが明らかにされないと、故岩吉さんもロメオも浮かばれない。その理由はその日のうちにわかった。事件の前日、秤量小屋の隣室の病畜診療室で牛の屠殺解体がされたのだった。その屠殺は場員と本庁畜産課職員への牛肉提供のための年末行事だった。今では許されない密殺である。ただし事件の元は不法食肉解体にあったわけではない。問題は秤量室の隣の診療室で牛を屠殺し、さらには剝ぎとった血だらけの生皮を持ち出して、雪の上で拭ったことなどである。このためこの建物を含む一帯が血の匂いに染まっていた。

これが種畜総見の前日のことだった。許しがたい浅はかである。経験の浅い私には、血の臭いが牛を錯乱させることに無知だった。牛の血臭に馬たちばかりか、和牛や朝鮮牛も全く無頓着だったのは不思議議である。しかしロメオは違っていた。年季を積んだロメオにはこんな無体は見過ごせなかったのだ。生き物の血を粗略に扱った人間の浅はかをロメオは我々に知らせた。この事件には功もあった。それは図らずも私の〝づぐなす根性〟を吹き飛ばす力になった。この件に関わった方は私以外、皆さん他界されている。くだんの雄牛ロメオも然り。体験した血の教訓を記録にとどめる。

(二)　唯々諾々の日米の安全保障条約　行政協約の後遺症

当時の世界の動きにも目を向けておきたい。昭和二十六年（一九五一年）九月八日、吉田茂首相がサインしたサンフランシスコ条約（写真：平和条約、講和条約とも）は翌一九五二年四月二十八日に発効された。これで米軍による日本占領が解除（沖縄を除く）されたのだった。無条件降伏によって太平洋戦争が終結したことは、今の若い方々も知っているよう。でもその後、日本が六年八ヶ月間、頭を押さえられっぱなしの占領政策下にあったなんて「エー、それってマジ！」と言われそうな気がする。このサンフランシスコ講和会議の参加五十二ヶ国の動きには不思議が潜む。一つは参加しながらも署名を拒否したソ連を含む国が、三ヶ国もあったこと。さらには日本軍に最も犠牲を強いられた中国、台湾、韓国、北朝鮮がこの会議に招かれなかったこと。ともかく、米英豪仏蘭のほか、南アジア、中近東、アフリカ、中南米など実に四十九ヶ国もの多くが参加署名している。日本はなんと四十九ヶ国もの国々と仲違いしたのかと驚くばかり。中近東、アフリカ、中南米の諸国と日本はどんな争いをやったものか。私はいまだに判然としない。中国、韓国、北朝鮮との平和条約は置き去りにされた結果、六十数年たっても領土の線引き、慰安婦問題などの未解明なものが残された。

講和条約にサインする吉田茂首相

ここまで書いて思い出す。一九八二年から二年間、ＪＩＣＡの海外協力畜産専門家としてマダガスカル（以下マ国）で過ごした時のこと。四十年前の昭和十七年（一九四二年）になんと大日本帝国海軍の特殊潜航艇（写真：二人乗り、魚雷二本積載）がマ国北端のディエゴ・スアレス湾に侵攻し、英戦艦ラミリーズ号を大破、油槽船一隻を撃沈させたとの昔話に接する。私がここで勤務していたＪＩＣＡプロジェクト「マダガスカル北部畜産開発」の専門家仲間だった下条氏は、趣味の海中ダイビングのベテランだった。水中遊泳が得意だった氏は、はるか四十年前にディエゴ・スアレス湾の海底に沈んでいた、日本海軍潜航艇「伊何号」の船影を撮影してきたのだった。彼の水中写真には帝国海軍所属を示す菊のマークがしっかり写っていた。ちなみに乗組員の帝国軍人二名は、潜航艇を脱出して上陸したが、英国兵への降伏を拒否して戦死したという。それを悼んで建てられた慰霊碑もある。以上のことからも講和条約の際に、吉田首相が遠いアフリカも含む諸国のサインも必要とした背景に納得がいった。

マ国ディエゴ湾に侵攻した
帝国海隅潜航艇

サンフランシスコ講和には、たいそう重大な付属案件があった。それは日本独立後も引き続いて米軍の駐留と基地の使用を承認する日米安保条約と、日米行政協定である。講和条約締結の午後にはこの付属案件も調印された。敗戦処理の事情などに疎かった私は、恥ずかしながら、日米安保も付属案件など知らぬ存ぜぬだった。講和条約は四十九ヶ国と結びながら、安全保障条約などは日米だけとはいかなることだったのか。勝者の言いなり、唯々諾々で結んだ安保が沖縄の占領返還を遅らせ、今なお米軍基地問題で大きな禍根を残している。これについては後段で再度触れたい。

(三) 生き残る戦後の〝かさばる男たち〟

朝日新聞（二〇一四年三月十八日）に紹介されている社会学者上野千鶴子氏の痛快なエッセイに接し、思わず膝を打つ。氏は「かさばらない男」なる一文で、「男はどちらかと言えば自分を実力以上にかさばらせて見せたい生き物」だから、「邪魔にならない」男こそ得難い存在だと発している。どんぴしゃりな発想である。私の日頃の鬱憤を代弁してくれている。お陰で「生き残る戦後のかさばる男たち」の鬱憤話を披露する気持ちが生まれる。上野氏の発言に力を得て、私の腹に据えかねる戦後の一ページを物語りたい。

私が米軍キャンプで働いている頃、連合国軍総司令部の指令による戦犯指令に公職追放令があった。追放指令を受けた日本人は「公職に適せざる者」として政府機関の要職や、民間企業の要職につくことも禁止された。指令の該当者とは次の経歴を持つ日本人とされた。

一、戦争犯罪人
二、陸海軍の職業軍人
三、超国家主義団体等の有力分子
四、大政翼賛会等の政治団体の有力指導者
五、海外の金融機関や関連組織の役員
六、満州・台湾・朝鮮等の占領地の行政長官
七、その他の軍国主義者・超国家主義者

これによれば、私が怖れる〝昭和奇胎〟の再発の芽はほぼ摘み取られたかに見える。公職追放に並行して、戦争責任者を摘発処分する国際軍事裁判も日本国の内外で進められた。東条元首相以下七名がＡ級戦犯で処刑された東京国際軍事裁判、山下奉文陸将以下百七十七名が有罪になったマニラでのＢＣ級戦争犯罪裁判はよく知られる。しかし「公職に適せざる者」の項目に当たる陸海軍の職業軍人や、戦中に虎の威を借りた軍国主義者・超国家主義者の多くが、国内では公職追放の網から逃げおおせたように私には見える。

戦勝国による戦犯日本の大掃除は盥の隅々までは及びかねる面があったかもしれない。また多くの日本人はノーモア戦争の思いを強めたのは確かだが、自分の国が海外侵略をしたとの反省はあいまいなまま、戦争責任の総括を置き去りにしたように見える。我々は東京を初めとする大都市の無差別爆撃、広島・長崎の被爆、沖縄が受けた惨劇、北朝鮮による拉致問題などを嘆くと同じレベルで、我が国が犯した南京虐殺、日韓併合後の韓国人民への加虐搾取、インドネシアやフィリピンでの拷問強奪、アジア全域に繰り広げた日本兵のための慰安所の開設などに、正直に顔を向けてきたであろうか。

ＧＨＱが日本政府に科した綱紀粛正は、一部の公職追放、戦争責任者の追及で幕引きになった。日本政府は国家が犯した悪事をできる限り国民の目から遠ざけ、民が自らを反省する気運の芽を摘んできたように思う。また実際、日本国民の中には、国家の汚点を今更見たくないという心情も隠しきれない。このような世相をいいことに〝かさばる男たち〟が日本の戦後に生き残った。そこへいくとドイツ連邦共和国のＲ・Ｖ・ヴァイツゼッカー元大統領が一九八五年の敗戦四十周年にあたり、議会で世界に向けて発信した謝罪を籠めた歴史認識の言葉が眩しい。この徹底した歴史認識の公表によって、ドイツは国際社会での〝みそぎ〟が認められ、世界中からの厚い信頼を獲得したように思える。

私は戦後も生き残る〝かさばる男たち〟には悩まされた。私が勤めた種畜場を例にとってこの生き残りの横着ぶりを見返る。馬の生産県であった岩手は富国強兵の国策に沿って軍馬、農耕馬を改良増殖する大役を背負っていた。富国強兵、侵略は日露戦後の重要な国策だった。このため軍馬の増産は不可欠な国家方針になる。よって国中に国家が所管する種畜牧場、集めた若駒を鍛錬する軍馬補充部も添えた、網の目の産馬組織網がつくられたことは前にも触れた。国が所管するこのネットワークは、大変緻密で強力だったろう。したがって、これに携わる男たちに〝虎の威を借る〟心的慣性を戦後まで永続させた。

日本の敗戦以降、軍馬は不用になったはずだが、岩手では馬産にかかわってきたお役人衆らから〝虎の威〟の慣性がなかなか抜けなかった。威張りたがりや地位執着などである。農家もこれまでやってきた馬産を止めてよいものか、代わりに何をすべきかの迷いもあった。そんな世情をよいことに、種畜場では国から移管された立派な厩舎に丸々肥えた種馬たちを優雅に住まわせている。この種馬の役割は農家の雌馬に種付けをする、それだけ。雌馬の繁殖時期は二月から七月が盛り。農家は大方五月頃までには種付けを終わらせたい。馬の妊娠期間は三百三十日で、子馬生産は一年がかり。水田農家にすれば早春の田起こし、代かきを馬にやらせるため早く出産させたい。産後一週間ほどで始まる次の発情で新たな種付けも終えてしまいたい。

そんな次第で、種畜場の種馬たちの県内への出稼ぎ種付けは、雪が解けると一斉に始まった。出張には馬係の作業員が一名ずつ付き添う。これには申し合わせたように、種馬と一緒に国の牧場から移転してきた元国家公務員が当たる。彼らは出稼ぎ先で種付けを差配する役割で特待を受ける。これは〝かさばる男たち〟の温床だった。一方、派遣を申請する町村はいい仔馬が授かる種馬の派遣を求めて、種畜場への陳情合戦を繰りひろげる。毎年この陳情合戦が始まると、陳情団から酒や米俵が〝かさばるお役人〟に届けられ、談合が済むと決まって昼日中から、場内の倶楽部で飲めや歌えの酒盛りになる。この一切を取り仕切るのが、場長以下の馬担当職の面々。

彼らは中国大陸を経験した元軍人軍属。陳情馴れ、袖の下馴れ、忖度慣れの強者。戦後も日が浅く物資の乏しかった時代。持ち込みの手土産は有力幹部職員を潤す公然の収賄。陳情合戦は〝かさばる男たち〟を慢心させる置き土産を残していった。種畜場の〝かさばる馬役人たち〟の不行跡は続いた。私たち若い者は、仕事の手を取られて、倶楽部の酒盛りに供するジンギスカン鍋用の羊の屠殺、肉の仕込みを科される。陳情団の接待の名目でお役所が、日中から密殺した羊のジンギスカン鍋を囲んで憚らない。これが〝かさばる男たち〟を思い通りにさせた戦後であった。

　種畜場内でも周辺村落からの雌馬の寄り付け交配がされていた。そこは高い土塁に囲まれていて、本来は人目を遮る内密な場所な筈だったが、広く知られるところになり、春になると種付け見学の電話連絡が絶えなかった。種馬の勇壮な種付け姿は紳士淑女を魅了するのだった。押し寄せる紳士淑女は高い土塁内にゾロゾロ入ることを許される。その裁可を出すのが種馬部の管理責任者のK氏で、彼はこれを大切な仕事と心得ているかのように来客をもてなした。見学団の中には芸者さん風の女性も交じる。皆さん手土産を欠かさない。〝かさばる思い〟と不健全な好みが融合する事態が横行する時期だった。先の「飲めや歌えや」を仕切る面々は態度も下腹も大きく、それこそ何かを笠に着る「かさばる男たちの見本」だった。これは戦後も既得権にうつつを抜かす男衆が存したことの証であった。現代の国運を左右する大事に当たられる方々は、「邪魔にならず、忖度などはしない男たち」であってほしいとつくづく願う。

（四）ひざまずく西独ブラント首相

ここで犯した超国家主義をきっぱりと謝罪した西ドイツの指導者の史実を思い出す。前項ではドイツ連邦共和国のR・V・ヴァイツゼッカー元大統領が、一九八五年の敗戦四十周年を記念して世界へ向けて謝罪の歴史認識を表明した史実を述べた。西ドイツの指導者はこれより先の一九七〇年十二月にも、社会民主党の連邦首相であったヴィリー・ブラントが、ドイツが犯した罪をはっきりと世界に向けて告白し謝っている。この告白はポーランドのワルシャワにある、ユダヤ人が強制収容された犠牲者の追悼碑の前にひざまずいて行われた。この行為は、ドイツがその犠牲者に向かって、真摯な謝罪をしたものと全世界が理解した。

慰霊碑にひざまずくブラント首相：戸田スケッチ

しかし、私は二〇一九年四月に青い目の中年男性に出会い、思いがけずドイツ国家とドイツ人への視点を見直す必要があるのではないかと考えさせられた。その人はドイツから来日して三十七年にもなるウヴェ・リヒタと名乗った。そんな長期間盛岡に滞在していたのに、リヒタ氏と私の出会いは初めてだった。数年前に始めた私の〝民家画廊ダダの家〟は、今年の四月も絵画グループ〝桐窓展〟の展示会をやっていた。そのある一日、ダダの家への坂道を登ってきて、忽然と私の眼前に立ち、「ここに書も出品されていると聞いて参りました」と日本語でさらさらと話しかけたのだった。

どうぞと二階に招じ入れると、すでに来ていた書家の嶋屋さんの〝あら、まー〟の喜びの声がかかった。「しずくいしＹＵ・ＹＵファーム相談役リヒタ・ウヴェ」の自己紹介とともに、今は岩手県立大学でドイツ語を教えており、既に相当な日本通であることや、来館者の方々との会話を聞くうちに、これはドイツ語教師だけでは納まらない世界史探求者であることがわかってきた。そこで、私も自己紹介を兼ねて拙著『Gook man ノート』を進呈する。氏はさらさらとページを捲りながら、拙著に傾けた私の平和への思いを汲み取り、虚心坦懐に世界史観を披露する。思いがけない史観交換を楽しむ。これで私たちは一朝にして交友を確かなものにした。

日をおいてリヒタ氏は自著『ヒトラーの長き影』（一九九五年　三元社）を手に訪れて

きた。その本を手にした私は一週間後、ドイツ国家とドイツ人への視点を見直す必要を悟る。何故か。それはリヒタ氏の言葉を借りると、「ドイツ国家と国民の多くが私が尊敬を惜しまないヴァイツゼッカー大統領やブラント首相とはおよそかけ離れた、ナチスドイツの過ちを軽視する姿勢をとり続けている」というからである。ブラント首相に倣って、多くのドイツ国民が世界に向かって跪く姿勢を同じくしてきたであろうという、私の通念にそむく話だ。これには驚いた。リヒタ氏の本の帯にある（西ドイツ社会の闇の履歴書）は自国ドイツへの挑戦である。私が先に述べた日本社会にあった「かさばる男たち」のドイツ版を見る思いだ。リヒタ氏との親交は今後にゆだねたいと考えている。

その四、日本酪農の興隆（一九五三年〜）

時代は動いていた。連合軍による日本内地の占領が終わった端境期でもあった。必要とされる産業は伸びはじめ、農業の機械化が進んで稲作でも、畑作でも省力的にいいものを作ることに貢献していた。乳搾りの分野では牛を正しく飼養管理する技術も進む。農地からは馬耕が消え、かさばっていた馬役人も入れ替わる。私の勤め先も種畜場から畜産試験場（以下畜試）に衣替えになった。そんな中で農家が厄介な雄牛を置かずに済む人工授精は大もてだった。畜産の振興を受けて、主要な市町村に県の家畜衛生保健所が設けられる。また各農協にも人工授精（以下ＡＩ）をサービスする組織も誕生した。これらの組織整備は素晴らしかった。お陰でこれまでやってきた出張授精は不用となり、畜試は出先機関に牛の新鮮精液を供給するＡＩセンターに衣替えになった。

この頃から学校給食に牛乳も取り入れられ、全国的に乳牛不足が起こった。このため昭和二十八年（一九五三年）から国策（国有貸付事業）で、オーストラリアからジャージー牛の導入が始まる。体の小柄なジャージー牛が選ばれた一因には、ジャージーは新たに酪農を始める農家にとっての飼いやすさがあった。この国策では全国九道県に五千頭ちかいジャージーが配られ、岩手にも岩手山麓を中心に千三百七十四頭がやってきた。私も物静かなこの牛に馴染んだ。かくしてバタ臭い乳製品も米食文化の中に溶け込み、受け入れられていった。

(二) スロー・アウェイ（捨てる）文化

牛人工授精の技術向上は日進月歩だった。詳細は省くが、最大の技術革新は精子の生存期間が驚異的に延長されたこと。マイナス一九六℃の液体窒素を使っての、半永久的超低温保存技術の開発のお陰で生存が無期限に延びたのだった。これは精子に限らず、各種の遺伝資源の超低温保存にも威力を発揮することになる。

昭和三十年代前半だったろうか。ある日アメリカ人技術者が私らの県の人工授精所を訪れ、印象的な技術と文化の差を私に残していった。彼に望まれて私は自分がやっている牛人工授精の手筈を実演してみせる。牛の膣内に挿入した膣鏡を開き、内部を目視して子宮頸管の外口部を長い鉗子で固定する。その上で、精液を吸い込んだガラス製ピペットを子宮頸管の深部に挿入して注入する方式だ。代わったアメリカさんは、膣鏡も子宮頸管鉗子も使わない。今でいう硬質プラスチック製の注入ピペットを左手に持ち、右腕の袖をまくりあげるやいきなりその腕を牛の直腸に入れ、左手に持ったプラスチックピペットを外陰部から膣内にスルリと挿入する。彼曰く、直腸壁を介して膣内にあるピペットの先端を右腕で感知しながら、その先端を子宮頸管に誘導して挿入するのだと。このテクニックは現代では、日本の技術者も皆マスターしているものだが、昭和三十年代では予想外の新技術だった。これには私も胆を潰した。そして、ガラス管のように壊れる心配のないプラスチック製ストロー（写真）の消毒は、やはり煮沸するのか？　という私の質問への彼の回答にも言葉を失った。

〝ノー。スロー・アウェイ〟(捨てるのだ!)

と無造作だった。しなやかで軽く、しかも丈夫。こんないい機材を一度で捨てる? 平然たるアメリカ人を見て、これが近年のアメリカが編み出した大量生産、大量消費経済の一端であるかと知らされた。その後、数年以上たって、ヘレフォード牛の購買のために渡米した私は、ハイウェイのあちこちに無造作に積み上げ放棄されている乗用車の山を見た時、ああこれが〝スロー・アウェイ〟文化の象徴なのだと合点した。

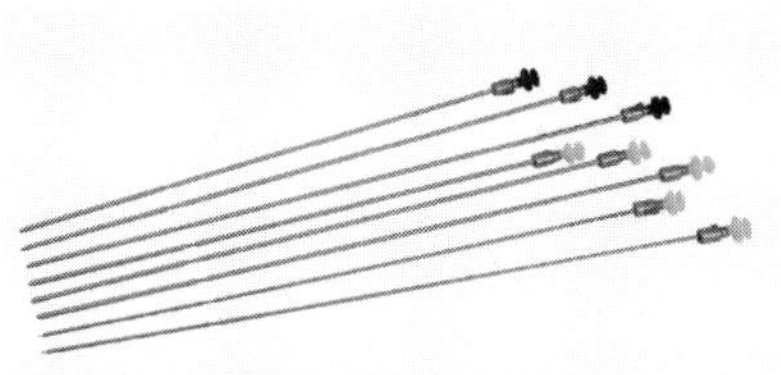

ガラス管のように壊れる心配のない
プラスチック製ストロー

二、研究職への転身（一九六三〜一九八〇年）

私は昭和二十五年から十三年間、それこそ一途に牛の繁殖の仕事に携わってきたが、昭和三十七年の種畜場から畜試への衣替えに伴って同三十八年にいきなり大転換を課された。それは降って湧いたような渡米命令。そしてこれまでの人工授精、乳牛飼養担当を離れて、名実ともに研究職への転身であった。有無を言わさぬ下命だったが私は従うほかなかった。職域転換のきっかけが、渡米だったとは思いも及ばなかった。

その一、初のアメリカ行脚

（一）テンガロン・ハットの国へ

〃テンガロン・ハット〃（写真）とは西部劇に見るカウボーイが被るつば広な帽子である。一〇ガロン（三八リットル）の水を運べるとうそぶく、誇大表現好みの国民性が窺える話。これを被る者こそヤンキーと胸を張る。三十五歳の私が初のアメリカ出張の命を受けた。昭和三十八年（一九六三年）は、種畜場が畜産試験場に衣替えとなった翌年である。思いがけないアメリカ出張下命の任務は研究用の肉牛ヘレフォード種の購買だった。畜産試験場への衣替えに合わせたように、岩手の知事になったばかりで張り切っていた牛好きの千田正氏が、「アメリカから新たな肉牛を輸入せよ」の突飛な主張を県議会で承認させたのだった。その新たな肉牛とはアメリカ西部劇映画などに現れる赤白班のヘレフォード牛で、テンガロン・ハットにピッタリする。品種名は無角（ポールド）ヘレフォード（アメリカ人はハーフォードと発言）だった。元々は角のある品種であったが、一八九八年に突然変異で角のない個体が生まれた。これを基に新品種に固定したのが無角ヘレフォード。角がないので、群れの中での争いで傷つけあう恐れが少ない利点がある。

この試験牛の購買者にはある条件が付けられた。購買者は帰国後に、旧外山牧場に新たな試験地をつくり、輸入したヘレフォードを引き連れて赴任すべしだった。山地を活

テンガロン・ハット

無角ヘレフォード成雌牛

かした肉牛研究の新たな拠点造りの構想だった。購買出張の人選に当たり第一候補者の病気、次の体調不全、第三候補者の外山転任拒否により購買予定は遅延が続き、とうとう若手の私に命令が下ったのだった。乳牛の繁殖や管理が専門だった私には迷惑な話だったが、行政上これ以上の遅延は許されないと因果を含められての引き受けとなる。この旅には、山形村の農協組合長の小笠原氏も同行することになっていた。

何が幸いするかわからないものである。帰国後の強制的な転勤のお陰で、私は新任地の外山で新たな研究職に出逢う幸運を摑んだ。研究マンの初仕事として何よりだったのは、牛買いアメリカ行脚で得た数々の体験の実用化であった。これまた偶然だったが、その七年後の一九七〇年に肉牛の用務での再度の訪米が転がり込んだ。二度目のそれは、岩手県南有志のアメリカ農業視察団の案内役だった。どちらの渡米でも大いに役立ったのは、二年間の八戸米軍キャンプ労務で習得した米会話だった。Gookと罵られ、叩きのめされながら身につけた米語が本場のアメリカ人たちから、お前どこで米語を習ったかと目を丸くされた時、過去を癒される思いだった。私の米語がカウボーイたちに仲間扱いされたかのようだった。

一九六三年度の牛購買は遅れに遅れて一九六四年に年を越えての出発となるが、なんとか会計年度内には収まった。そんなわけで、北米シアトル空港に着いたのは一九六四年二月の厳冬の真っ只中だった。与えられた購買日程は一ヶ月。シアトルは暖流のお陰で暖かだったが、購買を始めたロッキー山脈内のオレゴン州、アイダホ州は雪は少ないもののしっかり厳冬。初めの頃、伊藤忠商事の現地職員も加わって購買の農家巡りはヘレフォード協会の地区担当員が運転する車でだった。ブルーマウンテインと呼ばれる山岳地帯の牧場をまわり、夜はドライブイン泊まり。毎朝の初仕事は車のフロントガラスに凍りついた霜の剝ぎ取りだった。

私たちの出張日程は羽田、ニューヨーク往復とあるだけで、細かな旅程明示はなかった。牛買い用務に旅程は立ちえなかったのだろう。どこを歩くかは車任せだった。車旅のお陰で、日本を打ち負かした合衆国の国土の只ならぬ大きさを見る。いたるところに世界有数の巨大国立公園がある。国土の広い国名を順に拾う。①ロシア一七〇〇万㎢、②カナダ九九九万㎢、③アメリカ九六三万㎢、④ブラジル八五一万㎢、⑤オーストラリア七五九万㎢などとわかる。

国土の使いやすさにあたる可住地面積（人が住みやすい平地）割合はどうか。ドイツ八九％、イギリス八八％、アメリカ七五％、フランス七二％、韓国三六％、日本三三％である。

主要先進国とした統計なので、ロシア、カナダ、中国が抜ける。ここでは日米の平地割合の格差を確認する。日本は世界で六十二番目に小さい三七万㎢の国土である上、平地割合は国土のたった三分の一。箱庭然といった国であると身のほどを知らねばならない。アメリカは日本の二十六倍の国土を持ちながら、実に国土の四分の三が平地である。日本はこんな大国によくも戦いをふっかけたものだと頭を抱える思いだった。こんな国ではあったが、コロンブスが新大陸を発見した当時のアメリカには二百万人ばかりのインディアンと言われる先住民と、「バイソン・ベルト」と呼ばれた大平原に六千万頭のバイソンが棲んでいただけだった。その後、ヨーロッパ人の移住が進み先住民が圧迫される一方で、コロンブスによって持ち込まれた牛の原種のオーロックスの子孫が、アメリカ新大陸の気候風土にはよく馴染み、バイソンを駆逐して中西部で増殖した。

現在米国では約九千四百万頭の温帯牛が飼われているという。それは日本の二十倍。うち肉牛は牛全体の約七割にあたる六千四百万頭。それは五百年前のアメリカバイソンの数を優に超える。これらの牛は新大陸の中央部を縦断して横たわる大草原（写真：グレートプレーンズ）や、その東西に広がる針葉樹林帯に育てられてきた。アメリカで肉牛を飼う農家には二種類ある。一つは子牛の生産だけを稼業とする夥しい〝繁殖農家群〟。他は繁殖農家群が育てた六ヶ月齢の雄子牛を買い集めて、肥らせて売る肥育専業農家（フィードロット）。繁殖農家の牛飼いは親子ともども年中放牧し、餌は牛自身で見つけて食べる自由放牧。したがって繁殖業務は餌つくりの出費が少なくて済む。一方〝肥育農家〟は一切放牧をせずに、乾燥大地に造った大きな升目を描いた柵囲いで群飼いし、穀類をふんだんに自由に食べさせて若い成長エネルギーを使って一気に早熟早肥させる。ガチョウやアヒルの胃袋に無理やり餌を押し込む、フォアグラ造りに似る。人件費は抑えられ、かかるのは濃厚飼料の餌代だけである。アメリカ式の機能主義の典型である。次ページに載せた写真はその〝肥育専門農家〟を聞き取りさせてもらった時のもの。この農家はしつこく訊ねる私の愚問、質問に最後まで餌の配合機械まで動かして答えてくれた。案内役のイグルストンは He made a real good job（よく

新大陸の中央部を縦断して横たわる
大草原：グレートプレーンズ

やってくれた）と賛辞を表したほどだった。

私はアメリカ北西部の無角ヘレフォードブリーダー牧場で、純粋登録を持つ若雌牛八頭と若雄牛二頭を選定した。購買牛の選定、値決めには輸出業務を請け負った伊藤忠商事の現地職員に口出し願う必要はなく、私の米語で充分だった。訪ねたブリーダー牧場は数か所だったが、その中にはワシントン州のホルスタイン種牛ブリーダーとして有名なカーネーション牧場もあった。アメリカの肉牛生産を支える農家は登録牛だけを持つ少数の純粋種ブリーダーと、登録などには目をくれずに子牛生産だけを稼業とする大多数の繁殖農家からなっている。アメリカらしい徹底した合理主義である。さて、厳寒期のこのヘレフォードブリーダー牧場の広っぱで、自由に野生的生活を楽しんでいる若雌牛の群れから、どうやって気に入る牛を選び出すものか見当がつかなかった。

左手前イグルストン氏、中央牛肥育農家、右端が耳学問に懸命な私

純粋種ブリーダーは一般農家と違って、厩こそ簡易だが牛群を管理するランチにはしっ

かり金をかけて整備していた。頑丈な牧柵で囲われた幾つものヤードがあり、そこにはそれぞれの雌牛群が屯している。この時、私は初めて牛を仕分ける「牛群カット」と呼称する作業を目にする。ヤードの一隅に牛群を追い込むシュートなる設備がある。それは細長くて牛一頭ずつしか入れない巾狭な柵。カウボーイらは巧みな牛さばきで、望む頭数の雌牛を「カット」してシュートに追い込む。逆らって高い囲み柵を飛び越える猛牛もいた。狭いシュートにギュウギュウ詰めになった牛たちは前進するしかない。そしてシュートの先端にある頸枷（ヘッドゲート）に一頭ずつが頸を固定される。これで牛の個体検査の準備は万全となる。

ここからが私の購買牛の選定だ。ヘレフォード牛との顔合わせは初めてだったが、毛色は違っても牛は牛。日本では高額な乳用種雄牛の購買を何度もやってきたし、共進会での牛審査には年を重ねてきた。牛との付き合い方は体に染みついている。ヘレフォード協会支部のイグルストン氏とは、シュートに入った牛をそれぞれの目で見て、後で照合して決めようと事前に打ち合わせる。何度かの「牛群カット」を重ね、牛群を入れ替えて、二、三十頭もの雌牛を見る。それを終えて、暖かな室に戻ってのイグルストン氏との手の内の見せ合いは愉快だった。

「なぜ三番目は外したか？」とイグルストン。

「無角ヘレフォードなのに、あいつの頭の毛の中に動く角の痕跡がある」と私。

「わかった、では八番目は？」「背骨の張りが悪い。あれではロース筋肉の仕上がりが不十分になるおそれあり」「で、十二番は？」「あの牛は神経質すぎる」「次のは胸の広がりが不十分で内臓の発達が悪そう」等々。


ヘレフォード地方協会支部のベテラン技師イグルストン氏にすれば、初の日本人バイヤーを値踏みする気心があって当然。私の役目は八頭の雌牛と二頭の雄牛の購買に過ぎなかったが、かなり慎重に数戸を超える農家を見回った。ベテランのイグルストン氏も間もなく、私の牛選定眼が彼とさして違わないことを認めたようだった。私への態度がとても友好的になった。こんな日々を重ね、冬の夜道ドライブでは眠け覚ましに、アメリカのフォークソングRed River Valley、Sunshine、Clementineなどを歌い合い、かなり気心も通じるようになる。そんなある日、イグルストン氏は、未亡人で独り住まいをしている彼の母親の家に私たち（同行した山形村農協組合長小笠原氏と私）を招いてくれた。

アメリカ白人の彼が、私たちをまともな友人として母親に引き合わせようとした気持ちに感謝する。そこはワシントン州のカスケード山麓にあるヤキマYAKIMAという田舎町だった。外とは別天地な暖かな居間でコーヒーを頂戴した。ミセスは七十代後半だったかもしれない。上品な白髪で、隔たりを感じさせない応対をしてくれて、そしていまだに私が大切にしている「小さなマスコット」をプレゼントしてくれた。それは彼女手作りの超ミニ手袋に納まった物挟みクリップだった。水色の毛糸の木地の表にはYAKIMA WAS.の縫い取りが今も残る。五十余年にもなるが、今も私のパソコンテーブルの前の写真に添えられてある。私の大切な宝物だ。ほんのすれ違いの知遇ながら、この老夫人との出会いはアメリカをぐっと身近に感じさせるものになった。これだけのことで、アメリカへの親近感は深まり、私からGookの暗い記憶を取り払ってくれる。この些細な出会いは目に見えない〃大切なもの〃に出会った証であり、金の延べ棒に

ミセス　イグルストン

も代え難い温もりを与えてくれた。

ヘレフォード農家の訪問で一度だけだが私は失態をやった。それは屋外で牛を見ながら、ヤードの隅に造られた肥ダメに嵌るという粗相だった。これはとんでもない失態だった。そこは比較的小さい農家で牛舎の周りを囲むヤードがあり、溶けた雪と牛糞でドロドロの苗代状態だった。イグルストンと私はビニールのオーバーシューズで武装してヤードに入る。牛に気をとられながらヤードの片隅に踏み込んだ時、かなり深い肥ダメに私の両足がとられたのだった。下半身が牛糞尿だらけになった私はみすぼらしい姿になる。

それを見たイグルストンはすかさず、

「You are not farmer」（お前は百姓でない）とからかう。

牛舎付属のヤードに備わる肥ダメの存在は、アメリカ農民の常識だろうが、いっぱいの糞尿で見えない溜池など、ジャップの知るところではない。

「I am not American farmer !」イグルストンのからかいに応える言葉はこれしかなかっ

た。しかし私たちはお互いの友情に水差すこともなく、汚れものの処置をして次に向かった。

（二）米マンハッタン計画との遭遇！

イグルストン氏の車で、東ワシントン州内を走り回っていた一九六三年の初冬、雪のない草原を通りかかる。その広い一角は頑丈な鉄フェンスで囲まれていた。フェンスの中には土饅頭風の大型な土盛りが整然と並んでいる。車を止めたイグルストン氏は平然と、これは核爆弾の貯蔵庫だという。この中にあの広島の「リトルボーイ」や長崎の「ファットマン」の仲間が収納されているって本当？　その無造作さに唖然とするが、氏の口ぶりは嘘偽りを楽しむことなく、真実味が籠っていた。親密さが深まった間柄になっているイグルストン氏の言葉に、あっけにとられながら私の口から出た言葉は

「広島、長崎にこれを落としたのはお前たちアメリカだ」だった。

自然な勢いだったが、やはり止せば良かった。

「初めにパールハーバーを仕掛けたのはお前たち日本だったぞ」。さらに「America is

strong」が続いた。

一瞬にして車中は気まずくなる。イグルストン氏に返す言葉は私にはなかった。また、彼のstrongには腕力、精神力、理論的にもアメリカは引けを取らぬぞといったニュアンスも感じた。彼からstrongの説明はなかったが「原爆投下非難に応える十分な根拠をわれわれは持っている」と言いたかったのではと思う。土饅頭の核弾頭施設の真偽はともかく、この一件が我々の友情破たんには至らなかったことがせめてもの幸いだった。私はその後、峠三吉の「原爆詩集　序」の「にんげんをかえせ」の詩文を知った。それは鮮烈な叫びである。

「ちちをかえせ　ははをかえせ　としよりをかえせ　こどもをかえせ　わたしをかえせ
わたしにつながる　にんげんをかえせ　にんげんの　にんげんのよのあるかぎり　くずれ
ぬへいわを へいわをかえせ」

原爆を落とした米国と米国人は高空から広島・長崎の町並みを見下ろしたのに対し、焦土にあった人々は血と肉の原爆を体験した。その両者の差は、黙っていてはいつまでも埋まらない。ただ、イグルストン氏に向かい合った時の私には、血と肉の原爆体験を十分に口にできる素養がなかった。私には原爆を落とした非を多くのアメリカ人に認めさせる力はないが、「原爆詩集　序」にこもる叫びが、原爆保有国に第二、第三の原爆使用を思い留めさせることには注目したい。

(三) マンハッタン計画の寸評

ワシントン州内で目にした土饅頭は、私の米国原爆計画との初対面だったらしいと悟った。冷戦時代にあった米国が膨大な予算をかけて、原水爆大量生産のためにマンハッタン計画を進めた実際をその後に知ったからだ。最近の朝日新聞（二〇一六年一月十三日）にその全容がわかりやすく図説されていた。それによると、マンハッタン計画は三部門からなっており、第一は計画中枢と実験を兼ねる施設（ニューメキシコ州ロスアラモス）。次は鉱石からウランを濃縮製造する施設（テネシー州オークリッジ）。

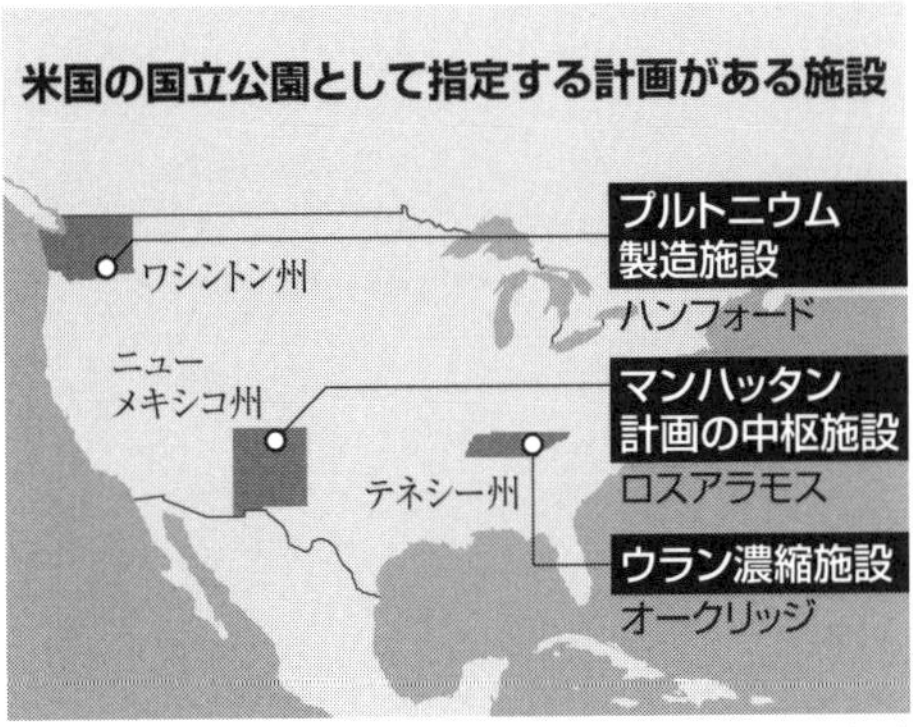

2016.1.13朝日新聞：米マンハッタン計画の立地

そして最後が核爆弾に使用するプルトニウムを製造し、これを貯蔵する施設とある。これら施設の所在を示す地図から最後のプルトニウムを製造、貯蔵した所がワシントン州の人里離れたハンフォード（Hanford）だったことを知る。マンハッタン計画ではここをハンフォード・サイトと命名していた。たまたま私がワシントン州の片田舎で見かけた土饅頭はやはり幻ではなかったようだ。調べるとプルトニウムを製造、貯蔵したハンフォードとは小さな農業町で、イグルストン氏の母親が棲むヤキマ（YAKIMA）に近いこともわかる。ヘレフォード牛購買とマンハッタン計画の因縁である。もしかすると、あの土饅頭は核爆弾でなく、プルトニウムの貯蔵庫だったかもしれない。

広島、長崎の原爆被爆から今年（二〇一六年）で七十一年。この間、原爆投下を巡る日米で多くの識者の談話を聞いてきた。中でもアメリカ国民に圧倒的に支持されているのが、「落とした側の論理」「凶悪犯の息の根を止め、戦争を早く終わらせて敵味方の多くの命を救う」というものであり、言い換えれば日本への原爆投下は正義であったという。今後も正義の必要に迫られる時、米国は国益を守る正義を楯に、再使用を躊躇する謂われなしと突っぱねるかもしれない。

これは正気の沙汰ではない。承服できる論理でもない。しかし不幸にして私は「原爆正義論」を押し潰せる反論を聞かない。私がスケッチした原爆少年の図や原爆ドーム図程度では、強硬なアメリカファーストを掲げる米国はたじろぎそうにない。しかし、こちらも一国主義のための無差別大量殺戮が、決して〝正義〟ではあり得ないことを承服させるまではギブアップすべきでない。でなかったらＮＹ貿易センタービルの崩壊どころでない米国全土破壊、地球崩壊が現実になるかもしれない。この連鎖は宇宙が数十億年もかけて創り上げた、壮大な地球創造計画を抹消しかねない。ケンカ仲間同士を遥かに超える生物全体の崩壊にかかわる問題だ。イエスに洗礼を授けたとされる聖職者ヨハネが、黙示録の中で世の終焉を予告している。人類が抱える貪欲がいつかは招く終焉を、遥か昔に予言したものとして肝に銘じねばなるまいと思う。

広島原爆ドーム：
2014年戸田スケッチ

原爆の話が出たので、七十数年前の故事に触れる。昭和二十年当初、盛岡農林専門学校の学生だった私は、雫石町の御明神牧場で実習していた。忘れもしない、同年八月七日の新岩手日報紙（現岩手日報）の朝刊一面の下段だったと思うが、「広島に新型爆弾・原子爆弾か」の小さなベタ記事が載る。その時の私には〝原子爆弾〟は初めて見る言葉だったが、強く記憶に残った。その後に第二次世界大戦下、独、米、英で究極の兵器〝原子爆弾〟の開発研究が進められていたこと、また日本でも日本陸軍の要望を受けて、旧理化学研究所（理研）で、故・仁科芳雄氏を中心に原爆開発の基礎研究がされていたことも知る。そんな中で、米国が先駆けを果たしたわけだが、仁科も含めてみんな、原爆の巨大な破壊力は推定できていたのだろうが、放射能も含む甚大な環境破壊にはあまり留意していなかったらしい。科学を追究する者の浅はかさである。

（四）サミュエルソン経済学に学ぶ

一九六三年のアメリカの短期訪問で、大量生産、大量廃棄の実態に息を飲んだが、これが失業者を減らし、富を増やし、人々の幸福感、満足感を満たすアメリカイズムと実感した。このような驕り多い奢侈を嗜んだ民は、後戻りを望まないだろうと思った。それが国益を第一とするアメリカの生き方になっている。

私が昭和四十三年に東京目黒にあった、国立林業試験場（現森林総合研究所）経営部の牧野研究室で、三ヶ月間の研修を受けた時、図らずも若手の林業経営国家公務員に交じって、経済学の講義を受ける機会を得た。その時の教科書がノーベル経済学賞をとった世界的なアメリカの経済学者の『サミュエルソン経済学』（都留重人訳　岩波書店）だった。経済は門外漢の私だったが頭に残るものがあった。

サミュエルソンの経済理論がアメリカの〝スロー・アウェイ〟文化を後押ししたかどうかは知らないが、この研修から、アメリカがクシャミすると世界中が風邪をひくとの風評の影を見た思いであった。理解力の乏しかった私のサミュエルソン経済学のポイントは三点あった。

第一は収穫逓減、逓増の法則。これも初対面な概念だったが、私の頭にもピタリとはまった。サミュエルソンがわかりやすい言葉で説明しているお陰だ。都留氏訳を抄訳して一文をあげる。

「ある地区のブドウ酒への欲求が高まるなら、栽培に適した丘陵地帯は限られているので、その葡萄畑には多くの労働が必要になる。（結果）新しく投入される労働力単位当たりの生産量は『収穫逓減の法則によって漸減』する。(したがって)追加生産を上げるのに必要な経費が高まる」

以下は私の判断。草地の収穫を倍増させようとして二倍の肥料を施しても、常に二倍の草は収穫できない。だから追加投入肥料分の増収は〇・六倍になるかもしれないし、三倍すれば報酬はさらに下がって〇・四倍に終わるかもしれない。サミュエルソンは一定の土地、労働単位には生産力限界があり、余計な要求には応えられないのだと。自分の体験がある私はサミュエルソンを身近に感じた。追加投入の効果を倍増させるには基盤も倍増しねばならないとサミュエルソンは教える。これが産業革命以降の拡大経済が必要とした原点であり、資本主義が無限に生産基盤を広げざるを得ない負の性格を持つ所以であると理解した。

第二は物を作る人、消費する人の相互関係。サミュエルソンは人間臭い因果関係を大事に考える「風吹けば、桶屋」の譬えのようなところがある。作る人の心理次第で増産の意欲が鈍り、お手上げすると消費者心理を揺さぶり価格の乱高下が起こるという。要するに作る人、消費する人の思いに物価と物量は常に連動する運命にあるという。人の欲ひとつで経済は右往左往すると。人欲の絡んだ株価の変動が見えてくる。

第三は市場の信頼性。サミュエルソンは人間の心理、物流で起こる価格の関係を科学者らしい目で評価する。市場の介入を重視している。人の思惑、物流が絡み合う市場には、自らが価格均衡を作り出す力があると見ており、市場の流れに一任するのが経済合理性にマッチすると結論する。市場任せの結論に至る過程として、氏は落語家が楽しみそうな話を挙げている。

「たとえばA町の父ちゃんが、五本の需要しかない市場に十本の大根を出して頭を抱える時、B村の母ちゃんは、二十本の需要がある市場にたった五本の大根を持ち込む。どうなったか。A町では値が下がり、B村ではよい値がついた。市場は事情を見計らって具合良い均衡価格を生み出す」

サミュエルソンは市場が織りなす正義、正当性を信じた人だと思う。しかし、素人にはわかりかねるが現代はマーケットの国際化、取引のグローバル化に伴って、サミュエルソンの予想を超える変動が起きていないか。姿の見えないヘッジファンドなどをサミュエルソンはどうとらえるか。正義、正当性を安心して期待できる市場は、売り手、買い手が肌を接する、盛岡の神子田の朝市くらいに思えてならない。

二〇一四年現在、グローバルな経済現象である環太平洋戦略的経済連携協定（略称ＴＰＰ）が顔を出し、押し競饅頭している。私などには、このＴＰＰによる価格形成はサミュエルソン式の自然で人情味ある均衡重視とは離れた、政治的な思惑や投機的な姿勢が主導するように思えて面白みがない。馬力ある特定国の横紙破りに引き回されないように願いたい。

（五）消えた東京コンプレックス（劣等）

牛買いの訪米から戻った時、自分の中の変化に気づいた。青年時代から感じていた大東京への憧憬、東京コンプレックスが消えた。身軽さを覚える。明治維新以降には「白河以北一《ひと》山百文」の東北差別語が生まれる。白川の関の北は文化遺産もない荒れ地とされた。戊辰戦争以来、薩・長・土・肥が東北を卑下して用いた言葉とされるが実証されてはいない。聞くところでは岩手出身の平民宰相・原敬が雅号を「一山」としたのは、それへの反骨が由来しているとか。私も長ずるに及んでこの「一山百文」が身についた。在京の鹿児島出身の方に「関東以西は国宝、重文だらけだが、東北には重文一つないじゃん」と言われて答えに窮したことがあった。

人が作る文化の乏しい蝦夷地は仕方なしと頭を垂れた。それがである。一ヶ月足らずの訪米から戻った後、聳える富士に似る畏怖を持っていた文化の殿堂がただの大きな都会になった。忽然と悟った心境、頭を押さえられていた童子が全く別な生活に出会い〝解放の境地〟を得た感動であった。若い頃、あれほど無条件に羨望した東京がただの町になったのは、私には大いなる救いだった。あの訪米は東京コンプレックスの解消にとどまらず、国際感覚を養い、よその人々とのお付き合いを学ぶ道程であった。

その二、アメリカ再訪

(一) アメリカ再訪に絡む怪事件

一九六三年のヘレフォードの購買後、私は岩手畜試の分場である旧外山牧場に移籍し、肉牛の山地飼養の試験地つくりに就いた。この外山試験地には四年在所したが、まさに「古き皮袋に新しき酒を盛る」に似る仕事だった。新約マタイ伝にはイエスの「新しいぶどう酒は新しい革袋に入れなさい。古い革袋では裂けて酒も無駄になる」がある。外山試験地での私の仕事は古い天然牧野に新しい人工草地を組み入れ、たくさんの肉牛を集団で自由生活させる技術の開発だった。この内容紹介は割愛する。ここでの牧場造りを終えた私は再び滝沢の本場に戻った。

本場に戻った三年後の昭和四十五年の七月、再度の訪米用務を仰せつかる。それは県南有志の農業視察団の案内役という、出発前には渡米目的がよく理解できない任務であったが、渡米してから次第に、大変な役割を負ったことに気づく。日米の企業仲間が絡む詐欺的な企画に巻き込まれたとわかった。詐欺企画者の元凶は日米を住み分ける日本人商社マンで、〝東京セールス〟を名乗る白髪の紳士だった。これは既に四十年以上前の事件であるうえに、一緒に渡米した日本側関係者も訪問先の米関係者も殆ど他界されたと思うので、とっくに時効であろう。それにしても忘れがたい怪事件であった。生き残りの私が国際的な詐欺まがい事件を晒すのは、興味本位からではない。なぜこのような〝いかさま〟が許されたのかを見定めたいがためである。

信じがたいことだが、これには岩手県庁も関わっていた。昭和四十五年当時は戦後二十五年に過ぎず、公務の事務手続きに諸事大まかさが許される風潮があったかもしれない。権力ある政治家が関わると御意を〝忖度〟して済ませる傾向が強まる。県の頂点を極め、広い人脈を持つ元岩手県知事の千田正氏の存在感は大きかった。氏は明治二十二年（一八八九年）の岩手県金ケ崎村（現・金ケ崎町）出身。「豪快な人となりに加えて、人情味豊かで気取らず、世話好きな明治男」と評された。早稲田大学を出た後に上海に渡り、貿易会社を設立したが、敗戦で帰国。上海商社時代に培った人脈を基盤に昭和二十二年（一九四七年）の第一回参議院選挙に当選。その後は一転して、一九六三年の岩手県知事選に無所属で立候補して当選する。柔道五段の重量感と独特な処世観がマッチした御仁だった。氏には米国の留学歴もあった。ハイデルバーグ大学（オハイオ州）、コロンビア大学（NY州経済学）などである。

国際的詐欺まがいの黒幕は〝東京セールス〟のY氏。私が聞いた氏の人となりは、千田知事のアメリカ留学時の学友ということくらいで渡米直前に東京でチラッと見かけただけ。氏の渡米も私らとは別であり、まさに黒幕的な存在だった。一方、この物語のアメリカ側の主人公は、ミシガン州デトロイト市在住のブリテン氏（MR. BRITTAIN）。デトロイトの有力企業とされるプリミエール社（PREMIER CORPORATION）の統帥だった。

この人物は自動車産業、銀行にも関係し、アメリカ本土四十八州のうちの十州に系列の肉牛牧場を擁する実業家であった。プリミエール牧場が飼養する肉牛はアバディーンアンガス種（写真）と言って、赤白のヘレフォード牛に並んでアメリカを代表する黒一色の肉牛だった。氏はそのブリーダーの一角に名立たる地位を占めていた。ブリテン氏は眉も首も太く、逃げ隠れなど一切しない強者風だった。初めて会った私の首に下がっているヘレフォード牛のループタイを見つけるや、さっと取り上げ、自分の首から取り外したアンガスのループタイを私の首に巻きつけてニヤリ。かなりの大物感のある人物だった。

プリミエール牧場が飼養する肉牛は
アバディーンアンガス種

渡米前に県主務課から聞いた私の渡米任務は「デトロイト市の有力な肉牛ブリーダーから、岩手の金ケ崎町の畜産視察団を歓迎したい。それに県技術者一名を付けてほしい。その旅費の千ドルを県に送る」といった書状があると言った程度。しかし、私の旅券手続きは異様で、在京アメリカ大使館員から羽田空港で受領というものだった。狐につままれるような経緯だった。とにかく在京アメリカ大使館やデトロイトの有力企業を動かしたのは、どうやら千田知事と懇意なY氏らしいことが渡米後にわかってきた。

アメリカに渡った視察団は九名だった。金ケ崎町農協組合長他、水沢市農林課長と随員、県南バス社長、そして東京セールス職員。私以外の視察団の往復旅費は日本側持ちだったが、滞在費はアメリカ側持ちだった。あの当時のドル相場は三百六十円だったので、視察団の公費負担は大きかったと思う。各位が渡米目的をどう理解していたか、察するに「先方から滞在費保証で日米の農業交流会を持ちたいとの要請があったので、肉牛牧場視察を兼ねた日米交流を深める渡米」といった気安さであったかもしれない。諸事大まかさがまかり通る時代とはいえ、いささか気の抜けるような話である。

私としては浅沼場長の指示での旅立ちとなる。着いたシアトル空港はなんとストライキの只中。着くまでそれがわからんという始末で、デトロイト行きの乗り換え便も欠航。そこで下手な米語使いの出番になる。空港職員と首っ引きで動いている便を探す。なんとか見つけてデトロイト空港に着いたのは七月二十六日の深夜だった。そんな遅い時刻の到着だったが、プリミエール社グループは車を連ねて空港に待機しているではないか。驚く。

手分けして乗り込んだ車の運転をしているアメリカ人紳士に「我々の到着が遅れるとの情報がどこからかありましたか?」と訊ねると氏は「Ｎｏ」。後でわかったが、その時のドライバーはプリミエール社の副社長のボーレン氏だったと知る。副社長が平然と来客の送迎ドライブをする国。ビジネス大国を思い知らされた。後で氏からは逆に、暗い車内でほぼ正確な米語で話しかけるJapがいたことに驚いたと明かされる。

深夜ながら光り輝く立派なホテルに案内され、遅いレセプションパーティーとなる。そして翌日は正真正銘のメジャーリーグの地元デトロイトタイガースのスタジアムでの野球観戦が組まれていた。観覧席は三塁側の最前列の特等席。大リーグ野球には全く疎い私だったが、これはとんでもない歓迎の証に違いないとわかる。翌々日からは社自家用の小型ジェット機二機を使っての東部のプリミエール牧場巡り。車中の会話が評価された私は、機内、地上ドライブ中もずっと、ボーレン副社長と小関組合長との間の通訳官になる。数か所の離着陸をしながらの二人のやり取りから、次第に今回の訪米については、日米相互に重大な認識のズレ、勘違いがあることがはっきりしてきた。

とんでもない履き違いとは、信じ難いことだが、プリミエール社は岩手県南の金ケ崎町、水沢市に跨って開発造成中の国営駒ヶ岳山麓農用地九八一ha（一九六五〜一九七八年、造成費十八億円余）を次第によっては、アンガス牧場用にそっくり借りられると信じているのだった。日本の若者を呼び寄せて、アメリカ式のアンガス牛の飼育も実習させてやる準備も整えていると、ボーレン副社長が懸命に話しかける訳がやっとわかった。千田知事の盟友で在米の東京セールスのY氏からこの農地借用の見込みありと聞かされて、金ケ崎町、水沢市の有力者においで願ったのだという次第。さらに前年には、ブリテン会長も自ら来日し、チャーター機で開発中の駒ヶ岳山麓一帯を空中視察し、アンガス牧場建設の目算を得たという。

ブリテン会長はこの金ケ崎町のアンガス牧場を起点にした、中国から東アジアへにかけてのアンガス牛の展開構想を抱いているのだった。とんでもない構想である。この構想を受け容れてくれれば、社は熟練の技術者付きで数千頭のアンガス牛を送り込み、この団地を東洋一の肉牛牧場の拠点に仕上げるお手伝いをする用意があると、ボーレン副社長はジェット機の中で真剣だったが、大変な見当違いだった訳だ。

この国営による駒ヶ岳山麓農用地開発は、農村再建のモデル事業であり、そこには果樹、畜産を主とする多くの農家群の営農が予定されている。このような国営開発地に外国企業が入り込めるわけは金輪際あり得ない。私の拙い米語でこれを理解させるのは大変だったが、金ケ崎町農協組合長もあり得ないと明言するのだから、ボーレン副社長もとうとう納得せざるを得なかった。ジェット機が暗いニューヨーク空港に着いた時は、私はヘトヘトだった。三日目だったか機は旅程を終え、デトロイトに戻る。戻った時、プリミエール社の対応ががらりと変わったので、ブリテン会長も完全に事情を理解したとわかる。

その後、恐らく黒幕のY氏とブリテン社長の間にあった話の履き違いについて、両者の間で激しい応酬があったと思う。一切は不明だったが七月末日をもって訪問団の無料滞在は打ち切られ、八月一日に即刻帰国されたしとの通告を受ける。無論サヨナラパーティーもなし。プリミエール社側の豹変ぶりには、私と小関組合長を除く日本人は、狐につままれた思いだったに違いない。一行は無言の帰国となった。以上が罪人も出ず、賠償請求もないが狐につままれたような訪米怪事件の顚末である。この件に関しての我が千田知事の役割は何だったかは全く闇のままである。

私は、転んでも泣き寝入りする気はなかったので、皆さんとは別れて、訪米前に考えていた視察プログラムを進めることにする。それはコロラド州デンバーの大きな肥育牧場の視察。さらにはアメリカ西部地域の国有林管理利用の実態視察旅であった。この不幸な任務以後に、幸運な旅ができたのはボーレン副社長の力添えのお陰だった。不運はあったが、氏は私の願いを聞き入れて詳細な私の旅程を作ってくれた。デトロイトを出てから①コロラド州デンバーの肉牛肥育牧場訪問の調整。②ワイオミング州イエローストーン国立公園訪問の経路明細。③ユタ州オグデンのアメリカ西部国有林事務所への経路明細など。これらの三州はアメリカ中西部にかたまっていて巡回には好都合であった。ボーレン氏はデンバーの肉牛肥育場へのアポもとってくれた。怪事件が判明する前の牧場回りの時、私たちはかなり友好的な間柄になっていた。氏は不可解だった履き違えの真実を知り、私のお陰でプリミエール社に、無益な出血をさせずに済んだことを感謝していたかもしれない。私は、アメリカ西部国有林事務所の訪問ができ、その後の牧野研究に役立つ素晴らしい勉強ができる幸運にめぐまれた。この幸運については、次の「こころ豊かなホートンさん」で取り上げたい。

［駒ヶ岳山麓国営事業の後日談］

この騒ぎがあった九八一haの駒ヶ岳山麓開拓農地造成は昭和四十九年に完了した。くだんの件が東北農政局まで知られたかどうかは知らないが、五十年ほど前の一九七〇年の出来事などとうに時効であろう。この造成地は当初、果樹、畑作、畜産で分割利用する予定だったが、土壌環境が果樹、畑作に不向きとわかり大部分が牧草地になった。ここがアメリカのアンガス牛の放牧場にならずに、県下有数の酪農地として現在に至っていることは慶賀の至りである。

［アメリカ訪問の後日談］

渡米で難儀した小関和一組合長は、県内農業団体の枢要な諸役を退いて暫くした後、金ケ崎町の筋金入りの酪農家だった渡辺幸作翁を紹介した本〝酪農曼茶羅《まんだら》〟（平成五年）を上梓した。小関氏が物語る幸作翁は地域内では〝小さな牛飼い巨人〟と見なされていた。この渡辺一家とは私も縁が深かったので、〝酪農曼茶羅〟を手にしながら、幸作翁の人となりや、私との奇しき縁も含めてページを改めて触れたい。その時は幸作翁と一緒に、私が知遇をいただいた何人かの〝小さな巨人達〟の足跡にも触れる。膝を交えた人との繋がりによってこそ、無尽蔵の和が産まれることを私は信じる。書物や通信手段とは違う生活感が宿る話し合いを大事にしたい所以である。

（二）こころ豊かなホートンさん

デトロイトでの怪事件後に訪ねたアメリカ林野庁内陸局管理部は、まさに私が訪問を切望していた所だった。当時のアメリカ林野庁は全米の八局で構成されており、さらに各局の下部組織八ヶ所の分署から成っていた。私が訪ねた分署の所在はユタ州のオグデン市であった。アメリカ林野庁の所管情報は、私が以前世話になった農林省林試の井上陽一郎博士からいただいてあった。しかし、顔の広いプリミエール社の副社長もここには知己はなく、訪問のアポは取れなかった。でも、アメリカは自由の国、意志さえあれば通じるの米軍キャンプ仕込みの感性でぶつかることにした。デトロイトの肥育牧場視察を終えた一九七〇年八月二日にイエローストーン国立公園に到着した。金曜日の午後だった。

イエローストーンでは〝GAMADA IN〟の看板がかかる巨大な木造ホテルに宿をとる。板階段を上るとユラユラ揺れる古さがあった。五十年も前の記憶だが郷愁が残る宿だった。着くなりホテルのオペレーターにユタ州オグデン市のアメリカ連邦林野庁内陸局事務所（US Forest Service Intermountain Region, Federal Building）を探す依頼をする。ほどなく、幸運にも署責任者であるホートン Horton 氏の調査室に繋がる。日本での私の研究職身分と分署訪問の目的を話しただけで、翌週月曜日の午前にお待ちするとの快諾をいただく。自由の国を実感する。〝どこの馬の骨ともわからない〟日本人のいきなりの申し出を気持ちよく受けいれてくれたホートン氏は、ほんと、心の広い方だったのだ。アポが決まったので、安心して翌土曜日はイエローストーン国立公園内を巡るツアーと決める。舗装路の脇に休む茶褐色の雌のヒグマを車窓から接見する。間歇泉では噴き上げる巨大な水柱も拝めた。おおよそ四、五十分おきの巨大な熱水を噴きあげる間歇泉には、〝old faithful〟（誠実な翁）なるニックネームがあった。いかにもアメリカさんらしいネーミングと感じ入る。日曜の昼頃イエローストーンを離れ、オグデン市に向かい宿をとる。

八月四日のホートン氏のオフィス訪問は記念すべき日になった。それはその後に私が取り組むことになる〝山地畜産研究〟の種子を戴く方との邂逅だった。約束の時間に訪ねると、待ち構えていたホートン氏がにこやかに迎えてくださる。氏は私より人生経験を積んだ穏やかな紳士である。私たちは時間を浪費することなくUS林野庁が長期にわたって積み重ねてきた国有林の管理利用の実績の資料の山を囲み、膝詰めで話し合った。

二〇一四年現在、環太平洋パートナーシップ協定（ＴＰＰ）交渉が、日米の農産物の関税レベルのあり様で躓いている。その原因の一つが日米間の牛肉価格の格差にある。私の最初のヘレフォード牛購買の旅でも、資源に恵まれた広大なアメリカの大地がいかに肉牛産業に有利に機能しているかを垣間見たが、一九七〇年にホートン氏にお聞きしたアメリカ国有林牧野の利用の実情を通して、日本の肉牛産業が受ける経済的な打撃の根源がよく理解できた。その実際を種明かししておきたい。

はじめにホートン氏からは、全米林野庁の現場は日本の営林局に当たる八ヶ所の支局に分けられていること、そしてこれら支局の国有地面積は七四五、〇〇〇㎢で、米国土のほぼ一割に当たるとの説明があった。その広さは日本国土三七七、九〇〇㎢のほぼ二倍ではないかと唖然とする。また、その国有林の九八％が天然林、残り二％が自然草原とのこと。オグデンの Intermountain Region は全米の四番目に当たる地方局で、名の通り内陸山地の局とわかった。右の写真の右隅で背を向ける森林官は、牧野現状を観察している。当時の米国有地の活用目的については次の重要事項が順に挙げられていた。

国有林は10年毎に牧野の
環境検査をする

① 国民の野外リクリエーション提供
② 家畜用への飼料資源の提供
③ 林木の生産
④ 水資源確保
⑤ 魚類を含む野生動物の保護

米国有地の第一目的はナショナルパークとして国民に開放することとある。次が家畜放牧用地として強く位置づけされている。これが私の注目するところ。米国がいかに強い国際競争力ある牛肉生産力を維持しているかの証拠がここにあった。全米支局の下部機関の分局では、それぞれ十年ごとに、山や草原が荒廃していないか、資源活用が無駄になっていないか、またそこの利用動物の数が適正さを保っているか、などを詳細に調べて記録してきた。私はその膨大な調査資料を示され、感銘を受け脱帽した。詳細は省くが、牧野に自生する草木の一個体もないがしろにせずに調べる丹念さである。

また広大な国有地に、牛や野生鹿などの草食動物がどれだけ棲んでいるかを判断するのに、地面に転がるドロッピング（糞）の形、数を調べることで牧野の健康度を判断する方法も開発している。これなど生態学を使っての実務的な観察と感じ入る。彼らの野外診断の野帳にある単語の pellet type（ペレット形状）や chips type（サバサバ形状）には初め面食らう。ホートン氏の説明で、それら丸いコロコロの pellet は鹿属のウンチ、ワラの如くパサパサした chips は牛のウンチを指すと知る。野帳にはコロコロ何ヶ所、パサパサ何ヶ所などと記入される。こんなことは遊牧の民では日常茶飯事なのだった。ウンチの見わけまでやって、綿密な林地環境調べを営々と積み重ねてきた努力には脱帽だった。このような調査を基にして、現状の草資源が弱っていないか、状態の良否を判断し、放牧動物の数をコントロールし、米国有地の自然環境保全をしてきたという。

ホートン氏は惜しげもなく、整理された植物標本を張り付けた見本図を次々と出し、山と積んだ。US国有林がいかに自然環境と野生動植物の保全、放牧家畜の三者のバランスに気遣ってきたか。そのお陰で、肉牛繁殖農家の牛群は毎年五月中旬から十二月末までのほぼ八ヶ月間、国有林とその他の公有地に低価格ないしは無償で入牧が許されている。日本でも国有林の一部を〝混牧林〟と称して、民間牛馬を入牧させているが有償である。私が訪問した時の米国有林には、人工林は皆無と言ってよかった。日本全土に倍する国有林面積に植林するなどできっこない。大規模な森林火災も多い。自然に任せた方がいいに決まっている。ではどうやって米国有林は広大な自然林を守ってきたか。

ロッキー山脈の亜高山帯の樹種はアメリカマツなどの針葉樹が主であるため、針葉樹の造林は開国以来〝天然の下種更新〟※（自然の種播き）に任せている。日本でも、昔はアカマツ林では天然下種が当たり前の更新方法だった。オグデン森林局ではすばらしい天然側方下種をやっていた。それは市松模様（写真）ともいえる伐採で、一辺が一〇〇メートルほどの真四角な伐採と非伐採区を市松模様風に組み合わせる様式。すると伐採区（白）内に、まわりの非伐採区（黒）から松類の種子が風で運ばれ、黙っていても下種更新が成立する。わきの林地から種子を取り入れるので側方下種更新という。この時、そこに牛を放牧して伐採後の草を食べさせながら、針葉樹の種子を牛の蹄で踏みつけて発芽定着を促すのだと。日本でもアカマツ林と牛馬放牧での成立はあるが、米国有林では下種更新を助けてくれる牛への報奨として低価格や無償の放牧を認めているのだった。日米では国策において大いに違いがある。アメリカでは牧畜農家も国有林野双方ともニコニコだった。

市松模様

帰国してからさらに、ホートン氏から一番の贈り物があったことに気づく。それはいただいた森林管理ハンドブック（FOREST SERVICE HANDBOOK）の中に潜む情報だった。これにじっくり目を通すうちに凄いことに気づく。それは草食獣にとっての食草類の〝うまみ〟の捉え方。草食獣にとっての草別の〝うまみ〟は必ずしも、絶対的なものではないとする。どの草がどれだけの割合であるかによって物凄く必要とされたり、そっぽを向かれたりもするという。要は量的に希少であるほどに動物に好かれる。生態学的な視点で森林植生の生育割合と牛たちに食べられる割合を綿密に見比べることで、草類の〝うまみ〟を左右する割合を数値化しているのだった。これには恐れ入った。草食獣の〝食の好み〟は草類のあり方次第で微妙に変化するとしている。

つまり、植物群落の中で量的にいっぱいある草への牛たちの〝好み〟（食欲）は相対的に下がり、飽きてくるが、少量の草への〝好み〟は跳ね上がる。人の選り好みにも近い「稀少資材の経済的な需要増」の原則にも似て面白い。これまで私も放牧で、単一な西洋牧草だけの草地に閉じ込められた牛馬が、舌を伸ばして柵外の木の葉などを求める様子は見ていたが、アメリカ国有林ではどの草種がどれだけの割合を占めるかによって、どれだけ嗜好が変わるものかを数値に置き換えていた。このデータは私には青天の霹靂だった。外山での天然林内の放牧地で永らく困っていたことがあった。牧野内の広葉林を薪炭材に伐採すると、明るくなった跡地には一斉に下草が繁茂する。これを頼りに家畜放牧をしてきた。ところが、ブナ類の切り株には一斉に萌芽が出て、数年後にはこの萌芽が繁茂して地上を被いかくして下草を消滅させる。これが原野の牧養力を失わせる悩みの種だった。

広葉樹切り株に芽だしする萌芽

そこで戦後の牧野改良では天然林を切り払って、一気に西洋牧草地に切り替える手段に官民が競って走った。肥料も施された牧草地の草量は大いに上がるが、間もなく西洋牧草だけの単純な〝食膳〟に飽きた牛馬は、伸び放題の牧草を食い残すだけでなく、柵の外にある野草類に舌をのばして食べ、あるいは脱柵さえ企てる。このような放牧生態を見ていたにも拘らず、私は牛馬の嗜好性の真髄を見逃していた。草食動物たちは常に食の多様性を必要としていた。

牛馬の草類への嗜好には絶対性はない。嗜好は相対的な組み合わせで決まる。米国仕入れのこの原則を基にして、私は肉牛のための野草と牧草を組み合わせた牧野実験にかかった。今まで邪魔者扱いしてきた木の芽、樹葉、野草類を牛たちが食べやすい按排に持ち込む実験だ。これは牧草区と自然区の望ましい混在比率の追求である。この発想の原点は米国有林の資料にあった。感謝である。

この実験に私は、岩手畜試外山にある六〇〇ヘクタールを超える自然牧野（小石川）を充てることにし、これを国庫補助が受けられる試験に組み立てた。国の補助を受けて進められた実験からは、望ましい成果が生まれた。化学肥料を施される牧草地の草量は野草地の十倍近くにもなるので、総量に占める野草量はずっと少なく、稀少価値が跳ね上がった。このため、伐採株から繁茂する膨大な萌芽も食べ尽くされるのだった。私はこの小石川の広大な自然牧野を使って十年近い実験（落葉広葉樹林帯の草地開発と牧養力向上に関する研究）を続けた。この実験の研究成果の詳細は省くが、母牛と一緒に放牧された子牛が健康で望ましい発育ができ、あらゆる草資源がよく利用される〝牧草地・野草地が混在する適正な放牧環境〟を造ることができた。

下の写真は一見すれば小さな林である。先の牧草地・野草地を組み合わせた放牧地内に忽然と生まれた真四角な天然林は、自然林の伐採跡地の一部を牛が入れないように柵で囲った所にできた林なのである。これは禁牧地とまわりの野草地がどんな生態遷移をするかを見るためであった。結果は予想を超える面白いものとなった。禁牧柵の内部は萌芽樹や小動物などに運ばれたに違いない種実も交じった天然林が成立した。いっぽう、その周辺は、きれいな天然ノシバ原になった。食害に強いノシバが勢力をのばした原っぱになったのだ。これがその十三年後の写真である。しかしよく見るとノシバの間には色々な野草類が小型化して密生する。タチツボスミレ、キジムシロ、ミツバツチグリ、ニガナなどの牛の好む馴染みの野草が豊かに混在している。切り株に茂った萌芽は牛にきれいに食べられ、ここの切り株は二次林になり損ねている。この小さな天然林こそが、牧草地と野草地を混在させる実証研究の中で生まれた〝思いがけない金の卵〟だった。写真の中の林は禁牧柵を

牛馬の口から逃れて生まれた
人工的な天然林

設けて十三年目の姿で野草と牧草の組み合わせの実験が産み出した遺産である。この牧野改良研究によって、子育て中の短角の母牛は十分な牧草だけでなく、必要ミネラルに恵まれた樹の葉、多様な野草類の〝食の多様性〟を享受できた。

この禁牧柵の設置を提案したのは、当時農林省林業試験場東北支場牧野研究室長であった神長毎夫氏だった。国家公務員の神長氏だったが、この小石川を積極的に牧野の共同研究地にし、惜しみなく私の牧野研究に力添え下さった。林試東北支場からは防災研究室長の村井宏氏も参加し、家畜放牧の有無が山地の土壌保水力に及ぼす影響を調査した。また、農林省の東北農業試験場の草地関係の研究員の方々も協力を惜しまなかった。このように国、県の枠を超えた野外研究が組まれたほぼ十年間は、前例のない貴重な〝国境なき野外共同研究の黄金時代〟となった。共同研究に励んだ各位とは別れて久しいが、心より御礼申し上げたい。

ホートン氏とは帰国後も文通を続け、助言をいただいたお陰で、北岩手に日本短角牛のための優れた環境の牧野を誕生させることができた。今もって氏の友情に深く感謝する。氏からの贈り物は牧野開発の成果にとどまらず、牧野改良の研究の道筋をつけることができたお陰で、複数の国立試験場、大学の動植物学、林学、土壌保全学などの幅広い研究人脈が形成され、膨大な数の方々の相互交流を育んだ。

牛飼い視察を通じて知ったアメリカは広大な大地を産業に活かしているが、それと日本畜産の関わりの実態などを総括したい。アメリカは九地区の国有林のそれぞれの環境保全に留意しながら、国内の肉牛繁殖農家に国有地を開放する政策を強め、畜産業の発展のために天然の草資源を活用させている。米国有林活用は木材生産だけにはとどまらず、国土全体の環境保全と、民間の産業への貢献を大切にしている。信じられない低価格ないしは無料で、膨大な森林への牛放牧が保障されている。このため肉牛繁殖農家は冬場のコスト負担に努めるだけで済む。とんでもない低コストの肥育用の子牛を大規模な肥育農家（フィードロット）に提供できている。

聞くところでは米議会では、あまりの低価格での国有地開放は国益を損ねるのではの反論もあるとか。しかし、すでに触れたように、アメリカの国有林は自然にサイクルさせる天然林で、針葉樹の森に天然の※下種更新をするに任せている。この時、林地に牛を放牧させると、牛の蹄が針葉樹の更新を助けるとの研究成果が議会を納得させてきたらしい。たくさんの〝テンガロン・ハット〟族議員の力で低価格の放牧が維持され、それが低価格な牛肉を産み、太平洋を越えＴＰＰの代表農産物として日本に届いている。かような米国政官民の壮大な天然資源活用の仕組みが「吉野家」などがうまくて安い一食三八〇円弱の牛丼メニューを出せる一方で、岩手などの野趣に富んだ日本短角や肥後牛を飼う農家に打撃を与え、赤べコが絶滅危惧種になりかけているのが実態である。

［註］下種更新：自然の力で林を育てる方法。林床に落ちた種子が自然に発芽定着することを天然下種更新と呼ぶ。動物の足跡の窪みなどが種子の定着を促進するとの研究が認められている。

その三、望まなかった農業経営研究への転身

(一) 隗より始めよ

アメリカ再訪の翌昭和四十六年(一九七一)の春、私は思いもよらず畜試内での職場替えにあう。その年から畜試でも畜産経営の研究をすべしとの達しが出され、四十三歳の私がその任に就かされた。今まで動植物との付き合いしかない私が、あろうことか新設の経営経済の研究員とは。明治九年(一八七六年)に岩手郡藪川村外山に岩手県種畜場(三二一八ha)が開設されて九十四年目である。牛馬の尻を追う仕事とは全く異なる〝経営経済的な畜産研究〟の部署が生まれたのだった。これは県農政部の上層部が決めたことらしかった。現場人間の私が面食らって当然。望みもしない四十の手習いだ。この直接の下命は県畜試二代目場長になったばかりの浅沼春雄氏(写真)からだった。氏は県庁内で畜産行政を長年担ってきた、豊かな人間味、豪快さを備えた人物として尊敬されていた。氏から私への餞の言葉は、

2代　浅沼春雄
(昭和42〜46年)

「戸田君には少し面倒な仕事の責任者になってもらう」と簡潔だった。
「畜生しか知らぬ獣医は何をすればいいのですかね？」と訴えたかどうかは忘れたが、とにかく私は座り心地の悪い椅子をあてがわれたのだった。

岩手畜試の隣には、長い研究歴史を持つ「岩手県農試」があり、そこに農業全般を研究する中枢にあると目される〝農業経営部〟があった。なるほど先輩があったなと私。なんで岩手畜試にその子分を造る必要があるかと訝りながら、農試経営部からの呼び出しがあって訪ねて行くと、部屋の棚には「〇〇農業の〇〇化に関する経営経済的研究」といった類の綴りがズラリ。打ち合わせの本題に入ると、前年から「農業構造改善事業のための畜産技術の確定研究」といった〝チンプンカンプン〟な課題を、農試経営部は国から預けられていたと告げられる。これは農林省から新農村建設のために経営研究をせよ、とのお達しがあってのことらしく、これに農試経営部は一年間お付き合いしたが、この度、畜試経営部が誕生したので、これ幸いに、国家指令の研究課題を畜試にお譲りするとの話とわかる。有無を言わせぬ難物の背負い込みであった。

牛のお産や子育ての技術者が、畜産とはいかなる経済性が期待できるかを示せ、といった難問を突きつけられたようなもの。私は一九七一年から二、三年はおとなしく、盛岡市厨川にある東北農業試験場が中核になる農業経営研究「農業構造改善事業のための技術確定研究」という机上のペーパーワークに携わった。正直言って味も素っ気も、歯ごたえもなかった。

二、三年後に「技術確定研究」が終わった時、私は儘よ、行政の御先棒担ぎをして回るような仕事はもう御免蒙ると腹をくくった。

また、東北農試の采配で毎年開かれる東北六県の農業経営研究会議には、私を白けさせる嫌味があった。この研究会議には六県の経営研究者が盛岡市厨川にある東北農試に集められ、農試の企画官によって思うさま会議管理されるのだった。これは既に遠い過去の話だが、この主任監の姿勢はそれこそ〃かさばる見本〃だった。集められた東北六県の研究者ばかりでなく、東北農試自体の研究官たちも前にして、謙虚さは微塵もなく、諸県の研究者の成果を尊大に貶《けな》し、独り長広舌を打つ。並みいる研究者は寂として異論をはさまない。時はすでに戦後二十五年にもなっていたが、何故そのような〃かさばる見本〃を許すのか諸賢の姿勢が解せなかった。

私はあの管理された研究会議がどうにも気に入らなかった。研究会議での業績報告はあらかたこの主任監の顔色を窺い、見てくれのいい内容の発表に終始していた。意地悪く言えば行政庁に褒められそうな経済予測をまとめる、そんな姿勢が見え隠れした。当時のお役所には、まだお上意識が強く、新しい息吹の蘇りを損なわせていた。私はこのような研究姿勢に決別して、農村の経営経済向上にも役立ち、独創的で実利ある経営研究をすることに腹を決めた。

予見、予測が研究の主題である経営部に在りながら、私が目論んだのは農家の懐具合に役立ち、その村落共同体を明るくする泥臭く実利的なものだった。そしてその中に先の米国有林訪問で仕込んだ、牧野環境を改善する実証研究を導入することにした。この目論見プランには「そんなのは本来の経営研究からの逸脱」との見方をされたが、研究申請した農林省の研究助成を見事に手にした。それが「落葉広葉樹林帯の草地開発と牧養力向上に関する研究」であった。

この研究での喜ばしい効果は試験地を使う地元の外山の農家の方々が、集落を挙げてこの実学研究に充てる牧野つくりに体を張って手伝ってくれたことである。この稀有な官民共存が成立した経緯を紹介する。一九七一年新設の経営研究の責任者に任ぜられた私は、農林省(現農水省)の研究助成を得て、公共牧場環境改良に役立つ実学研究を一九七四年からの五ヶ年間始める。その試験地は以前から外山分場が公共牧場として地元の農家に開放してきた大面積の〝小石川牧野〟だ。ここの預託放牧は利用農家から、春～秋の利用期間を延ばしてほしいとの願望が出されていたのだった。この外山牧野の歴史は古く明治に遡る。牛馬を野外で飼う欧米スタイルが日本にも定着し、春を迎えて畑仕事が終わった農民の牛馬はほとんど公共牧野(自然牧野)に放牧されてきた。軍馬が不要になった戦後は牛が山村の家畜の主役になる。その牛とは古くから青森、岩手を中心に飼われてきた日本短角牛だった。短角牛は春早く一斉に子を産む。自然には馴れ親しんでいるので厩の馬栓棒を外すと、生まれて日の浅い子牛を連れて真一文字に山に向かう。小本街道(現四五五号線)の舗装路上に、小石川牧場に向かう牛群が、糞尿を延々と撒き散らし

秋まで昼夜放牧の短角牛母子
(戸田素描)

て進む情景は毎春の風物詩だった。明治以来の県の牧野だった外山は、近郷近在の牛馬を預かる「寄託放牧事業」を絶やさなかった。当時は自然の山野草だけにたよった放牧だったため、放牧の開始は六月中旬と遅く、閉牧は九月末までと短期だった。小石川牧野六六九haは多くの牛馬を預かってきたが近年、放牧開始をできるだけ早め、閉牧も延ばしてほしいという切なる要望が出されていた。

北国の自然牧野で家畜の餌になる野草や木の葉の十分な生育は、六月中旬まで待たねばならず、九月末ともなれば山野草は色づいてくる。これが放牧日数を引き延ばせない原因だった。しかしこの改良に要する資金を工面するには、現状の課題を国や県にはっきり示し、改善を納得させる過程が必要だった。それが「隗より始めよ」であった。広大な自然牧野に放牧される牛馬が、いかなる放牧生態をしているかといった予備調査を自主的にやっていたのがその後に本題となる牧野研究の幕開けに繋がった。

「隗より始めよ」で行った牛馬の放牧生態の予備調査をしたのは、私が経営部に移る前の一九六九〜一九七〇年であった。この調査には通称「牛まぶり」（現場監視人）の協力が不可欠だった。十数年も「牛まぶり」をやってきた放牧監視人の皆さんとあけすけに話し合う。「牛まぶり」は雨の日、暑い日、風のあるなしなどで、牛馬の群れがどう反応し、どの沢に隠れ、どの峰に集まるかなどに精通していた。またどの母牛に種がいつ付いたかなども漏れなく確認して、牛所有者に知らせる。生き物たちの放牧生活を見守る牛まぶり（放牧監視人）は、中村初右衛門、荒木田与助さん、白沢さんらの五名だった。

日本国土地理院の五万分の一地形図を拡大模写した小石川牧野の周辺も含んだ拡大図面を準備して、牛まぶりの五名と打ち合わせる。手製の拡大図に毎日、目にした牛馬の位置を書きこんでもらうことにする。これは通常の監視以外の余分な仕事だったが、快諾をもらう。これは将来の牧野改良のための布石であるとの理解をいただいてのこと。左に挙げた記録図は一九七〇年九月の集計である。太い囲み線内が県有地の小石川牧野の六九九ha。周辺は国・民有林で言わばよそ様の領地。牛馬の生活域を示す黒点の半数近くが脱柵して、よそ様の領地にある。遊牧牛馬には国境などない。二年間続けたこの調査から行動の自由を許された牛馬は、春秋の涼しい時期には低地の沢地帯に広がって生活し、暑い夏には、風通しの良い高い峰付近に集うことが一目瞭然だった。この結果、三百頭の牛馬が三ヶ月の放牧期間に必要とした面積は、なんと三〇〇〇ha近い大面積になった。成畜あたりにすると、一夏に一頭が一四haもの山林原野を必要としたと推測された。牛馬の生態行動を左右した要因には、地形、水利、植生、山地の微気象、放牧害虫（アブ、サシバエ）の発生サイクルなどの多くが絡んでいた。この牛馬の生態行動調査は言ってみれば、自主的な〝畜類行動学〟であった。

　この行動調査は、本務の牛まぶり以外の余分な仕事なのに、連日、牛馬の事故の有無を確認後に監視小屋に戻り、頭を突き合わせて見取り図に発見場所を詳細に書き残してくれた。ありがたいことに皆さんは、私の牧野改良にかける思いを完全に理解して、その後に、この結果が牧野改良の国家予算獲得に繋がったことを喜んでくれた。これこそが先に挙げた「村落共同体を明るくする計画」に繋がる農業構造改善のための技術確定研究だった。放牧される牛馬が山地で身を守り、いかに生き抜こうとしているかを、六九〜七〇年の二年間観察した結果は「大規模肉用牛繁殖牧場経営計画策定調査成績書一九七三年岩手県発行」にまとめられ、大規模牧場の環境整備事業（牧道・放牧用草地など）と、整備された

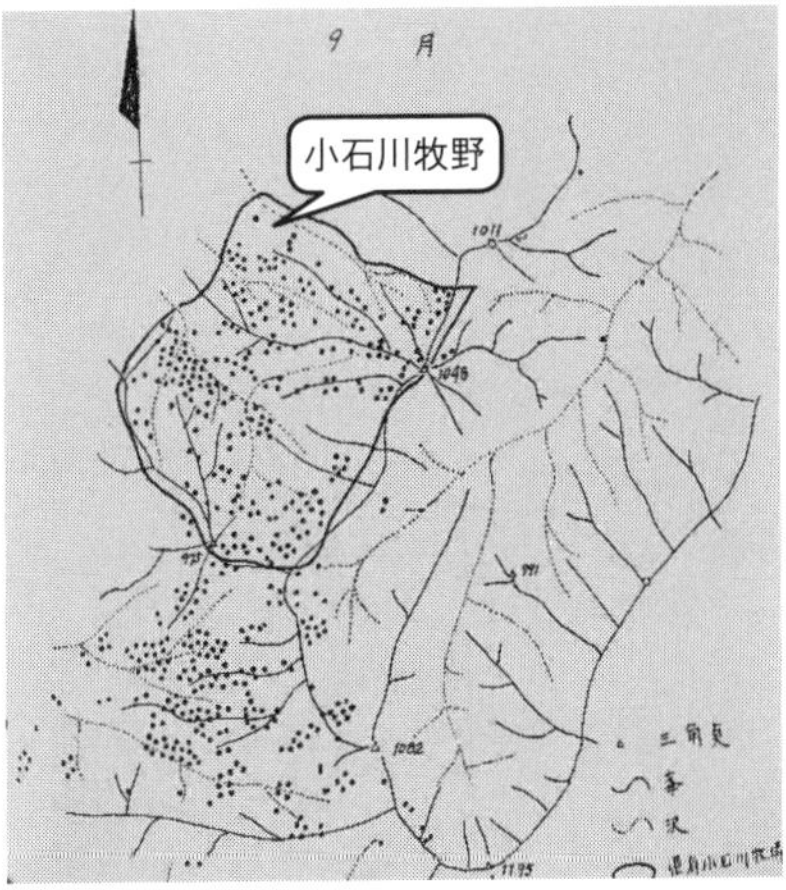

1970年９月の放牧牛馬の棲息範囲図

牧野環境と放牧家畜の調査をする、二重の国費助成予算を引き出す青写真となった。協力してくれた牛まぶり（監視）の皆さんも故人となったが、忘れ難い。

以上が「隗より始めよ」の私の経営実学の順を追っての足跡である。牧野改良の国費助成に繋がる計画書つくりを進めてくれた事業担当は、岩手県庁農政部畜産課の草地整備係だった。そして実務担当者はその時の主任だった福井基充氏である。今から五十年近い昔話だが、前述の「大規模肉用牛繁殖牧場経営計画調査」を踏まえて、草地整備係が牧野整備を国の補助事業に持ち上げてくれたのだった。福井氏らは単なる事務職員ではなかった、私の案内で七〇〇ヘクタール近い小石川牧野の山々を隅々まで踏破し、牧道の設計、不耕起草地の予定地確認、牧柵設定などの基礎調査をしてくれた。この結果が小石川牧場の整備助成（一億円）に結実したのだった。今は亡き福井基充氏は、盛岡一校（白堊校）の後輩同窓だった。感謝を込めてご冥福を祈る。

（二）放牧された牛も農家も喜ぶ牧野改良研究

「隗より始めよ」で得た成果を牧野改良の研究に活かすには、研究予算を獲得しなければ公務を始められない。当時は国庫補助の予算をとりつけないことには、県も金を出してくれなかった。そんな次第で全国から一斉に、年末の予算陳情合戦に霞が関に繰り出す時代であった。私も先の「繁殖牧場策定調査六九―七〇」を基に練りあげた牧野改良研究計画を手に、都内に泊まり込みで農林省分室に日参した。それは一九七三年の暮れだった。小部屋で国家公務員の査定係たちと火花を散らす。事前の動植物の生態調査で問題を煮詰めた上でのエコ牧野とはどんなものか、林野と人工草地を組み合わせる結果、どんな放牧成果が期待されるかを開陳する。私の場数を踏んだプランは霞が関の貴公子たちに認められ、一九七四年から五か年の研究予算を認められる。オグデン市のホートンさんに開眼させられた知見が、霞が関で花開いたのだった。

しかし国庫の研究助成だけでは、狙った実務研究は治められない。大型研究構想に見合った牧草地、野草地、林地を配備した複数の牧区設置の他に、農道も必要だった。これに要する整備費は県畜産課を経て国庫事業に申請され、一九七三〜一九七六年の四年間の整備に一億円が承認された。これは計り知れない恩典だった。この国庫費による牧場整備に重ねて、一九七四〜一九七八年の五年間の研究本務である自然にも、放牧家畜にも優しい牧野つくりの実証ができたのだった。この体力を使っての牧場整備と、なけなしの知力を傾けての実証研究の並行には、かなり手こずるものがあったが、地域農家の応援、国県の境を超えた研究協力もあって、見応えある成果を挙げることができた。環境改善された牧野の中での放牧子牛の健康な成長、夏季の暑熱を緩和してくれる被陰林の効果、牛の喫食で移り変わる草植物の実態、草葉類のバランスのとれた利用による家畜の健康維持などの成果を得た。このエコな放牧場改良研究の正式な題名は「落葉広葉樹林帯の草地開発と牧養力向上に関する実証的研究」である。

平たく言えば、秋に落葉する北国の広葉樹林の牧養力を高めつつ、家畜に優しく、自然も壊さない牧野に造り替える研究である。

経営研究としては、かなり型破りなことを五年間させていただいた。謝意を呈せずにおられない。お陰で、農業経営研究を抽象画でない具象画に仕上げることができた。公金を基にして、大衆的な牛肉を経済的に生産できる場つくりができたのには、米国有林が国内農家に援助を惜しまず、安い牛肉生産に貢献する情報に接した背景がある。最初の牛馬の遊牧生態の確認から十年、ようやく農家に益する実証研究ができたと思った。時に私は五十一歳で、研究職に区切りをつける時を感じた。

「牛と農家が喜ぶ牧野づくり研究」は、事前調査＋牧野改良事業の導入、そして本番研究と石段を上る過程だった。骨は折れたが確かな果実〝農家の笑顔〟に恵まれた。特に嬉しかったのは、外山小中学校の講堂を借りて、開発事業の説明集会を開いた時、地区の要望だった［牛と農家が喜ぶ牧野づくり］の国庫予算がついたことを話すと、地元民から全面的な理解と協力の賛同をいただいたこと。小中学校の講堂に集まったたくさんの父さん、母さん、嫁さんの皆さんに、機械で自然破壊をしない手作りの牧野改良をしましょうと話しかけると、満場から労力提供を約束いただいたことは忘れ難く、感動する場面であった。

幼い頃の小岩井小学校がそうであったように、外山小中学校も地域の大切な集まりの場になっていた。外山地元との理解交流があったお陰で、実に四年間、膨大な牧野の不用林木の処分や横一列に並んでの牧草の種播き、肥料散布等々に汗を流していただく。時には野焼きの火勢に走られて、老いも若きも真っ黒になって山林火災を未然にする奮闘もあった。あの時の外山集落の皆さんは、ほんとうに進んで自分の牧野に種

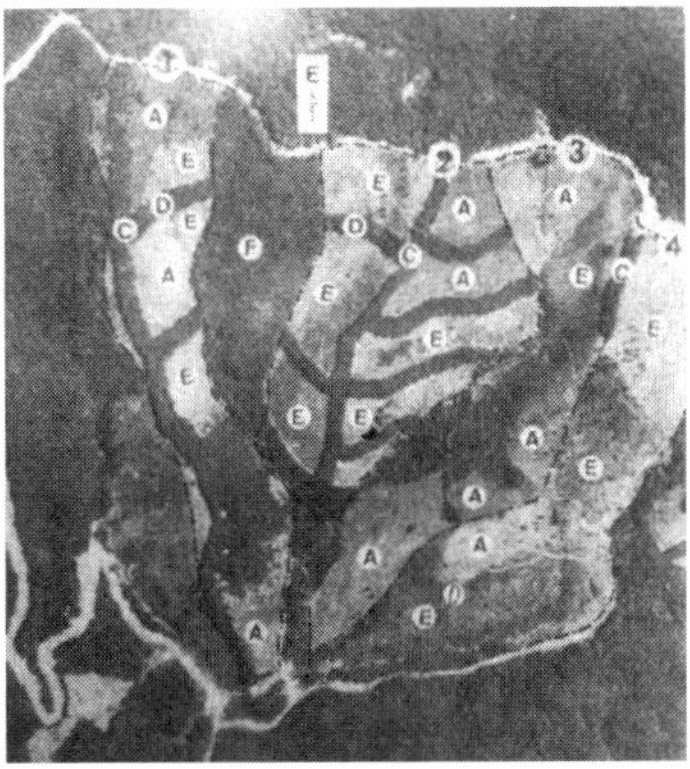

野草・牧草・林を組み合わせた
試験戸田牧区

をまき、短角牛を育てようと真剣に一致団結していた。ありがたかったし、これこそが行政と利用者が一体になった地域起こしの経営学の展開だった。物事は過程が大切の体験を深めた。このようにしてエコ牧野＝森林、野草地、人工草地の三つ巴が組み合った「牛と農家が喜ぶ牧野」ができたのだった。その中心の実験戸田牧区（写真）は国土庁が作る航空写真に今もはっきり残っている。

この実験区には家畜の保護林となる、広葉樹林帯を縦横に組み込んだ四牧区（各二六ha）をつくり、この中で牛群の輪換放牧を行った。航空写真に写る縦横の帯状林は、子連れの母牛が暑さや吸血昆虫から逃れるための避難林。林の間に白く見える部分は伐採跡地に育った野草地と牧草を栽培した牧草地である。この林地、野草地、牧草地の牧区内の牧草地割合を三割まで増やすと、野草類の食べられ方がグンと高まった。食べ物を多様化させながら、牧草割合を倍増させることで、木の葉や野草類が相対的に希少資源になり、食べられる割合が高まったのだった。これがアメリカ国有林で教わった「個々の草類に対する動物の嗜好度は絶対的ではなく、草類全量に占める割合によって異なってくる」が日本の牧野で証明された。この林、野草、牧草の組み合わせ牧野はまた、春の放牧開始を早め、閉牧期を延ばしてほしいという農家の希望も満たした。早春の単一牧草地が、母牛を苦しめるグラステタニー症（Mg欠乏症）を解消する恩恵もあった。野草は矮性化しながらもノシバによく混在する原っぱに生まれ変わった。子牛の健康な成育は農家に喜ばれたし、それよりも地域の皆さんが自分たちの手で牧野改良をしたのだという達成感が何よりの収穫であったと思う。

人には得難い師との出会いがあるものだ。それが今の自分をつくったと言える出逢いである。私にはアメリカ国有林で出逢ったホートン氏がそれだった。私は一連の牧野改良の仕事で学会賞や学位（農学）を受けたが、元をただせばホートン氏の薫陶に落ち着く。さらにまた、ホートン氏との出会いの端緒となる運を下さったのは、東京目黒にあった国立林業試験場で牧野研究室長だった井上楊一郎博士である。私の再度の訪米の頃は麻生獣医畜産専門学校（一九八〇年　麻布大学）の教授であった。師を訪ねると、それではユタ州のオグデン市にある米国有林№４を訪ねるが良かろうの教示を下さった。井上博士は林業の研究者ながら、林地に積極的に家畜を放牧する〝混牧林〟を実証研究した稀有な方だった。

井上氏と私の最初の接点は、一九六六年に岩手で全国的な山利用地研究会が開かれた時だった。博士の理路整然とした混牧林の講話を聴いた私はいっぺんに氏のファンになり、その三年後には幸運にも井上研究室に内地留学させていただく。この幸運には元があった。畑違いの林学部門への内地研修を承諾してくれたのが、先に挙げた岩手県畜試の浅沼場長だった。畜産職の者が林学部門に研修させてほしいの横紙破りを通してくださる。これには旧友村田篤胤君も力になってくれる。いろいろなつてに恵まれた私は幸運だった。振り返って、アメリカ合衆国の懐の深さにも頭を下げたい。志あれば壁も扉も開いて応援してくれる懐の深い方がアメリカにはおられる。そのような国柄に感謝したい。

生物世界には〝生来無垢〟の弱き者には手を差し伸べる衝動が潜むと私は信じる。宇宙からの授かり物であるこの衝動は「良き手引き」として引き継がれる。これは争いを鎮め平和を産む貴重な力になると確信する。私の「良き手引き」であった故浅沼、井上両氏の面影をもう少し偲びたい。私の国立林業試験場（一九〇五年開設）で研修したいという突飛な願いを容認したのが肝っ玉場長の浅沼さん。また、井上博士も畜産人が入門を希望したことをいたく喜んで、日本林学界が長年かけて蓄えてきた膨大な植物生態学の蘊蓄《うんちく》を惜しみなく私に傾けてくださった。正直、目黒に来るまでの私は生態学（ecology）も植生遷移（succession）の概念も知らなかった。

私は井上氏から土に生きるものの生態、環境に合わせて身を守る生き様の見究め方も教わった。氏は青森県下北の出身。父親は青森営林局に勤務、自身は昔の中学以上の学歴はなかったこと、人生の初めに青森県内の辺鄙な小学校に奉職したことなどをサラリと披露した。研修では八甲田山系の田代平草原のシバ草原の調査の林試一行に私も加わり、その旅程で氏が教鞭をとった往時の鄙びた小学校にも連れていっていただいた。シバ草原の調査団一同はさながら昔の映画をみた時のような懐古に浸る。滅多に来られないからと、陸奥湾に突き出た夏泊半島にある椿山の景勝地も訪ねる。そこには本州北限のヤブツバキが見事に群生していた。鄙びた小学校、ヤブツバキは忘れ難い記憶として残る。

井上氏は、小学校勤務の後営林局に転職、後に林業試験場に移り、努力を積んで農学博士となり、日本森林学会賞も授与され、林業と家畜を結びつける林学者になられた。再三東北を訪れ、その都度盛岡の私の家に立ち寄ってくださった。その度に玄関の内扉に取り付けたカウベルのガランガランという音を楽しんでくださった。氏も亡くなって久しいが、私の中では植物の見方、人への接し方、人生の送りかた、鉛筆スケッチの楽しさなどを授けてくださった貴重な恩師である。私にとって岩手畜試の浅沼場長、国立林試の混牧林研究者の井上博士、そしてアメリカ国有林で出逢ったホートン氏の三人は、横糸で繋がる貴重な恩師であり、大げさではない巨人の連山を偲ばせる方々である。

その四、消えた岩手県肉牛生産公社

昭和五十五年（一九八〇年）春、私は県職の身で肉牛生産公社への出向を命じられる。これが三十年間の私の研究職との決別の糸口になった。出向は二年の期限付きだったが、形式的にはここからは公社員（民間人）となる。職名は参与だが、電話口では「こちら肉牛公生産社です。毎度お世話になります」とやる。三十年前に米軍ＰＸの倉庫番で〝Hello this is PX warehouse Toda speaking〟とやった受け答えを思い出す。参与の任務は公社牧場の体質強化を担う大任だった。一九六八年に開設したこの公社は、当時の千田県知事の号令一つでスタートした曰くつきの肉牛牧場だった。県下に九ヶ所もある大きな公社牧場は、発足時から無責任体質の上の楼閣だった。立て直しは容易なものでなかった。

私が出向を命じられた時の公社は発足十二年目であった。二年間の肉牛生産公社の出向体験は、本書とは無縁だろうかとの思いもあったが取り上げることにした。無責任な砂上の楼閣を作り上げたお役所体質も、近代日本史の一部に違いない。これは見逃しては公社にあって、泣いた方々が救われないと気づいたためである。公社設立当初の県の姿勢のいい加減さ、運営上の拙さに目をつぶるわけにはゆかないという思いが湧き出る。断るが、設立に関わった個人を責めるのが狙いではない。砂上の楼閣つくりがなぜ許されたのかを突き詰め、その誤りを繰り返さないがためである。公社設立に大きく関与したのは当時の岩手県知事千田正氏（写真）である。氏の経歴は、前にも触れたが、参議院議員三期（一九四七年〜一九六二年）、岩手県知事四期（一九六三年〜一九七九年）を歴任した政治家であり、知事に初当選した時は六十四歳であった。

千田県政は、岩手の奥羽北上山系に多くの肉牛生産団地を並べる大構想に合わせて、高速交通時代を見据えた高速道や新幹線誘致に尽力したと讃えられる。また郷里の北上、金ケ崎にまたがる工業団地の開発を手掛け、後に金ケ崎町にはトヨタ系の関東自動車の誘致を成功させた。氏が岩手の政界に新風を送りこんだのは間違いなかったが、発想が豪快斬新な反面、事業に向けての綿密

千田　正

な配慮は苦手な面があった。前項で触れた金ケ埼地区にあった「アメリカ企業が絡んだ怪事件」でも千田知事の姿が見え隠れした。柔道で鍛えた豪放な気性は知事になってからのワンマンぶりを許し、配下の部局長も困ったやに聞く。

千田氏が岩手県知事に当選した昭和三十八年（一九六三年）は、わが県種畜場が畜産試験場に改組された一年後のこと。この時、千田知事は唐突にアメリカから肉牛へレフォード種の購買の予算化を発案する。そしてその購買渡米の命令が一巡して私に下ったことは既に述べた。この米国産の体毛が赤く、顔と四肢の先だけが白い西部劇映画で馴染みのヘレフォード牛が、なぜ岩手に必要か、岩手の風土環境に適応するかなどに十分な詰めがなかったように記憶する。昭和三十七年だったと思うが、県畜産課から私の家内に翻訳してもらうようにと英文のパンフレットが届けられた。それは権威ある文献ではなく、アメリカ無角へレフォード種協会から送られた案内用のパンフだった。内容は一口でいえば、この肉牛は強健な体質、森林を含む広大な大草原に順応し、アメリカ大陸の隅々まで普及しているといったものだったと記憶する。家内の訳文は県に届けたが、それが県の意図する輸入牛に関わる重大な文書となるとは認識し得なかった。

私は県政とは距離があり、奥羽北上山系の農地開発が実現する時に、この外国牛に山地利用を担わせることになるなど、関知するものはなかった。翌三十八年の県議会にヘレフォード種牛を試験牛として十頭輸入する案が上程され、初めて騒ぎになった。赤白班牛導入を採決するに当たって、県から回ってきたあの薄っぺらなパンフ以外には、どれだけ慎重に審議されたか知らない。藪から棒にヘレフォード種牛購買を命じられるまで、私にはこの件は他人事だったし、外山での肉牛放牧の実績を積んだ私らへの意見聴取もなかった。誰もが無責任で、牛好き知事の発言に、負んぶに、抱っこだった。

一九六三年のヘレフォード導入以来、千田知事は肉牛知事の名を冠されるほどの時の人になった。この時から知事は北上奥羽山系開発と肉牛振興に大きくのめり込む。それが彼の懸けた政治生命となる。そして、ついに県内の北から南にかけて九か所もの肉牛を増やす大牧場建設にかかり、昭和四十三年（一九六八年）の肉牛生産公社設立にいたった。

こうして岩手はいきなり全国有数の畜産県に躍り出る。寄らば大樹の蔭、虎の威を借るの譬えのように、畜産職の面々は千田知事がいる今がわが世の春を公言して憚らなかった。これには畜産人の僻みもあった。古から日本は豊葦原、瑞穂の国と讃えられ、米つくりは国力の基。武家の家禄高（支給高）にも扶持米《ふちまい》が宛がわれた。おコメさまさまだった。そこへゆくと、乳肉が農産物に編入を認められたのは明治以降のこと。新参者であった。県職員の中でも畜産に携わる者は少数派で身をこごめていた。農政の本流を自認する農産派からは偏屈なグループの畜産一家と看做されて久しかった。これは本当にあった差別だった。この差別感覚は独り地方公職だけでなしに、国家公務員の中にも同じ通念があったこともわかる。人間社会が持つ、みみっちい縄張り争いである。そんな世相の中に現れたのが畜産を叫ぶ知事県政。畜産一家の面々がここぞと頭を擡げて千田知事がいる間に、知事の尻馬にのって自分らの縄張りを広げようと憐れな根性をむき出しにした。欲に絡んだ部族間の争いの県庁版であった。この傾向に乗ったものかどうかはわからないが、肉牛生産公社のトップ人事にも乱れが生じた。

現行の県の行政機構はよく知らないが、以前は県の重鎮は知事、副知事、出納長の三役だった。私には雲の上の人事だったが、開設された岩手県肉牛生産公社のトップは知事だったようだ。事実上の責任者である専務に迎えられたのが、元県出納長を最後に退職したX氏だった。元三役クラスを新公社に迎えるとは偉いことらしかった。「元県出納長」だぞと誇らしげな声もあった。またこの専務を支える公社内の幹部には、これも県退職の課長クラスがズラリ。その中にはシャレたカウボーイの出で立ちを楽しむ元課長もいた。あたかも新公社は上位退職官の受け皿といった観があった。

目利きの浅沼畜試場長からは「覚悟しろよ、現場を踏んだ戸田君らの出番だぞ」と脅されたが、私達の出番が来る前に新公社体質が、間を置かずに墓穴を掘ったのだった。公社の中核牧場である滝沢牧場は、岩手山の東部山麓の標高八〇〇ｍの高冷地にあった。ここに、前年秋に県内で買い集められた日本短角種の妊娠牛が多数収容されていたが、寒気と残雪が織りなす泥濘の三月、山麓の仮小屋の周りでその妊娠牛が次々と死んだ。当時畜試外山試験地勤務だった私は、浅沼場長とその悲惨な現場に立ち会ったが、なす術のない墓場の愁嘆場だった。一般の短角牛農家は、夏は山に放牧し、種付けを終えて秋に里に戻し、春先に暖かかな厩の中で出産させる。これが伝統的な日本短角牛の飼い方である。一方、前年秋に妊娠状態で滝沢牧場に入った牛は、吹きさらしの牛舎、雪が絡んで泥濘化したヤードで寝食にも事欠いていた。そんなところに産み落とされる子牛は堪ったものでない。これは短角牛を襲ったアウシュビッツだった。この惨状には怒りを覚えた。

この頃、公社・滝沢牧場で牧夫長をしていた七木田勇氏が、あまりのストレスのため、自ら命を絶った悲劇を私は忘れない。七木田氏は小岩井農場酪農部に勤めており、全日本ホルスタイン共進会で経産牛名誉賞に輝いたパイオニア・スージー号を育成した優秀な牧夫であった。小岩井農場を定年退職後、県に請われて滝沢牧場の牧夫長に就任した。しかし、劣悪な牛舎環境で多数の経産牛が死亡する惨状にノイローゼとなり、入院。病院の屋上から飛び降りたのだった。これは、秘められた史実である。

私たちの外山試験地は三、四年前から発足しており、肉牛の大規模飼育の経験者であったが、多くは元家畜保健所の獣医職官吏で占められいた。一方、国・県が造る公団、公社の現場責任者には名ばかりの、無経験な退職官吏を当ててお茶を濁していた。岩手県肉牛生産公社も発足時に、この典型的な轍を踏んだのだった。

その十二年後の昭和五十五年に、辛酸を舐めた肉牛生産公社への出向を下命された私は二年間、共に赴任した県職の帷子《かたびら》君とともに、九ヶ所の牧場巡りに明け暮れた。幸いなことに、私が出向いた時の公社には設立当時のような非常識な人事はなされておらず、九牧場の現場職員の真剣さには打たれた。公社の採算性には課題が山積していたが、私は既定の二年を終えて、昭和五十七年に公社を退いた。その退職に当たってまとめた小論「大規模肉牛生産の実際」（岩手県畜産会）は公社設立の趣旨、九牧場の概要、家畜や草地の生産技術、そして何よりも、各牧場の若き現場職員の勤勉な奮闘ぶりを認めるものとした。

（一）肉牛生産公社の実像

［公社設立の目的］

岩手の北上山地、奥羽山脈寄りの農家は零細兼業の牛飼いを脱却できないできた。そこで山地を使った大きな公的な肉牛繁殖牧場を造り、小さな兼業農家に子牛を潤沢に供給し飼養拡大を支援する。

［公社の構成会員・出資比率など］

会員は岩手県、諸公団、農業団体、農業関連会社などを含む十一会員からなる。出資金は昭和五十六年度当初で総額二十八億円。出資は県四一％、畜産振興事業団二八％、岩手県経済連一一％など。官民挙げての協賛事業だった。有無を言わせぬ実力派知事の差し金であった。大口の出資団体である県は、県費持ちで私も含む公務員を出向させ続けた。

［牧場の規模、畜種など］

造られた九牧場は、北から久慈市近辺の大野（飼養牛は短角牛）、二戸郡の安代（短角牛）、岩手郡の玉山（ヘレフォード牛）、同岩手郡の滝沢（短角牛）、沿岸の釜石（短角牛）、盛岡市の都南（黒毛和牛）、胆沢郡の金ケ崎（ヘレフォード牛）、気仙郡の住田第一（黒毛和牛）、そして同住田第二（黒毛和牛）の構成だった。開墾した牧草地の総面積は二三〇〇ha。買い集めた牛の数は三千頭。たいそうな投資である。九牧場にはそれぞれ三百～五百頭の雌牛群が屯した。信じられない事実だが、玉山と金ケ崎にはなんと七百二十六頭ものヘレフォード牛がアメリカから直輸入されたのだった。私が試験牛十頭を購入した結果がこんな大量なヘレフォード導入に繋がったとは末恐ろしかった。この実態を知る岩手県民は今や皆無であろう。無理もない。日本の温湿な自然環境や病害虫に馴染めず、かつ肉牛としての経済性も高められなかったヘレフォード牛は、時を経て全頭処分の憂き目にあった。これについては反省を込めて次の「ヘレフォード牛が辿った歩み」に書きとどめる。

（二）ヘレフォード牛が辿った歩み

最初にヘレフォード牛の輸入に係わった私は、この牛が辿った過程を話すのは胸が痛む。昭和三十八年に知事命で渡米し、ヘレフォード牛十頭を買ってきたその私が、昭和五十五年二月の公社に出向の翌年、公社牧場に残っていたヘレフォード全頭の売却の役割を担うことになった。最初の輸入に関わり、そして奇しくも二十年後には残っていた全頭を淘汰する役を果たした。それには明確な理由があった。ヘレフォード牛はアメリカのドライな大平原に君臨するのがピッタリだった。その彼らは日本の湿潤な風土では生きるだけでも容易でなかった。その上彼等には、東北牧野が昔から抱えてきたダニが媒介する血液原虫病のピロプラズマ病がおそい掛かった。ヘレフォードはこれに全く抵抗性を持っていなかったのだ。

アメリカの乾燥平原には血液性原虫は不在で、本邦にやってきた彼らは原虫病などには無垢な存在だった。この顕微鏡的な原虫は放牧地に棲むダニの吸血によって赤血球内に移り込み、赤血球を破壊し、重い貧血に陥らせてヘレフォード牛を死なせた。私はこの事実を外山牧場で早くから経験しており、怖れていたので購買渡米した時、北米の州立大学で訊ねると〝原虫病？〟と首をかしげるではないか。これには私は心底驚いた。この実態は岩手で輸入に関係したすべての人が知らなかった。知っていたらヘレフォードの輸入はなかったと思う。

私は渡米したお陰でアメリカの原虫病不在を知る。日本の牛原虫には小型のタイレリア（Theileria）と、大型のバベシア（Babesia）がある。後者の被害は深刻で、赤血球が半減するほどの重篤な被害を及ぼす。このバベシア原虫は顕微鏡写真でわかるように、赤血球内でギョロリと目を剝いて居すわっている。この怖ろしい虫を発見した時は息が詰まった。岩手に到着したヘレフォードはしばらく滝沢の本場で様子を見たが、やむなく約束の地であるピロプラズマ病汚染地の外山試験地に移動させた。それからの私は連日顕微鏡と首っ引きでこの原虫の調べにかかった。そしてついには輸入ヘレフォード種雄牛の一頭が重い原虫病にかかり、岩手大学農学部家畜病院に入院させる事態となる。しかし、この種雄牛は家畜病院の先生方の尽力で命を取り留め退院できたが、回復には手間取ったし、珍事ニュースとしてマスコミに知られないようにする苦労があった。

また、ヘレフォードの決定的な弱点は肉質にあった。不運にもヘレフォードの肉質は日本の食肉評価基準に照らすと最下位だった。日本の和牛に比べると筋肉繊維が荒く、バラバラと締まりがなく、筋肉内への脂肪交雑（サシ）が皆無の赤肉である。サシが入らないためか、冷凍室に吊るされた枝肉のロース表面が赤紫に変色してもくる。これらは肉屋に徹底的に嫌われた。ヘレフォードの

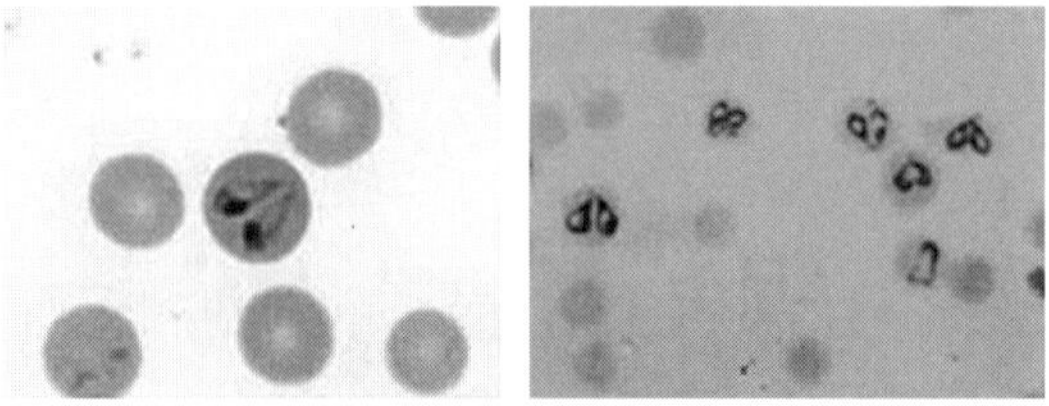

牛の赤血球内で目を剝いたように見える
Babesia big emina の有性原虫細胞

ピロプラズマ病への弱さや枝肉の不具合については、昭和三十八年以後に外山試験地で十分に確認した。しかし強権を持った千田知事には明瞭な真実を伝えることに、今流で言えば〝忖度〟した。その結果、ずるずると七百頭を超えるヘレフォードの大量輸入に繋がり、県政に欠損を与えた。これは研究者たる私の重大な汚点となる。五十年を経ようとも私の有罪は消せない。そして昭和五十五～五十六年に肉牛公社へ出向になった私は、公社の重荷になっているヘレフォードを全頭処分する悪役を負い、北海道から関東にかけて売却の行脚に走り回った。ヘレフォード牛は消えたが、私の汚点は消えることはない。今にしてつくづく思う。千田知事の頃の岩手は県政を浄化する自助力が乏しかったかもしれない。言うなれば戦後三十数年では民主主義が熟成するには日が浅かったのだろう。戦後七十余年になる現代の知事の県政には風通しの良さがあって快い。

(三) 肉牛生産公社牧場現場職員の勤務ぶり

この稿を閉じるに前に公社牧場職員の精勤ぶりに触れたい。昭和四十三年の設立当初の公社中枢やスタッフの体制には問題があったが、私が出向した昭和五十五年当時の牧場従業員の勤務ぶりは健全だった。人里離れた高地・冷涼な北上・奥羽山地にあった牧場は、作業する時ばかりでなく、生活する上でも厳しかった。牧場は平坦地に乏しく、どこもかしこも斜面だらけだった。ガスのかかる日、初冬からのシバレは厳しかったが、現業勤務者は陰日向が無く働いていた。

それを象徴するエピソードがある。肉牛のうち黒毛和牛は家畜化が進み、人工授精に馴染んでいた。でも授精をするとなると、放牧雌牛を捕獲せねばならない。広い斜面だらけで牛を拿捕するには、投げ縄を首にかける西部劇の荒仕事しかない。ロープが頸にかかったはいいが、ロープごと斜面を引きずられることもままあった。このためズボンが脱げてパンツ一枚になるもロープを離さぬ強者もいたとか。牧場長はこの若者は勲章ものと笑っていた。現場職員は牛の難産、弱った子牛の頸静脈注射なども、下手な獣医そこのけにこなしていた。大型トラクターを駆使しての乾草やサイレージつくりも見事だった。

この公社法人は二〇〇五年度で完全に廃止になった。それには公社の採算性の不振の他に、子牛の供給を公社に求める農家需要の減少が大きかった。一般農家は営農力をつけて、後継牛を十分に自家生産できるようになり、それは子牛供給を本務とする公社の役割が、決定的に失われたことを意味した。また米豪からの安い牛肉輸入が、子牛価格や牛肉価格の低下を招き、兼業農家の牛飼いの気力を削いだ現実もあった。

（四）ワンマン知事の回想

後年ワンマン知事となる千田正氏は、早大卒業の翌大正十五年（一九二六年）に「世界を舞台に何かを吸収したい」と米国ハイデルバーグ大学に進学する。一年後にコロンビア大学（ニューヨーク）に移って経済学を専攻した。この経歴が後の畜産分野の政治活動に、いかなる貢献があったかは知らない。一九三八年に四十歳となる千田氏は心機一転、新天地を求め上海の貿易会社に入り、運が向いた実業家としての成功を収めた。水沢出身で、日本の産業経済振興に貢献した郷古潔とも交流があったという。昭和二十年に上海で敗戦を迎えた氏は残務を整理して帰国する。同二十二年に郷里の推薦を受けて、第一回参議院選挙に無所属で出馬して初当選する。参議院議員三期（一九四七年～一九六二年）後に、知事選に打って出て岩手県知事四期（一九六三年～一九七九年）を勤める。

ここからは私が個人的に知る千田知事の、無邪気なほどの大らかな人となりを述べる。牛好きの千田氏は機会を逃さず牛屋気分に浸りたい。自費で数頭の短角牛を購入したまでは良かったが、自分の農場はないので、自分が造った肉牛生産公社の短角牛牧場だった滝沢にそれらを預け入れていた。預け料を支払っていたかどうかは知らないが、知事の雌牛にも種が付き、子牛が増え始める。餌代や手間暇が増えるし、厩も窮屈になる。公社牧場としては迷惑な話。

それは肉牛生産公社が設立された二、三年後のことでもあり、私が外山試験地から滝沢本場に戻った時でもあった。知事の牛たちに音を上げた肉牛公社から、県に引き取ってくれの訴えが出る。「然もありなん」である。そこで、十頭以上の親子連れの千田短角牛一行が畜試の肉牛部に宿替えにやってきた。

そんなある日、知事を囲む県議連と思しき一行が試験場に見える。恐らく何かの会議があったのであろう。懇話が終わって知事は一行を放牧現場に連れてくる。連絡を受けた私たちは知事の牛群を見渡せる場所に移動させて待つ。

「ご覧ください、私の牛たちです。ほっといても、このように子牛がどんどん生まれて増えてくれます。牛飼いはいいものです」

と千田知事はたいそうご満悦。こちらは朝に放牧し、夕に終牧して餌飼いし、時に介抱もし、雄子牛は去勢して秋市場に出す。手間暇、餌代もかかる。〝牛知事〟ともて囃されるこの人には、これらの事が何にも見えていないらしい。担ぎ上げられた裸の王様だ。千田知事の人任せな牛飼いを捨てて置けないので、雄子牛を秋市場で売った、売上金から幾許かの諸費用を差し引いて、若干の金を残して知事室に届け、黒字であるように手心を加えたこの報告が仇になったのだった。

「どうです。肉牛飼いは手もかからずに儲かるものです」

知事は自分が進める肉牛生産事業を自画自賛した。かくして、県費を使っての不適切なヘレフォード牛の大量輸入にも拍車がかかった。戦後も浅い当時は上意下達がまだまだ幅を利かせ、目下の者は上への〝忖度〟を図り、まだまだ大人の横紙破りには眼を瞑る時代が続いた。権力を抑える力の乏しき日本であった。当時の浅沼畜試場長や私たちが犯した知事への誤った〝忖度〟は、県政を狂わせたと思う。権力者には横着を慎む自浄を学んでもらいたい。私は「大規模肉牛生産の実際」の冊子に現場職員の奮闘ぶりを書き、下命された二年の出向勤めを終えて昭和五十七年二月に公社を去り、アフリカ・マダガスカル国に渡る。社団法人岩手県肉牛生産公社はその後も継続されたが二〇〇五年（平成十七年）に役割を閉じた。一九六八年以来、三十七年間の寿命であった。

（五）北朝鮮に渡った岩手短角牛たち

これは二十世紀の盛岡であったホントの話である。岩手県肉牛生産公社滝沢牧場が生産した日本短角牛の若雌牛十頭弱が、当時、北朝鮮の初代国家主席の座にあった金日成主席（一九一二～一九九四）に贈呈されたのだ。それは一九八五年頃だったと記憶する。贈呈者は岩手県でも、県肉牛生産公社でもない。それは盛岡市上田地区で牛の焼肉店を営んでいた〝明月館〟当主の崔氏である。肉牛公社に県から出向していた当時の私は、牧場員らとちょくちょく冷麺や焼き肉を食べに〝明月館〟に行くうちに、崔氏と知り合うようになっていった。

ＪＩＣＡのマ国協力の仕事を終えて帰国した後の私が、冷麺に惹かれて〝明月館〟に行くと店主の崔氏から思いがけないお願いをされた。それは「自分が尊敬してやまない北朝鮮の金日成主席に岩手の肉牛を送りたい。その牛は毛色が朝鮮牛に似る岩手短角牛でなければならない」という。私と崔さんはさほどに親しい間柄ではなかったが、私が肉牛に縁ある仕事をしているとわかっての申し出であった。崔さんの飾り気のない真面目な人柄を知る私は、この話を受けることにした。公社滝沢牧場の短角牛を買ってくれるなら、どんな方でも気遣い無用。不安と言えば国交の有無、どんな引き渡しができるかだった。

ともあれ、崔さんからのこの申し出を県の担当部署に良きに計らうようにお願いする。牛の選定には幸運にも、肉牛生産公社に適任者がいてくれた。当時、岩手県から公社に出向していた谷地仁氏である。氏とは以前、私も在籍した県畜試で旧知だった間柄。彼に事情を呑み込んでもらって選定をよろしく頼み込む。気を揉んだ輸出手続きはどんな手品が通用したか知らぬが、とんとん進み、その年のうちに宮古港からだったと思うが、チャーターされた日本の魚船か何かで七、八頭の短角牛が北朝鮮に送り出されたのだった。

谷地仁氏はしっかり健康な将来性ある牛を選別し、えり抜きの初妊娠牛群を揃えてくれた。そこで牛の販売価格は県内の市場評価をかなり上回る額を提示したが、崔さんはこれを了解してくださり、県も肉牛生産公社もこの取引に満足した。四海浪穏やかな取引の成立だったが、あちらに渡った牛たちの動静は伝わってこず、いまだにあの牛たちの子孫は幸運であったろうかと思い出される。

第二章　日本脱出・国際協力への転身（一九八二年〜）

生き物は年を経るほどに未知に出会い、古い殻からの転身を図り、自由と自立の脱皮を繰り返すものらしい。これらの機能は宇宙からプレゼントされた宝物である。私の初回の脱皮は獣医科卒後の米駐留軍への就業（二十歳）、次は地方公務員職への転換（二十二歳）、そして三番目は三十年余をかけた畜産分野の研究職を終えた、一九八二年の国際協力分野への転身（五十四歳）だった。いずれも自らの選択である。その後の転身は、自家を改修しての民家画廊〝ダダの家〟の開設（八十五歳：二〇一三年）となる。

三番目の国際協力への転身の動機には、実をいうと、忸怩たる思いがあった。この転身を図る自分の中に靄があった。五十歳を超えて研究現職を畳んだ自分には、見合った現場職はなく、あるのは管理職だけであるとの自覚、一種の失乏感であった。この不安を国際協力の現場で埋めようとした。ともあれ依存する不純さを自分に許し、くどくは言わないが、「自らに由る」の自由を求めての逃走として、私は国際協力への転出をはかることを決める。これを進めるには、日本国際協力事業団（ＪＩＣＡ）への接触が一番と知った私は、一九七九年の初夏に新宿のＪＩＣＡ本部の農業部を、何の手蔓もなしに訪ねた。私には人類誕生のアフリカの大地やその自然への憧憬があり、アフリカ大陸への上陸を熱望した。しかしＪＩＣＡ農業部の畜産課長の説明を承った結果、私に開かれた畜産の現場はアフリカのマダガスカル共和国以外にないとわかる。

私がマダガスカルプロジェクトの引き継ぎに指定されたのには二つの理由があったと思う。一つは、その頃ＪＩＣＡの畜産関係プロジェクトは「マダガスカル北部畜産開発プロジェクト」しかなかったこと。そしてまた、この六年のプロジェクトに初めから参加していた獣医さんから、中途引退したい希望が出されていたようで、藪から棒だった私の申し出は、ＪＩＣＡとしても渡りに船であったらしい。縁があるものだと喜んだが、赴任の実現には二年の待ちがあり一九八二年からとわかる。しかし、幸運にも私が現に勤めていた岩手県肉牛生産公社への出向が、二年後に終わることがこの間合いに当てはまってくれた。

ここでＪＩＣＡの国際協力の歩みを振り返る。設立は昭和四十九年（一九七四年）で、当初の業務は正真正銘、途上国へのハードな技術協力に終始していた。私の契約がなった時期はＪＩＣＡ発足八年目の昭和五十七年（一九八二年）で、この時は協力事業団法に基づいて、事業は日本政府の手で仕切られていた。以後、二〇〇三年からは国の手から外れ、独立行政法人としての運営に変わった。

白状するがマダガスカルという国名は、一九七九年にＪＩＣＡの畜産課を訪ねるまで私は知らなかった。担当の板橋畜産課長から、マダガスカルの畜産開発プロジェクトに空きが出る見込みだとお聞きした時、

正直「えー、マダガスカル？」だった。

対応してくださった板橋課長は農水省からＪＩＣＡへ出向していた方で、砕けた人柄で、私が話す岩手の奥山で牛飼い技術の研究に携わった経歴を、好感を持って聞いてくださる。紹介状もなしに飛び込んだ私にＪＩＣＡの「マダガスカル北部畜産開発プロジェクト」が始まった背景、目的、そして全期六年間のプロジェクトの後半二年の、大切な農民研修が迫っていて、困っている内情まで説明してくださった。私の中には野生動物と共に働く獣医職の夢があったが、そんなものは国際協力の世界にはなかった。

現在のＪＩＣＡ（独立行政法人国際協力機構、Japan International Cooperation Agency）は、平成十四年法律第一三六号に基づいて、二〇〇三年十月一日に設立された外務省所管の独立行政法人。政府開発援助（ＯＤＡ）の実施機関の一つでもある。開発途上地域等の経済、社会の発展に貢献し、国際協力の促進に貢献することを目的にしている。とにかく私の日本国脱出はマダガスカルの協力事業に救われた。マダガスカル後も私のＪＩＣＡとの縁は続き、主なところだけでも中近東、中南米にも出かけることになった。

一、マダガスカル北部のＪＩＣＡ畜産開発プロジェクト

マダガスカル共和国（以後マ国）は「バリ（vary：稲）とウンビ（aômby：牛）」がどこにでもある、原始が息づくような風土の国だった。ＪＩＣＡプロジェクトの一員として一九八二年六月に私が赴任したマ国は、一九六〇年六月二十六日にフランスから独立を勝ち取って二十二年目の若い国だった。独立後間もない国の例にもれず、マ国も政変が絶えなかったが、一九七五年に海軍中佐のＤ・ラチラカが革命評議会議長についてから、ようやく安定した社会主義体制が誕生していた。そんな訳で私の赴任は世情が安定して七年目のことであった。アフリカの若い独立諸国の公用語は、たいてい前宗主国の言語が使われる。マ国の公用語は仏語であった。ちなみに、日マ政府が締結した「マダガスカル北部畜産開発プロジェクト」は一九七八年から一九八三年の六年間であったが、はじめの四年間は、遅れた研修施設などの整備に費やされてしまい、本番である国家公務員、農民らの研修は最後の二年に絞られていた。一九八二年の私の赴任は、まさにこの研修開始に適応するものであった。

その一、アフリカ諸国の独立まで

仕事の話の前に、当時のマ国のあり様に触れる。マ国は大陸アフリカ南東のモザンビーク海峡を隔てる大きな島国だった。アフリカは人類発祥の地であることは早くから知られるが、二十世紀に米国の古生物学者、リーキー夫妻が東部ビクトリア湖畔で、類人猿と見られる頭蓋骨（二千万年前）を発見したことでも知られる。アフリカは三〇二〇万平方キロメートルもある巨大大陸で、地球陸地の実に二〇％余を占める。アフリカ大陸の最大の特徴はその三分の一が砂漠で占められていることかもしれない。人口は約十億人で世界人口の一四％にとどまる。二〇一一年現在、アフリカは五十四の独立国と島からなるが、古いアフリカ社会には文字がなかったことから、人類発祥の地でありながら、独自の歴史記録はほとんどない。このため欧米諸国の間では「暗黒の大陸」「歴史なき大陸」などと呼ばれてきた。先進ヨーロッパ諸国がアフリカに仕掛けた老獪な手口を追って切る。

（一）第一のステップ

十五世紀頃までのアフリカ大陸は地中海、大西洋、インド洋などに面する沿岸部や内陸のコンゴ、ザンベジ、ニジェール、ナイル河といった大河流域別で交易が発達する。それぞれの地域で王族、部族が生まれ、盛衰を繰り返してきた。この頃までは欧州列強の進出はなく、内部抗争はあっても比較的平和が享受されてきた。そのころまでのアフリカには諸王族が割拠しながらも、明確な国家意識、国境などは設定されていなかったと思われる。

（二）第二のステップ

十五世紀以降からアフリカの不幸が始まる。発端は欧州列強の大航海時代が引き金だ。正確には十五世紀半ばから十七世紀まで続くヨーロッパ人によるインド・アジア大陸・アメリカ大陸などへの植民地主義的な海外進出。初めは西南ヨーロッパ人（スペイン、ポルトガル）の活動が主であった。利殖を求めての海外進出である。船でやってきて沿岸各地に砦や交易所を築いた。特にアフリカ西海岸はその地の特産品にちなんで「黄金海岸」や「胡椒海岸」、「象牙海岸」などの名がつけられる。続いて「奴隷海岸」という悪名高い名所まで生まれる。奴隷を多数確保するために、欧州人が持ち込んだ銃器を使っての戦い、奴隷狩りも行われた。欧州諸国は当初、アフリカにある物的資源に手を染めるが、ついには奴隷資源として人間も買い漁る。

往時、欧州では奴隷売買に反対する声もあったらしいが、これで富を築いたアフリカの王国もあったと聞く。あり得る話であろう。ヨーロッパでも特に英国は自国で製造した武器や火薬をアフリカ西部で売り、有力なアフリカ人がそれを使って奴隷を確保した。英国では奴隷を必要としなかったが、商品として南北アメリカ周辺に販売した。アメリカ本土、カリブ海の島々などの植民地へ運ばれ、労働力になり、奴隷によって作られた砂糖、綿花、コーヒーなどはヨーロッパで爆発的に商売になる。このようにして成立した三角貿易（下図：十七〜十八世紀）がイギリスを富ませ、十八世紀に起こる産業革命にも繋がったと見られる。抜け目ない※アングロ・サクソンの貿易戦略が、この時期のアフリカの旨味を吸いつくす。その当時の英首相が誰かは知らぬが、「大英帝国ファースト」と豪語したかったに違いない。

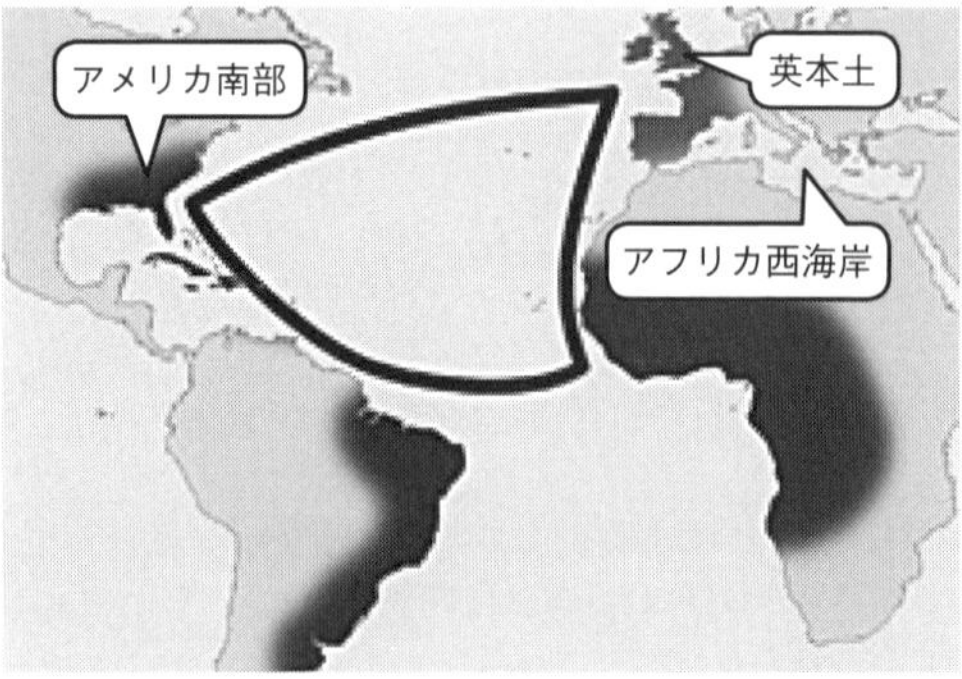

奴隷売買がからんだ世界の三角貿易の図

（三）第三のステップ

奴隷貿易はアフリカを苦しめてヨーロッパの近代化に貢献したが、十八世紀になって欧州に自由、平等を主張する啓蒙思想が起こる。これが非人道的な奴隷制度を覆すまでの勢力になる。かくして奴隷貿易は消滅するが、欧州はアフリカ大陸が持つ別な魅力に気づく。それは十九世紀半ばに始まる暗黒アフリカ大陸の探検だった。その冒険を担ったのがキリスト教宣教師のスコットランド生まれのリヴィングストンや、イギリス・ウエールズ出身の本職の探検家スタンリーたちだった。彼らは「未開で遅れたアフリカにキリスト教の光を与える」という白人優越のスローガンを掲げていた。

この探検の成果を足がかりに、貿易戦略にかわるアフリカの植民地化政策が生まれ、暗黒大陸への本格的な侵略が開始される。奴隷制度に代わる植民地開拓時代の幕開けである。十九世紀後半の一八八〇年代に入るとイギリス、フランス、ポルトガルに加えベルギーやドイツ、スペイン、イタリアなどの欧州列強による、激しいアフリカ大陸の争奪競争が始まる。欧州人はこぞって腹を満たし、おいしいアフリカに酔い痴れた。そして一八八四年、アフリカ領土の領有権をめぐる話し合いのため、ベルリン会議が開かれる。この場ではアフリカ人の参加は無視され、アフリカ大陸は「主のいない土地」であるかのように、まっすぐな国境線で勝手に分割された。

ネットから引用したアフリカ分割案が次頁の図である。二十世紀初頭に欧州列強が引いた国境である。これが食い千切られたアフリカの実像である。植民地化から逃れられたのはエチオピアとリベリアの二国だけだった。見ると、アフリカでの植民地支配大国は、イギリス、フランスであった。この年代のアングロ・サクソンの国・英国は、アジアにも進出した圧倒的に強力な帝国であった。欧州の小国でおとなしそうなベルギーまでも、この競争に加わっていたとは意外だった。私の任地になったマダガスカル島もしっかりフランス領に染まっている。

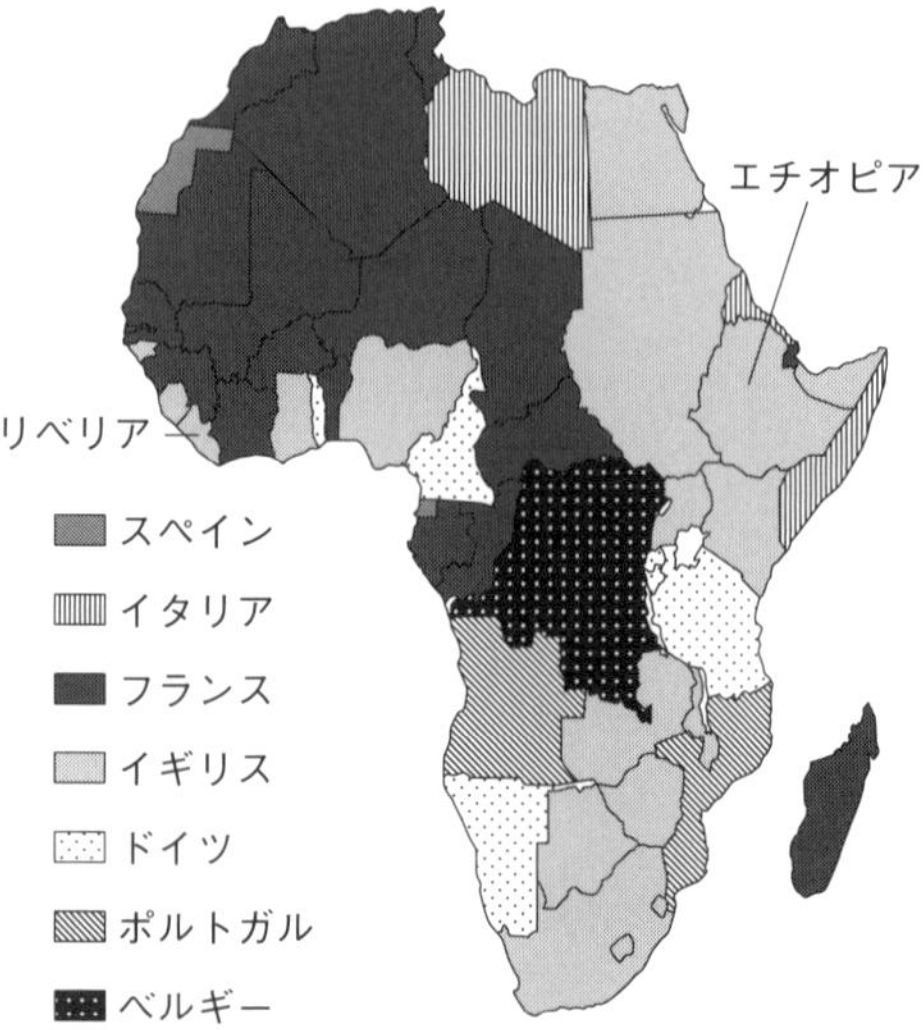

1912年当のアフリカの植民地実態

私の手元に後で紹介する深澤秀夫氏にいただいたルイ・カタ著『マダガスカル旅行記1889年-1890年』がある。そのあとがきに深澤氏の次の解説がある。「二年におよぶマダガスカルの調査を終えて母国フランスに戻ったルイ・カタは、いつの日かこのアフリカの巨大な島が最も美しく良き我が植民地になり、フランスはこの良き郷を効果的に統治することを確信する」。そのルイ・カタの確信通り、一八九五年のメリナ王国との第二次戦で勝利したフランスは、メリナ王国がフランスの保護領になることを署名させる。この取り決めは、一九六〇年の〝最も麗しき我が植民地併合宣言の廃止〟まで六十五年間継続されたのだった。

［註］アングロ・サクソン人（Anglo-Saxons）：五世紀初頭に北ヨーロッパを荒らしまわったローマ帝国が、ケルト系ブリトン人の住む離れ島ブリタンニア（現在のグレートブリテン島）の支配を途中で放棄して退いた後に、今のデンマークや北部ドイツ周辺にいたゲルマン人がブリテン島に渡り、イングランドの基を築いたと言われる。彼らは先住民のケルト系ブリトン人を支配し、ケルト文化を放逐した。これが英国を作ったアングロ・サクソン人であり、彼らの言葉が世界の英語になる。彼らの元祖は北欧のゲルマン系の三部族（アングル、ジュート、サクソン人）であった。

（四）第四のステップ

最後が西欧の植民政策の後退時代。第二次大戦が鎮まった一九六〇年代がアフリカの年と呼ばれる。多くのアフリカの国々がヨーロッパ宗主国からの独立を果たす。アジア、中近東、アフリカに跨る植民地ベルトの中で、一番独立が遅れたのはアフリカであった。世界の後進国がいつ植民地の憂き目から解放されたか、アフリカはいかに後れたかを確かめておく。

・十九世紀後半：一八九五年：李氏朝鮮が清国からから独立。
・二十世紀前半：一九一〇年：南アフリカ連邦がイギリスから独立。
一九二二年：エジプトがイギリスから独立。
一九二五年：イランがイギリスから独立
一九三二年：イラク王国がイギリスから独立。
一九三二年：満州国が日本の傀儡国家として建国。
一九四五年：ベトナムがフランスから独立を宣言。
一九四六年：シリアがフランスから独立。
一九四六年：フィリピンが（アメリカ合衆国）から独立。
一九七四年：インドとパキスタンがイギリスから独立。
一九四八年：イスラエルがイギリスの委任統治が終了し独立。直後、第一次中東戦争勃発。

現在に続くパレスチナ問題の原因となる。
一九四八年：南北朝鮮が三十八度線を境に分断形で独立。
一九四九年：インドネシアがオランダから独立。
一九五四年：フランスがベトナムから撤退。
一九五六年：モロッコとチュニジアがフランスから独立。
一九六〇年：六九年にかけてマダガスカルを含むほとんどのアフリカの国々が独立を果たす。

その二、マダガスカルという国

ここからマ国にスポットを当てる話に入る。ここではフランス人のマ国に明るいユベール・デシャン（一九〇〇〜一九七九）著「マダガスカル」から引用する。マ国はアフリカ東海岸からモザンビーク海峡を介して浮かぶ独立島で、面積は五八万七〇〇〇㎢。世界第四の大きい島国で、一九六〇年にフランスから独立を勝ち取る。国全体の大部分が南回帰線内

に納まる熱帯圏。私が滞在した北部のディエゴ・スアレス市は南緯十二度の熱帯圏そのものだった。地球の古生代にはゴンドワナ大陸があり、これが地球内部のマントルの力によって引き裂かれ、南アメリカ、アフリカ、マダガスカル、インド、オーストラリアに分割されたと言われる。この過程で誕生した島陸地マダガスカルも、億単位年の歴史がある。このためここの動植物相はアフリカ大陸とは全く異なる別種に進化した固有種として珍重されている。

マ国にはネコ科の大型肉食獣や、象のような厚皮動物もキリンもいないが、キツネザルは盛んに種を分化させ、全世界の四分の三の種が住むという。マ国に現生する胎生動物の七、八割は固有種とされる。私たちＪＩＣＡ専門家は自由な国内観光は許されず、キツネザルなどにも会えなかったが、そこら中で多様なカメレオンにはお目にかかった。そんな中ではあったが、幸運にも、切り立つ石灰岩がつくる険しい山塊や、凛々しく聳え立つバオバブの立ち姿には出会うことができた。石灰岩からなる異様な山塊に出会ったのは、マ国西北部の農村巡回の折。切り立つ山塊の裾を迂回する時、同行のマ国職員からここは地域民の聖地、よそ者は立ち入ることも写真を撮ることも禁じられていると制止された。そこには人間が作ったいかなる宗教も入り込めなかったようだった。一方バオバブはマ国に六種もあると言われる。私の見たものには、ずんぐりタイプからスリムタイプまでに多種あった。なかでも南西部少雨地帯のバオバブは、神秘的な気位を感じさせる大樹（写真）で、農民に慕われていた。バオバブは、一般の木材組成を欠くので、建築材にはならないが、強い日差しから人々や家畜を守り、若い葉や果実は人の食料になり、柔らかな幹材は時に空腹なゼビュウ牛の飢えを凌ぐのにも役立つ。また硬い樹皮からは丈夫なロープがつくられる。外来者には無用の長物に見えるが、この木は地域民の生活に欠かせない有用樹だった。マ国で二年過ごした私は地球の大陸移動説の信者だが、ある地区で家の扉の支えにしていたという古代恐竜の腿と思しき骨化石の塊を目にして、その恐竜化石が生きていた一億から二億年前のジュラ紀の時代、この島はアフリカ大陸の一部だったことを実感したのであった。

神秘的な気位を感じさせる
バオバブの樹

一九六〇年（昭和三十五年）にフランスから独立したマ国は、民主共和国として船出した。その後一九九二年に「民主」がとれてマダガスカル共和国に改称。その意味するところは独立の勢いで民主体制が生まれたが、部族間の幾多の政変を経て落ちつきを取り戻し、私が入国した一九八二年当時は社会主義体制下にあって、旧ソビエトや北朝鮮との繫がりが強かった。当時はミグ戦闘機が飛び交い、ソ国や北朝鮮の軍人が出入国検査フリーの優遇を受けていた。しかし一九九〇年代に起きた社会主義体制からの路線変更後は、IMFの援助を受けて経済の再建にかかるが、なお経済の低迷は続く。二〇一二年の人口は二千二百万の「後発開発途上国」であり、年間の経済成長率は三・一%台。国連、アフリカ連合、世界貿易機関などに加盟している。

以下は余談。無人島だったマダガスカルに移住した最初の人々は、言語学的解析から東南アジアの島々の民であったとわかっている。また二〇〇五年のマ国住民のDNAの解析からも二千年前の紀元一世紀前後に、ボルネオ島(インドネシア語ではカリマンタン)からの移住者であったことが証明された。移住はカヌーでインド洋を横断したと見られている。ボルネオとマダガスカルの間は八〇〇〇キロを超える。その間に広がるインド洋には北西風の貿易風が常在するので、東南アジア島々の船旅に馴れた人々の操船技術があれば、八〇〇〇キロの航海も実現できたのであろう。モザンビーク海峡を挟んでマ国のすぐ左隣のアフリカ大陸からの移住がずっと遅れたのは、貿易風のお陰もなく、航海術もなかったからであろう。

その後の長い歴史の中でアフリカ東海岸から渡来した人々と、ずっと前に住みついたマレー・ポリネシア系の仲間は、諍いを越えて住み分けや混血をしつつ、欧州人が到達する頃には、ポリネシア系とアフリカ東部系のＤＮＡの比率は、相半ばするまでになっていたらしい。私の滞在中にも日本人と全く変わらない相貌の人々から、明らかなアフリカ系まで多様な人種構成を見た。この地球上の東西から集まった異人種が平和共存するマ国は、原始的な側面を残しながら、賢い人間の住み分け方を学べる貴重な国柄ではないかと思えた。

その三、日本政府とＪＩＣＡのマ国援助の背景

一九六〇年に独立した頃のマ国の経済は厳しかった。鉱物資源が皆無な上、輸出できる地場産品が乏しかった。生活用品の多くを輸入に頼らざるを得ない、アフリカ圏の最貧国に当たる国だった。大きなタロイモのような形をした島一つだけの国だったが、面積は日本の一・六倍もある。熱帯性で、一年が雨季と乾季に二分される単純な気候帯であった。島の東海岸は茫洋たるインド洋に面する。島の中央部には南北に連なる高地があり、その

中心地にある首都のアンタナナリボ市は冷涼で、中央政府や各国大使館もここに置かれていた。この首都の東部一帯は、インド洋からの湿った風がもたらす大量の降雨のお陰で、延々たる熱帯降雨林と竹林が形成されている。中央高地を超える西部には湿気を失った乾風だけが吹き下り、林が育ち難いステップ性草原になる。さらに西に進んでアフリカ大陸を望むモザンビーク海峡に近づくと、疎林と草原が入り混じった広大なサバンナ性草原が開ける。そこに自由放牧される耐暑性のある夥しい肉牛のゼビュウ牛と、コーヒー栽培にマ国は今後の国造りを託そうと考えたようだった。

ＪＩＣＡが昭和五十年（一九七五年）に出した「マダガスカル北部畜産開発実施計画報告書」によると、一九七三年にマ国政府から北部地域の畜産開発の要請があり、即刻同年八月に調査団をマ国に派遣している。その時の実質的な調査員には、当時岩手種畜牧場長だった豊田晋氏、ＪＩＣＡ開発協力部板橋勅氏らの名が挙げられている。この時の調査報告が基になって、一九七七年十一月の日マ政府間の公式のＲ／Ｄ（署名）がなされたのだった。

この調査報告書は、マ国の肉牛が飼われている劣悪な実態をよくとらえていた。気候的に厳しい乾季（五月～十一月）の後半には、牛が頼りにする自然草原サバンナのイネ科草が殆ど枯死する。年中栄養不良に悩む雌牛の妊娠は隔年になる。要するに、マ国の牛は二年に一頭しか子牛を生んでいなかった。マ国の牛の大勢を占めるゼビュウ牛は小柄で、産肉性も劣る。牛の内部寄生虫病が蔓延し、血液原虫病と相まって子牛の死亡率を高めている。放牧地には給水場が少ないなどの多くのデメリットが報告されていた。しかしマ国には牛の病気の中で最も恐ろしい伝染病である〝口蹄疫〟がないという、大きなメリットがあった。プロジェクトの最後の二年間の専門家として赴任した私は、これらの報告書情報にたいそう助けられた。

歴史的にマ国とは疎遠だった日本が、社会主義政策をとる軍事政権国が望んだ畜産技術協力を、どうして受け入れる気になったものか。私には解せないものがあった。とにかく、一九七七年日マ政府が結んだR／D（協議議事録）で日本は援助協力に踏み切る。約したプロジェクト名は再掲するが「マダガスカル北部畜産開発プロジェクト」。その究極の目的はマ国の肉牛農家の支援。事業の本拠地はマ国北部アンツィラナナ州にあるディエゴ・スアレス市（現Antsiranana）に置かれた。そこはマ国の最北端で赤道に近い都市だった。

ここからは内輪話だが、この技術協力が決まる大分前に、ディエゴ市内に日系商社が進出しており、そこの社員として若い獣医師の冨永秀雄氏（一九四七〜）が滞在していた。ＪＩＣＡのプロジェクトが締結されると、現地事情に明るい人材として冨永氏は即刻現地調整員に迎えられる。マ国語にも仏語にも通じる冨永氏のプロジェクト参入は、日マ双方にとって恵であった。赴任後まごつくことの多かった私も市内の住まい、ファミリーレストランの斡旋まですっかり氏のご厄介になった。またなぜ日本がマ国の肉牛産業を支援することになったのかも、冨永氏の説明のお陰で理解できた。

ある休日、冨永氏はディエゴ市郊外に残る食肉処理工場跡に私を連れて行った。工場への舗装路は穴だらけ、工場内設備が取り払われた廃屋だった。この廃墟の印象は強烈だった。ここはマ国北部に初めて造られた、フランス系資本のＭＡＮＩＶＩＣＯ社が経営する食肉処理工場だったという。工場はしばらく順調だったが、間もなく経営不振で閉鎖された。資金不足に加えて処理する牛が思うように集められなくなったことが主因らしい。供給体制のない一方的な処理は底を突いたのだ。

マ国農民の牛飼いは経済行為ではなく、家族のように大事に扱う代え難い大切な財産でもあり、牛肉は冠婚葬祭に欠かせぬ貢物の第一位を占めた。一家の長老が亡くなった時などは、親戚縁者がこぞって数頭〜十数頭までの牛を死者のために屠って捧げ、親族の絆を強める伝統習慣を私も見た。東南アジアでは今も水牛を使って、高い代価を払ってこれに近い習慣を守り続ける種族がいると聞く。とにかく、食肉工場の無差別な牛買い行為は、マ国農民の牛飼いからは遠く外れたことだった。

冨永氏によるとこのＭＡＮＩＶＩＣＯ社とは別に山岳地に、マ国と日本商社が合弁する食肉処理工場があったという。経営主は（株）帝人であった。ここは牛の生肉をカット冷凍して日本に輸出する工場で、日本へ年間四〇〇トン輸出していたらしい。その商いがうまくいっていたかは不詳だが、この食肉工場もほどなく閉鎖の憂き目を見る。操業停止に至った経緯は単純なものではなかったようだ。日マ合弁提携とは言え、実質は帝人の責任操業だったらしい。閉鎖に追い込まれた要因は牛資源不足の他に、マ国政府が提携を解消して国営化にしようと帝人に迫った経緯もあったやに聞く。

また牛泥棒は殺人罪にもなりかねないマ国にあって、帝人が集めた牛の中に、盗牛が混じっていたらしい。日本商社マンには盗牛の見わけなどできっこない。これがマ国当局の知るところとなり、帝人本社から派遣されていた工場長が逮捕され、初の日本人の服役者を出す不始末を招く。このようなことが重なり、帝人は企業合弁から手を引いたので、営業力を失ったこちらの工場は閉鎖された。これによって日本向けの牛肉輸出がストップするとともに、ＭＡＮＩＶＩＣＯ社工場も閉じられて、マ国政府の目指す牛肉産業振興は暗礁に乗り上げる。

マ国内にあった二つの食肉工場閉鎖の経緯を述べた。宗主国のフランスから冷遇されていたマ国は、帝人を介して縁のあった日本に経済協力の期待を寄せたのではなかろうか。日本政府にも日本企業を通して知った広大な自然草原を背景にもつマ国への畜産協力は、捨てがたい一面があったかもしれない。かくして一九七七年に六年間のＪＩＣＡのマ国北部畜産開発プロジェクトが発足し、私も最後の二年間のプロジェクト仕上げに参加できたのだった。

その四、幕開けしたマ国北部畜産開発プロジェクト

この国の正式な国名はマダガスカル共和国。政治体制は共和制で六つの自治州からなる

地方分権制国家だった。畜産開発プロジェクトは一九七七年に日マ両国が契約し、七八年から実質六年間の協力事業に入る。名称は「マダガスカル北部畜産開発プロジェクト」。一九七六年当時のマ国人口は約九百万。うち八三％を占める七百五十万が農民。ちなみにコブ牛は六百万頭を超えていた。国土面積は五八七万平方キロもあり、日本のほぼ一・六倍。この国土の中のサバンナと言われる天然のイネ科草原の中で、六百万頭のコブ牛がのんびりと放牧で暮らしていた。

この島国の大地と膨大な数のコブ牛を相手に、ＪＩＣＡは六年間でマ国にどんな手伝いをしようとしたか。一九七五年にＪＩＣＡが出した「実施計画書」を読み返すと、挙げられていた計画には非現実論が多かった。それらの空論にわれわれの現地メンバーは次のような修正を加えた。

×乾季にダメージ受ける広大な草地には灌漑する∴非現実的。それではなく農民が自力で乾季に不足する草を補うリザーブ草地を準備しておく。
×乾季に枯死しない草種の導入は容易にできる∴これの考えも安直すぎる。
×妊娠率を高めるために人工授精を進める∴マ国の畜産レベルへの無知。劣悪な牛の栄養改善や発情周期の改善などどれも不可能に尽きる。
×肉牛大増産のために一万頭飼養規模の企業的牧場を造成する：夢物語り。
○寄生虫の駆除をして子牛の損耗を回避する：これは必須。
○放牧地で足りない蛋白資を補うためにマメ科牧草を導入：これは理に適う。
○放牧地への給水施設導入：これは良いが、故障ポンプの修理が難しいので、単純なつるべ式井戸掘りに留めるべき。
○マ国獣医所には獣医師資格を持つ職員は皆無に近い：職員に獣医畜産学の研修を科し、優秀農家に牛飼養知識の研修をするプランは適切。
○日本側の指導体制が「牛の管理、衛生、草地管理」などに仕分けられている：このような壁は取り去って、誰もが総合化した技術指導に当たれるな人材体制とするべきだ。

このプロジェクトに与えられた役割は、第一にマ国公務員である地方獣医所職員への実務研修だった。これに要する研修実験棟、宿泊施設、大型農業機械の配備と同収納倉庫、牛舎、放牧施設などの建設が予定された。しかし途上国では建築整備力が弱く、工期が遅れに遅れ六年間のプロジェクトの四年を空費していた。本務である人材研修には二年が残されていただけだった。アンツィラナナ州の八ヶ所の獣医所の技術研修と優良農家たちの研修が急務になっていた。こうした逼迫した内部事情は出国前に、ＪＩＣＡの板橋畜産課長からほぼ伺っていた。

獣医所職員向けの研修は「牛の管理」「衛生」「牛の餌になる草地・飼料つくり」など。体制は日本人専門家三名にマ国政府職員二名（ラコトコトソン・ピエール、シャルル・ピエール）が加わった五名。私は家畜衛生担当とされる。日本側の草地部門スタッフに病欠があり、枠を超えての研修をこなす。衛生と草地部門も担当しての出発は私にとってやりがいがあった。研修は国家公務員と優秀農家研修の二コース。研修者は全員が所内施設に宿泊。私はとにかく獣医所技術職員の衛生研修や優秀農民の野外衛生研修になどに当たった。

集合研修がない日は日マ国スタッフの総出で、アンツィラナナ州内の農村に出かけての農民とのふれあいや、原野でのゼビュウ牛の一般検査、子牛の糞便内に宿る寄生虫卵の検査などに当たる。農民には顕微鏡下の寄生虫卵の供覧もする。マ国のおじさんが被り物をとって恭しく顕微鏡をのぞく光景

獣医職の衛生研修：
左から二人目が戸田

（写真）は、一昔《ひと》前に内地で牛人工授精廻りした時、被り物をとって顕微鏡下の牛精子の活動を覗いた、日本の農家の姿に重なって思わず微笑む。この現象は洋の東西を問わなかった。このマ国プロジェクトの本命は研修教育だが、これまでに研修体験など殆どない方々に、二年間で見るべき成果を挙げるなど無理な話。私らが引き上げた後が気がかりだった。このプロジェクトの施設建設費に運営費も加えた六年間のＯＤＡ（政府開発援助）の総額は、只ならぬ額だったであろうと忸怩たる思いを持ちながらの私の二年間滞在だった。右往左往したマ国北部畜産開発の支援の成果とはどんなものだったか。その要点だけでも書き添えたい。

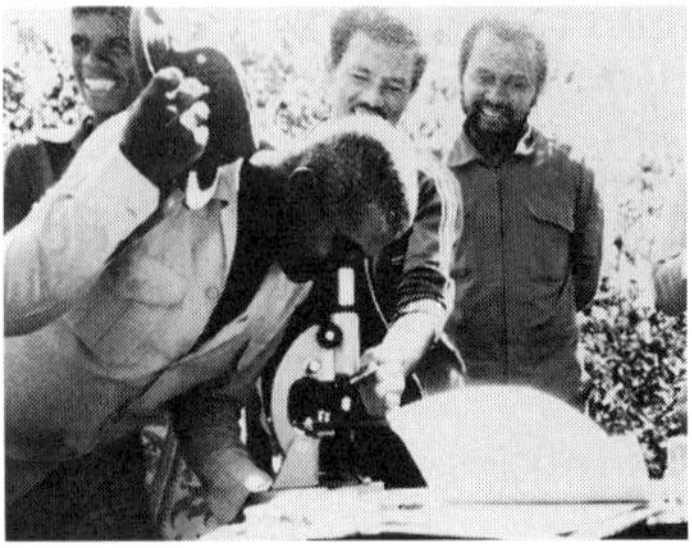

マ国のおじさんの微笑ましい顕微鏡覗き

その五、マダガスカルのコブ牛

マ国の牛はすべてコブウシ「肩峰牛」（写真：雄牛）である。マダガスカルゼビュウとも呼ぶ。温帯牛に比べると肩甲骨の上にある〝棘上突起〟が大きくせり上がっていて、この部分に草が豊かな時に脂肪分を蓄える。これは熱帯牛の欠食対策に進化した資質である。この瘤は雄牛のほうがはるかに大きく発達する。この他、体の毛を短く、皮膚をダブダブにたるませて体温をよく発散させる進化もあった。この国の牛飼いには、先進国がやっているような登録をして、商品価値を高める商売感覚はない。体形、毛色共にさまざまだ。赤道を中心とするコブ牛の地球上の分布は広大である。世界の牛属の半数はゼビュウ（印度牛）の血が入っていると言われ、赤道から南北三〇度以内の熱帯圏に広く棲みついている。北半球に多いホルスタイン種乳牛などの最適気温は摂氏四～五℃なのに対し、ゼビュウのそれは一五～二七℃と高い。両者は地球の温帯、熱帯を棲み分けて増殖してきた。

コブウシ肩峰牛：雄牛

インド、中近東、アフリカ、中南米などの熱帯圏に広く適応して棲みついているゼビュウは、古代文明にも深くかかわっている。最近のことだが、熱帯畜産アドバイザーの富永氏から、パキスタンのモヘンジョダロの遺跡に出土したという、牛車を曳くコブ牛レプリカの写真をいただく。このモヘンジョダロは紀元前二六〇〇～一六〇〇年頃、今からすれば約五千年も前に、インダス川の肥沃な土地に栄えた古代文明である。現在のパキスタン国シンド州に現存する。このレプリカは世界中の現ゼビュウ牛の原形に譬えられる。

マ国人にとってのゼビュウ牛は何に当たるかを考える。先進国が育種してきた専用の乳牛や肉牛などの換金動物とは全く異なる。ここでは牛の所有数がその家のステータスだった。牛は農耕、荷車曳きに活躍し、分娩した時は少量ながらも人にミルクを供する。また婚資にもなり、神と祖先を供養し死者を葬る葬儀にも欠かせない、多様な価値も持った資産だった、なので牛泥棒は重罪として扱われて当然であった。

モヘンジョダロで見つかった
コブ牛のレプリカ

プロジェクトで滞在中に、私がスケッチしたコブ牛が農耕する素描（写真）がある。農家の全員が去勢牛二頭を使って畑起こしに励んでいた。描いてから年数が経つので判然としないが、農耕する去勢牛の肩峰にある大きな瘤が大事な役割を担っていた。瘤の前に太い棒を渡し、その棒から引いたロープに小型のプラウを曳かせている。農作業の仕組みは至って簡素。こんな仕事ができるのは大きな瘤を持つゼビュウの特権だ。なんと、私がマ国でスケッチしたゼビュウ牛の姿は、先に挙げた古代モヘンジョダロ牛のレプリカに瓜二つだ。私のスケッチには起こした耕土に何かしらの種を播くらしい、腰をかがめたおばさんも入っている。われながら貴重な記録スケッチである。

農耕する去勢牛
（戸田：マダガスカルスケッチ）

水田ではたくさんの去勢牛を泥田に追い込む代掻き作業（写真）にも遭遇した。先に触れたがマ国の主食は米と牛肉だ。平地での米つくりは水稲作だが、山地では陸稲。水稲作では耕起後の水を張った田圃に、十数頭の去勢牛を入れて数人の男衆が大声で追い回す。バシャバシャやって代掻きするのだ。こんな仕事もマ国ではコブ牛の立派な作業レパートリーになっていた。水田代掻きは請負作業らしい。年中稲作が可能だが、近代的なトラクター装備などを持たないマ国では、こんな請負業が成り立っているようだった。これなどは人、水田、牛が一体だ。これこそ、（バリ：稲）と（ウンビ：牛）が寄り合うマ国の貴重な文化であろう。この現場に出会った私は感動に浸った。ところで、米にはわれわれが常食とするジャポニカと熱帯圏で好まれる長粒米インディカがある。マ国の米はインディカが主だった。ポロポロして粘りがない。二年もいる内には結構馴れたが、帰国して炊き立ての日本米を口した時、ジャポニカってこんなに美味かったかと舌を巻いた。最後にマ国の伝統的な南部の最大のチュレアル州に旅した時、無理を承知でみせてもらった伝統的な古いお墓の印象を述べたい。マ国の農村では長老が亡くなった時など、自分の牛を屠ってその肉を親類縁者に配る習わしがあることは前にも述べた。長老供養と一族の結束が籠められた習わしである。最後には屠った牛の頭蓋を墓地に奉納する。その頭蓋の数量から亡くなった長老の偉大さが知れるとも聞く。

田植え前の水田を肢蹄で代掻きする
去勢牛群：戸田撮影

見せてもらった格式ある古い墓地には、故人のありし日のさまざまを表した木彫が風雨に晒されながら供えられていた。子連れの牛の群れ、牛骨に囲まれた人物像、家内作業にいそしむ女性像、櫂を漕いで海洋を渡るらしき人々など。いずれも民俗史的な物語性に富んでいた。かような文化遺産に触れると、人にとって仲間の絆はいかに大切か、何を幸いとして生きるべきかを教えられる。マ国のように世界に羽ばたくグローバリゼーションなどには無縁で、資本主義で、肩で風を切って歩くこともなかった国では、生き方の素朴さ、足るを知る知恵を知らされる。この墓地はかなりの年月を経た、部外者はもちろん、他国人などは一切ここに近づけない聖域であった。

聖域の意味からのアンタッチャブルだったこの墓地を、先走った興味本位で見せてもらったことに今は胸が痛む。申し訳なかったと恥じる。その時の私はマ国に対するかすかな差別感があったことに無頓着だった。このままでは本書の副題「世界ぜんたいの幸せを」に自分で泥を塗りかねない。伏して詫びねばならない。しかし、この時の強い印象が残る写真の中の一枚〝子連れの牛たち〟の素描を添えることは許していただきたい。放牧飼いされている牛の群は野生動物に似て、母系社会をつくっている。頸を伸ばして乳飲みする子牛のわきに、角が大きくなった兄さん牛、二歳くらいの姉さん牛が付き従う。その周りに多くの母娘牛が群れる。平和な生き物家族像を大事にしているのだった。

「子連れの牛たち」戸田スケッチ

その六、マダガスカルの草原

マ国は日本の一・五倍もある世界で四番目の大きな島国である。この島の植物相を俯瞰する。国土の八割近くが草原だが、その草原は木立の少ない半砂漠のステップ性と、木立がパラパラ混じるサバンナ性野草地からなっている。このような原っぱの草はほとんどイネ科草で、一年草の（Themeda）、越年草の（Heteropogon）や少数の芝タイプの多年草（Cynodon dactylon）で占められる。雨期が始まる直前の地面には目を奪われる。赤土の表面に小粒な緑のビー玉がばらまかれたように、Themedaたちの新芽が一斉に芽吹いてくる。サバンナの目覚めである。枯草の大地が一気に新緑になるが、そして季節が乾季になるとまた黙って一面の枯れ野に戻る。これを千年も繰り返してきた。とにかく空から見下ろすと国土は一面が原っぱだった。

私が首都のタナナリブの本屋で見つけた「自然草原や耕地におけるマダガスカルのイネ科草：J. BOSSER：O. R. S. T. O. M：PARIS：1969」は貴重本だった。マ国のイネ科草を詳細なペン画で添えた図鑑でもある。私はこのフランスの出版本にとても助けられた。このことからも旧宗主国フランスは、マ国の農業に深く関与していたことを知らされた。

国民の八割弱が農民の国。紀元前からの人類定着だ。人々は焼き畑農耕を初め、中央高地に占めていた大森林を焼き払いもした。後から来た牧畜民は放牧地の拡大のために、春先の山焼きに精を出してきた。私が滞在した二年間も、早春の枯れ野のそちこちに上る火の手を見た。この歴代の焼き畑と草原火入れがもたらしたマ国の山地の崩壊と、表土の流出は実に深刻な事態になっていた。農村巡回ではこの恐るべき土地崩壊をたくさん見たし、空からは青い海を染める赤い川の流出を見た。マ国政府が躍起になっていた「焼き畑と草原火入れ」禁止の呼びかけは空振りに終わっていた。いずれにしてもマ国の伝統的な「焼き畑と草原火入れ」がこの国の大地を造ってきていた。

その七、マダガスカルの人々の日常

マ国の先祖は二〇〇〇年の昔の紀元前一世紀頃、ボルネオ近辺からインド洋を西に航海して、この無人島にやってきたマレー・ポリネシア系の人々と言われる。この西への旅は、航海なんて言えたものではなく、恐らく難破を繰り返しながらの漂着だったに違いない。これに続いて、後年アフリカ大陸東部からの大陸系、中国、インドなどのアジア系、中東のアラブ系も移ってきて多民族国家が出来上がったらしい。

マ国に深い係わりを持ち、私が同国滞在中に出会った日本人には、先に挙げた冨永秀雄氏以外に深澤秀夫氏（一九五四年～写真は氏の小論から転写）がいた。冨永秀雄氏は畜産分野を専門とする日大獣医科卒の国際派畜産人である。深澤秀夫氏の方はマ国を専門とする文化人類学者で、現東京外国語大学アジア・アフリカ言語文化研究所教授。二人は多少の年齢差があったが、マ国におけるＪＩＣＡプロジェクトが始まった前後に、ディエゴ市の冨永家を深澤氏が訪ねたことからの縁と伺う。私もいつともなくその仲間となり、深澤秀夫氏のマ国人類学調査の文献を分けていただいた。

農村で親交を深める深澤氏（中央）

深澤秀夫氏の「Vary（稲）とAômby（牛）、北部マダガスカル　ツィミヘティ族における稲作と牛牧の複合」（国際農林業協力1986 Vol. 8No4）は味わい深く、興味をそそられる文献である。マ国人の成り立ちについて深澤氏は「二千年に及ぶインドネシア、アラブ、アフリカの三系種の移住者が複合し、三者の要素を包み込んでマダガスカル風土に合った文化」を作り出してきたと述べている。深澤氏の現地に足の着いた文化人類学のお陰で、短期滞在に過ぎなかった私も、マ国の底辺になっている貴重な民族風土の一端を覗きみることができた。

深澤氏の論考に傷をつけないように配慮をしつつ、氏のいくつかの考察のさわりをここに紹介する。深澤氏はマ国北部に住むツィミヘティ族の言葉に、人間たる要素は「家を造って村に住み、稲を作って牛を飼う」の三つがあるという。名言である。そしてマ国の稲作には焼き畑陸稲、水田移植稲作、水田直播稲作の三種があるとも。さらに、ツィミヘティ族は水田の七割を、伝統的な水田直播を蹄耕による代掻き直後に行うとしている。残りの二割が丘陵地での焼き畑陸稲、一割が水田移植稲作であると。収穫量は水田移植、水田直播、畑陸稲の順で一haあたり三〜四t、一・五t、一tと差が大きいが、昔から馴染みがあり、労力もかからない水田直播を手放せないのが実情らしい。私には懐かしいマ国語のVary（バリ：稲）の伝来については深澤氏の明言はないが、マレー・ポリネシア系の人々がインド洋の波濤を越えて、はるばる持ち込んだ長粒米に相違ないと私は見る。チュレアル近辺の墓地で見た塑像の船漕ぐ人々の船底に、大切な籾袋が積まれていたに違いない。とにかく、今やVaryはインドネシア系だけではなく、アラブ系、アフリカ系の庶民も、みんながよく口にする常食になっている。

Varyにまつわる信じがたい光景を私はマ国農村で見た。畜産巡回のプログラムで北部アンツィラナナ州の山間に出かけた時のことだった。私たち専門家のトヨタの中古ランドクルーザーが山中の空き地に出た時、一行は目を疑った。そこに木造りの樋から勢いよく流れ落ちる沢水を受けた〝バッタリ〟が動いているではないか。それは北岩手の山村でよく目にした稗やソバなどを挽くバッタリに瓜二つだった。

ここに正真正銘私が撮った三十数年前のマ国バッタリの画像を掲載する。断言するがこの画像は作りものではない。電気も石油燃料にも頼らずに、沢水をジャージャー受けながらバッタリは動いていた。このバッタリも二千年前にあの貿易風に揺られながら運ばれてきた伝統的なものか、はたまた、近世になって奇特な日本人が技術移転したものか、それはわからずじまいだったが、私の中で興味が尽きない。日本における穀物衝きバッタリの発祥は〝鹿威《ししおど》し〟からの転用という説もあるが、決め込む

マダガスカルの現代に生きていた
バッタリ：戸田撮影

ともあるまいと思う。折あらば深澤秀夫氏の知見を伺いたい。

次はマ国語 aômby（ウンビ：牛）の話。この呼び名には泥臭さがあって親しみが湧く。深澤氏の論説にはマ国への aômby 伝来の語りはない。しかし、牛までポリネシアからカヌーで渡ってきたとは考えにくい。aômby は間違いなく東部アフリカ人が持ち込んだものではなかろうか。そして今やこの牛は全マ国人の伴侶になっている。深澤氏のツィミヘティ族にとっての aômby 観を覗くと、aômby は聖なる属性を持つ供儀《くぎ》や婚姻での誂えものであり、目に見えて増えてくれる不可欠な労働力でもあるという。生まれ落ちてからのマ国の牛の呼び方の変化を知ると、飼う人との関わりの深さを知らされる。誕生から生育段階ごとの呼び名を次に挙げてみる。この他にも毛色、角の形によっても個体識別できる言葉がいっぱい。牛を一《ひと》くくりに〝子牛〟で片付けずに、いちいち固有名詞をつけて呼ぶ馴染み深さは只者ではない。

乳を飲んでいる幼牛は zanny
乳離れした若牛は tombay
生後三〜四年目の牛は sakany

生後五～六年目の牛は vantony
生後七～八年目の牛は riny
生後九～十年目の牛は antitra

十把ひとからげの牛ではない。若い雄、去勢された雄、子牛を生んだ雌牛等々も大事に見分ける。日本ではせいぜい子牛、育成牛、親牛、雌牛、雄牛、去勢牛で終わる。マ国に限らず、家畜が家族の一員になっている遊牧社会では、共通のしきたりが守られていることを知っている。平和を大事にする人々の優しさが見える。

トルコ系遊牧民に密着して著した『遊牧の世界』（松原正毅　中公新書刊）に、ヒツジとヤギにつけられた愛らしい呼び名がある。これを孫引きする。

授乳中の子ヤギはギョルベ
草を食べ始めるとオーラク
完全に乳離れするとチェビチ
その一年後の雄はオベッチ、雌はヤズムシュこちらも十把ひとくくりをしない。日本では小ヤギさんで片付けるところをギョルベ、オーラク、チェビチと育ち具合を愛でている。家畜が家族と変わらぬ重要なメンバーとして遇されている。

その八、一九八〇年代のマ国の民度・国の安定度

私のマダガスカルの社会体験はほとんど（バリ：稲）と（ウンビ：牛）しかなかった。JICA専門家は勝手な自由旅など許されなかった。このためマ国民の日常や、特異な進化を遂げた動植物の自然観察などはほとんどできなかった。そこで、マ国社会はどんな規律で生活が営まれていたか。これについては私の限られた知見に、既存の資料を交えて考察するしかない。

開発途上にある多くの国は農業国である。自給自足の小さな営農が主体だ。国内総生産（GDP）は小さく、農家間の経済格差も少ないので、不平等感もなかったようだ。逆説的だが不足感は人を寄り添わせ、共同が重んじられ、社会の安定を生み出す働きを生むよ

うだった。下手な国際協力を持ち込んで、商品経済や資本主義の手軽さを植え付けたりせずに、民が積み上げてきた相互扶助体質を壊すようなことは、すべきでないのではと思えた。争いを産まず、過剰な利潤追求はしない。強欲を育てない。新生アフリカにはこれが大切ではなかろうかと思えた。

マ国の民の成立には過去二千年に及ぶインドネシア、アラブ、アフリカ移住者が異なる民族の要素を醗酵蒸留させ、風土に合った文化を作り出してきたと深澤氏は観測している。永い歴史的な発酵の中で民族間の争いもあったが、今のマ国には大きくは十八民族が住み分けしている。このうち四民族が中央高地に、十四民族が海岸部居住に分かれている。この住み分けを見ると、一番住みよいと見られる温帯性の中央高地にポリネシア系の人たちが、熱帯、亜熱帯性のサバンナや、海岸域にアフリカ系が定着するようになったようだ。気候帯による民族の住み分けはいとも自然で、持ち寄った文化財は分け合って、争わずに過ごす人々の知恵には敬意を覚える。私が先に、「マダガスカルという国は原始的な面が残るものの、実は賢い人間のあり方を学ぶところ」と言ったのはこのことによる。

現代のマ国政治の実権はマレー・ポリネシア系が握り、商業経済は後から移住した中国、インドのアジア系が司り、そして農業はアフリカ大陸系が分担するといった大まかな仕分けができている。その他、あまり目立たないが、忘れがたい人々として、マ国に定着した旧宗主国の老いたフランス人（クレオール　Créole）たち。彼らは現地女性と結婚し、肌色の混じった子を育てつつ母国との縁はきっぱり清算して、牧畜や作物栽培などの農場主として、しっかりマ国社会に溶け込んでいた。粗衣をまとったクレオールたちの生活ぶりには感動を覚えた。それは自分が選んだ人生に責任をもって精進する姿だった。彼らは今の地で黙然として自分の家族を育てていた。ディエゴ市の周辺だけでも稲作をしている人、ピーナツ栽培の農園主として故国との縁を切り、孤島マ国の大地に溶け込んでいるクレオールたちの姿が忘れられない。その姿は十九世紀のアルジェリアに派遣され、その地に馴染んだフランス国民軍兵たちの子孫でも見るような感慨を覚えた。境遇の違いはあったであろうが、ＪＩＣＡの海外派遣協力後にマ国で妻に出会い、帰国せずに、そこに住み着いた日本の若者とも知り合った。彼も自分の人生に責任をもって精進していた。

深澤秀夫氏の「親─子関係を巡る集団性の表出の位相：北部マダガスカル　ツィミヘティ族におけるフィアナカヴィアナ考」（社会人類学年報　Vol-13, 1987）のページを捲って、マ国の親と子供たちの全ての民度・安定度について知ることが多かった。氏はツィミヘティ族との長年の接触を通して興味深い〝ムラ〟の成り立ち、その構成を次のようにとらえている。

その民ツィミヘティはマ国北西部の州に住む稲作・牧畜民でマ国内では四番目に大きい民族集団であった。その民がいつ生まれたかは明らかではないが、初めに東部海岸（インド洋側）から内陸に進出してきた集団と、それよりやや遅れて西海岸（モザンビーク海峡側）からやってきたサカラヴァ族の分岐集団が十七世紀頃から混住して成立したと考えられる、とする。初めに東部海岸にやってきた集団はマレー・ポリネシア系であり、遅れて西部海岸に上がった集団とは東部アフリカ系であるとの私の見解とも一致する。

ここから深澤氏は興味深い社会人類学上の見解を述べる。ツィミヘティ族は政治的に統一された経験を持たず、〝無頭制社会〟※の性格が支配的であると。

［註］無頭制社会：中央集権による行政組織も司法組織もなく、統治、税金、権威による抑圧もない。無政府国家、秩序ある無政府、国家なき社会、統治者のいない集団と見られる。しかし、無頭制の部族連合ながら長老、同年代グループ、幅広い同族関係、伝統的な権利と義務、異なるグループ、性別による社会の中の役割、伝統的な倫理と価値、信仰、経済活動などが社会的均衡と秩序を保っている組織を言う。

深澤氏の考察は続く。政治を全体統括する制度のないツィミヘティ族には、その代わり三つの独自の自治機構を備えている。〝無頭制〟時代だったマ国の部族集団がいかにして社会の必要なシステムを保っているかの、大事な部分である。しっかり認識したいところだ。体制の筆頭は公選で選ばれる村長と委員会が保持する「村」（フクンターニ）がある。村は行政の役目を持っている。そこでは十八歳以上の男女が参加して開かれる村会が意思決定の機関となる、これはマ国の最小な行政単位と言える。この「村」には科料（罰金）までを定めた立法権、簡易裁判権が公的に与えられている。死刑、終身刑まで所管するかは知らないが、村単位に立法、簡易裁判権が任されているのは凄いと思う。

次に第二の「村」（フクヌルナ）があるという。これは行政村との連絡役をする村長を中心に十八歳以上の男性住民で構成される集会で、意思決定の場とする民からなる〝ムラ〟である。（フクヌルナ）は（フクンターニ）の下部機関であるらしい。フクヌルナ内で起こる紛争・もめごとはみなそこの集会（dina）で討議され、調停と解決がもたらされる。そこでの決議への違反や、不服従は戒告、科料、あるいは村八分の制裁が科される。フクヌルナはまた道路・井戸・などを管理すると共に、牛の放牧場や共有地を保持し、他村からの領内への定住や、耕作地の使用なども集会での討議を経て裁可する。このように（フクヌルナ）は基本的に、法（政治的単位）を担う最小単位であって、中央政府の意向が届かない農村部では、警察機構が担当する民生の安定を、この集会（dina）が代行していると言える。マ国の民度・国の安定度はかなり高いと思える。暴力犯罪の発生は極めて低く、犯行の大部分はスリ、コソ泥や小額の窃盗などの軽犯罪が占めていた。

私たちのプロジェクトが行った農村の地方巡回では、牛の検査診療をするばかりでなく、集落内の家族構成や物事の取り決めルールなども聞き取りした。農村一般の家族構成は現代の日本のようなバラバラな〝核家族〟ではないことがわかった。長老体制が堅持されており、頂点にある高齢者を中心に、二百人を超える人たちが一家族だと知らされて驚いた。私たちに対応してくれた長老は、深澤氏のリポートにあるフクヌルナ村長であったかもしれない。私たちに対応した細身で白衣をまとった白髪の長老は静けさの中に、品格と威厳があった。文化人類学には疎い私であったが、マ国語に明るい冨永専門家のお陰で、原始的ではあるが、着実な〝民による自治〟を保持するコミュニティーを見地することができた。最長老を中核とする二百人を超える親族は、その兄弟姉妹の全係累を擁する孫、ひ孫、ひこで構成されていたに違いない。村民イコール一家族だったろう。あの社会には、公的な社会福祉を要する気配は感じられなかった。またマ国には凶悪事件は殆どなく、重い裁きを要する事件のない社会ならではの安定感があった。集落内に起こる軋轢は、警察や裁判所に拠らずに長老格のグループの采配に任されていた。私の二年間の滞在中に警官を見かけた記憶がない。道路は未舗装が当たり前で、日本のような十字路交差はない。フランス式のロータリー式交差（円形交差）なので信号設置の必要はないにしても、国中どこにも信号機を見なかった。交通事故も見かけない。一度、T字路だったと思うが接近しすぎた車から〝アザファーディ〟と声を掛けられた。マ国語にうとかった私は窘められたのかと思ったが、あとでそれは「Azafady」（すみません）だったと知る。彼は礼儀正しかったのだ。

マ国の人々は総じてごく温和だった。これが二年間の私のささやかな印象である。置き引きなどの軽犯罪はあったが、強盗殺人はついぞ聞かなかった。私の赴任前にディエゴ市では、この十数年間に一件だけ殺人事件があったと語り継がれていた。ちなみに世界各国の二〇〇〇年初期の犯罪発生率（％）と、住民一〇万人当たりの殺人件数（国際統計・ICPO調査）の抜き書きを添える。

	〔犯罪発生率（％）〕	〔殺人件数／一〇万人当たり〕
ガボン	一・四五	一五二・一八
南アフリカ	八・一八	一一四・八四
イギリス	九・三四	一八・五一
パキスタン	〇・二三	六・八六
アメリカ	四・一六	五・六一
オーストラリア	七・四八	三・六二
フランス	六・一七	三・六
マダガスカル	〇・二	一・七五
日本	二・七九	一・一

これによるとマ国は日本並み、ないしはそれ以上に安全な国のようだ。しかし温和な人々にも欠点があった。約束を反故にして詰問されるとフランス語の〃ア・ドマン〃（明日）が返ってくる。耳にタコが出るほど聞く。一週間たっても平然と〃ア・ドマン〃。フランス語の個人教師をしてくれた婦人に、マ国には〃時は金なり〃に当たる諺はないかと訊ねると首をかしげ、後日見つかったと知らせてくれた。答えは〃陽が照っている間に洗

濯物を干せ〃だった。なるほどだった。他には公衆美への無関心が大きかった。町中にゴミが散乱している。私が世話になった中国レストランの長女が、平然と店の前の公道にバナナの皮を投げ捨てるのを窘めると、〃皆がやっているのに何故いけない〃が戻ってきた。公道は不用品の散乱ばかりか、そちこち穴だらけ。路上での怪我はお役所の責任ではなく、罹災者の不注意なのだ。親しかった中国系老人がある時、道で滑って足を骨折した。原因は歩道に捨てられいたバナナの皮だった。バナナの皮の内側には滑りやすい性質を持ったつぶつぶがあり、転倒の危険物質とされている。この老人には胸につまされる話があった。彼の息子たちは香港や東部カナダに移住していて父親にも一緒に住むように勧めていた。が、彼は香港を一度訪ねはしたが、足を折っても亡妻の墓が残るディエゴを離れる気はなかった。私も一度、夏草に被われた老人の妻の墓地の草取りを手伝った。不便と危険があっても、ふるさとは去りがたしは万国共通と見た。vary（稲）とaômby（牛）が融合した村の自治権を守り、よそ者を差別せず、先祖を見失うことのない国こそが、後で紹介するネギをうえた人々の住む国であると思った。

深澤氏が紹介しているツィミヘティ族の社会性、生き方の根底には、人類初期の原始性（primitive）があるように思う。これは紀元後に生まれ、根源に排他性があるキリスト教、イスラム教とは異なった〝仲間を大切〟にしようとする人類の本質からくるものかもしれない。中近東などで荒れ狂う紛争がマ国には起きないのは、根底にある和平気質のお陰かもしれない。

私はこの〝和平気質〟とその国土が持つ〝湿潤気候〟の二つが、随分とその土地の〝民度〟に影響を与えているのではと分析する。マ国の〝湿潤気候〟を数字で見る。首都タナナリブの観測値である。雨期、乾季別に分けて見ると、十一月から三月までの雨期五ヶ月間の毎月の降雨量が二五〇ミリ。これに対して四月から十月までの雨期七ヶ月間のそれはたった二九ミリ。だが、年間総雨量は一五〇〇ミリで、首都は亜熱帯にありながら温暖湿潤なのである。これがマ国の和平に貢献しているに違いない。

その九、曽野綾子さんとの出逢い

これは降って湧いたような話だった。私のマ国滞在の初年度だったと思う。突然、作家の曽野さんが私たちの住むディエゴ市においでになった。マ国を訪ねる日本人は珍しかった時代である。彼女のディエゴ市来訪の目的は、同市のカトリック教会におられた日本人シスターへの訪問だった。市内にはカテドラルと呼ばれる古いカトリック教会があり、私はなんとも思わずにスケッチしていた。なんとそこに日本人シスターがいることは露知らずだった。

曽野さんがカトリックの信者で、海外法人宣教者活動援助後援会の創始者でもあったことなども知らなかった。遥かなるマ国へ曽野さんは一人旅で来られた。その胆力に驚く。在マ国日本大使館から私たちの事務所に連絡があって空港に迎えに行き、お訪ねの修道院を探して車で送った。するとほんとうに黒衣に白いヴェールで身を包んだ、小柄な日本人女性が顔を覗かせる。恐らく曽野さんはその修道院に滞在されたと思う。

何日かして、なんと曽野さんから予期せぬ申し出をいただく。われわれのプロジェクトの食堂で、二人が日本食をつくって私たちに馳走してくださるという。それが実現した。著名な女流作家で宣教活動家の曽野さんと、地の果てでシスターをしている方二人による昼食を、われわれ四人の専門家はありがたく頂戴した。その時、曽野さんはご自分の分厚い日記帳も見せてくださる。A6サイズほどの厚手のハンドブックだったが、これに日付を入れ細かい字でビッシリと詳細な見聞録がメモされていた。それは人生行録だった。その精力に頭が下がるとともに、それを初めての者にも、事もなげに披露される人柄に打たれた。

その十、ゼビュウ子牛の保育小屋実験

私は、マ国駐在二年間にいかなる貢献ができたのか今もって自信がない。あまりにも小粒で無力であり、時間もなかった。かなり懸命に勤めはしたが、しょせんは〃糠に釘〃を拭えなかったと自覚する。マ国派遣の終わり近くに私が取り挙げた小さな実践が、辛うじて何某か意義があったのではと慰めている。マ国の子牛の誕生直後の下痢症による大量死は悲しき現実だった。見た限りだがマ国には牛小屋はなかった。あるのは人の住まい近くに作られた手柴で囲われた頑丈な柵囲いだけ。牛泥棒を警戒する農民は皆、日中の水遊びや追い放牧から牛群を連れ戻すと、この頑丈な柵囲いに群を閉じ込める。ぎゅうぎゅう詰めだ。だから雨期などは悲惨きわまりない。柵内が泥沼化して細菌の培地になり、生まれたての子牛も糞泥にまみれて日夜を過ごす。これが子牛の細菌性下痢、寄生虫病感染の元になってきた。大げさに言えばこれが開闢以来続けられてきた牛の飼い方だった。

マ国を去る前に、この問題を解決するのが私の悲願だった。時はプロジェクト終了間近で、私以外の日本人スタッフも引き揚げていた。時間も資金もなく、衛生的な子牛の保護対策といった課題も決まっていなかったが、独断で手造りの簡易な〝子牛保護保育小屋〟の実施実験に取り組んだ。その場所はプロジェクト近隣の馴染みの農家のヤード。その老人に協力を得ての実行である。その牛飼い老人は〝カカ〟（バナナの意）と呼ばれる土着の〝呪術師〟であったが、私の良き友人であった。私は〝呪術師〟であろうが、性格が良く真面目とわかればすぐに友になる。実験場の写真は亡失したので私のスケッチを載せる。この粗末な避難小屋は狭い柵から子牛だけが潜り込める構造。造りの〝ミソ〟は木杭を使った子牛専用の通用路。縦九〇cm横四〇cmの狭くて低い出入り口。これならば子牛だけが随時出入りし、中の乾いた敷き草にくるまって休める。ここはゼビュウ子牛だけの聖域。周りにたむろする母牛から授乳された子牛は、またこの保育所に戻れる。

この実験は一九八四年三月末の私の帰国直前まで続けた。残念ながら十分に感染症を防げたかの成果を確認せずの帰任

戸田専門家設計施工の
“子牛の保護保育小屋”図解

となり、プロジェクトの総括報告書にも載せることはできなかった。しかしこのささやかな実験に私は自信があった。農民研修の終了直前に、二十〜三十人のエリート農民を迎えての研修があり、農民の皆さんにしっかりこの避難保育所の目的と構造を理解してもらった。膨大な政府開発援助を要したプロジェクトの中では、小さじ一掬いにも当たらない金でできた実験だったが、マ国における子牛の斃死原因をしっかり踏んでの試みである。これこそがこのプロジェクトで私の担当だった〝家畜衛生〟の模範解答であったかもしれない。北部エリート農民の何人かが、この金のかからない自然な衛生技術を広めてくれていないかと期待している。

二〇一九年六月十八日付の朝日新聞の「折々のことば」鷲田清一の一文が目に留まる。氏曰く「人類の生産性向上のあくなき追求は資本主義の病理のようなもの。それは働く人の幸福に繋がるどころか、逆に日々の生活を息苦しくしている」（究極の会議から）と。そして「生産性の向上」は、普通の楽しく暮らしたい人々の自然な生き方を、犯罪者扱いにすることもあり得ると指摘する。この指摘をマ国の農民たちが知ったら、もろ手を挙げて賛同するに違いない。

その十一、その後のマ国の社会性の変遷

深澤秀夫氏から寄贈していただいた『自然と文化そしてことば〈02〉インド洋の十字路　マダガスカル』（葫蘆舎、二〇〇六年）の中に深澤氏も「マダガスカルの村の二十年」を執筆している。一読して、一九八〇年代初頭のマ国しか知らなかった私が、その後のマ国の変容を知ることができる貴重な文献であることがわかった。そこで知り得たマ国社会の移り変わりに頭を抱えながら、ここに書かずにおられない。

「この二十年間でマダガスカルの農村はどう変わりました？　農民たちの生活はよくなりましたか？」と深澤氏はよく尋ねられる。これに答えるのは容易ではありませんとしながらも氏はマ国人の人心、習慣の変化にこまごまと記述されている。私は氏の以前の文献にある〝無頭制社会〟の国柄の中で〝ムラ〟の中の（フクヌルナ）（フクンターニ）といった自治機構で平和が保たれているマ国に、ずいぶん心惹かれていたものであった。このためその後も、マ国の安泰と平和が続いているかの関心が切れることがなかった。

この度、氏にいただいた「マダガスカルの村の二十年」のお陰で、マ国の農村社会に起

きた社会変化はかなり由々しいものであり、二十年前の私の観察はずいぶん甘かったことを知った。かなりマイナスと思えるマ国の変化の実態とその要因について、深澤レポートを頼りにして社会学の勉強をしようと思う。

（一）住まいの変化

マ国のある地域では活発化した武装強盗集団の襲撃を受けて、住民が殺戮され、家が焼き払われることが起こっている。これらの悪行は以前、耳にしたことがなかったもの。だが一般農村では人口が倍増し、家が増え、中央高地にしか見られなかった、レンガ造りの家も建つようになる。屋根も草葺きからトタン板葺きになるものも目につく。さらなる変化はどんな粗末な家でも、扉と鍵が必需品になったこと。十代、二十代の村内の若者の窃盗が増えたためという。

（二）耕地、水田の変化と生活

畑、水田が増え、山の樹や森が減少し、かつては水田の七、八割を占めていた直播きが、今やほとんどの農家で湛水田の移植法に変わった。これにはフィリピンのＩＲＩ（国際稲作研究所）が開発した多収穫品種の稲が、マ国にも導入されたことが重なっている。ただし、稲の登熟に半年近くかかる品種よりも、三ヶ月で登熟し年三回収穫できる早生品種も尊重されている。農家内の兄弟姉妹での財産相続の均等化が励行されるようになり、それぞれの耕地の縮小化が起こっているが、既に増反する用地はなく、家族あたりの米の収量減は目に見えている。牛とコメの販売が収入の源泉である農家にとって、米収穫の多寡は重大な関心事になっている。

(三) 村の協同組織の弱体化

稲の直播き時代には田起こし、種播き、刈り入れ、脱穀までの稲作工程のすべてが村内の協同作業でなされたという。ところが直播き法が移植法に変わると田んぼの中で腰を曲げるきつい労働が仇になり、水田面積の大小による労働時間の負担の対等性に不満が湧き、ついに稲作の協同から田植えは外されることになる。人口増による農地の細分化が基になっての人間関係の軋みが強まり、相互扶助の絆の崩壊に繋がったようだ。

深澤氏によると、これに類する扶助の絆の崩壊が牛飼いの場でも起こったという。雨季の稲作農繁期には、山裾に柵をまわした共同放牧場にみんなの牛を放す習慣があったが、これも中止になった。その訳は、この柵回し作業はけっこうきつかったからだ。ところが家ごとに飼う牛の頭数にバラツキがあり、この放牧から受ける家ごとの恩恵差が、この絆も崩壊させたらしい。この二例は、社会性の変化が先人の創った絆を壊してしまう好例と言えそうだ。

（四）村のもめごとの顕在化

深澤氏の村落調査では、この二十年の間に村八分事件が起こった。その一例を挙げる。先の共同牧場の分担作業を期限内に終えなかった家は、罰金を納めることが村の決まりで定まっていた。ところがこの罰則を科されたある男が、自分以外にも同罪者がいるのに、なぜ自分だけかと町の憲兵隊に訴え出たという。村内での論議を尽くす前に、いきなりお上に訴え出ることは異例であり、非難の的になる。村内での激論の結果、その男性は「牛一頭を殺して詫びを入れない限り、その家族を村八分にするとの処分」を科された。結果、その者が牛一頭を村に差し出して詫び、村八分を解かれたという。しかし、これで村の平穏が取り戻せたわけではなかった。人口が増え、もめごとが絶えなくなった。

（五）難しくなった村運営

村が裁可すべき紛争が以前よりずっと増え、これまでの村のしきたりで処理できなくなってきたという。しかし何といっても村の運営上の最大の困りごとは、人々が共通して尊敬する長老男性が少なくなる一方で若者が増え、鶴の一声で事態が治められる人材がどこにもいなくなったことにあると深澤氏は見ている。氏の調査域にはフランスの統治時代以前から、王様のような政治的な頂点に位する人物はいなく、村人たちがその発言を評価し、受け入れられるような人物の存在が村の運営上に絶対必要であった。村人が「尊敬する人」とは只者ではなかった。村を拓いた祖先の男系子孫の年長男性であることが第一条件。加えて思慮分別あり、人付き合いが良く、子供や孫に恵まれ、そして財産を持っていることが不可欠の要素だった。

一九八〇年当時、深澤氏が下宿していた家の当主がこの条件を見たす村長で、村内の信望が厚く、行政との連絡に当たる役職はその村長以外にはなかった。ところが、一九九〇年代にこの賢人が亡くなると村の運営が難しくなり、地区長以下十名の役職が必要になったという。それでも、集会の回数が増えるばかりか、何も決まらない小田原評定で終わる始末だったという。

（六）人心の乱れ

その一：飲酒の機会が増える。この地域では老若、男女みな酒を飲むのが習慣だったが、この飲酒文化が顕在化し加速しており、泥酔して暴力沙汰に及ぶ者が増えてきた。

その二：このような飲酒の増加の要因は農民の生活が豊かになった原因として、米の他の木工品、レンガ、シュシュ等の農産の販売による現金収入にあるように深澤氏は踏んでいる。ただし農民は生活に金がかかるようになり、「人は増え、使える水田はどんどん狭くなる」とぼやく。昔の乾季とは骨休めの農閑期だったが、今はレンガ焼き、出稼ぎの現金稼ぎに血眼になる時代になったと。

以上は深澤秀夫氏に頂戴した二〇〇六年発行の小論「マダガスカルの村の二十年」の内容紹介だが、二〇一九年になって文通が復活した深澤氏から以下の只事ならぬマ国内の治安悪化を伝えるメールをいただき、しばし呆然とする。その要約（①②③）を紹介せずにおられない。

① Fokontany（フクンターニ）を中心とする村落秩序は現在でも機能しているが、残念ながら全国津々浦々で治安が悪化し、農村でも都市でも銃器をもった強盗が起こす事件が頻発している。このため、マジュンガ州などではフクンターニを超えた

広域的な自警組織が作られている。この自警組織は捕まえた犯罪者「ウシ泥棒や銃器や刃物を持った押し込み強盗」を治安機関に引き渡さずに、かなりの確率で殺しているので、警察との間での緊張が高まっている（これに類する事例は戸田もボリビアの日本人移住地で耳にした）。昔は憲兵隊や警察も　フクンターニによる犯人の処罰には「不介入」の立場をとっていたが、マ国政府が死刑制度廃止を批准して以降、村人を逮捕する例が相次いでいる。

② 軍隊や憲兵隊等から銃器が横流しされる他、最近では密輸ピストル、散弾を用いた手作り銃器も蔓延している。

③ 一九七二年にツィラナナが大統領に三選されると大規模な暴動が発生。同年五月十三日の主都アンタナナリヴ暴動は各地に飛び火。非常事態宣言を発令されるも暴動は収拾がつかず大統領は政府を解散し、全権を陸軍の将軍に委譲。以後に流行した街頭直接行動（治安部隊との衝突や商店等の襲撃）は一九八〇年の後半からなくなる。しかし二〇〇九年の政変後に再び復活している。おそらくこのような政治行動の変化は、治安の変化と深いところで繋がっていると考えられる。最近は数字通りの「世界の最貧国」になりつつあるようだ。

戸田が初めてマ国に渡った当時に出会った温和で慎み深いマ国人の二十年〜三十年後の変貌にはどんな原因があったのか。一九六〇年の独立からすれば六十年という若い国だが、東南アジアのボルネオ島から紀元一世紀前後に移住した時から起算すれば、ほぼ二千年の悠久の文化を持つ民である。十分に熟度ある民度を温めたと見なせると思いたい。前に私が「マダガスカルという国は原始的な面が残るが、実は賢い人間のあり方を学ぶところ」と控えめに述べたのが、全く筋違いであったとは思えない。

短い年月の間に一体何があの民を狂わせたのか。マ国にも及んだに違いないグローバル化の波が、高邁な道徳論を拝金主義や便宜追求に鞍替えさせたとしか思えない。歯止めが利かないこの衝動は、あっという間に自分の幸福や満足を求めるだけの自己中心主義（ミーイズム）に若者を惹きつけたに違いない。この欲望衝動は資本主義の処女地であったマ国をかつて私も見たサバンナの草原を奔る野火のように奔ったに違いない。控えめで、慎み深かったマ国人の知性がこれからの年月の中で自制力を取り戻し、人類の業を手なずける日が来ることを願わずにおられない。ここでマダガスカルを終える。

二、中東シリア紀行

私の中東のシリア共和国への初訪問は一九九六年であった。そのシリアが二十一世紀にも続く大混乱と血生臭い不幸に襲われたことに世界は唖然とする。私が訪れた一九九六年時のシリアは、それってどこにある国？　というほど目立たぬ国だった。そんなシリアを訪ねるきっかけは、JICAの仕事でシリアに滞在していた、石村勉専門家からの個人的な誘いによるもの。氏はシリア国のホルスタイン乳牛群の改良の仕事で赴任していた。検定に使われる牛群は、シリア政府が造った酪農公団牧場の雌牛たち。氏からこれらの国営牧場の牛管理技術の適性度を見てほしい、との依頼があっての訪問だった。JICA本部とは無関係な立場なので、シリア観光を兼ねての家内同行での、ほぼシリア全域を一周する旅程となる。道中、有数な世界遺産として知られるパルミラ神殿を初め、数ある古代遺跡にも立ち寄れる旅を堪能できた。平和なシリアを感じる旅だった。

石村氏と私は古い縁があった。岩手県肉牛生産公社の勤務時代、私は盛岡本社にいたが、石村氏はいくつかの牧場長を勤めた苦労人だった。氏は岩手公社退職後にJICA専門家に転進していた。シリアでの氏の役割は赴任してはじめてはっきりわかり、驚いたという。それはシリア乳牛改良のための大事な検定事業の手伝いであった。シリア国は近い将来、自国で資質の優れた雄牛を作り出すという高い願望を持っていたらしい。私の知るところでは、世界に認められた優れたホルスタイン種牛の改良に成功した国は、オランダとアメリカしか知らない。牛の品種改良には無数の雌牛群の能力記録をとり、緻密な検定データを積み重ねてつくられるもので、いい加減なさじ加減でできるものではない。いかにシリアが国運を傾けようと手の届かないとんでもない大博打である。このことがわかって、アサド政権にある種の違和感を持った。

欧米の酪農先進国しかできなかった大仕事を、シリアから要請されたからと安易に請け負ったＪＩＣＡの浅はかさが気になった。現代は凍結精液でスーパー雄牛の遺伝子がバラまかれる時代である。スーパー雄牛を選出する下地には、無数のスーパー雌牛が必要であり、さらには、その子孫たちに能力を発揮させるためには、優れた乳牛の飼養管理技術が必須である。限りない努力と選抜淘汰があって優れたＤＮＡ能力が創りだされる。スーパー雄牛を作り出すには、このような乳牛改良の巨大なピラミッドの建築が必要だ。

ヨーロッパの酪農の先進国だったオランダは、このピラミッドをほぼ完成させていたし、アメリカ合衆国も負けていない。この二国でホルスタインの〝種つくり産業〟は独占されている。日本の国営検定システムでさえ青息吐息である。シリアは血迷ったとしか思えない。岩手の肉牛生産公社で培った肉牛飼育の経験ある石村氏ではあったが、勝手の違う乳牛の検定用務には目を白黒させたのも無理からぬこと。シリアは何千年もの間、体は小さいが草資源の乏しい砂漠にも適応する羊の群れを養ってきた国。初代アサド大統領は政治力を使って、この羊飼いを欧州の乳牛に切り変えようと試みたらしい。これには隣国のソビエトがかなり知恵を貸した模様だ。しかしいまのプーチン氏が大統領に就任（二〇〇〇年）する前のことなので氏の関知する話ではなかった。

いずれにしても、半砂漠の亜熱帯気候帯は温寒帯気候に馴染んだ乳牛には住み難い。加えて個人の牛飼いの経営は零細で、技術も貧相だった。これらの農民の乳牛をベースにしての牛の育種改良など話にならない。そこで、石村氏は後代検定に向けるグループを、シリア国営の酪農公団牧場の牛群を当てることに切り替えた。これは零細農家に頼るよりはマシではあったが、それにしても私の見た酪農公団の牛飼いのレベルにも問題が多かった。酪農公団牧場は外国資金でシリア全土に九〜十ヶ所も造られていた。大変な投資である。

なのに牛に与える飼料草の生産貯蔵技術のお粗末さには、目を覆うものがあった。牛の飼養技術の低迷や営農不振に困り果てたシリアは、日本のＪＩＣＡに縋って多くの青年海外協力隊員を派遣してもらってきた。日本の若手獣医師諸君はずいぶんここで難儀を重ねてきたと聞く。

そこで次の二項目を挙げて、ホルスタイン牛には厳しいシリアの風土の中で、難しかったＪＩＣＡの熱帯圏の酪農支援の実態をひもといてみる。

その一、シリアの風土とベドウィン

シリア北部の古都アレッポに国連傘下の農業機関「国際乾燥地帯農業研究センター」（ＩＣＡＲＤＡ）があった。このセンター名の最後の二文字ＤＡ（Dry Areas）が示すように近東地域は、地球上で有数な乾燥域帯である。シリアの国土の大部分が乾燥ないしは極乾燥（年間雨量一五〇㎜）の砂漠ないしは半砂漠であった。だが地中海沿岸、山岳地方にはそれと異なる多彩な気候域もあった。総じて夏と冬の寒暖の差が激しく、冬は雪の降ることもあるが一年を通して乾燥している。首都ダマスカス市の気候グラフによると、年間平均気温は一六・七度。最高は二五・三度で日本の気温域に類似しながらも、年間降水量は一三三・六ミリで日本の一割にも満たない。『砂嵐に耐えて』（高畑滋：一九九五：熊谷印刷）と題するシリアレポートがある。日本の国立農業試験場から乾燥地の土地利用向上のために一九八九年から数年間、前記のイカルダ（ＩＣＡＲＤＡ）に派遣された高畑滋氏が、丹念に纏めたシリア滞在の随想集である。高畑氏によるとシリア砂漠には樹も草も生えない砂砂漠や礫砂漠のサハラ（アラブ語で砂漠・荒野を意味する名称）の他に、僅かながらも草や灌木も生えていて、羊や駱駝を飼う牧畜民が生きていける「パディア」（英語ではステップ）と呼ぶ半砂漠地帯がある。高畑氏はベドウィンが営む放牧生活についても興味深く観察している。

　私がベドウィンの呼び名に出会ったのは、森本哲郎の〝世界の旅〟で青い衣装に身を包む誇り高き民が最初であった。高畑氏によって初めて知ったが、ベドウィンとは「パディア（僅かな草木がある半砂漠）に住む人＝パドウイン」なのだと（写真：高畑氏の「沙漠の新聞　シリアの自然と歴史」から）知る。

シリアの半砂漠地帯を棲家とする
ベドウィンの家族

ベドウィンはシリアの人口の七％、七十四万人に過ぎないが、この人たちが国土の四五％に当たる半砂漠のパディアを使って、羊千二百万頭を飼い、シリア畜産生産額の七〇〜七五％を挙げているという。ベドウィンはアラビア語では遊牧民を指すそうだが、シリアのような半砂漠の国に適応できる家畜は体の大きな牛ではなく、小型の草食反芻獣の羊が選ばれてきた。私が一九八二年当時二年を過ごしたマダガスカルには砂漠はなく、少々のステップと大半のサバンナ（イネ科草と疎林）からなり、シリアよりは遥かに自然度が穏やかだった。このため羊よりも体の大きいゼビュウ牛が住める環境だった。このお陰でマダガスカルのゼビュウ牛は、雨季の草が豊富な時に食べた栄養を背中のコブに脂肪として蓄えていた。一方砂漠かその一歩手前のステップが主役のシリアに生きるアワッシィという羊は、尾の根元に脂肪を溜めこんで食べ物の乏しい季節を凌いでいる。石村氏とのドライブの旅程に私が撮った、尻尾が脂肪肥りした羊たちの写真がある。これは高畑氏が報じていた羊たちに生き写しだった。シリア気候は体の大きい温帯牛には向かず、小柄な草食家畜が選ばれて当然の国であった。

マ国牛と違い、シリア羊は尻尾に脂肪を蓄える

その二、JICAがシリアで犯した酪農振興の誤算

これはシリアでの私の見聞録である。一九九六年十一月九日の首都ダマスカス着から出国する二十一日までのほぼ二週間、シリア国のほぼ三分の一強を石村氏は私と家内を連れ回してくれた。私のシリア訪問はJICAとは全く無関係であったことは前に触れた。石村氏の要望を受けての自由訪問であった。石村氏のダマスカスの自宅に泊めてもらい、国内移動は彼の自家用車だった。

シリア国内巡りは数か所の酪農公団の牧場の視察だった。途中、古代遺跡への立ち寄りもあって気ままな旅だった。石村氏がJICAから課されたシリアでの仕事は、シリア乳牛の後代検定の組織づくりであったことは触れた。そしてその検定材料にはシリア酪農公団の牛群を目していたことも述べた。しかし石村氏は信頼に値する検定記録が継続的に取れない悩みを抱えていた。そのことで私は相談を求められたのだった。公団酪農場が採用した大規模な牛舎は、温帯圏の先進国並みのフリーストールに、搾乳パーラが付随したしっかりした構造であるのは良かったが、その牛群が毎日どんな餌をどれだけ食べているかの、基礎的なデータが記録されていない。また最も驚いたのは牛に与える粗飼料の中核

である、マメ科のアルファルファのサイレージつくりのお粗末さだった。その品質の粗悪さに驚く。反芻乳牛の第一胃を満たすサイレージ調製には、どこの酪農国も大いに気を使う。私が見た農場のサイロ構造は、こやし溜めでしかないコンクリート造りの大きな四角い窪み。ここに刈り取ってきたアルファルファの生草をそのまま放り込むだけ。乳酸発酵を促す牧草サイレージ作りの基本である原料の細断・予乾・踏圧・密封の原則が全く守られていない。またこのこやし溜めみたいな窪みだけのサイロ構造では、必要工程のどれも管理されておらず、折角の牧草を腐敗させていた。グラスサイレージつくりは、乳酸発酵のしやすい糖分バランスのいいイネ科草が使われ、牧草の王様と呼ばれアルファルファ（ルーサン）は良質な乾草つくりに供されるのが一般である。サイロ構造の間違い、選択する草種の間違い、サイレージ醗酵への無知。牛群検定以前の問題だらけだった。

粗飼料にマメ科草のアルファルファを選んだのは、イネ科草に比べて祖蛋白が二倍もあって濃厚飼料の節約になると踏んだからに違いない。それはよいが、マメ科草は糖質含有割合が低いため、サイレージ醗酵をさせるのが難しい。このためアルファルファサイレージ造りには、脱葉させない程度に水分を落とす予乾が大切。こんなことは農家の常識なのだが、公団農場の初期設計は、なんでコンクリートの窪みサイロを採用したものか。気密性が保てる、しっかりした擁壁のあるバンカー式コンクリートサイロであってほしかった。牧草地を見ると、ソビエトが援助して造ったダムからの灌漑で給水管理をしていた。農場の施設設計、牧草地管理、家畜飼養管理などの一切に、ソビエトの息がかかっているように見えた。

一事が万事である。私はこの無残なサイレージつくりを見ただけで、この酪農公団農場はいかんと思った。基本的な牛の消化機能への配慮が乏しい営農設計だ。日本からの青年海外協力隊の若い獣医師さんたちがいかに努力しても、反芻獣の消化器障害を取り除けなかったに違いない。気の毒でならない。このような諸原則無視の家畜飼養、半砂漠の国に大金を掛けた、ダムからの灌漑用水での牧草灌漑の無鉄砲さも大いに気になった。トルコを水源とする大河ユーフラテス川を利用した大規模な灌漑計画が、シリア国内の十六地域で進められてきたという。その一つがアレッポ郊外の大統領の名を冠した〃サダム・フセインダム〃であった。ここにも視察の途中に立ち寄った。この建設には旧ソビエトの経済協力があったと聞く。この近くに建設された酪農公団農場には、当初からこのダムの灌漑が結びついていたようだった。

高畑氏の『砂嵐に耐えて』は私のシリア訪問後にいただいた。その中で氏は控え気味にだが灌漑で牧草を育て、熱砂に弱い温帯の乳牛を大群飼養することの無謀を指摘している。さらにそこへ日本から若き青年海外協力隊員（獣医師）が派遣され、手に負えない課題を背負わされていたとも。私の観察に重なる見解である。私が行った時にはすでに青年協力隊員は引き上げて一人もいなかったが、公団牧場が抱える牛飼いの問題は解決されていなかった。私がＪＩＣＡのシリア酪農振興協力を誤算と申すのは、熱砂の環境に耐えられない温帯乳牛の、無理な飼養指導に若き獣医師を送り出した無謀、また容易ならざるスーパー種雄牛生産のための後代検定の大事業を安請け合いしたことなどを指す。

故折田魏朗獣医師

実はこの若き獣医師の派遣には抜き差しならぬ事情があったこともわかる。それはシリア国内でよく知られた、折田魏朗獣医師の仲立ちがあってのことだった。折田氏はシリアの家畜保健衛生に尽力した貢献から遊牧民（ベドウィン）からは「神様」と呼ばれていた方だった。氏は私より四年早い大正十三年（一九二四年）の生まれ。私のシリア訪問の途次にアレッポ市内で石村氏の引き合わせで会った。かくしゃくとお見受けしたが、二〇〇八年にシリアに骨を埋められたと聞く。昭和三十八年当時、獣医師の不足に困った砂漠の国シリア政府から、実力ある日本人獣医師を推薦してほしいとの要請が霞が関の農林水産省衛生課にあった。そこで日本獣医師会が国内に広く応募を呼びかけたところ、家畜の保健衛生、診療の実務経験のある技術者として、長崎県農業共済組合連合会から名乗り出たのが折田魏朗氏であった。昭和三十九年（一九六四年）の東京オリンピックの年に折田氏はシリアに渡る。爾来四十余年間シリア農務省にあって家畜防疫の体制つくり、獣医師の養成に尽力した。また北部アレッポ市（シリア第二の都市、人口百五十四万人）のイカルダ地区に設けられた動物研究所家畜診療センターを拠点として、熱砂シリアの羊の増殖指導にも尽力してきた。

一九九六年に私が会った時も、レストランのオーナーが最敬礼をもって迎えるなど、庶民に尊敬される氏の実際を見た。このような折田氏は、シリア政府の肝いりで設置された酪農公団牧場の獣医部門への協力をシリア政府から要請される。氏の口利きでＪＩＣＡも動き、数年間にわたる日本からの青年海外協力隊員（若き獣医師）の派遣に繋がった。私が若き獣医師の派遣には〝抜き差しならぬ事情〟があったと申したのはこれである。歴史は意外なほど人の係わりで作られるものだが、折田氏は根っからの家畜衛生学の第一人者であったかもしれないが、乳牛飼いで大切な飼養学などルミノロジー（複数胃の消化機構）や、それに影響ある飼料学に疎かったかもしれない。また氏の呼びかけでシリアに渡ったＪＩＣＡの若い獣医さんたちも獣医学には力があっても、牧場運営の実務には及ばぬものがあったかもしれない。なんにしても、熱砂で草資源の乏しいシリアには、図体の大きい反芻家畜は馴染み難い。穏やかだったアレッポの夕べ、折田老獣医師が初めて出逢った私に、この国に尽くし切ろうとした半世紀を伝えようと、とつとつと語る重い言葉が耳に残る。私の以上の苦言は、事態を中傷するつもりからではない。起こるであろう事態に、責任が持てるような十分な配慮を為政者は重ねてほしいからである。

その三、シリア派遣青年海外協力隊員報告

私には接触の機会はなかったが、シリア派遣青年海外協力隊の若き獣医師諸君のことが気がかりになって調べると、長文の「シリアの畜産（小沼廣幸青年海外協力隊員報告書）：昭和五十六年（一九八一）：国際協力事業団」に出会った。これによると、シリア酪農公団農場は国連や各国の援助によって、一九七四年に近代的な「牛を厩の中で繋がず

に開放して管理するルーズ・バーン方式」の大規模な牛舎でスタートさせたとある。この牧場は親牛だけでも五百頭、子牛まで入れると千五百頭にもなる規模だった。私にすれば、これまで近代酪農に縁のなかった熱帯シリアに、いきなりこんな超近代的な大規模な農場を造り、あとは頑張っておやんなさいはひどすぎる。私も関与した一九六八年の岩手県肉牛生産公社からは数年遅れての発足だが、シリア農場の発足は岩手の無謀さに似る。

小沼リポートによると、酪農公団はこの大規模な牧場運営に当たる技術者の経験・技術不足、公団本部の管理不備が続出して困り果てる。そこで先に挙げた酪農公団総裁顧問でもあるＪＩＣＡ派遣の折田獣医専門家に仲介を願って、一九七七年から青年海外協力隊員の常時十名の派遣活動が開始された。ＪＩＣＡの青年協力隊員の派遣は二年が原則なので、次々と若い新人が派遣されたのであろう。初代隊員だった小沼氏は近代的な酪農技術移転の難しさの他、気候風土、生活や文化の違う場での意思の疎通に苦労したことがよくわかる。

その四、アラビアンナイトの国を透かし観る

先に「シリアで牛飼いの間違いを見た」と口走った。国の成り立ちにはそれなりの歴史の刻みが潜む。このことを念頭においてシリアを見直す。どこの国にもあることだが、シリアも古代から周辺との輻輳した紛争に巻き込まれた。その結果が現代シリアの「国の形の政治体制」となる。千一夜物語程度の見識しかなかった私はアラブと聞くと『アラジンと魔法のランプ』に出てくる、蛮刀で人のそっ首を撥ねる蛮族のイメージが先立ったものだ。申し訳ない認識レベルであった。

シリアに係わったお陰で、アラブと言われる国々のあり様や多少なりともアラブ人の気心を知るきっかけを得た。お陰で中東と言われる地域で紛争が絶えないことへの理解を深められそうである。言われるところによると、アラブ人とは人種としてではなく、セム語(アラビア語)を話し、これを共有する人々として見る方が理にかなっているらしい。ただし、アラブ人が住む国と地域とは左図のように、地中海の北アフリカ沿岸と紅海に接する諸国である。その中に小粒のような小国シリアも含まれている。それらの国の中にはイスラム教以外のグループ、肌の色もいろいろある。これにはイエスキリストに比べると、

イスラムの創始者であるムハンマド（マホメット）の出現が七世紀と後発であったので、宗教の対立が生じやすかったかもしれない。また、ヨルダンやシリア、レバノン、エジプトのような地中海東岸部は、古くは強大なローマ帝国の支配下にあったことから、キリスト教が浸透する中でさまざまな肌合いの人々がまじり合えたことも頷ける。

その中でのシリア史はどうであったか。ローマが関わっていた東ローマ帝国を、十五世紀にトルコが滅ぼしてオスマン帝国を打ち立てた。そのオスマン勢力範囲は西アジア、北アフリカのイスラム世界を含めた巨大なもので、ここでもシリアはその中に埋没している。しかし、次第に国力が低下したオスマン帝国はドイツと結んで第一次世界大戦に参加するが、一九二二年に敗れて帝国の幕が下りる。一九六二年に製作されたイギリス映画「アラビアのロレンス」の中で、砂漠の民ベドウィンを結集させた英国人のロレンス中尉がトル

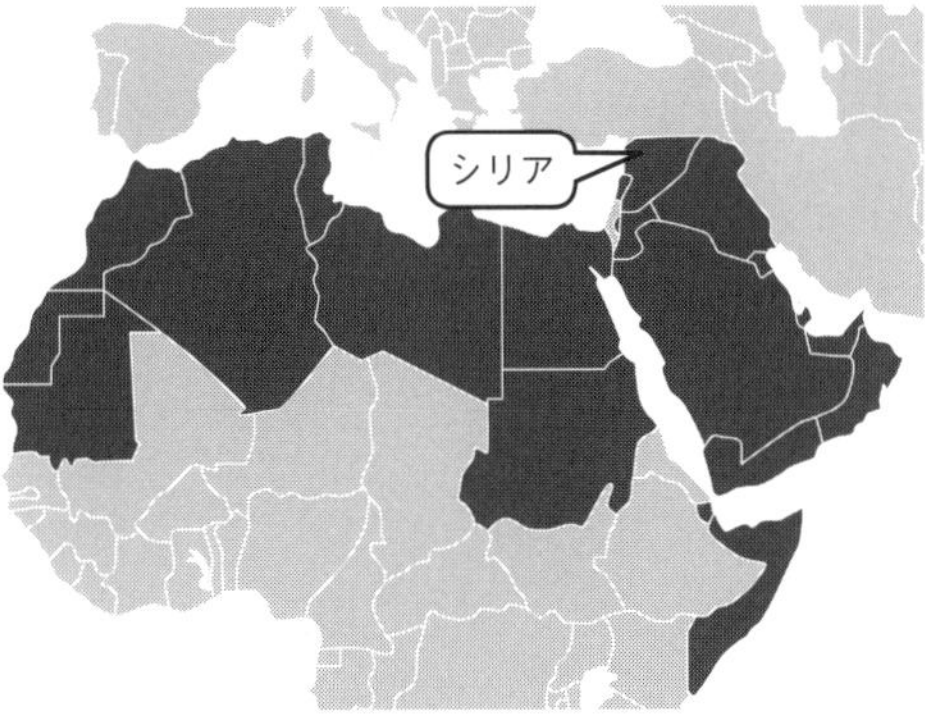

アラブ人が多く住む地域（黒ぬり）

コの最後の砦となった「シリアダマスカス」を陥落させてトルコの支配を終結させている。ここでシリアが世に顔を出す。ロレンス中尉が砂漠に惹かれる理由として「清潔だから」と言わせた印象的なこの映画を記憶する人は多いと思う。ずっと経ってそこに出かけた私も、礫砂漠を疾駆するロレンス駱駝隊の爽快さを少し実感できた。

さて現代の通称シリアの正式国名は「シリア・アラブ共和国」である。国の独立は一九六一年九月で、多くのアフリカ諸国の独立と同じで近年のこと。今もトルコ、イラク、ヨルダン、レバノン、イスラエルのそれぞれきな臭い事情を抱える四ヶ国に囲まれている。このあたりは古い歴史を持ち、古代オリエント時代にはメソポタミア、アッシリア、バビロニア、ギリシャ・ローマなどから、次々とめまぐるしく支配を受けた。イスラム世界が始まってからは周辺の王朝から干渉をうけ、最後にオスマントルコの支配に屈した。思うに、それまでのシリアは国としての体裁はなく、地方の豪族集団だったに違いない。第一次大戦終了の一九二〇年にシリア共和国を独立させるも、すぐフランスの介入があってその支配下に入る。その後一九四六年にフランスから脱出するが、内戦を経ながらもようやく一九六一年に陸軍将校団のクーデターで、シリア・アラブ共和国を打ち立てる。その後に力を得たバアス党が一九七一年に政権をとり、初代のハーフィズ・アル・アサドが大統領となる。この政権の成立はクーデターで、基本的に軍事色の強い国となった。その後、一九八〇年代の旧ソ連と「ソビエト・シリア友好協力条約」が結ばれ、伝統的な友好関係が築かれる。これは経済協力にとどまらず軍事協力、武器供与、ロシア海軍基地や空軍基地の提供まで含んでいる。二〇〇〇年に父大統領が亡くなると、イギリス留学を切り上げて戻った次男のバッシャール・アル・アサドが二代目のシリア大統領を継ぐ。聞くところではダマスカス大医学部を出て、軍医となり、英国留学もした二代目は温順な性格で、政治的野心などなかったという。だが、初代に培われた権威主義的な統治体制を世襲させられた二代目のアサドも、次第に軍事力を強めた国家主義体制を踏襲する大統領に傾いていく。

今から二十年ほど前の一九九六年にシリア入りした私は、ダマスカス空港から車で市内に向かう道すがら、その時の初代アサド大統領と次男バッシャール・アサドの大きな写真が、沿道のそちこちに並んでいるのを見る。それは戦前の日本で随所の公共機関の壁に昭和天皇皇后両陛下の御真影が張り出されていた記憶に重なり、シリア国の独裁の体臭と、危うさを感じた。権威主義的な独裁体制が消えぬ限り、この国の真の復興はないと思う。真相は知る由もないが、この国の大統領をも〝あやつり人形〟にしようとする、ロシアの人形使いの姿が透けて見える。
シリアの住民の九〇%はアラブ人。イスラム教スンニ派を奉ずる民が七〇%。クルド人八%も含む。首都はダマスカス。この地域は世界で最も古い歴史を持つ土地柄で、紀元前（ＢＣ）八〇〇〇年頃には麦作による農耕が始められたと言われる。その後ＢＣ六〇〇〇年頃には「肥沃な三日月地帯」※として灌漑農業が発達し、ＢＣ三〇〇〇年には農耕による富を基にした文明の芽が生まれている。

［註］肥沃な三日月地帯：古代オリエント史を語る時に用いられる歴史地理学的な言葉で、ペルシア湾からチグリス川・ユーフラテス川を遡って、シリアを経て地中海に接する所で三日月形に左曲して、パレスチナ、エジプトまで伸びる半円形の地域を指す。この地域は農耕の発達にあわせて野生動物を家畜化することも進んだ。家畜牛の祖先とされるオーロックス（Bos primigenius）はインドからこの三日月地帯にかける広範な区域で百〜二百万年前の時系列で発生進化したと見られている。ゼビュウ牛（コブ牛）のゆかりの地である。

私のシリア訪問十五年後の二〇一一年に、中東地域に起こった「アラブの春」の民主化を求める反政府運動は、シリア各地にも伝搬する。シリアでは強権的なアサド政権に対する泥沼の内戦が起こる。以来、今世紀最悪といえる人道破壊が激しさを増している。この二〇一一年からの海外勢力を巻き込んだシリア内戦は、市民の流血、人権侵害によって中東諸国・国際社会からの孤立を深めている。国際人権団体ヒューマン・ライツ・ウォッチ（HRW）は、シリアの人権無視はいまや世界最悪であると断じる。現在も継続する危機の中で、ヨーロッパ諸国、米国、湾岸諸国の国々がシリアとの外交関係を断絶している。しかし、シリアの同盟国であるロシア及びイランがアサド政権の最大の支援国となり、反政府勢力との戦闘に必要な財政支援と武器供給で混乱を深めている。

ロシアとシリアは旧ソ連時代から密接な関係を維持し、現在もシリアはロシアの中東における唯一の友好国であり、その戦略的地位は極めて高いようだ。シリアはなけなしの貴重な地中海沿岸のタルトゥス港に、唯一の軍事的な戦略基地をロシアに提供している。また、ロシアは戦車、航空機、対空防衛システム、そして最新鋭の弾道ミサイル等の兵器・武器をシリアに供与してきた。ロシアとしては中東にモノ申せる唯一の足場、それがシリアなのであろう。強国の国益主義が見え見えで息苦しい。

一方、シリアとしては水資源の利用を拡大して、灌漑耕地を拡張し安定した農業生産を確立することが、食料自給率を高めるうえで重要であった。ユーフラテス川やオロンテス川、ハーブール川などにダムを建設し灌漑耕地の開発を進めてきた。なかでもユーフラテス・ダム建設計画は豊富な電力を供給するとともに、六四万ヘクタールの灌漑耕地を造成しようという意欲的なもので、ダムはソ連の援助により一九七五年に完成している。

ここからは推測だが、私も視察したユーフラテス川に造られた〃サダム・フセインダム〃ばかりでなく、シリア国内に十ヶ所あるシリア酪農公団の大規模農場にもソ連の資金援助、技術協力があったに違いない。牧場運営を見てのことだが、公団自体の自主性の欠落、人ごとのような無責任臭を感じた。個人牧場なら運営に死に物狂いになるところだ。私が在職した岩手県肉牛生産公社牧場職員が持っていた職業上のプライドが、そこには見えなかった。超大国の政策が絡む支援に便乗する甘さが、シリア公団の発足時に「間違いの基」として根付いたのかもしれない。アサド政権は軍事クーデターで生まれた権威主義的な世襲国家である。国民が選んだ政体ではない。これと国家的利権を求めるロシアが結託した構造が事態を悪化させている。二〇一五年の現在、アサド政権政府軍、反政府組織、イスラム国（IS）、そして米主導の有志連合軍と、ロシア空軍による五つ巴の戦火に晒されるシリア。あの公団農場群などは跡形もなくなったに違いない。砂嵐の中でシリア酪農の振興に尽くそうとした石村氏、故折田魏朗氏、ＪＩＣＡ派遣の若き獣医師諸君たちの戸惑いを感じる。高畑氏も在籍した「国際乾燥地農業研究センターイカルダ」の各国からの研究者の皆さん、本書に後で紹介する善良なシリア公務員の友ハッサン氏を含むシリアの一般庶民の受難に、手を差し伸べられる何物も私にはない。

現在のロシアがシリア支援の姿勢を崩そうとしないのは、中東における戦略上の拠点を確保したいがためであろう。アメリカの対日、対韓に据えられた軍事拠点に似るものを、ロシアはシリアに置いている。強者に共通する身勝手な安全保障論理である。沖縄戦までの大日本帝国もその身勝手を通した。しかしロシアは旧ソビエト時代から、戦略上の拠点維持の代償として、シリアに数々の経済上の支援、武器供与をしてきたが、返済能力のないシリアは、それらの多額の債務の棒引きを願わざるを得ないであろう。また二〇一〇年にシリアを訪問した当時のロシア大統領メドヴェージェフ氏は、実現には至らなかったが、シリアに原子力発電所の設置まで提案している。シリアにおける他力本願による国益増進とは、

2010年現アサドと
メドヴェージェフ大統領

意外に高くつく例でなかろうか。

その五、テロリズムを思う

今世紀が明けて凶悪テロ件数は世界で激増している。近年は西ヨーロッパでもテロは珍しくなくなったが、なんといっても熱帯圏、それも赤道から北緯三〇度以内の気象の厳しい渇水圏に集中している。発生の上位三国はイラク、パキスタン、アフガニスタンであろうか。世に言われる四大文明はメソポタミア、エジプト、インダスそして黄河だ。いずれも豊かな大河に沿って生まれた文明である。うち黄河は別として、残る三文明はほぼ北緯三〇度圏内にあってテロ激発地域に重なる。

この三文明をかえりみる。まずはメソポタミア文明。チグリス、ユーフラテスの両河川に挟まれた地帯に豊かな沖積平野が作り出された。ここが「肥沃な三日月地帯」と呼ばれた地域。現代のイラク、シリアも大いに恩恵に浴している。この両河川も両国も現存し、古代文明は遺跡群として跡を留めている。文明崩壊の主因は周辺の森林破壊による砂漠化にあると言われている。一方、エジプト文明はナイル川と一体の間柄。エジプトの民はナイル川の氾濫に苦しめられながらも治水に勤め、文明を崩壊させずに今にいたった。残るインダス文明の主人公は大いなるインダス川だった。この大河の恩恵に浴してきたのは今のパキスタン、インド、アフガニスタンの三国に及ぶ。この文明にはよく知られるパキスタンのモヘンジョダロ遺跡がある。遺跡から出土する日用品からは豊かな市民生活が推測される。この文明の崩壊は紀元前二〇〇〇年前後の気象変動が元で、今に至る砂漠化をもたらしたと見られている。水を失うことの恐ろしさである。

気象変動で文明も失ったメソポタミア、インダス圏域の住民は、常に自然の脅威に晒されて何世紀かを生きたに違いない。飢えと死に常に脅かされた人々は渇望の中で過ごしたであろうが、自然の驚異が人間のテロ行為の温床になったとは思えない。宇宙の原理には憎しみ、妬みは存在しないから。

地球上の生物は、根絶してはならぬという命題を授かったが、私の信念。この命題は個を超える宇宙の原理。他を排しても無条件で生き続けよとの指令を受けている。この指令を全うする立場は「天地無罪」と考える。宇宙開闢時に発生した微生物は、その瞬間から生き延びるための競争にさらされる。そこでは受難も加虐も「天地無罪」であると信じる。

「永遠の自己保全のために発動される手段とその動機」

自己保存のために行使する手段	左の心的動機
①すり、 たかり、 盗み、 イジメ、 詐欺、	飢え、 貧困感
②抵抗、 加虐、 傷害、 一揆、 殺人、 テロ、	怯え、 不満感
③排他、 恫喝、 拉致、 掠奪、 殺戮、 占拠、 戦争	強欲、 傲慢

「天地無罪」の宇宙空間の中で進化を許されてきた人類は、無垢なる赤子に知恵がつくように、幾多の知的能力（強欲、傲慢、憎悪、怨嗟、叡智、思いやり）などの機能を開発してきた。そこには排他の極致であるテロの心理要素も含まれたであろう。

二百～三百万年前の化石人骨のアウストラロピテクスが現代のホモ・サピエンスまで進化したのが二十万年前という。大げさに言えば人類は二十万年歳だ。十分に成熟しきったと言える年配である。いつまでも争いに血道をあげる若年ではない。生物に課された最も大切なことは〝永遠の命の伝達〟であろう。何を措いても〝自分のコピー〟を受け継ぐこと。この実行のために思いつく限りのあらゆる手段が開発されてきた。それらを表の①②③に並べてみる。自己因子伝承の手引きは無数にあるが、その手引きの深部には必ず人の思惑がある。それを突き詰めると動機は意外に単純。「飢えが嫌い、不平等はいや、怯えたくもない、もっと欲しい」と言った心理に集約できそうだ。人は世相に目を奪われることなく、しっかり内部動機を見極めなければならない。自己保存のために人が使う手段として①②③を挙げた。はじめは初歩的な個人動作だったものが、次第に徒党的な形をとるようになり、ついには高度な残虐性に進化する。

人は辛い心象を癒す有効な手を打たねば生きていけない。空腹や貧困に苛まれるものは、すり、たかりに訴える。怯え、不満を抱えるものは、抵抗や傷害事件を犯しても精神を鎮めたい。①、②に挙げる手段も決して褒められたものではないが、やむを得なさが窺える。望まぬ不運、不幸に見舞われているふしがある。チャップリンの〝ザ・キッド〟のガラス割り商売が思い浮かぶ。世界はイスラム国（ＩＳ）を悪徳のテロ集団と決めつけるが、テロ行為に走らざるを得ない弱小国の不運、不幸を取り除こうとする本物の正義の支援は見当たらない。不運、不幸を撲滅する大規模な救済工事を世界中が進めたらどうか。不運の穴を埋め、不幸の山を地ならしするのは大事業だが。財源は世界中で浪費している軍事費を集めて充てればいい。私はこの①、②の手段に依らざるを得ない不幸な民は、罪深い罪には当たらないと思う。イラン人の映画監督マフマルバフ氏の言葉に「タリバンは遠くから見れば危険なＩＳだが、一人一人に近寄って見れば飢えたパシュトゥーン人（アフガニスタン南部からパキスタン北部にかけて広がる地区の主要民族）の孤児だ」がある。見逃せない視点である。

大きな問題は③にある。〝強欲、傲慢〟を背景にした自国第一主義である。殊に現代のシリアにおける米ソ第三国の利権が絡んだ干渉がいただけない。ロシアのサダム政権支援やアメリカの反政府組織支援のいずれもが手を引き、ことの解決は武力によらない国連調停に任せたらいい。欲得が秘められた調停などから生まれるものは何もない。倫理に裏付けされた寛容、譲歩のある交流こそがわだかまりを鎮める最良の武器である。これは世紀を超える難事業になるかもしれぬが、地球の危機をコントロールする「地球救済プロジェクト」である。この役割を果たせる世界的なリーダーの出現が待たれる。

シリアを襲った内戦のきっかけを確認したい。私が一九九六年に訪ねた時のシリアは、平穏でのどかな半砂漠の国だった。家内との旅中に臆するものは何もなかった。ただし、軍事クーデターで国政を握ったアサド政権の独裁色には鼻につくものがあった。また国家主義の匂うロシアへの追随ぶりも気がかりだった。この国にはいつか不穏が起こるのではの予感を持った。その何かは十六年後の二〇一二年に、北アフリカのチュニジアで起こった〝アラブの春〟の反政府運動が激流となって、シリアにも流れ着いた。この先駆けは民衆の不満が結集した運動であったろうが、アラブ世界を席巻し、既成の政権を打倒する勢いになり、エジプト、リビアの政変をもたらす。シリアにも波及し独裁政権に反旗を翻す民衆運動が、ついには国内の宗派の対立に広がる。この混乱に乗じて乗り込んできた、イスラム過激派組織ＩＳＩＬに侵略の口実を与えてしまう。

国会図書館に『テロリズムの定義　国際犯罪化への試み』（清水隆雄著　二〇〇五年行政法務調査室）がある。テロリズムは一言で言えば「政治的な目的をもって暴力行為を行うこと」になろうか。清水氏によると、terreur という大きな恐怖、恐怖政治といった意味を待つフランス語を語源としてテロリズム、テロリストが生まれたとある。フランス革命（一七八九～一七九九年）の時代にアカデミー・フランセーズがテロリズムを「恐怖のシステム体制」と定義づけたという。

そして今やテロリズムは、既成の支配体制に対する反体制派の武力を含む抵抗運動と決めつける用語になっている。この図式で言えば、昔日本にもあった一揆もこれに入ろうか。江戸時代には農民が領主や代官の悪政や重い年貢取り立てなどに抗して、集団で強訴や打ち壊しをする百姓一揆があった。南部藩でも一揆は多発した。それは十八世紀以降に世界中で多発する。洋の東西を問わず、社会性への目覚めが起きた時代であったかもしれない。

国によって社会への目覚めには遅速がある。それは立地の違い、歴史的境遇の違いなどによるものであろう。永い植民政策の抑圧（植民テロ）を受けたアフリカや中近東や中央アジア諸国の目覚め時期は、抑圧期の長短によって左右されたに違いない。二十世紀にやっと独立したこれら諸国の目覚めは、十八世紀のフランス革命などより二百年も遅れた。昔、植民テロを広めたのは何者だったか。また、今も支配や干渉を続け、難民を生み出し続けている元凶は何者か。「テロ」と罵ることを権力国家の特権にしてはならない。それを許すべきでない。〃アラブの春〃に代表されるエネルギーは「被抑圧者側からの叫び」であることを歴史が教えている。〃イスラム国〃（ＩＳ）を叩きつぶすのでなく、禍根の源を突き詰めて癒すのが第一に成すべきことではなかろうか。

今国際テロの激震地と見なされる中近東諸国と、テロに悩む中央アジア地域は地続きである。私はこれら諸国の歴史に疎く、大それたことは言えないがテロ激震地のシリア、イラクの一般庶民には罪はないと思う。飢え、貧困、不平不満を掲げて武装したテロ指導層の声に呼応する形で、隣接する中央アジアの国々から若者らが勢力に加担しているようだ。

決して褒めた決起とは言えないがテロ指導層にも加担勢力にも、命を懸けるほど追い詰められたものがあるのであろう。世界は良識をもって、根本的なテロ療法を極めてほしい。

その六、シリアの世界遺産巡りとハッサン氏

シリアは大変な世界遺産を抱える国であった。国内の文化・自然遺産の六件が世界遺産に登録されているが、二〇一三年にシリア情勢の悪化を理由に登録されているすべてが「危機遺産」リストに書き換えられた。六件の中でも私の心を揺さぶったパルミラ（Palmyra）はシリア中央部にある同国を代表する古代遺跡として、一九八〇年にユネスコの世界遺産（文化）に登録された。遺跡には支配者だった古代ローマ様式の石像建造群が多数残されている。それらはローマ式の円形劇場や、浴場、四面門などからなる。JICAの専門家として働く石村氏の招きでシリア国内を回った私は、幸いにも七、八ヶ所の有名無名の遺跡を訪ねた。パルミラはやはり圧巻だった。パルミラは紀元前一〜

1996年当時のパルミラ遺跡：
戸田スケッチ

三世紀に栄えたシルクロードの中継都市国家として繁栄し、ローマの属州になったこともある。こんなことからパルミラにはローマ様式の建築群が立ち並んでいる。

紀元二六〇年代のパルミラの当主が陰謀で殺害された後に、その妻ゼノビアがパルミラの実権を握り、パルミラ王国を築いたとされる。女王ゼノビアは有力な顧問を擁して他国に勢力を進出するまでになるが、これがローマ皇帝の不興を買い、二七三年に送られたローマ軍に敗れ、女王ゼノビアは捕らえられてローマに送られる。この時、パルミラ神殿は今に見る大きな破壊を蒙った。遺跡の傍につくられた民宿に一泊した翌朝、私が朝食抜きでスケッチした神殿の一枚が前ページの水彩画である。ほぼ二千年前にローマ軍に引き倒された巨大な大理石支柱が地上に散乱し、長年月の風雨や大気に晒された大理石柱の表面は抉られたように溶け、赤黄色に変色していた。パルミラの語源にもなったというナツメヤシの林が遥か向こうに臨まれた。

私が知りあったシリアの友人は五指にも満たない。とても、シリア人はどうこうと言えるものではないが、シリア訪問前に盛岡で会ったハッサン氏との交流は貴重だった。氏は初めて出会ったシリア人で農業省の国家公務員だった。ＪＩＣＡ派遣専門家の石村氏の相手（カウンターパート）になる方であった。ＪＩＣＡにはこうした相手国の人材を日本研修に招く事業があり、ハッサン氏もこの決まりで短期間だが、日本の畜産研修に来たのだった。石村氏からの依頼で彼の盛岡研修の休日に、我が家にもお迎えした。写真で見るように氏は体格雄大だが食事を共にし、小岩井農場などに案内し、話をするうちに、優しく心情の深い人柄がわかった。私の家内への態度からも、紳士の素養が身についている人柄と知った。

1995年に戸田家玄関前での
ハッサン氏

ハッサン氏がシリアに帰国した一九六六年に、私は石村氏の仕事のサポートにシリアに渡り、二週間で全土のほぼ三分の一に近い範囲を石村氏のマイカーで案内してもらった。家内も全行程を同行し、半砂漠の旅を楽しんだ。私の石村氏サポートはボランティアなので、氏は公団農場の視察巡りの途次、許される範囲で古代遺跡巡りを入れてくれた。ハッサン氏は公務の都合がつく時、我ら一行に加わった。彼が加わると遺跡の古代情報がぐっと充実するのだった。

砂漠地帯遺跡文化には、ずぶの素人の私には貴重な旅であった。訪ねた遺跡は当然のように、どこも赤色大地の無人の世界にあった。その後の浅い知見であるが、遺跡の多くは古代都市間の繋がりを助ける〝都市国家〟の役割を果たす他に、太陽神、穀物神の神殿もある庶民の憩いの場でもあったようだ。シリアの東部でユーフラテス川に近く、先がイラクとの国境に近い遺跡では、発掘調査中らしく縦横の調査溝の土壁に生活の匂いが籠る、無数の焼きもの切片が層をなしているではないか。驚くことにここは全くの無人。無数の遺跡物がむき出しにあった。発掘しかけの竪穴の一角に、美しいエメラルドブルーの一尺四方ほどの美しい石材が顔を覗かせていたのに目を奪われた。何に使われたか理解を超えるが、上面には円形の浅い窪みが彫りこまれていた。この正方形の石材は美しく神秘的だった。白状するが私はこの神秘に魅せられて。エメラルドブルーに手をかけて揺り動かそうとした。だが幸いにも美しい石はビクともしなかった。私は危うく世界遺跡破壊の罪を免れた。だが今もってあのエメラルドブルーの美石は忘れ難い。私たちが訪ねた遺跡群はたいそうな数に上った。ハッサン氏は道なき遺跡の案内では、丁寧に家内の手をとってすばらしいエスコートを惜しまなかった。シリア国の一等の紳士だった氏と、一族のその後の安否が重く気遣われる。

私の見解の誤りがあるかもしれないが、シリアで見た遺跡群にはキリスト教、仏教寺院のような宗教色はなく、人々の生活の場としての都市国家のように見えた。無論、時代はイエスキリスト以前でもあった。古遺跡に魅せられた私は、石造物に気を奪われてスケッチに忙しく、家内はほったらかしにしたが、気づくと足場の悪いところなどで国家公務員のハッサン氏は、家内の手を取ってサポートしている。お陰で私は好き勝手に歩き回れた。ハッサン氏はアラビアンナイトに出てくるコワオモテさなどは微塵もない紳士であった。シリアには氏のような紳士道を身につけた「ますらお」がたくさんおられたに違いない。

また、シリア中部のパルミラから首都ダマスカスに戻る途中、ハッサン氏のたっての要望で、彼の実家に寄り大歓待を受けたことも忘れ難い。彼は母親に日本の客人を連れてくると事前に知らせていた模様で、私たちは、ハッサン家で大盛りのシリア風の羊肉料理と、シリアダンスも満喫した。彼は、盛岡に来た時の我が家のちょっとしたおもてなしに応えようと、自分の親族を総動員したのだった。

その七、シリア砂漠とベドウィン家族

シリアのパディア草原（ステップ）で遭遇したベドウィンの親子（笑いかける子供もい

る写真）との接点は、ほんの行きずりだったが忘れがたい。ところはパルミラに行く途中の乾燥平原。前述の高畑さんの気候分類でいえば、丈の低い灌木と硬い草しか生えていない極乾燥地帯。このあたりの年間雨量は一五〇㎜～二〇〇㎜もあろうか。そこに、無数とは言わないが大群の羊がたむろしていた。あたりに生える植物は北アメリカ西部の乾燥大地でも目にしたキク科・ヨモギ属の低木、ないしは木質系草のセージブラッシュ（sagebrush）そっくりの丈の低い植物だけ。触れればかさかさと音がしそうな、低木を食べて消化できるここの羊の反芻胃は大変な一物に違いない。

石村氏が車を止めると、子供連れのベドウィンが近寄ってきた。聞くと彼はハイスクールを出たインテリだった。羊の群れの中には、頸に大きな吊り鐘を下げた少数のヤギが混じっている。インテリはこのヤギたちが、羊の群れを引っ張ってくれる好ましいリーダーなのだという。そう言えばニュージーランドでは欠かせ

シリアのパディア草原で遭遇したベドウィンの親子

ない牧羊犬はここにはいない。ヤギがその役目を果たしているらしい。良い勉強をさせてもらう。そうこうするうちに初めて会った私たちに、インテリは家に寄ってお茶を飲んでいけと誘ってくれる。彼の二人の小さな息子たちもハニカミながら笑いかける。シリア砂漠にも日本の能の一曲〝鉢の木〟を思わせるベドウィン家族がいた。聞くと彼の家は向こうと指差すが、地平線の他には何もない。石村氏の残念だが時間が許されないの言葉で別れることにした。このインテリベドウィン親子三人には別れ難いものがあったが、家内ともども牧羊砂漠に別れを告げた。

その八、アラビアンナイトの生き残り？

シリアで出逢った第三の男も国家公務員だった。名は〝X氏〟とする。彼はシリア農務省内ではハッサン氏の上司に当たる立場であった。私のシリア公団農場視察終了時の懇談の場にやってきた。官僚風で態度が大きいなと感じたが、私の視察印象を伝えて不都合もなく懇談を終えた。

〝X氏〟事件が起きたのはその翌年である。彼も何故か日本研修にやってきたのだった。

上位官僚のためか、彼には牧場の実務研修などはなく、日本視察が主な研修旅程だった。日本国際協力センター派遣の経験豊かな通訳官（Ｉさん）まで付けられ、盛岡へ来た。〝Ｘ〟とは面識がある私にも、石村氏からよろしくの連絡があり、通訳官を入れての顔合わせもし、前森山スキー場なども案内した。その後暫くして通訳官の（Ｉさん）からたいそうお困りの電話をいただく。仔細を知るに及んで私は緊張した。それは〝Ｘ〟が引き起こしたセクハラだった。ある日の視察エスコートの途次、無人のエレベーター内で〝Ｘ〟はいきなり（Ｉさん）の胸元に手を伸ばしたという。帰宅してご主人にも話したが、国が絡む微妙な側面もあるので、どこに訴えていいかもわからず〝Ｘ氏〟の仕事を続けられないとのお悩みの電話だった。私は、これは捨ておけぬと覚悟した。

翌夕、私は市内のホテルに〝Ｘ〟を訪ねて詰問した。彼は否定しなかった上に、なんとこの件は（Ｉさん）からの誘いがあってのことだと嘯く。彼はシリア人としては小柄だが、筋肉質の小太りの上に猪首にあぐらをかいたご面相。片意地を張って嘯く目つきは只者でない。世間を見下してやってきたしたたかさを身に付けている。若い女性を次々あやめたというアラビアンナイトの主人公か、アラジンランプに潜む無法者振りを私は見た。彼はこの手で女性漁りを楽しんできたかもしれない。私は許さなかった。日本女性がお前さんなどに媚を売るわけがない。罪を認めIさんに謝罪しない限り、この件を責任機関であるJICA事務所に伝え、シリア政府にも通報すると迫った。さすがの猪首も折れてIさんに詫びを入れ、なんとか日本滞在を終えて帰国した。ハッサンやシリア砂漠であったベドウィンたちに比べると〝X〟の人となりは月とスッポンの違い。それにつけてもIさんが受けた心的ストレスは深かったろうと気がかりが残った。

話はシリアに戻る。旅のお陰で、シリアをアラジンランプの国のように視る私の軽はずみは失せた。訪ねた時は現在のアル・アサド大統領の政府軍と反政府軍、IS、ロシアも加わる三つ巴の内戦が起こるなど予想もしない、のどかなシリアであった。二十一世紀に入ってのシリアの政情には、アラジンランプの魔法が現実になったように見える。狂いの根源はハッサン氏タイプ（良民系）と〝X〟タイプ（官憲系）間のバランスの崩れにあるように見える。ハッサン氏系が優勢を取り戻し情勢が落ち着くまで、一切の海外勢力は軍事的な内政干渉を控えてほしい。

このシリア紀行では高畑滋氏の「沙漠の新聞　シリアの自然と歴史」に大層世話になった。氏はその著作の〝はじめに〟で「海外で勤務する時に気をつけなければならないことは、日本の社会から疎外されていると感じて落ち込まないようにすることでした」と思いやりあるアドバイスを添えている。地の果てを思わせる砂漠環境で、世界の情報域から切り離された疎外感には言葉にならないものがある。私もマダガスカルで高畑氏の言葉に似る疎外感を味わった。青年海外協力隊の各位も高畑氏のこの温かい言葉に癒されたと思う。

私のシリア訪問は石村氏の期待にこたえられることも、シリア国に貢献できるものも皆無だった。あるとすれば、ささやかな無形な心の交流に与ったことくらいか。人になし得る具体的な貢献なんか、一朝一夕になるものではない。それに比べると目に見えない心の交流は、一瞬でも大きな意味を残すことを私は知った。アレッポの夕べの折田氏、熱砂で出会ったベドウィンの羊飼いの親子などは消えない実在であり、私の感性を温めてくれた。

シリア・ダマスカスの降水量を調べると、乾季雨季の峻烈さが歴然とわかる。十一月から二月の四ヶ月が短い雨季。雨季の一ヶ月の総降水量は四二ミリ。一日当たりにすれば一・四ミリ。これでも雨季なのだ。これに対して長い乾季の三月から十月の月平均降水量は七ミリ。一日ではなんと〇・二ミリとなる。しかも六月から七月の月降水量は零である。かくして年間の総降水総量は二二〇ミリにとどまる。マ国タナナリブの年間総雨量一五〇

○ミリの七分の一に過ぎない。歴然たる乾燥気候である。ことが起きれば一気に爆発しそうで、一度発火すると大地の髄が燃え尽きるまでも炎が治まりそうにない。そんな気候帯と一神教が結びつくと、並々ならぬ事態になると知らねばならない。

三、南米ボリビアへの短期派遣

これはＪＩＣＡの南米ボリビア技術支援への短期の参加だった。一九九六年に始まったボリビア畜産開発プロジェクトへの手伝いである。一九八二年から八三年にかけて、マ国の畜産開発を共にした冨永秀雄氏に誘われて、今度は南米ボリビアへ一九九七年と九八年に短期間出かけた。

その一、ボリビアの肉牛産業への手伝い

誰でも、ボリビアと聞くと思い浮かぶのが「革命の英雄チェ・ゲバラ」（一九二八～一九六七）ではなかろうか。彼が革命活動で倒れた国である。私も彼のお陰でボリビアを知った。一九九〇年に旧知の冨永氏からボリビアへの手伝いの誘いを受けた時、ゲバラの生まれが私の一九二八年に重なることに因

革命の英雄チェ・ゲバラ
（1928～1967）

縁を覚えた。ボリビア渡航は一九九七、九八年ともそれぞれ三ヶ月のＪＩＣＡ短期派遣の契約だった。このプロジェクト名は「ボリビア肉用牛改善計画」。砕けて言えば「熱い南米環境での経済的、合理的な肉牛の飼い方の総浚い」支援である。地図によるとボリビアは南米の中ほどの南緯一〇度から二五度。以前過ごしたマダガスカルの緯度にピタリ一致する。暑い訳だ。

ただし南米の国土の高低差は甚だしい。その東部は低湿なブラジルの大河アマゾンの源流に接する一方、太平洋に接する西部は五〇〇〇メートルを超すアンデス山の背骨を形成する。この国土の乱高下からすると、一筋縄の農業国ではあり得ない。そこへいくと隣接のブラジルは一変して、大河アマゾンを抱える南米第一の大農業国だ。ボリビアの首都近辺で開かれる国際農業見本市などには、目を見張る大型農業機械がズラリ並ぶが、どれもブラジル製だ。農業機械ばかりではない。ブラジルで改良が進んだ熱帯肉牛の白色ネローレ種などは、ボリビア農民には垂涎の的の美形であった。

今でもそう思うが、南米ではブラジルが農業の先進国。比較すればボリビアは後進国だった。このプロジェクトは、ボリビアの肉牛農家が育ててきた輸入ネローレ種の資質改良の手助けをするのが狙い。それはボリビア農民が生産した雄子牛の中から、資質の優れた種雄牛を作り出す仕事となる。これまでボリビアがやってきた候補雄牛の選び方はいとも単純。家畜の市場に出てくる雄子牛の中で、肥って見栄えのいい若牛をピックアップするだけ。体格のいいものが王様にされてきたようなもの。そこで、このプロジェクトでは、ボリビア向きの候補牛の選抜基準をどう決めるかで論議を重ねてきた。辿り着いた結論が選び出した若い候補の牛群を一定期間、牧草地で飼育し、草だけで育ちのいい候補牛を選ぶ方法だった。これは草原に恵まれたボリビアに見合った雄牛候補の選び方である。現地に入った私もこれには文句なく賛成だった。

ここからが私の出番となる。ボリビアのサンタクルス市の郊外に「ボリビア肉用牛改善計画」のプロジェクト農場がつくられていた。そこに、若い候補ネローレの雄牛たちを、発育に適した検定用の良い牧草地をつくることが私の第一の仕事になる。その次は若牛たちが素直に育つ適切な放牧を確立すること。これらを二回の短期派遣で仕上げるのが課された役割だった。牧草地には在来の熱帯性のイネ科の自然草、シグナルグラスを当てることをまず決める。

赴任初年の一九九七年には牧野の予定地に繁茂する樹木の除去、伐採跡地のブッシュクリーニングによる更地つくり。これらはかつての外山試験地での牧野造りで積んだ経験が役立った。そして地表にわずかだが生き残っていた、熱帯イネ科多年草のシグナルグラスを活かすことにする。樹木が切り払われて、陽光に晒されるとヒョロヒョロしていたグラスが元気を出し、草丈を縮め、生える密度を上げてびっしり地面を被い始める。これは期待したシグナルグラスの環境変化への順応だった。草だけでネローレ牛たちの検定ができる見込みが立った。

二年目の一九九八年に現地に着くと、前年のシグナルグラスが元気よく生きていて、さらに密度が増して生え揃っていた。これで草丈が短く消化されやすい、葉の多い草生を維持できるメドが立って喜ぶ。これはかつての岩手の牧野で積んだ成果の移転であった。所や草種の違いはあっても、イネ科草の持つ生育特性は万国共通だった。面白い話なので少々道草を食う。世界中のイネ科草はほったらかしにされると好き放題の草丈に伸びる。イネ科草には節がつきもの。竹の姿を想えばいい。イネ科草はこの節と節の間（節間）を好きなだけ伸ばして背丈を延ばそうと企む。どうかするとシグナルグラスでも三メートルを超える草丈になる。こうなると茎が硬く、葉の少ない可消化部分の少ない低栄養草に化けて、牛にも見放される。そうさせないためには、何度も刈るか、頻繁に家畜に食わせると、草の伸びは抑えられ、節間が詰まった節から消化性の高い青い葉がいっぱい茂ってくる。面白いことにイネ科草は状況に合わせて節間を延び縮みさせることができる。だが、どんなことがあろうと自然に与えられた節の数は変えようとしない。なので、丈高く伸びようが、地面に這う草丈に縮まろうが節の十三個は変わりない。意外に頑固者なのだ。牛に食いちぎられるほど、シグナルグラスも節間を縮め、その節ごとに柔らかく消化のいい若葉を茂らせようとする。生命力の妙である。

面白いことはさらにあった。地面をびっしり覆ったシグナルグラスの若芽を集めて分析すると、消化性の高い粗繊維がぐんと増えていることもわかる。これが放牧検定若牛の一日の増体を飛躍的に高める決め手になった。私がシグナルグラスの生える地面に座り込んで、草丈の長短や節の数を丹念に見ていると、プロジェクトの仲間たちは戸田さん、暑さの中で気が違ったかと笑われた。草丈が短くなり、総収量は減っても、シグナルグラスは栄養豊富な若草を増やして若牛の発育を向上させてくれた。

これによって、ネローレ若牛たちも腹いっぱい草が食べられ、プロジェクトが考えた放牧で、発育具合の良し悪しを見定める検定方法が有効であることが確かめられた。これはボリビアの肉牛改良計画にとって画期的な成果だったと私は信ずる。検定中のネローレ種の若牛群の放牧風景を添える。牛たちは背に瘤を背負った白一色の気品ある息子たちだった。

放牧による直接検定中の
ネローレの若牛群

小咄をもう一つ添えたい。私の二回目のボリビア派遣は一九九八年九月十五日から十二月十四日までの三ヶ月だった。私もＪＩＣＡもこの派遣になんの障害も意識していなかった。ところが十一月に入ると私の派遣期間に問題ありと通知がくる。ＪＩＣＡの規定では、専門家採用は満七十歳までの制限があるとのこと。一九二八年十二月一日生まれの私は十二月十四日では十日ばかり足がはみ出るのだった。そこで東京から十一月末で帰国させようかとの打診となったらしい。だが、どなたの裁量かは知らぬが私の規定超過に目をつぶることになった。めでたしであった。

そこで、このプロジェクトの牽引役であり私の身柄引受人の冨永氏が、規定オーバーの十二月一日に盛大な七十歳誕生パーティーを仕組んでくれた。呼ばれて入った冨永氏の部屋中には、色とりどりのリボンは下がっているし、肉牛改良プロジェクトの現地スタッフも総出でいるではないか。私もみんなと同じ赤いトンガリ帽子をかぶる。さらに驚かされた。宴たけなわになる頃、外の廊下にただならぬ気配がする。狭い扉から入ってきたのが流し音楽で知られる〝フォルクローレ〟の楽隊。数人は下らない。鍔広の帽子にギター、アコーディオンなどですばらしい音量の楽器と歌声が広い室内を満たした（写真）。吾々の宿はサンタクルス市の七、八階のホテル。あまりの盛大な音量に驚いたホテルの宿人たちが、あちこちで窓を開いて身を乗り出す。後で聞いたが流し音楽は、ビルの外の階下から階上に向かって演奏するもので、中に入れないものらしい。この時はメンバーの一員がホテルマンにいくらかを摑ませての饗応だったらしい。いずれにしても私の人生にかつてない〝フォルクローレ〟付きのバースデイパーティーをしていただいた。南半球のラテン国ならではの忘れ難い人生経験であった。

フォルクローレの楽隊

ボリビアの話を終える前に、私と同年生まれのチェ・ゲバラについて。後で知ったことだが、ゲバラはキューバの革命成功直後の一九五九年（昭和三十四年）七月に訪日しているという。広島にも立ち寄って平和記念公園に献花している。原爆投下から十四年後のことだ。ゲバラは原爆病院も訪れて、原爆症で苦しむ多くの人々にも接し、涙したという。革命の英雄の三十九歳の早すぎる死を悼む。

その二、ボリビアで遭遇した大日本帝国

好感度な話の後で気が咎めるが、ボリビア滞在中には闇の物語もあった。サンタクルスのある夕べ、日系ボリビア人の方も入ったプロジェクト関係者の夕食会があった。夕餉が進んだ時、話題が世界の動勢に飛び、何やら会食の雲行きが怪しくなった。雲行きの悪い話を出したのはこのプロジェクトの日本側リーダーのI氏。氏は近年の中国や韓国は怪しからんとしきりに口にする。

「あいつら（中・韓）は何かと日本を悪く言う。日本のお陰で欧米の侵略から救っても

らったことを忘れたか、わかっちゃおらん。怪しからん」

日系ボリビア人の方もそれに口裏を合わせる。太平洋戦争の時代、海外移住先で心細い思いをした方々が、故郷日本の肩を持った背景はわからぬではない。しかし、何故プロジェクトリーダーが海外で大日本帝国を息巻くのか。同席の冨永、戸田は口をつぐんでいたが嫌な空気が強まる。私は五十余年前の松尾鉱山で味わった、あの夜の忌まわしい雰囲気が浮かぶ。異を悟って立ち去るか、黙り込むか、異議を唱えるか。次第によっては戸田も日本侵略論の同調者になりかねない。松尾の夜の忌まわしい轍は踏みたくなかった。

「リーダー、その見解は間違っています。少なくとも私は、日本がアジアで侵略を働いた歴史を見て育ちました。日本は大東亜建設の為と偽って、アジアを侵略したことは間違いありませんよ」

「いやー、日本は東アジア共栄圏を造ってやろうとしたので、悪いことをした訳がない！」

私とリーダーの間の辻褄が合うわけがない。依って立つ歴史観の相違には超えられない

ものがあった。最後にリーダーから飛び出した言葉は、

「戸田さんは、非国民だ！」

その昔の戦中の日本なれば「非国民！」呼ばわりされた者は、有無を言わさず特高警察にしょっ引かれるほどの決めつけの言葉だった。戦後五十三年も経った海外で、同胞から「非国民」呼ばわりされた。しかもそれを口にした本人は、日本政府から派遣された国際協力事業団のプロジェクトの責任者である。ボリビアにおける日本国家代表者の一人といっても過言でない立場の者だ。現代ではＪＩＣＡの執行体制は変わったが、二十世紀末までは、途上国からの要請に応じた日本政府は、数人程度の団員を揃えて技術支援に当たってきた。単純な技術支援から、相手国の行政の仕組み直しまで扱うプロジェクトにＪＩＣＡ支援が衣替えしてからは、農業分野では農林省の現職公務員が行政人事の一環のように、海外勤務に就いていた。中には省内でやや持て余し気味な人材をそっと海外に振り向けるやにも聞いていた。Ｉリーダーもそれに当たる御仁であったかは知らない。空手有段者であることを自負していた彼は、右翼的な思想に染まっていたようだった。

前著で一九五〇年代にアメリカを震撼させたマッカーシズムに触れた。最近、姜尚中氏が『「愛国」のゆくえ』（二〇一三年　講談社）でマッカーシズムが起こった要因に触れたページに出会う。その要因は、故筑紫哲也氏も提唱する「多事争論」（自他の自由を尊重し合う）の精神が薄れたことに依るとし、「レッズ：赤」呼ばわりがアメリカに起こした甚大な混乱に重ねて、「非国民」呼ばわりを横行させた日本にある共通した非人道性を指摘している。「レッズと非国民」。なるほどこれらは排他性土壌に生まれた双生児と言える。

「非国民」の言語に直結する報道番組を見る。「かくて〝自由〟は死せり　ある新聞と戦争への道」（二〇一九年八月十二日　NHKスペシャル）である。報道によると、ある新聞とは「日本新聞」で、大正から昭和初期にかけて司法大臣や鉄道大臣を歴任した政治家「小川平吉」（明治二年～昭和十七年）が、大正十四年（一九二五年）に再創刊した日刊新聞である。発行後十年で廃刊されるが、創刊時には、後に総理大臣を務める近衛文麿や東条英機などの政治家や軍人、財界人の支持を得た。記事の執筆には国粋主義者や民族主義者があたり、一面トップには日章旗と昭和天皇皇后両陛下の写真を掲載。日本主義、天皇制に批判的な言を唱えるものを〝非国民〟〝国賊〟と糾弾する。その当時の国粋主義の強力なメディア日刊紙として国内の幅広い支援者、読者を獲得する。これが日本国民の右傾化の波を後押ししたことは否めないと番組は指摘する。ボリビアプロジェクトのIリーダーなどもその信奉者であったかもしれない。

Iリーダーと私の出会いは、ボリビア派遣二年目の一九九八年の時だった。「非国民」事件が私の派遣業務の実績評価に災いしたのは残念だった。二回の短期派遣でボリビアの肉牛検定方法の開発（牧草地放牧で若雄牛の選抜をする）に貢献できたと私は自負するものがあったが、Iリーダーはこれを認めず、私の帰国後に提出した私のリポート評価に、独断で手を加える暴挙を犯したと聞く。とんだところで旧大日本帝国の暴挙に出くわした。その昔、中学の担任から「お前は正直の上に馬鹿がつく」と揶揄された愚を南米でも犯したかもしれない。しかし、なじられても、バカは私の生来の素質。日本の侵略が正しいとする歴史観の主張に、私は同調しない。歴史学者で米私大教授であり『ホロコーストの真実』の著者として知られるデボラ・E・リップシュタット氏は、ユダヤ人虐殺はなかったとするホロコースト否定者たちと、壮絶な法廷闘争を繰り広げた。その氏の言葉に、「いま世界の多くのリーダーが真実を捻じ曲げる時代である、庶民一人一人が注意深くなくてはならない」と直言している。

ボリビアで遭遇した大日本帝国の亡霊に似た事が、戦後のブラジルの日本人社会にあったことを思いだす。「臣道聯盟《れんめい》」事件である。今ではほぼ忘れられた事件だが、ブラジル移住日本人社会では、一九四五年の祖国の敗戦を信じようとしない人が八割以上もあったという。それが各地に「勝ち組」団体を結成し、敗戦を信ずる少数の「正統派」を攻撃して多数の死傷者を出したという。サンタクルスの夕べの一件でこの話が蘇った。祖国では玉音放送で世情がピタリと鎮まったのに比べると信じがたい話である。「臣道聯盟」に加わった一世の多くは一旗組で、いずれは祖国に戻ることを念じていたらしい。それにしても明治憲法で培われた「天皇中心主義」の采配はたいそうな力を温存していたものだ。波濤を越えた南米まで「臣道」を根付かせていた。洗脳教育や恐ろしである。

その三、南米に残る旧宗主国スペインの面影

南アメリカ大陸は十二ヶ国を内蔵する。南米人のほぼ五〇%はブラジル人であるという。ブラジルの共通語だけはポルトガル語だが、その他十一ヶ国のほとんどはスペイン語が公用語。山高帽を頭に載せた先住民（インディヘナ）の血を引くオバサンたちも、先祖伝来の言語ならぬ、スペイン語をなめらかに話すのを聞くと不思議さとともに、スペインが南

米で冒したストーリーが一気に思い浮かぶ。スペインの南米大陸の植民地化は十五世紀から十七世紀。そのきっかけは周知のように、一四九二年に航海好きのクリストファー・コロンブスがアメリカ大陸を発見したことに始まる。以来スペイン人はカリブ海近辺の大陸に野望を持つようになる。

十五世紀末、大航海時代を迎えて覇を競い合っていたスペイン、ポルトガルの間に仲裁に入ったローマ教皇六世が〝新大陸〟征服の優先権をスペインに与えた。カトリック教会の総本山に君臨するローマ法皇庁の権威は絶大なものだったろう。当時のスペインはローマ法皇庁の申し子のように隷属していた。ローマ法皇庁の前身は聖使徒ペテロ（イエスの一番弟子。初代教皇とも言われる。バチカンのサン・ピエトロ大聖堂は使徒教会の首長として西暦三三年に創建されたと言われる）。このローマ法皇庁のお墨付きを手にしたスペインはキリスト教の教義を広め、外地との親交を深めるよりも、征服を第一とするようになり、その他の国、ポルトガルやイギリス、フランスとは著しく異なる暴虐政策をとって、インカ帝国などの黄金財宝を根こそぎ奪い取った歴史はよく知られる。ローマ法皇庁の力を笠に着るスペインであった。

私はボリビア短期派遣二年目に、サンタクルス市のロータリーの中央にデンと据えられた、セメント造りの巨大な彫像に出会う。座像であるが、幼児を抱きしめる女像の高さは優に三メートルはあった。説明碑文によると、像の碑銘は「La Madre India」（インディオの母）。制作年は一九七八年と新しい。作者はＤＡＶＩＤと読み取れた。惹きつけられたのはまず母親像の只ならぬ嶮しい相貌。そして母にしがみつく幼児の怯えた顔。私はそこでスケッチし、それに〃怯え〃と名づけた。この親子に怯えを与えているものは言わずと知れた、十五世紀から十七世紀に及んだスペイン人の中南米での征服略奪に違いない。数世紀前のことながら、ここボリビアのインディオが持つ血の記憶は消えていないと思った。

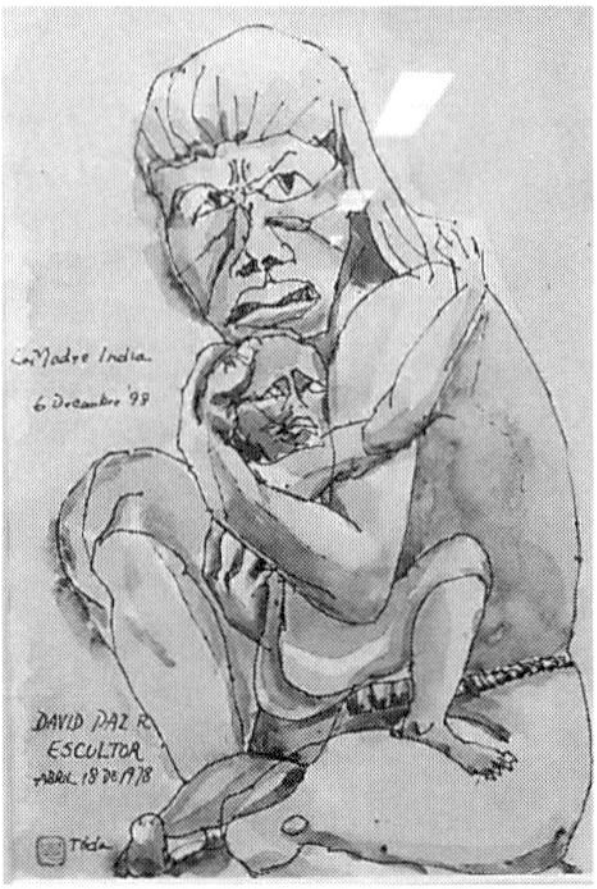

「怯え」戸田スケッチ

十五世紀～十七世紀のスペインはどうして世界制覇に走ることができたのか、私はこれを特にキリスト教団「イエズス会」との関連で見る。先ずは「イエズス会」とは何者だったか。これは全世界のカトリック教徒の精神的な指導者と仰がれるローマ教皇（法王）の認可を受けて、一五四〇年に創立された司祭修道会である。イエズス会員はついには「教皇の精鋭部隊」とも呼ばれるまで昇格した。言うなれば、神のお墨付きを得た教団にも喩えられる。その活動は教育、宣教、社会正義が主であったという。

ローマ・カトリックがその宗派をもって世界制覇をなし得た陰に「イエズス会」の存在がある。中世には自国を侵略していたイスラム勢力を排除したスペインは、殊にもローマ教皇との親和が深まる。ついには教皇六世の仲裁で、大航海時代の覇を競ったポルトガルを抑えて、スペインが「新大陸中南米」における征服の優先権を認められる。十六世紀中頃に初めて日本にキリスト教を広めた、聖フランシスコ・ザビエル（スペイン北部のバスク出身）のように、誠心宣教に勤めた使徒も確かにいたが、ローマ教皇のお墨付きを楯に、横暴を極めた修道会員が多かったのではなかろうか。その代表が中南米におけるスペイン勢力であったと思う。

かくして、スペインの中南米侵略が始まった。一五一八年にアステカ文明（メキシコ）を発見し、一五二一年にこれを征服。続いて中央アメリカ・ユカタン半島のマヤ文明（グアテマラ）を一五二五年に摘み取る。その後は、ベネズエラ、コロンビア、インカ帝国

（ペルー、ボリビア、エクアドルなど）を征服。この間に悪名を轟かせたのがフランシスコ・ピサロ（一四七〇〜一五四一）である。スペイン人の代表的な征服者（コンキタドール）の名をほしいままにしたが、最後は暗殺される。いずれにしても、中南米を征服した現地でのスペイン人は、強力な社会、経済力を背景に多くのインディオ女性を妾に持ち、多数のメスティーソ（白人男性との混血児）を作ることに精を出したとされる。マヤ、インカなどの黄金の収奪の歴史を混血政策で有耶無耶にして、スペイン本国には富を、混血政策で先住民の血を限りなく薄めて、反スペイン感情を薄めることに歴史的に成功したとみられている。

ボリビアの政情はこのところ安定していると聞く。現大統領は二〇〇五年十二月の選挙で当選した政治家ファン・エボ・モラレス・アイマ（一九五九〜）で、ボリビア史上初の先住民出身の大統領だ。二十世紀末に私が渡った時は間違いなく白人系大統領であった。スペインの侵略から数えて実に六世紀後の快挙である。侵略者の後裔が維持していた権威主義からの脱却と反米姿勢を明示する。親愛な国

ファン・エボ・モラレス・アイマ
（1959〜）

ボリビアを思って同慶の至りである。モラレス大統領は貧農社会の出身で、下院議員を経て〇六年から大統領に就任する。強硬な反米主義を掲げ、自由主義経済は擁護するが、グローバリゼーションには対決の姿勢を崩さないという。その後もモラレス氏は二期三期と大統領に再選され、二〇一九年の四選も確実視される勢いと聞く。これが実現すれば、二〇二五年までの通算十九年にもなる長期政権だ。先住民社会出身で国民から絶大な人気を得てきた大統領だが、強権的な支配姿勢や汚職が目立ち始め、人間性が変わったとの批判も広がっていると聞く。長期政権の弊害である。いただけない。

私のボリビアでの国際貢献はいかがであったか。二年続けての訪問のお陰で一定の技術的な貢献を残せたと思う。それはチームワークを組んだ現地スタッフとの絆が実を結んだ結果である。一九九八年の帰国以来二十年近いが、私は再訪の機会もなく、私たちが関わった肉牛改良計画の爾後の様子にも疎い。ボリビアの草原に蹲って良い放牧地をつくり、放牧だけで若いネローレ候補雄牛を選抜する育種方式が、ボリビアに根付いたのか心もとない。技術的な貢献の一ページを残したに過ぎなかったが、ボリビアの草原に見合った牛の選抜技術であったとの信念に変わりはない。

マ国、シリアに準じてボリビア・サンタクルスの湿潤気候にも触れる。シリア内陸にも一応雨季乾季の別はあった。ここボリビアでは、十月から三月までの半年の雨季の月の平均降水量は一二三ミリ。これは旱魃の激しいシリアのほぼ三倍にもなる。また乾季に当たる四月から九月のそれは五二ミリで、シリアの七倍強もあり、乾季の穏やかさは歴然だった。こんなことからボリビアにはマ国のような半乾燥サバンナ（疎林と草原）も、シリアの半砂漠ステップなどは全くないと言っていい。

ボリビアは太平洋岸域のアンデス山系高地を除けば、常緑の大木が育つ熱帯性の森林気候帯だった。自然溢れる国ではあるが、年中高温なため、地表に還元される植物体などは直ちに微生物に分解され、残念ながら表土の肥沃度は乏しい。このような気候帯のなか、ボリビアでは古き器に新しき酒が盛られることは無く、チェ・ゲバラの霊魂や〝インディオの母〟の像たちも胸を撫でおろしているのではと慶賀の至りである。

［速報］
二〇一九年十一月十一日。ボリビア大統領辞任表明の速報に接する。つい先日はモラレス大統領の四選も確実視としていたが、その裏に潜む強権的な政治姿勢や汚職を追及され

ているとの報も聞いていた。やはり強権的な長期政権の末路となる。これが血を見るようなクーデター騒ぎにはならず、大統領自らの辞任で平和的な政権移譲が図られることを期待する。

第三章　〝ネギをうえた人〟を偲ぶ

この章では個人的な話は離れて、人類社会はどうしてこれほど争いが絶えないか、争いを避けようと人は限りなく努力と失敗を重ねてきたが溝はまだ埋まらない、過ちを正す知恵が底を突いたかに思える難題に係わってみる。身内のことで気が引けるが、私には自分を含めて八人もの老いた兄弟姉妹が残っている。最年長は百一歳（二〇一九年現在）になる姉（三女）、最若年は八十六歳の妹（八女）で間に六人がひしめく。平均年齢は九十を超えるが、残念ながらその兄弟姉妹の間には「貶《けな》し合い」の不徳が長く残ってきた。目には見えないこの種の不徳は世に絶えないと思う。いずれにしても、この身内の不仲は人を学ぶ上での私の踏み絵になってきた。

宇宙に発生した最初の無欲な生物はどんな生存目的を課されたのか。また人類だけがなぜ他種とかけ離れた独善を手に入れたかも知りたい。そして知性を磨いて過ごし、英知の先達となった方々の面影をじっと偲びたい。この〝無欲〟〝独善〟〝英知〟の間には繋がる横糸があるのだろうか。できれば人を苛《いじ》めない、差別しない、殺めない生き方を人間集団の中に果たして創造できるものかどうかまで思いをめぐらせたいと思う。

一、宇宙と生命

生き物の素性を探るのには、その発生まで辿らないと謎は解けない。私は数学が全く駄目で、数式に出合うと頭を抱え込むたちだが、生き物の素性を考える謎解きに挑戦する覚悟はある。頭を抱え込んではおられない。人類は目覚ましい科学を発展させては無数の創作を遂げてきたが、現実の生命体は一種たりとも創り出せていない。できたのは無数の生命体をいじくり、都合の良い変種、亜種を合成させたのがせいぜい。いかに精巧なロボットでも流れる血液、体液や細胞を再生させる機能を持たない。宇宙は圧倒的な物理化学力で無数の天体を支配してきた。ところがその偉大な宇宙が、無機的な世界だけでは面白くないとでも思ったのか、手持ちの鉱物質に非金属である炭素も組み入れ、光や熱エネルギーの物理化学反応を擁してのことであろうか有機物を合成し、そこからミクロな生命体を生み出してしまった。加えてその生命体に細胞を複製する力まで持たせた。かくして彼らは自らを複製し、酸素と水分を使って新陳代謝を繰り返し、生命を永続させる進化の仕組みまで獲得する。

見てきたような物言いで恐縮だが、これ以外の生命の神秘は私に理解できない。ただし宇宙は広大な支配性を秘めながらも、創り出した命の個体には死を科した。老衰死である。生命の永遠は個体の跡継ぎに繋がせることにしたのだ。キリスト教が言う「死がなければ復活なし」であろうか。イエスも刑死して復活する。かくして一切の生物は死して子孫を残すことになる。これは素晴らしい仕組みである。鳥類は卵から、哺乳類は母胎から誕生するやいなや、ただちに立ちあがって次世代つくりに励む。それは他を押しのけ、踏みつけても生存せよとの啓示指令に見える。この指令は宇宙からのもので利己的に見えてもそれは無自覚、無欲な行為で罪（原罪）はない。ところが無自覚、無欲で生まれたはずの生物の中に、忽然として自己を自覚する理性を持つ人類が出現する。これも命の複製に精を出すうちに、いつの間にか〝強欲〟という機能を進化させてしまった。これが人類社会を豊かにする一方で、厄介にも諍《いさか》いを多発させるもとになる。

生命体発生に関与した天然素材は何であったろう。地球上で発見される元素には、水素（H）、炭素（C）、硫黄（S）、酸素（O）、窒素（N）、カリウム（K）などの他に、珍しいものも含めると元素の数は百十八種にもなると聞く。中にはウラン（U）、プルトニウム（Pu）のような危険物もある。すべての天体は宇宙の様々な星雲や塵とまじりあってできたと説明されているが、あらゆる元素は宇宙全域の共有物になっていると見てよかろう。何億光年かなたの星雲にある元素も、私らの足元に転がる石ころと同じとは、感動せずにおられない。元素そのものには生命力はないが、強大な宇宙の物理化学的なエネルギーが加わることで、原子の癒着融合が繰りかえされ、たとえば中性脂肪（CH_2-O-C-O-R_1）、ブドウ糖（$C_6H_{10}O_5$）、アミノ酸（RCH（NH_2）COOH）といった有機物がつくられた。さらに、それらの有機物が合成し合ううちに、自己複製の力を持った生命体が生まれたのだろう。私たちの体をつくる主な有機物の元素を見ると面白いことに、炭素、水素、酸素、窒素といった、よく見慣れた元素でほぼ占められている。

発生した生命体は与えられたエネルギーによって手足などの骨格、筋腱、神経組織を合成し、運動性、認知力、絵を描き、キャッチボールもこなせている。どれもこれも自分がそうなろうとしてできたのものでなく、歩行や飛び跳ねができるような生命設計図が基になってのこと。これら微細で偉大な設計図は生命体を生かすためだけでなく、命を有効に子孫に伝える目的に従って進化させてきたらしい。人の食料となる動植物も安全な元素の組み合わせからなっていて、ありがたいことに危険なヒ素（As）、水銀（Hg）、鉛（Pb）などは排除されている。いわんやウラン（U）、プルトニウム（Pu）も埒外である。生命体維持に危険な化学分子は、ありがたいことに啓示された食物設計図からは外されていた。

生物にとって大切な遺伝を司るDNA（デオキシリボ核酸）の二重螺旋構造の構成要素からは不埒な素材は除かれている。それは安全な五種類の炭糖とリン酸、アルカリ性の塩基などで構成された核酸でできており、アデニン（A）、チミン（T）、グアニン（G）、シトシン（C）の四種の塩基からなっているという。浅学に間違いないことを願うが、これら塩基の基になっている元素は耳慣れた炭素（C）、水素（H）、窒素（N）、酸素（O）、燐（P）である。ほっとする。このように、生物の元祖は宇宙から授かりを受けるにあたり、生命体を作るにあたって賢明な元素選択をしたと思う。天体を作り上げようとした宇宙の賢人には〝みなまた病〟〝イタイイタイ病〟〝放射線症〟のような不埒を持ち込む意図はなかったのだ。こうして人類を含む地上の動物は生命の伝達に欠かせない諸機能を発達させ、自己複製を全うしてきた。これは宇宙のプログラムにセットされた進化のお陰であったことに間違いないであろう。

奇跡の全能者と言われる胚性幹細胞（ES細胞）も考える。現代の生化学者は発生初期の胚から将来胎児になる幹細胞を取り出して、これが体内のあらゆる組織に分化する能力を秘めていることを見究めた。宇宙のプログラムを明かした画期的な業績である。このあらゆる可能性を秘めたＥＳ細胞は、宇宙が創作した初期の微細胞に類似するように思われる。ＥＳ細胞には体のあらゆる臓器になれる全能性があるが、宇宙初期の微細胞には地上のあらゆる動植物への分化が約束されていたのだと思える。胚性幹細胞が持った全能性は、限りなく生きよとの絶対指令を予感させる。「なるべくしてなる。無から有が生まれる生命原理」は宇宙誕生百数十億年の昔に厳として備わっていたのではなかろうか。この厳然たる宇宙の原理は現代人の前でも、微動だにしない絶対的なものを感じる。

「生を得し汝らは懸命に生きて地に満てよ」の掟に縛られる野生には、争いは許されているが、仲間が絶滅するまでの攻撃はしない。それは野生が持つ本能である。哺乳類の争いでは、相手が白い腹を晒して蹲るか、尻を見せる時、強者の攻撃衝動は終息する。異種同士でも譲り合い、助けあって細胞内での共生を認めあう微生物もいる。これらはインプットされた「種保全のための生命原理」ではなかろうか。

宇宙原理の偉大さに打たれる。あの恐竜絶滅後にも「汝死すとも命は絶やすべからず」の原理は生きていて、恐竜に代わる生命体を復活させ人類誕生にも繋がった。

「なぜ生き物は争う？　自己保全の必然？」

「そうかもしれない。そこには憎しみは微塵もない。生命を繋ぐ必然性からの無垢な争いに過ぎない」

しかしこれは人類以外の生物の「無垢な天性」に独占的に許された可能性が高い。残念だが人は暫く後に開発された〝知恵〟と引き換えに、この「無垢な天性」を失ったように思われる。この〝知恵〟も生きるための宇宙のプログラムだったに違いないが、〝強欲と満足〟に溺れる精神文化を生んでしまった。これは大いなる誤算である。どうすれば動物が失わない「無垢な天性」を人類が取り戻せるのか。この章で、私に与えられたすばらしい人脈を辿り、以上の命題の解消の手がかりを得たいと思う。

二、〝目に見えぬもの〟を大切にした巨人たち

人は見えるものの華やかさ、快適さ、使える便利さに惹かれる。それに馴染む者はそれらが損なわれることを怖れる。私欲である。多様で氾濫する文明に目が眩み、欲得が増幅される。目が曇り大切な物が見えなくなる。こんな時、目に見えず目測できないものに気づくことは大切だ。勤め終えて老境に近づく者には、この目覚めが訪れやすいような気がする。凡人には長生きが必要なゆえんかもしれない。

こんな思いが浮かんだ時、ある冊子に「大人の肖像　ドナルド・キーン」のタイトルが目に入る。その中でキーンさんは「ジーンズを穿き、ハンバーガーを食べていた若者も、ある年齢になると日本食がおいしいと思うようになり、コンピューターグラフィックが好きだった人が、落ち着いた墨絵を壁に飾るようにもなる。これは世界中どこでも起こることだが、年齢と深い関係があるようだ」と述べている。認識のすり替え、心眼の活かし方と言うべきか、文化勲章を受けたドナルド・キーン氏の言葉はすんなり入ってくる。

フランスの作家サン＝テグジュペリは「ものは心で見る。肝心なことは目には見えない。人間はこの真理を忘れている」と〝星の王子さま〟の中で狐に言わせている。また、「人が人を飼い慣らす。それは絆を作るってことさ」とも。それらから「大切なものは見えないが、それは人のふれあいで生まれるものだ」とも。彼はやさしい語り口で人のあり様の大切さを言い残してくれた。争いはとかく無縁、疎遠になった間柄に起こり勝ちだ。スポーツに限らず、人間の能力維持には日常の訓練が必要だ。怠れば筋力も知力も、大切さを知る感性も弱まる。人間相互の切磋琢磨で絆が保たれ、責任が培われ、争いの衝動は弱まるように見える。この訓練開始は早いに越したことはない。

前に浅沼場長さん、混牧林研究者の井上さん、そしてアメリカ国有林のホートンさんは私の貴重な恩師だったと述べた。幸運にも私はこの方々に続く人生の恩師にも恵まれた。ここからはこの方々に受けた薫陶を物語りたい。

その一、ティンメルマンさんありがとう

（一）オランダ外交官ティンメルマンさんとの出会い

国境の隔たりを感じさせない外国の方を思う時、真っ先に浮かぶのがオランダ人のティンメルマンさんである。初対面は昭和六十年（一九八五年）だった。私がマ国から戻って勤めた県立農業大学校に、氏が特任講師として見えた時のこと。氏は在日オランダ大使館農務部の参事官だった。県立農業大学校で当時、校長をしていた吉岡裕氏の招きに応じて、氏は「農業を巡るオランダと日本」の講話においでくださったのだった。ティンメルマン氏と私の邂逅は、忘れてならない吉岡裕氏の介在があってのことだった。私は新幹線の北上駅のホームで氏を待った。聳えるような大男が右手を振りかざしてプラットホームに現れる。満面の笑顔で初めて会う私に近寄ってくる氏を見て、気取りのない国際人だと思った。

その日の農学生への講話は、幕末時代のオランダと日本の間にあった、緊密な間柄を伝えるものだった。オランダは第二次大戦の戦勝国の一員だったが、戦後の日本統治に関わりは少なかった。「江戸幕府は鎖国を敷いていたが、オランダだけには門戸を閉ざさな

かったことを知っていますか？　貿易ばかりでなく近代的なオランダ医学も、長崎から日本国中に広がりました。明治維新を迎えてから、イギリス、フランスが重宝されるようになったのは残念だったが、それでも、オランダは日本の皆さんに牛乳に馴染んでいただくようにと、酪農を紹介し、一番先に日本に乳牛を送り出したのがオランダなのです。皆さん牛乳をいっぱい飲んでください！」

講演が終わったティンメルマンさんから、帰りの電車に乗る前に、どうしてもこの辺の酪農家を見せてほしいと頼まれる。さすが交流を大切にするオランダの農務参事官である。農業大学校の畜産学部の責任者である私は、この申し出に即応した。大学の近くにあって、本校生の校外研修で世話になっている、酪農家の渡辺家にお連れすることにする。渡辺農場は年季の入った中堅的な酪農家だった。渡辺家の了解を得て早速、私の自家用車で渡辺家に向かう。夕刻の搾乳に重なる時間が気がかりだった。案の定、当主の渡辺昿氏は牛舎で忙しく、通された居間に顔を出したのが先代の渡辺幸作翁だった。風呂上がりだったのか、褞袍《どてら》の前を合わせながら日焼けした笑顔でティンメルマンさんを迎えてくださる。それは珍客を心からお迎えする笑顔だった。これには、ティンメルマンさんも大喜び。居間のソファに向かい合ったお二人の間ではすぐに話が弾んだ。二人とも牛舎を見回るよりも、略農への思いと人生を語りあう喜びに浸った。

明治三十七年（一九〇四年）生まれの幸作翁はこの時、満八十一歳だった。酪農経営の実務は長男の昿氏に譲り、自身は昭和四十五年に金ケ崎町農協が創設した、酪農家の子牛を預かる保育センターの獣医師兼現職の場長を勤めていた。そこまでの片道四㎞を徒歩で往復通勤する毎日。ちょうど職場から戻っていたのだった。幸作翁の人生は当時の日本人の誰にも負けないほど、大東亜の戦史に揉まれる波乱を体験していた。東京生まれの幸作翁はなんと、進んで麻布の獣医畜産学校に学び、生まれ故郷を抜け出して北海道に入植する。その後は北満州にも渡る。そして戦後は金ケ崎の吉田沢に落ち着くまでの目まぐるしい酪農遍歴をティンメルマンさんに語る。この渡辺翁の波乱の酪農体験は、あらためて話題にしたい。ティンメルマンさんは幸作翁の日本海を跨ぐ壮大な話に聞き入る。その日はとにかく氏は北上発の遅い新幹線で東京に戻った。

この時以来、ティンメルマン氏と私の付き合いは深まる。氏は私より年配だったし、氏の大使館参事官の立場は見上げるようなものだったが、なぜか気の合う年の離れた兄弟のような親密さがうまれた。多分、見えない信頼の結び付きが生まれたかもしれない。オランダ大使館の氏からは、時折、東北地方の農業事情の問い合わせがあったし、私に上京の機会がある時は氏との昼食談議を楽しんだ。間もなく氏にインドネシア大使館への転勤があったが、用務で日本に来られる時は事前に連絡いただき、私も上京して帝国ホテルで面談した。

その後、農業大学校を退職して社団法人岩手県畜産会のコンサルタントになった私は、インドネシアにいる氏に、オランダの酪農を私的に研修する便を図って下さるようお願いした。氏は快諾して自国の農業環境省に懸けあって、二回の長期日程の大学、農業研究機関への視察などを組んでくださった。オランダ往復の航空料金は私費だったが、国内の旅程や宿泊にかかる費用を免除する大変な処遇を図ってもらったのには驚いた。私はこの研修旅行を通じて、乳牛を正しく健全に管理する近代的な酪農の真髄に触れることができた。そのお陰で、岩手県内にとどまらず、全国中央畜産会の機関誌を通じて、乳牛管理に優れた近代的なオランダの酪農のノウハウを紹介することもできた。ティンメルマン氏に感謝を捧げずにおれない。

また、ティンメルマンさんからは、酪農指導に当たっているオランダの有力な機関

「Veepro HOLLAND」を紹介していただき、ここが発行する季刊誌Veepro magazineを数年間に亘って送付いただいた。この「Veepro HOLLAND」はオランダ農業環境省、酪農家協会、乳牛改良組織、そして国立家畜衛生機関などが一体になって酪農家を支援する官民一体の機関だった。ここの英文のVeepro magazineは、オランダ以外の国にも寄贈されていた。私も第一回配本から二十回まで継続寄贈される。この中に毎回Dairy management（乳牛管理）と題して、誠に正しい乳牛の管理心得を解説する貴重なコラムがあった。〃正しい乳牛管理〃とはそのものずばり、乳牛を〃乳を出すだけの機械として扱わず、健康で長生きさせる大切な仲間〃として扱うことをモットーにしていた。子牛の分娩、衛生的な哺乳、子育て、草食獣の大切な反芻胃への深い配慮、足腰の鍛え方、肢蹄の衛生管理等々。カラー写真入りで獣医師の先生方の懇切丁寧な寄稿文で満たされていた。

昔に比べると近年の日本の乳牛飼いは、〃大切な経済家族視〃から〃乳をつくる機械動物視〃になり下がった感がある。私の県職初年の頃は手搾り搾乳時代で、乳牛の黒毛に白髪が交じってくるまで長生きさせていた。私は牛にも白髪が生えることに感心したものだった。今やそのような白髪交じりの牛を見ることは皆無となる。大切さを喪失したように思える。草食動物の複雑な反芻胃の仕組みを無視して、良質の粗飼料を作らず、誤った反芻胃管理をし、野放図な蹄伸ばしなどで牛の寿命を縮め、更新費用を高めて経営を悪化させている。そのような事態に警鐘をならすDairy managementに感激した私は、二十回までの記事を翻訳して「オランダ酪農ハンドブック：ＣＧＳアドバイス：２０１１」として県内の酪農家に配布した。

私のオランダ酪農研修では、ティンメルマン氏に大変な力添えをいただいた。これと思うことには躊躇なく手助けする懐の大きさを持っている御仁であった。また、私たちの間に信頼が実っていたことも大きかったと思う。前に触れたが私は、岩手県畜産試験場時代の「落葉広葉樹林帯の山地の草地開発」研究を纏めて学位論文を提出して、東北大学から農学博士の学位を受領した。この論文は県の研究機関で長年続けた仕事をまとめたもので、世に言う「博士論文」で、陽の目を見るまでには肉牛生産公社、マダガスカルの勤務などがあり、かなりの年数を経た。取得は県退職時と重なる五十八歳（一九八六年）。私がこの「博士論文」の一件をティンメルマンさんに知らせると、農学の徒である氏は、どんなオリジナルなテーマをいかなる構想で取り組んだのかを鋭く訊ねてこられた。彼は学位とは徒や疎かにもらえるものでないとの信念を持っていた。私はアメリカ国有林支局を訪ねて摑んだ生態学的な情報と自分の研究体験を重ねて、牛群のためになる牧野改良の仮説を立て、これをほぼ十年かけて実証研究した経緯を汗して氏に説明した。氏はそれをしっかり聞き、納得し、戸田を信頼し、こよなく馴染んでくださるようになった。二人の〝親交〟が結実した瞬間であった。

（二）親交を実りあるものに育てるティンメルマンさん

ティンメルマン氏がその後、インドネシア大使館に転勤したことは述べたが、私たちの縁は切れなかった。氏が日本に出張する時は事前に連絡してきて、氏の定宿だった帝国ホテルで落ち合って昼食をご一緒し情報交換を楽しんだ。そしてインドネシア大使館での数年後、氏に母国の農務省への帰還命令が出された。氏はもともとが農務省から海外大使館勤務となり、農業エンジニアとして海外公館に駐在して長かった。農務省からの通達は氏の意に沿うものではなかったようだ。根っからの野外好きで、首都アムステルダムの鉄筋コンクリートのオフィスは敬遠したいと漏らしていた。コンクリートの中央庁舎嫌いだった私とは、馬が合っていたかもしれない。

しかし、もう年貢の納め時と腹を決めた氏は、帰国の途次羽を休めに、長年馴染んだ日本へ立ち寄ることにした。そして終には家族全員を引き連れて盛岡まで足を延ばした。屈強に育った三人の息子さんを交えたご夫妻は、新幹線で盛岡に着くや、先ずは我が家で一休み。中華飯店の昼食も堪能する。松園の県立博物館では昔の駕籠を担ぎ、東京滞在が長かった息子たち三人は、流暢な日本語を駆使して居合わせたおばさんたちを喜ばせる。翌日は明治時代に乳牛の輸入を通じて、オランダとの縁が深かった小岩井農場にお連れする。

一九九〇年六月：小岩井農場の旧資料館前でカメラを構えるティンメルマン氏とご家族。左端は戸田優子

氏が訪ねた時の小岩井農場は、明治二十四年（一八九一年）からの創業百年に当たり、年史の編纂にかかっていた。編集責任は農場の乳牛部に在籍したことのある一條幹夫氏だった。彼の事務室にティンメルマンさんをお連れすると花咲くように話が弾む。一條氏が出してきた一世紀ほど前に小岩井がオランダから輸入したホルスタインの登録証明書の綴りを開くと、〝クノール〟〝ヘンドリック〟（雄牛）〝ロムキエ〟〝チチユエ〟〝アフカ〟（雌牛）などの牛名が飛び出してくる。ティンメルマンさんはもう自分の先祖を見つけたように大はしゃぎ、大喜び。酪農が大のお気に入りで、情熱的で祖国愛に満ちたティンメルマンさんである。

ここから一條氏を含む我々三人で話が弾み、「よし、帰国したら九十九年前、小岩井に牛を譲った記録が明らかなクーペラス農場を探し出し、写真を撮って小岩井農場百年史に花を添えるネタを作ろう」となった。その後、帰国したティンメルマンさんから、一世紀も前のオランダの有力な乳牛ブリーダー、クーペラス氏と小岩井農場との接点を掘り起こした夢のような情報が届いた。

ティンメルマン氏から情報が届いたのは、約束から九ヶ月後の一九九一年四月だった。氏は小岩井農場に乳牛を販売してくれた、オランダの有数な酪農家「クーペラス農場」発見に添えて、同農場を紹介する古文書とも言える小冊子のコピーに、こまごました情報と数枚の現場写真も添えて郵送してくださった。

ティンメルマン氏は一九九一年三月にオランダ北部のレーワルデン市近郊に実在するクーペラス（Kuperus）農場をついに探しだしたのだった。クーペラス氏は一八七九年（明治十二年）のオランダ・ホルスタイン協会設立の創始者の一人だったとわかる。この農場はたくさんの乳牛を日本に分譲してきたことを小冊子は伝えている。一九二五年まではクーペラス家が所有していたが、以後人手に渡り、今はWoudstanという若者が七十頭の乳牛を飼う農場になっていることも突き止めた。さらに続けて、クーペラス家の子孫の動静まで調べられたのは驚き。初代クーペラス氏のお孫さんに当たる姉妹、F. Meertems Kuperus と A. Meijmers Kuperus を見つけ出し、農場までお連れした。二人は日本人バイヤーが家に来た時の様子を記憶していて、当時の写真も見せてくれた。

クーペラス農場を紹介する冊子は、農場の健全経営や、生産した登録牛の海外輸出の経緯を伝えていた。その第一ページに載る初代クーペラス氏の写真には、かなりの重量感と威厳がしのばれる。冊子をめくると種雄牛の輸出先として南アフリカ、メキシコ、オーストラリア、ロシアに並んで日本も購買した雄牛アレキサンダー（ALEXANDER）の写真とともに紹介されている。そして、一九〇一年に初の牛購買官としてクーペラス農場を訪れた二人の日本紳士の写真が目に留まる。その二人とは藤波言忠子爵（宮内省主馬頭、同省下総御料牧場の所轄長官）と新山荘輔（下総御料牧場長、後に小岩井農場長に就任）の拡大写真である。この他の

Mr. K. N. KUPERUS

国の購買官の写真は載っていない中で、この二人は別格扱い。この二人の日本人は、明治期に海外の農畜産業を日本に植え付けるのに格別な貢献をしたことで知られるし、小岩井農場の創設にも深く関わっている方々である。この二人については後段で再度触れる。なお余談だが、宮内省主馬頭の藤波言忠は戸籍上で戸田務の叔父にあたる。

以後もクーペラス農場から日本への乳牛分譲は続き、国営の試験場などを通じて日本全国にその血液が行き渡った。クーペラス農場にとって日本は大事な顧客であった。この冊子の他にも、ティンメルマン氏は細やかな配慮の上、複数の写真を送って下さる。創業当時のクーペラス農場の全景と現在も残る母屋の現状写真。さらに、一七五六年（江戸時代の宝暦六年）創立時の鉄枠つくりの刻印が残る煉瓦積み牛舎の写真までが添えられている。目を凝らすと赤レンガの壁に「一七五六」の数字が見える。建物は齢二百六十年余になる。このことから

左：藤波言忠子爵　右：新山荘輔下総牧場長

一八〇〇年代に起業したクーペラスさんは、築百年前後の中古牛舎を手に入れて創業したことがわかる。年代物を大事に使うお国柄に恐れ入る。

また初代経営者の孫に当たる二人の老婦人を、この牛舎の前で撮影して届けてくださる（写真中央の白いブラウスが二人のミセス。右端の若者が後を引き継いだ現在の若い経営者）。このご婦人たちはティンメルマンさんの懇請で旧家に出かけてきて写真に納まってくださったのだ。古きオランダと、小岩井農場を結ぶ古事を掘り起こす約束を果たしてくださったティンメルマンさんの誠意に、心からの

牛舎の煉瓦塀に残る1756年の創立時の刻印

初代経営者のお孫さんに当たる二人の老婦人を
牛舎の前で撮影

ありがとうを申し上げずにおられない。小岩井農場は海の彼方の方々の、たくさんの誠意にも支えられていることを実感できた物語であった。

ティンメルマン氏のお陰で、日本とオランダの間の〝牛買い事始め〟が陽の目を見た。メデタシであった。残念だったが、ティンメルマン氏と私、一條氏の三人が意図したこの〝小岩井酪農史の一片〟を、小岩井農場百年史に盛り込ませたいという願いは叶わなかった。このような人間味のある挿話は、百年史編集の主旨にそぐわなかったのかもしれない。そこで代わって私が本書に事の子細を紹介した次第である。

先に触れた子爵：藤波言忠の物語を一つ。藤波言忠の手になる揮毫（写真）が身近にあったのを私は見逃していた。それは右書き書体で「超然出野：銘言忠子爵」とある。「広い牧野に遊ぶと、超然たる気概を覚える」とでもなろうか。子爵：藤波言忠とは、先に触れたオランダの乳牛買いにも先鞭をつけた、宮内省勤めの

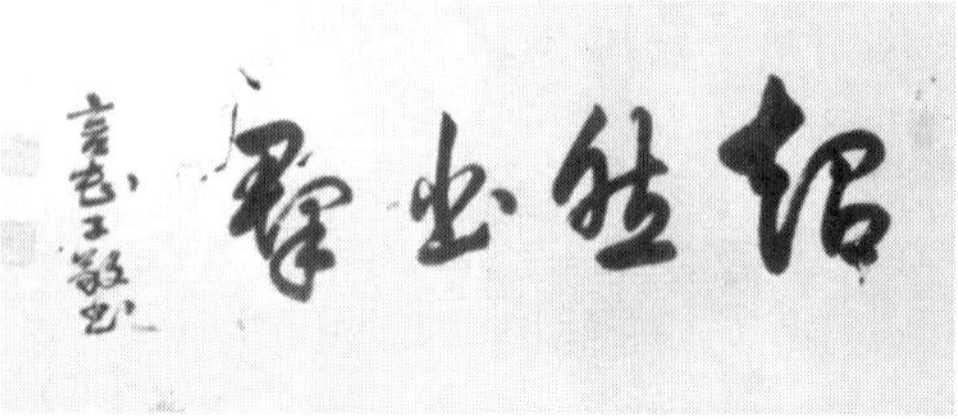

藤波言忠の手になる揮毫

主馬頭だった。十歳の年代で広橋家から華族に列する藤波家の養子に入ったという。『小岩井農場百年史』（平成十年 凸版印刷）やドナルド・キーン氏の『明治天皇』（平成十九年 新潮文庫）によると、藤波言忠は年齢が近かった明治天皇の侍従を勤めて厚い信頼を受け、上様にご意見もできる身であったとか。また氏は小岩井農場の開設やその維持にも係わったことでも知られる。

言忠の揮毫が掛けられていた建物は、昭和二十五年当時に私が夏季勤務した、岩手郡外山にあった種畜場の事務所だった。この種畜場は明治九年に岩手郡藪川・浅岸の両村に跨る地域に岩手県が開設した県営外山牧場であり、揮毫はその明治様式の事務所の和室の床の間に掛かっていた。ややこしい話だが、明治の早い時期に設けられた県営外山牧場（初代一條牧夫場長）は、間もなく維持が難しくなり、明治二十四年に同じ外山に造営されていた宮内省の外山御料牧場に買い上げてもら

言忠の揮毫が掛けられていた
岩手郡外山にあった種畜場の事務所

う。従って大正十一年撮影時のこの事務所は、御料牧場時代のものであった。明治期にこんな山奥まで宮内省の主馬頭が足を延ばしたのには、命を受けた藤波言忠自身が、県の外山牧場の買い上げに当たったからであったに違いない。以上は『外山開牧百年史』(昭和五十一年外山開牧百年祭実行委員会　道又敬司実行委員)からの孫引きである。

その後にまた歴史が巡り、今度は宮内省外山御料牧場の役割が終わり、これが岩手県に移管され、膨大な地籍の種畜場が誕生する。昭和二十年代に私たち若い見習いの身が毎夏、この古い建物に寝泊まりして、農家から預託された牛馬の放牧の世話役に当たった。私などはかような故事は全く無知だった。その夏山勤務のある日、たまたま見えた古老の畜産人、藤川柳之助翁が日本間に掛かるこの揮毫を見るなり、「これはたいそうなもの」と由来を開陳される。

藤川翁はその昔、明治三十七年に県立農学校獣医科(明治十二年に岩手郡藪川村の県立外山牧場内に開校された獣医学舎で現県立盛岡農業高校)を卒業した後、小岩井農場の育牛部に就職した。二年後の、明治三十九年に東大駒場を卒業して小岩井に入った、私の親父と親友の間柄となり、十八年間小岩井に勤務した。その藤川翁から「これはあなたの父上の縁戚に当たる藤波子爵の揮毫ですよ」と言われたものの、我が戸籍に暗かった私には委細が呑み込めなかった。確かに親父が藤波の叔父と慕っていた人物は記憶するが、それと揮毫の子爵が同一人物とはぴんとこなかった。とにかく明治新政府が蝦夷地の岩手などに、いち早く御料牧場を拓いた経緯はわかる。オランダの話から大分逸れたが、藤波言忠の逸話がティンメルマンさんのオランダ事情にも繋がりがあったので、余談を長々と追記してしまった。

その二、酪農に命をかけた幸作翁

幸作翁とは渡辺幸作氏（明治三十七年~平成十一年）のこと。翁は酪農界の孤高の人だった。毅然として動ぜず、しっかり主張を貫いた。翁が目指した牛飼いの農学が今、三代目の孫娘さんに繋がって、岩手県金ケ崎町の吉田沢で愛されるチーズ工房 Cow bell に結実している。

（一）幸作翁と私の出逢い

出会いは全くの偶然だった。前項の「ティンメルマンさんありがとう」のオランダ大使館のティンメルマン氏の訪問がきっかけだった。氏は私の勤める農業大学校の特別講師として、昭和六十年にお見えになったのだった。全学年向けの講演を終えた氏が大使館に戻る前にこの近辺の酪農家を案内してほしいと望んだので急遽、訪問先として選んだのが渡辺農場だった。ここまでは先にも触れたとおり、幸作翁との面接は私も農務官も全く初めてだった。ところがどうだろう、幸作翁は農務官と顔を合わせるやいなや旧知の間柄のように打ち解ける。この底なしの寛容さは何だろう。明治末年の東京生まれで、畜産の大学を出ると、北海道、北満と酪農行脚をした挙句、戦さ破れて岩手の開拓地に落ち着いた、幸作翁の波乱の獣医渡世をお聞きしたティンメルマン氏は大喜び。世界観のある人の出会いとはこれかと頷けた。世事を超越し、確かな人生の横軸を生きてきた二人らしかった。

ずっと年を経てのことだが、渡辺家三代目のCow bell経営者から二冊の印刷物をいただく。一冊は『生々流転～生涯現役の牛飼いの手紙～』（渡辺幸作　一九九二年）で三女玲子氏の手記である。二冊目は『酪農曼荼羅《まんだら》』（小関和一著　一九九三年）である。この二冊には幸作翁の起伏に満ちた流転の足取りが詳しい。小関和一氏は、あのアメリカのアンガス牧場の旅で、苦労を共にした金ケ崎町の有力者である。この『生々流転』と『酪農曼荼羅』を脇において幸作翁の酪農に生きた人となりを偲ぶ。

翁は明治三十七年の東京生まれ。『生々流転』の冒頭で「私が若い頃は書類に、生年月日と平民・平次郎（父の名）の五男渡辺幸作と署名したものだ。明治の初期に戸籍法ができて役場などから（氏）をつけてもらう。渡辺の姓もその時できたらしい」と述懐している。若かりし翁は家族の理解を得て、東京麻布の獣医学校に進む。都会育ちの若者が獣医学校を選ぶとは信じがたい。幼いうちに動物との接点があったものか、明らかではない。獣医学校卒業後に渡道する。勤めた練乳会社が経営する農場で人身事故があって帰京する。それを機に千葉市にある国立の畜産試験場に入所する。ここで乳製品の製造を身に付けるがやはり北海道が忘れがたく再渡道する。そしてついには願望だった自営の酪農牧場を胆振支庁管内の早来町に拓く。それは昭和十一年のこと。翁は三十二歳だった。

時勢は動いていた。昭和六年に満州事変、同八年に国際連盟の脱退、同九年には崩壊した清国の皇帝溥儀を据えた傀儡国家満州国が誕生。キナ臭さが広がる東亜の世相だった。昭和二けたに入ると国内外の戦時色が強まる。『酪農曼荼羅』によると北海道早来町の渡辺農場は耕地も順調に沃野になり、乳牛を三十頭に増やせる見込みが立つまでになった。ところが乳牛の飼料つくりよりも、飛行機の機体を貼り合わせるために必要な軍需物資の亜麻を栽培しろと、軍当局から無理難題を押しつけられる。これに激しく反抗する渡辺翁は、憲兵隊や警察に呼ばれて顔が腫れるほど殴られ〝非国民〟扱いを受けたという。〝非国民〟である。

金ケ崎町のCow bellの裏庭に、幸作翁没後に嫡男昿氏が建立した〝生々流転〟の碑（写真）が残る。これには「昔時、軍令に不従　孤となるも　独ならず　友は我を囲み　権力はこれをさけて通る」とある。軍政当局の無理難題に抗し〝非国民〟扱いを受けた顚末も記されている。この時、早来村の近隣の農家が翁を庇い、戦時権力を押し除けたる健全な民力があったことに、敬意を表せずにはおられない。〝生々流転〟碑は長男の昿氏が父を悼んで平成八年に建てたもの。

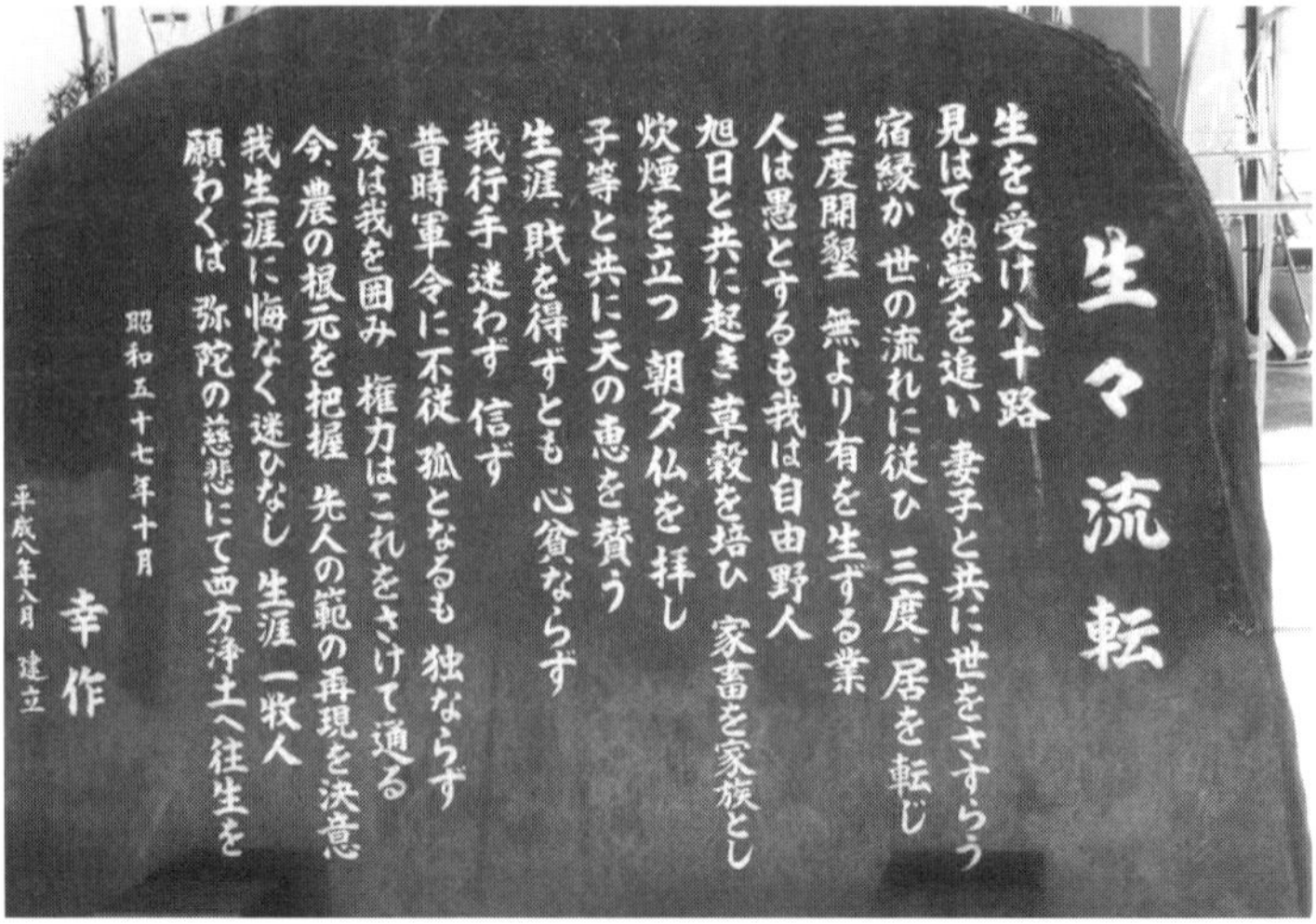
生々流転
生を受け八十路
見はてぬ夢を追い　妻子と共に世をさすらう
宿縁か　世の流れに従ひ　三度、居を転じ
三度開墾　無より有を生ずる業
人は愚とするも我は自由野人
旭日と共に起き　草穀を培ひ　家畜を家族とし
炊煙を立つ　朝夕仏を拝し
子等と共に天の恵を賛う
生涯、財を得ずとも　心貧ならず
我行手　迷わず　信ず
昔時軍令に不従　孤となるも　独ならず
友は我を囲み　権力はこれをさけて通る
今、農の根元を把握　先人の範の再現を決意
我生涯に悔なく迷ひなし　生涯一牧人
願わくば　弥陀の慈悲にて西方浄土へ往生を
昭和五十七年十月
幸作
平成八年八月　建立
幸作翁没後に嫡男昿氏が建立した“生々流転”の碑

碑文は翁が昭和五十七年に書き残していたものという。「生を受け八十路」に始まり、「三度居を転じ、三度開墾」と続き、「生涯一牧人　願わくば　弥陀の慈悲にて西方浄土へ往生を」で結ぶ。「三度居を転じ、三度開墾」は「大都会から北海道へ、次に北満へ、そして戦い敗れて北満から金ケ崎の吉田沢へ」の流転劇を指す。賢治の「雨ニモ、風ニモ、雪ニモ夏ノ暑サニモマケヌ」に重なる。ティンメルマン氏が会った途端に翁に打ち解けられた由縁がわかる。翁の型破りながらも権力に屈せず、いくつもの農業遍歴を経ながらも、横糸一本でこれを貫き通すような生き方はお見事であった。その足跡をたどる。

(二)　幸作翁の満州との出逢いと訣別

以後のおおよそは『酪農曼荼羅』（小関和一著　一九九三年）による。満州国建国を契機に日本国民の大々的な、入植が始まった北満の気候は厳しく、穀類が採れず移住民は難渋した。こんな寒地で成功する農業は酪農をおいてないとわかってくる。かくして政府部内に実験農場創設案が持ち上がる。この企画に当たっていたのは満州建国大学に招聘されていた松野伝博士。結果「移住農民に酪農指導のできる模範酪農家よ、満州への」募集が始まる。この募集を知った北海道早来村では、非国民扱いされている渡辺氏に応募を勧めたという。渡辺翁も決断し、満州移住十八戸の一員として家族もろとも渡満する。この時、翁は仲間と共に、百五十頭の牛馬を船底にすし詰めにして日本海を渡る。昭和十六年の春三月であった。

それからたった四年後に敗戦がきて、日本国の破綻と満州国瓦解が起こる。満州現地では敗戦の玉音放送は聞けなかったが、日本が降伏したことだけはわかった。今後について話し合っているところに、やってきたソ連兵に大切な建物は占拠され、家畜と食糧は没収される。それに比べると、ほぼ同時に進駐してきた八路軍（中共軍）は隊規が厳しく、規律正しく、狼藉もなかった。八路軍司令部の命令で、実験農場の十八戸のうち、十四戸は日本へ退去させられたが、翁を含む四戸は残って実験農場の管理継続をするように要望される。しかし、翌昭和二十一年九月には残留組四戸にも帰国許可が出る。翁の家族も引き揚げて良しとなったが、乳牛の飼養技術を八路軍に完全に習得させるまで、幸作翁だけは残ることが条件だった。

ここからのいきさつが凄い。『酪農曼荼羅』は物語る。昭和二十一年九月の帰国命令が出た時、翁の長男の昿は十六歳。牛管理に自信のある昿が親父に代わって自分が残ると決意し、自ら八路軍と折衝する。そして若年ながら父の身代わり残留を認めさせる。父親一人を残して母と小さな弟、妹たちだけを帰国をさせるわけにはいかないと昿は決断したのだった。十六歳で大役を担って一人北満に残った昿のその後は厳しかった違いない。とにもかくにも六年後の昭和二十八年に、中共軍から「お前の努力は実った」のお墨付きが出て、残留命令が解かれ、同五月に無時帰国する。

岩手県庁から昿の帰国通知があって、舞鶴から上野駅に着く列車を迎えに行った時の様子を幸作翁は、『生々流転』に生々しく述べている。

「岩手県知事の千田さんや県職員が並ぶホームに〝岩手県引揚者列車〟の大きな垂れ幕を下げた列車が着く」

「列車から引揚者が降りてくるが、どれが昿なのか分からない。降りてくる人は自分たちの時と違って、皆背広にトランクを持っている」幸作翁には北満の北駅で別れた時の、十六歳の昿の様子しか頭にない。「県の係が名簿を読み上げて人員確認を始めた。〝渡辺昿さん〟の声がした時、隣にいた若者が〝ハイ〟と返事して初めて昿とわかりました」

（三）幸作翁から引き継がれた牛飼い哲学

そして、今ではその昿が金ケ崎吉田沢の渡辺農場の当主である。幸作翁とティンメルマン氏が共に亡くなってからも、両人が培った縁は続き、翁の後を継いだ昿氏にも酪農哲学が引き継がれている。研修のために渡辺農場に来た県立農大の学生に、昿氏は〝農は一人一人の人生を鍛える場である〟との思いを伝えることから始める。これは実習学生を引率していった私の耳に残る言葉だ。渡辺家にとっての酪農は経済行為が第一目標ではない。身動きが制限される鉄製の首輪スタンチョンに、牛の頸を繫ぎっぱなしなどはしない。搾乳が終われば一日に二度は、広い運動場に必ず出して長時間の日光浴をさせる。牛をつなぎに戻す時にも、堅苦しい鉄製の頸枷スタンチョンは止めて、頸を自由に動かせるチェーンに換える工夫をする。創意工夫の圧巻は、トラクターなどの機械類の独自な修理工場にあった。三、四台ものトラクターや牧草の収穫機械類は、集めた中古部品で生き返ったものである。

昭和57年黄綬褒章受章時の
渡辺幸作・㐂久ご夫妻

眩氏にとっての農の実行は人生の組み立てと同じであった。

その二代目眩氏には頭の痛いことがあった。三人の子供は皆娘さんだった。齢七十を超えて後継人事に悩んだ氏は、東京で事務職にあった三女の〝みゆきさん〟に、やりたいことは何でもさせるから戻ってこないか、のサインを送る。すると良い返事が戻ってきた。

「父さんは乳搾りをつづけ、私はその搾った乳を使ってチーズつくりができるなら帰る。ただし、チーズつくりの勉強にヨーロッパに行かせてもらう」

これが末娘〝みゆきさん〟の帰農条件。さすが幸作翁の孫娘。眩パパはこれを一も二もなく受け入れる。結果、みゆきさんは本当に戻ってきた。当時、金ケ崎町内の西部の奥羽山系よりで、ススキ原を育てる仕事をしていた私が渡辺家に立ち寄ると、待ち構えていたような呼びかけが眩氏からかかる。

「戸田さんにたってのお願いごとがある。みゆきのチーズつくりの海外の研修先を見つけてやってくだんせ」

眩氏は本気だった。眩氏とは、優秀農家の全国経営発表会に出馬してもらうなどした昵懇の間柄。私は相談に乗ることにした。初めはカマンベールチーズのフランスを考えたが、フランスは研修生受けいれに厳しく、難しいとわかる。これはもうティンメルマンさんのルートしかないと思い定める。上京の機会に在日オランダ大使館農務部の門をたたく。ティンメルマン氏は帰国後間もなく故人になっておられたが、氏と私の間柄をご存じだった当時の農務参事官は、こちらの希望に快く理解を示してくださる。そしてあまり日をおかずに、農場勤めをしながらチーズつくりを学べる酪農家を紹介してもらえた。ありがたい。そこはチーズつくりの研修施設ではなかったが、併設する農家民宿も手伝いながらチーズつくりを学ぶ、いわば農家への住み込み研修だった。みゆきさんは二〇〇七年の夏から秋までの短期間であったが、オランダ中部のユトレヒト州の民宿酪農家で研修生活を送ることになった。

その酪農家には重鎮に当たる老婦人がいて、〝みゆき〟の仕込み担当となり、チーズつくりをガッチリ指導した。東京にいた頃ＯＬだった彼女は、単独でもオランダ生活が送れる語学力を身につけていたようだ。なんにしてもメデタシである。「生々流転」の幸作翁から眩氏を経て続く三代目は、ティンメルマン氏のご縁も重なって、オランダチーズつくりの研修を見事に成就させた。人の繋がりの妙である。みゆきさんが吉田沢の家に戻ったのが二〇〇七年の秋。彼女が身につけてきたオランダチーズは、同国が得意とするセミハードのゴーダチーズ。これは日本人の味覚にもマッチする風味の豊かなチーズだった。

この日から二代目眩氏は本業の乳搾りをするかたわら、チーズ工房の設計に没頭する。繊細な働きをする発酵菌を扱う食品工房の建設である。眩氏はそれこそ寝食を忘れて取り組んだらしい。県保険所の厳しい数々の審査を経て建設されたのが〝Cow bell〟（カウベル、写真）である。この斬新な洋風建築デザインはなんといっても、みゆきさんのオランダ生活の賜物である。完成は二〇〇九年二月で同年五月の開店から今年で十年になる。工房ではこだわって、とりどりのジェラートアイスクリームも始める。車で乗りつける若者のねらいはコクのあるジェラートのようだが、カウベルの顔はなんといってもチーズである。本場オランダ仕込みの〝Gouda〟（ゴーダチーズ）の脇にはイタリアチーズや切り

二代目眩さん、みゆきさん総意の
チーズ工房 Cow Bell

裂きチーズなども並ぶ。チーズの添え物で始めたジェラートアイスだったが、今や色とりどりに十種類も並び人気を博している。

下の写真は開店間もないカウベルで話し会う「茅葺促進委員会」の面々。左から蒲田さん、茅葺委員会代表の吉岡ご夫妻、技術担当の石川さんらと歓談する当主昿氏（右端）で、戸田は撮影者。吉岡代表と昿さんは元岩手県立農業大学校の校長と、そこの学生を農家実習に受け入れてくださった酪農家の間柄。渡辺幸作翁以来の奇しき縁や、カウベルの誕生の経緯を話題にしつつ、農家チーズ工房や茅葺き民家を守るススキ草原開発などが地域に関わってゆくべき在り方を話し合う。

だが二〇一一年のまだ雪深い三月に、思いもよらぬ不幸が渡辺家を襲う。〝Cow Bell〟の名づけ親の昿さんが急逝（心疾患）したのだった。チーズ工房は誕生三年目のよちよち歩きだったが、〝生々流転〟の幸作

開店間もないカウベルで話し会う
「茅葺促進委員会」の面々

翁や中共軍相手に意志貫徹した昿氏らが培った農の精神、ティンメルマンさんやオランダ大使館の善意や、お世話になったオランダ婦人の善意などが籠る〝Cow Bell〟は挫けなかった。多くの友人、顧客を引きつける魅力が育っていた。開店十年目（二〇一九年）になる〝Cow Bell〟はもはやゆるがない。ここは多分、眼に見えない多くの人脈に守られている。人脈は宝であり、財産である。

幸作翁とティンメルマンさんの交流は一日だけだったが、その出逢いはその後の〝Cow Bell〟誕生の貴重な種子になったと私は思う。この二人の邂逅を演出したのは当時国際農業交流基金の要職にもあった吉岡裕氏だ。この縁が金ケ崎の吉田沢に〝Cow Bell〟を芽生えさせた。いたずらに世に逆らわず、馴染みを大切にするところに黄金の聖地が生まれる。〝Cow Bell〟の実りを約束する種子は幸作翁、ティンメルマンさん、吉岡さんの三人によって播かれたのは間違いない。そこに、新たな人々のつながり、地域のまとまりも、播かれた善意と信頼によって生まれる姿を私は見た。

その三、水彩画に心を砕いた真壁さん

（一）ある日たまたま

水彩画を描いてきた私は、盛岡市内の画廊喫茶で気ままな自作展をさせてもらっていた。その何度目かの芳名者帳に残された励ましの言葉に打たれた。

「心温まる絵ですね」に始まり、「見る人と対話する絵を大事に描き続けてください。真壁次郎」とある。また翌年、翌々年も「感動しました。生きている絵をみせていただきました。こういうのをいい絵というのでしょう」とも添えてある。これらは貴重な励ましの言葉だった。こういう率直な言葉使いで、見知らぬ者にも真摯な物言いを惜しまない方との出会いは初めてだった。

これに先立つ何年か前、市内のさる老舗の菓子店の壁に掛かる一幅の水彩画に私は目を奪われていた。それは淡い色調で下町を描きとめた画だった。店の方に訊ねると著名な画家で、作品の多くが絵ハガキにもなっている真壁次郎氏と教わる。画伯は大正十三年生まれ、水沢市の出身。私より四歳年長の方と知る。昭和二十三年に盛岡市浅岸中学校で教員

となり、以後、県内各地の中学校に勤める傍ら画作を続け、平成十五年には中日美術交流展・上海雙龍祭で賞を受けている。八十歳を過ぎても意欲的に岩手の風景を描き続け、平成二十三年に逝去（享年八十八歳）された。

私は生前に何度かお会いする機会があり、絵を描くものの姿勢についての画伯の言葉には胸打たれることが多かった。「上手な絵はたくさんあるが、いい絵は少ないものですね」という画伯の謙虚な言葉が胸に残る。画廊では幾度かご厚誼に浴したが、画伯に頂戴した言葉は私の財産になった。「いい絵とは見る人と対話できる絵であり、描き手の心が籠ったものでなければならない」など。下は二〇〇四年の初冬の私の水彩画の〝冬越しする島立て茅〟である。これを目に留めた真壁画伯は〝いい絵〟と褒めてくださる。私自身も気に入っていた絵だったが、画伯褒めてもらえるとは思ってもいなかったので、画伯

水彩画“冬越しする島立て茅”戸田スケッチ

の言葉は俄には信じ難かった。私は恐る恐るこの絵を画伯に進呈したのだった。

この〝島立て茅〟の水彩画の生まれには北国の背景がある。岩手の農村には戦後もしばらく、茅葺きの民家がどこにもあった。向井潤吉画伯は茅葺古民家をたいそう愛し、多くの名画を残したが、戦後三十年にもなるころからこれら古民家は急速に消え始める。暗い、寒い、不便を一挙に改善する近代建築が農村の景観を塗り替えた。今や、稀少価値になった茅葺古民家を、文化財として市町村が譲り受けて移築管理する時代になった。それにしても茅葺古民家の維持には困難が伴う。茅を葺く職人が少なくなったし、昔は集落のそちこちに整備されていた茅(ススキやヨシ)の刈場もなくなった。

「戸田さんは牧野仕事に長かったのだから」と農業大学校で知遇をいただいた吉岡裕さんに誘われ、大仕事である茅場作りに協力することになる。最終的には吉岡さんを総大将に据えて、奥羽山系寄りの金ケ崎町に残された旧牧野だったところに、大規模なススキ草原を造るボランティア活動を始めた。秋風に穂をゆらすススキはヨシと違って水を嫌う。乾いた大地に大きな株根を張る永年草だ。これを秋遅く地際刈りしたものを束ね、自然乾燥させるために束を寄せて冬越しをする。その風景が〝冬越しする島立て茅〟である。話は長くなったが、これを描きとめたのが先の茅の水彩画だった。茅との長い付き合いにはあらためて触れたい。

茅葺き民家も描いたことがある真壁画伯は、嬉しいことに茅場のこともよく知っていて、喫茶店の壁に掛かった私の〝島立て茅〟がお気に召したのだった。その後、真壁家にお邪魔した折、画伯の居間には私が進呈したこの絵だけがかかっているのには恐縮した。自分の絵ではなく、である。このことだけでも、画伯が嘘、偽りのない真摯な方であることがよくわかった。真壁画伯からは、時折、身に余る「戸田さんは私の先生だ」の過剰な評価をいただく。これは恐縮の至りだった。私の水彩画は具象の域を出ないが、その中に目に見えない対話を読めると申されたものと、ありがたくお言葉をいただいた。とにかく、私の絵を最初に認めてくださったのが真壁画伯だった。私は画伯に拾い上げていただいたのだった。

(二) 絵に込められる思い入れ

真壁画伯が亡くなって四年目の二〇一五年に、ご家族に一枚の鉛筆描きのスケッチ画をみせていただく。それは盛岡市内に残る市指定文化財の旧村井商店。黒塗りの土蔵のスケッチだった（写真）。周囲の建物は淡い鉛筆のままに残し、目指す黒塗り蔵が生き生きと描き出されている。冴えた筆致の具象の蔵にそれ自体の歴史を語らせている。見えないものを表現する画伯の気迫を感じる。

つい最近のこと、真壁さんのご家族が我が民家画廊〝ダダの家〟で故画伯を偲ぶひと時を過ごした時の話を披露したい。

「父は発表する絵に題名をつけたがりませんでした。タイトルが絵を見る人の邪魔をする。見る人が絵に向かって純粋にイメージしようとする前に、タイトルが余計な注釈を押し付けかねない。また、額に入れた絵をさらにガラスなんかで被いたくもない。絵が窒息する」と。娘さんに聞いたこの言葉にはハッとさせられた。なるほど私もガラスなしの油彩画を見る時、描き手の息吹まで伝わってくるように感じていた。また若い人にも「ガラスなし派」が大勢いることにも改めて気づかされた。

黒塗りの土蔵のスケッチ（真壁次郎氏画）

また署名については、若者を窘《いさ》められたこともあった。ある夕べ、個展会場で画伯がある若者に話しをした。絵を志す若者に画伯が手持ちのスケッチブックを手に話しているうちに、画帳に残る一枚の素描を若者に進呈した。繊細な風景画であった。

「先生、これに署名をしてください」と若者。

若者の言葉に画伯の顔が一瞬きつくなる。

「署名とはこれで終わりとなった絵にするものです。スケッチの習作にいちいち署名など私はしません」ときっぱり申し渡される。

これは絵を描くものの姿勢を教示する厳しいコトバだった。これに重なるが真壁画伯は展示するご自分の絵に、解釈や説明を加える方でもなかった。それは観察者の審美眼を狂わせることを差し控える先生の哲学のようだった。私の水彩絵を初めて認めてくださった方が氏であり、ありがたかった。その時は次の趣旨の言葉もいただいた。

「見る人と対話ができる、生きている絵を描くようにしましょう」

以来、これが絵を見、描く時の私の基本になった。私にとって真壁画伯は市井に埋もれる巨匠であった。私だけではなく画伯の絵を愛でる人々の心の中にも、真壁さんは目立たぬ巨匠として生き続けるに違いない。

終わりに真壁画伯の未発表の〝遠野市遠望〟の水彩画の話を添えたい。これはとんでもない細密な水彩画だった。遠野市営の高清水牧場から眺望する遠野市のほぼ全景である。遠野に嫁いだ次女への贈りもので、門外不出の作だが、私のダダの家で公開してほしいと持ち込んだのだった。驚くなかれこの絵には無数の民家、畑が忠実に描写されている。

「父は、実際に住んでいる方々の家を一戸でも描き落としては申し訳ない」と、何日もかけて、丹念に仕上げたと娘さんいわく。

自分への偽りを許さない、真摯な生き方を偲ぶと、真壁さんは決して人をおろそかにしない強靭な魂の持ち主だったとわかる。民家画廊ダダの家でこの〝遠野市遠望〟を展示した時は、脇に拡大鏡を置いて仔細に家々をご覧願った。真壁画伯の誠実さが籠った作品であった。

真壁画伯に繋がる話ではないが、籠る精神の同一性を感じる余話を紹介したい。私の知友に盛岡市在住のクラフト・デザイナー（鉄器デザインなど）の松坂英孝氏がいる。氏はまた趣味の域を超えるシャンソンの愛好家でもあるが、昭和四十八年頃の朝日新聞・岩手版の小欄「斜角」に寄稿した随筆の一節に、盛岡で「津軽三味線高橋竹山」を聴くくだりがある。「この竹山演奏会は聴く人々に年代を超えた感動を与えたが、曲の合間に〝いい音楽というものは、決して傷んだり腐ったりしねもんでス〟と竹山がつぶやいた」とある。いい絵、いい音楽は年月を経ても傷んだり腐ったりせずに、いつまでも政治、政策を超えて人びとを繋ぐ力を失わないものだと力説せずにおれない。

その四、孤高の師・呉炳学画伯

（一）〝ネギの由来〟との出逢い

呉炳学《オピョンハク》（一九二四年）画伯と私の出逢いは平成二十五年二月だった。画伯の迫力ある仕事ぶりについては、出された画集を通して感銘を受けていた。また『白磁の画家』（山川修平　二〇一三年　三一書房）から画伯の日本渡来のいきさつを知った。そんな次第で、いつかは川崎市井田の呉画伯のアトリエを訪ねたいと願っていた。その時は来た。呉画伯の内弟子であり、私にとっては盛岡一校白堊会の後輩でもある女流画家の三浦千波君のお膳立てがあって、念願の呉画伯訪問が実現したのだった。

既に一流の三浦画伯を君呼びして失礼であるが、彼女は私の次男と盛岡一校の同期で、在京白堊会の世話係にもタッグを組む間柄。それらに免じて近しくさせてもらってきた。三浦君はもう長いこと呉画伯の内弟子であり、呉画伯からは、

「千波君はもう弟子ではなく、ライバルです」

と言われるほどに画業を積んでいる。

「こんにちは、盛岡から来た戸田です」

「やあー、よく見えました」

挨拶もそこそこに、二階の大きなアトリエに上がった私は、画伯の言葉に甘えて壁にかかる油彩画、積み重ねられた膨大なスケッチ、素描画の数々を拝観する。画伯はなんと、どれも写真を撮って構わないとおおせられる。そのうち昼がくる。遠慮なく千波君の手料理も一緒に馳走になる。この屈託ない客人対応は分け隔てない画伯の日常のことらしかった。人柄の情け深さがにじみ出ていた。初めて訪ねた私に、信じ難いことだが、画伯が旧知の間柄であるかのように分け隔てもなく応対する物腰は、川の流れのように自然だった。作品拝観が一段落した時、画伯が私を手招きする。

「えっ、何か?」と恐る恐る寄る私に、なんと小バサミを手にした画伯は私が剃り残した無精ひげにチョキチョキと鋏を入れるではないか。面食らったが、この一件で画伯と私の壁はいっぺんに除かれる。すっかり画伯の親衛隊になったかのような感慨にふけった。今の今まで見知らぬ間柄であっても、さり気ない善意のアクションが産み出す爽やかさを味わった。

呉炳学画伯は奇しくも、前述の真壁画伯と同じ大正十三年（一九二四）生まれ。この一致にも打たれる。生地は今でいう北朝鮮の首都平壌の北三〇キロほどにある順川。不幸にも当時は朝鮮全土が軍国日本の植民地下にあった。そんな境遇にあっても絵を描くことが何にもまして好きであり、実兄が買い求めてくれた画集にあるセザンヌに惹かれ、セザンヌこそが自分の生涯の絵の師であると思い定める。植民地支配下の北に生を受け、絵画を自分の道と思い定めた画伯は、セザンヌを学びたい一心でついに、昭和十七年（一九四二）の暮れに来日した。時に十八歳。太平洋戦争のさなか、呉画伯は強制された日本名「竹野宏」の名で、差別や過酷な境遇の中で画業探求を続ける。山川氏の「白磁の画家」はこの間の画伯の苦難をつまびらかにしている。そこには〝孤高〟とも見える人間呉炳学の在日史が赤裸々に描かれている。

呉画伯の絵画歴と個性に接した訪問の帰り際に、画伯は「金剛山のトラたいじ」（表紙絵写真）と題する朝鮮民話の冊子を譲ってくださる。そこには十三話が収録されており、その一つ一つの民話に画伯の挿絵が添えられている。帰りの新幹線の中で一読する。その中の〝ネギの由来〟に思いがけない強い衝撃を受ける。それは限りない過ちを犯す人間に、反省を促す話であった。そしてこの朝鮮民話には私の『Gook man　ノート』を締めくくる上で、見逃せない要素が描かれていると直感した。そこで少々長いが、大意をここに紹介せずにはおられない。

それは人がまだネギを食べていなかった頃の話。

当時は当たり前のように人が人を食べていた。

それは、お互い相手を牛に見間違えるからだった。

時には、自分の親や兄弟まで牛と間違えて食べてしまった。

「ああ、なんてことをしてしまったろう」

自分の兄弟を食べてしまった男は、自分の間違いを嘆いて旅に出た。

広い世の中にはきっと人が人に見える、まともな国があるに違いない。

さまざまな国を巡ったがどこでも、人が人を牛に見間違えて食べていた。

男はその度に落ち込んだが、あきらめずに旅を続けた。

季節を繰り返し、若かった男も年を取って、白髪が増えてきた。

「金剛山のトラたいじ」表紙絵

そして全く見知らぬ国に着いた。
そこでは決して人と牛を見間違えずに、みんなが仲良く暮らしていた。
男は出会った一人の老人に尋ねる。
「なぜこの国の人たちは、人を食べることなく暮らせるのですか」
すると老人はこの国でも、昔は人を牛と間違えて食べていたという。
そして「ネギを食べるようになってから、もうその間違いがなくなった」
男が驚いていると、老人は畑に案内しネギを見せ、種を分けてくれた。
男はネギの種を手にして、大喜びで故郷に向かった。
「これを食べれば、私の国の人も同じように幸せに暮らせる」
やっと故郷に戻った男は、真っ先に畑を起こしてネギの種を播いた。
安心した男は、懐かしい友達の家を訪ねた。

ところが、久しぶりに会った友人たちには男が牛にしか見えない。

「よく肥えた牛がきた。うまそうだぞ」

「こら私だぞ。みんなの友の私だ」と男は懸命に訴える。

「おやおや、なんてよく泣く牛だ。早く捕まえろ」

男は友人たちに捕らえられ、その日のうちに食べられてしまう。
それから暫くたって。
村人が殺された男の畑に見慣れない青い草が生えているのに気づく。
これが男が苦労して遠くから持ち帰ったあのネギだった。
そのネギを口にした途端、村人たちの目はほんとうの人の目になり、
もう人を牛と見間違えることがなくなった。

こうしてネギはまたたくまに村中に植えられ、昔のように
牛と間違えて人を殺す悪い習慣がなくなった。

メデタシで終わるオドロオドロしい民話だが、目から鱗が落ちるような教えが宿っている。洋の東西を問わず数千万年も前から、民や国々は自分が生き残るために互いに相手を認めずに殺しあい、滅ぼしあってきた。中には本当に人肉も漁った。都合のいいことだけを取り上げて、大切なものを見失う人間の欠点をこの民話は突いている。そして大切なものが見えるためのは、〝ネギ〟に喩えられる〝智恵、理性〟を身につけるしかないと結んでいる。

呉画伯は民話〝ネギの由来〟の怖ろし気な寓話を世に伝えようとしたのかもしれない。画伯は東北ではあまり知られていないが、山川氏の「白磁の画家」によれば、呉画伯は関東以西では何度も、また海峡を越えて韓国でも絵画展を開いてきている。二〇一五年一月からの「呉炳学望百記念展」（在日韓人歴史資料館十周年記念）は〝海峡を繋ぐ民族の色と心〟と題した催しだった。古くから朝鮮に伝わる数々の仮面舞踏の油彩画は、力強い律動が鮮やかな色彩で浮かび上る。中でも仮面舞（Mask-dance　一九八八年　一六二・〇×五五二・九）の、巨大なマスクをかけて民話を踊る画面は、ゲルニカの力量感に匹敵するものがあった。紀元前六〇〇〇年代の朝鮮の新石器時代には既に貝殻で作った仮面の原形があったとも聞く。高句麗（紀元三〇〇年〜）の古墳壁画には外国人の面を被って踊る姿も描かれているとか。呉画伯の油彩は民族を慈しむ思いを際立たせていた。

(二) 呉画伯を囲むダダの家交流会

北朝鮮生まれの呉画伯は、残念ながら国交のない北の故郷での絵画展はまだ実現していない。しかし、自分の絵画を介して〝ネギ〟の平安の輪を広げたいという願いを、持ち続けておられる。平成二十五年三月、私は呉画伯のアトリエを再訪した。岩手には画伯の絵は一点もなかった。画伯の作品に白河の関越えしてもらいたいとの思いでの再訪だった。

二階のアトリエで私が自由に絵を見られるように、と呉画伯は席を外し、その厚意に甘えて私は膨大な作品の中から、油彩画二点、水彩とスケッチ三点の計五点を選び出した。その内の一点、一九五五年の〝病む男〟(写真)は、対馬海峡を越えて韓国展にも渡った画伯の秘蔵の一点だった。ぶしつけな私の希望に対して画

呉画伯油彩「病む男」(1955年)

伯は次のように応えられた。

「大事にしてくれるところなれば、移った絵も幸福だと思います。ここで箱に入ったままでいるより、絵も嬉しいでしょう」

こうして、〝病む男〟は白河の関を越えて盛岡にやってきた。そして、平成二十五年六月後半から七月にかけて〝病む男〟を初めとする画伯の諸作品に、地元盛岡の画家の作品を交えた鑑賞会をする運びになる。このことを喜んだ画伯は、九十一歳の身を厭わず新幹線で盛岡のダダの家に来て下さった。〝呉画伯を囲むふるさと交流会〟の初日の平成二十五年六月二十八日には、盛岡在住の多くの人々が画伯を囲んだ。呉画伯は持ち込まれた参加者の水彩画などにアクセントを加えるなど、気軽に手ほどきして下さり、参会者との間柄が一気に縮まる生き生きした交流会ができた（写真）。

交流会の初めに、画伯は一言前置きとして、国際的な視点から民俗文化についての自説を口にされる。

「中国や朝鮮半島に住む者たちと日本人の間には持って生まれた埋め難い人間性の違いがある。恐らくそれは因って立つ大地の違いによる。中国や朝鮮半島はなんといってもユーラシア大陸を介して、歴史の厚いヨーロッパに繋がる体験を持っている。それに比べると、海で文化の伝来を阻害された日本は、世界を知る視野の広さや度量、隣国との付き合い方にも自己中心的な狭さが出るきらいがある。ここに大陸人と日本人の違いの元があると思う」

この地理学的な立場に立った画伯の「史観」は、囲む者たちの胸にこたえるものがあった。

また、鋭い絵画論も辞さなかった。

「デッサンは絵画の基礎だ。たとえば裸婦を描く時、体表の皮膚の中にある筋肉、神経、

呉画伯を囲むダダの家ふるさと交流会

血管も、その中心の骨格も意識していなければならない」

その筆先の思いが込められた絵の代表作が呉画伯の画集にある「人体：一九九八年」（写真）であろうか。また画伯自身の感覚だがと断って、「野外スケッチで、地球の引力を描けていない絵は宙に浮く。引力のない絵はいかん」とも。踊る人物の足先はしっかり大地を捉えていなければ嘘だとも。〝重力のない絵はだめですか？〟の問いには「少なくも具象の世界ではその通りだ」の答え。交流会に居並ぶ面々は、地球重力感のない絵は絵ではないとの言葉に納得した。

画伯のアトリエで私が「どの作品にも署名がないのは何故か」を訊ねた時、「描いたにしてもこれで終わりとは思わない。絵には余命がある。後年手を加えられるのを絵は待っている。それにまた、絵そのものが私のサインでもある」との答えが戻ってきた。続けて「私は、中川

呉画伯油彩「人体」（1998年）

一政氏が〃八十八〃の随筆の中で、自分は現場で描くのを信条にしている、家に戻って一切筆を入れない、後で筆をいれるのは〃邪道〃と断じているのを読んだ。私も野外スケッチをするが、以来、後で手を入れるのは現場の感動を壊すと思い、手を加えるのは抑えてきた」。これをどう思うかの私の問いに、呉画伯はこたえる。

「それは間違いというより、言い逃れだ。モノを表現することは、そんな浅いモノではない。限りなく追求すべきもの。自分は限りなく描き加える」

「中川一政はそれを〃邪道〃なんて言葉を使って逃げている」

手厳しいが、これこそが孤高とも言われる呉画伯の真骨頂であろう。そして同時に、私は中川一政の〃邪道〃の呪縛から解放された。呉画伯の絵に懸ける心情に触れると、画伯は〃孤高〃であるが、それとは逆に、人間や国々の間の連帯を願っている。人を隔ててきた〃海峡を埋める〃担い手になろうとの思いにも燃えておられる。国境を越えた平和作りへの挑戦である。それを剣や腕力に拠らずに絵筆でしようというのだ。現代を生きる呉画伯は挑戦し続ける巨人の一人であると見届けた。いつか呉画伯の思いは、南北コリアの溝をも埋めるかもしれない。

その五、ススキ茅草原つくりの吉岡裕さん

(一) トダさんですか？　ヨシオカです

これは受話器から聞こえる吉岡裕さんの第一声だった。夏のある日は、近くの岩手県滝沢村にある吉岡家の茅葺民家〝鞘屋敷〟から。冬迫る日は横浜の日吉から。そして終の住まいとなった広島からも。だが二〇一四年以来このコトバが聞けなくなってほぼ五年になる。

初めてお目にかかった頃の吉岡さんは、言葉を交わすことなどできないほどの雲上人だった。昭和三十八年度のアメリカへレフォード牛購買を終えて戻り、知事室に報告に上がった時、千田知事の傍に農政部長と次長もおられた。無事に牛購買はできたこと、購買牛はワシントン州のタコマ港から船で搬出されることを報告をすると、「ああ、タコマですか、私の生まれたところだ」と言ったのが農政部次長だった吉岡さんだった。

思いもよらぬこの発言は印象的だった。その時の吉岡さんは日本人離れしたシャープなエリートだった。三十代後半であったと思う。後で知ったが農水省から岩手に出向していた次長さんだった。その時はそれで終わったが、吉岡さん（以後先生）と私との縁はここから始まったのだった。

　先生（一九二三〜二〇一四）の出生地がワシントン州のタコマ市だったのは、両親が大正期に北米へ農業移住したからだった。だが先生が誕生した直後の恐らく大正末期に、アメリカ移住を打ち切って日本に帰国する。そんなわけで先生にはアメリカにまつわる記憶は皆無であった。両親のアメリカ移住断念は、北米における中国人に続く日本※人排斥運動の盛り上がりが基だったらしいと言葉少なに語った。先生はいわばアメリカとの二重国籍の出生なのだった。

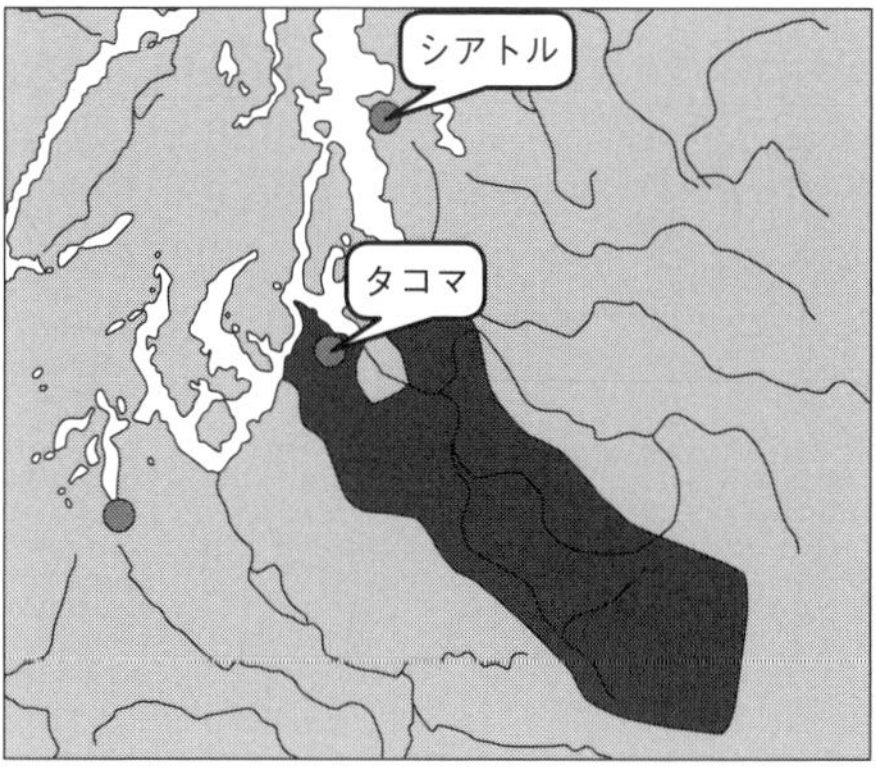

［註］排日移民法：一九二四年七月一日に施行されたアメリカ合衆国の法律。正式な呼称は一九二四年移民法

(Immigration Act of 1924)で、日本人の移民だけを排除したものではなく、海外からの移民の受け入れ上限をアメリカ在留住民の二％以下に止めようとするもの。東及び南ヨーロッパ出身者とアジア出身者の入国をとりわけ厳しく制限することを目的とした。

この排日移民法は、在米するアジア系住民に居心地の悪い思いを与えるものとなる。先生の両親は第一次世界大戦後の一九二四年七月の排日移民法制定の翌年か翌々年に、一、二歳の息子を連れて故郷の広島に戻る。帰国後の先生は広島で成人し、旧制広島高校から東大法学部に進む。しかし昭和十八年の学徒動員令で海軍に入隊し、敗戦までそこで軍務につく。この間に父親は昭和十九年に病没し、母親は同二十年八月、広島の原爆で亡くなった。先生はそのことをエッセイで「母は原爆を受けて死んだ」と短いコトバでしたため、これ以上の説明は一切されていない。軍に入隊中の先生は両親のどちらの死にも立ち会えなかった。先生はこれを殆ど口にされることはなかった。かつてはアメリカに住んだ実母を、その国の原爆で奪われる数奇な運命について、農林官僚や在米日本大使館務めの他、対外折衝など、高度な使命にあたった先生は、敢えて他を誹謗すまいと決めたのかもしれない。私はここに先生の現実尊重の厳しさを知る。

先生は広島高校時代から句作を始めている。句集「稲雀」の昭和二十年九月の次の句が目に留まる。

「遠野火や　甦り給へ　父も母も」

昭和十九年、二十年に続けて逝った両親への詠唱か。先生が遺したエッセイ（食の科学五十号　一九七九年）では〝わが故郷タマスを訪ねて〟を読む。これは昭和四十四年、先生が在米日本大使館の一等書記官（農務官）としてワシントンに滞在した当時の逸話である。これは先生の隠れた思いが詰まった個人史である。ここにその印象記録を再現する。

先生のエッセイは「もうそろそろ近くなりましたよ」から始まる。声の主は、先生を案内している日系のご老人。

「ああ、これだったのか」と車のフロントガラス越しに見えてきたポプラ並木に、先生は知らぬ幼児期の物語を重ねる。

自分が生まれた地を初めて目にしたのは、齢四十半ばになった頃であったらしい。そこはアメリカ・ワシントン州の太平洋に面する港湾都市、シアトルから少し南下したあたりの小都市タコマの、さらにその在のタマスと呼ぶ純農村だった。そこが正真正銘の先生の出生地だった。ふるさと訪問は一九六七年の九月か十月だったらしい。たまたまシアトルで開かれた日米加漁業条約会議に出席の帰途、先生の縁戚でシアトル在住の日系のD老人に会った。なんとそのD老人も先生の父親と同じ広島市周辺の出身で、この近辺に移住した吉岡さんのことをよく覚えておられる方だった。

「あんたが吉岡さんのベービーだった息子さんかのう」と老人は絶句した。

そして自分の出生地を知らないベービーだった先生を、息子の運転で案内してくれたのだった。先生は母親に抱かれた赤ん坊の自分が写る古ぼけた写真の背後に、丈の高いポプラの並木が写っている情景を記憶していた。

「ほら、そこにパスチャー（牧草地）がありましょうが。これは昔のままじゃが、これが吉岡のパスチャーじゃったんじゃ。今はもうないが、この向こうの端に家が建っておって、あんたはあそこで生まれたんじゃ」

今のポプラの梢は畑からはかなり離れた所にあった。あるいは、あの写真にあったポプラは撮影所のスタジオのバックだったかもしれない。その写真も原爆で母親とともに消えてしまった。これが先生の懐古エッセイの要約だった。身につまされるこの一文に〝吉岡のパスチャー〟とあるように、北米移住した父親は、この一角で乳牛飼いをしていたのだった。先生も言葉少なであったが、父親が営んだ牛飼いの話を私にも漏らしていた。排日移民法なかりせば、吉岡家の運命はどうであったろうかの思いがよぎる。先生はこのエッセイに〝わが故郷タマス〟と名づけていた。記憶にない一、二歳時のアメリカではあったが、〝故郷〟と呼びたい衝動をお持ちだったことを知った。

話を戻す。先生の敗戦復員、復学、大卒、そして昭和二十年からの農林省勤めが始まる。農林官僚の門出はお蚕さんの〝蚕糸課〟であったと聞いた。その後、どれだけの所属を経たかはわからないが、昭和三十年前後に肺結核で一時休職するが復職し、岩手の農政部次長や在米日本大使館の農務官も勤める。最終的には農林省経済局統計情報部長を経て、昭和五十年頃には同局長であった。その頃は国会の農林水産委員会に、政府側委員として答弁に立つこともしばしばであったと聞いた。早春の予算審議か何かで徹夜した頃かと思える秀句が見つかる。

「議員の壮語　花冷小吏　堪えがたし」

昭和五十一年十一月をもって農林省を退官。その後は国際農業交流基金、農林統計協会、農業共済基金、農政調査委員会等々の会長、理事長、事務局長などを歴任する傍ら、岩手県知事に請われて、岩手県立農業大学校の非常勤校長も永年勤めた。私の二度目の先生との邂逅はこの県農業大学校であった。先生が省庁を退職後もこれだけの要職に就けたのは、先生の国境なき世界観と識見からだけでなく、清廉潔白、人を差別しない人柄の故であったと思う。相手が国会議員であろうが、一介の労務者であろうが先生には分け隔てがなかった。姿勢に迷いがなくブレのない方だった。

(二) インターナショナルなMR. YOSHIOKA

私の憶測にすぎないかもしれないが、国際関係についての先生の活躍は農水省を退官してから飛躍的に伸びたのではと思う。先生の国際活動の中核テーマは均衡ある世界貿易にあったようだ。世界の貿易機構などに全く疎かった私が県立農業大学校で講義を受け持つことになった時、校長だった先生の訓話や著書を介してガット（ＧＡＴＴ：関税及び貿易に関する一般協定：General Agreement on Tariffs and Trade）やＷＴＯ（世界貿易機関：World Trade Organization）とは何たるものかなどを、初めて知って大助かりした。

たとえば先生は農業共済基金理事長の立場から、農産物の貿易問題などについてもわかりやすい解説を「富民協会：農業と経済」に載せている。これを見るとガットは第二次大戦が終わって二年目の一九四七年に、戦勝国が集まって以前からの互恵通商協定法（一九三四年）を見直し、自由、多角的、無差別の三原則を強調する通商関税政策をジュネーブで設定したとある。近世の国家間の争いは縄張りなどよりも、経済摩擦（欲がらみ）が主題になってきたと。しかし、どうやらアメリカが主導する形で、第二次大戦が終わるや早々に、互恵なしの無差別の通商関税の世界戦略をつくる活動が始まる。それを後押ししていた原動力はアメリカが開発した現実主義、プラグマティズムだったようだ。敗戦国日本のガットへの加入は遅れて一九五五年にようやく実現する。その後、ガットは一九九五年にＷＴＯ（世界貿易機構）に引き継がれる。私見だが、第一次、二次大戦までの争いの原点は列強同士の威張り合い、蔑みあうイズムにあったようだが、戦後の争いの原点は明らかに〝貿易〟で出発したようだ。

先生によると、一九五五年の日本のガット加入で、旧先進工業国のほとんどが勢揃いする。以後、加入国が増えるとともに、主流だった工業生産物以外に扱う輸出入品目の多様化が進み、より高度な共通政策が必要とされるようになる。高度経済成長を果たした日本は、とくに米国から関税の改善を求められる。こちらの品を買ってくれる相手からは、売りたいものを買ってあげるというのが国家間のルールである。グローバリゼーションの時代にもこの理を守って、それぞれの国が納得いく貿易手段を浄化してゆくべきというのが先生の姿勢だった。そのためには売り方に合った物のつくり方の調整も必要になる。今や地域や相手国を限定しない自由貿易WTOとは別に、太平洋を囲む地域では、いくつかの国が寄り集まった経済ブロックでの自由貿易協定を結ぼうとするTPPも始まる。願わくはアメリカは強圧的なプラグマティズムの手綱を緩めてほしい。吉岡先生が存命なれば、積極的に警鐘を世界に鳴らしたのではと惜しまれる。

WTO、特に農業交渉などをめぐる先生の講演記録、寄稿文などは膨大である。私にはとても読み切れない。そこで、先生がどんなつもりで講話や書き物をされていたか、ある講演の出だしの挨拶を紹介する。

「私が個人的にいろいろな外国人とつき合っていて、今起きていることはこんなことかなと思う。人に比べて、やや系統的に海外の情報、新聞その他を見る機会が多いので、皆様の気づかないことを、あるいは知っているかもしれないと思い、気軽に話させていただきます」といとも柔らかである。

国際緊張を和らげる手段は「腕力に依らず、話し合う」が先生のベースだった。国際農業食糧貿易政策協議会（ＩＰＣ）という、たいそうな集まりに〝国際農産物貿易問題賢人会〟の一員として参加し、国際人としての役割を果たしておられたことなどは知る人ぞ知るである。先生は極めて謙虚に庶民の傍におられる方だった。

(三) 茅葺文化に魅了される

ここからは公的な立場を離れた、先生の生き方の真骨頂である。昭和三十年代に農水省から岩手県農政部に出向し、県北の村々を初めて回った時、そこかしこの茅葺民家の煙出しから上る炊煙に見惚れて、ああこれが日本の原風景だ、と打たれたと。それまで都市住まいが多かった先生には、この草深い景色との出会いは強力だったようである。その感慨をずっと後まで、なくすことなく大事にした先生の根底には、日本の原風景への深い郷愁があったかもしれない。岩手県農政部から農水本省に戻ってからも、先生の岩手への郷愁は切れなかった。

信じがたいが、これは歴とした実話である。先生が東京に戻った後、かつては先生の部下で、その後に県農政部長になった村井政吉氏から思いがけない誘いが舞い込む。由緒ある茅葺きの古民家の出物があるが、手に入れませんかとの打診だった。その物件は盛岡の南の旧都南村乙部にあって〝鞘屋敷〟の屋号を持つ茅葺きの曲り屋（写真）だった。家主の藤原家はこれを片付けたいが、希望があればそっくり差し上げるとのこと。ただしこの話には条件がついていた。譲渡を受けられる方はこれを何処へなり移築してほしいとのことである。また村井氏からは、打ってつけの移転先もお世話しますとの添え書きがあった。その移転先とは、戦後の岩手山麓の入植者

“鞘屋敷”の屋号を持つ茅葺曲り屋

が離農した跡地だった。耕地条件が悪いので買い手がつかず、県が買い戻して保管していた山林だった。これは格安に提供できるとの折り紙つきだった。

タダの古民家とは言え、築一世紀を超えるしたたかな造りの八十余坪もの南部曲り屋である。これを現地解体してかなり離れた岩手山麓へ運び、移築地の整地もした上で、無数の古材を組み直す。それだけではない、大きな屋根の骨材の上に、茅屋根を葺き上げねばならない。大変な手間ひまと大きな出費を要する事業である。先生はこれにかかる費用は退職金を担保に捻出されたという。誰しもが、なんでそこまでと思うことだが、茅葺民家から立ち昇る炊煙に一目惚れした先生は怖気なかった。自然に寄り添う美しい文化を消すまいと思い定めた先生は、この大事業を断行した（写真：滝沢村に移築された鞘屋敷）。これを実行したのは、今（二〇一九年）を遡る四十九年前の一九七〇年（昭和四十五年）のことだった。

爾来、移築された〝鞘屋敷〟は海外勤務時を除く三十余年間、吉岡家の夏場のサマーハウスとして、また、先生を訪ねる国内外の賓客の迎賓館として使われた。先生が二〇一〇年十二月に上梓した第二句集〝名も知らぬ山〟に収められた一句がある。それは「句友延平郁人急逝」の添え書きがついた心に残る句である。

「曲り屋に端居のころやいくと逝く」

句集のあとがきに「いくと」について次の説明書きがある。

「晩年の俳句との付き合いで忘れがたいのは旧制広島高校同級の延平郁人と下野博の二人だ。延平は『いくと』の俳名で吉岡家の南部曲り屋にも一泊しての挨拶句を『俳句歳時記』第三版に寄せている」と記されている。

滝沢村大石渡に移築された“鞘屋敷”

句友との繋がりを深めるお膳立てをこの鞘屋敷が果たしていたことを先生の句から知る。汲み取り式のトイレしかない茅葺古民家など、全くの初体験であったかもしれぬ国内外の賓客さんは、かえってこの様式を楽しまれたに違いない。その後、屋敷の周りは知人友人から次々贈られた銘木、果樹で埋まり、下の畑には吉岡夫人がつくる野菜が緑を添えていた。

移築三十年近くたった一九九六年頃だった。鞘屋敷の茅葺き屋根のそちこちに傷みが出てきた。葦、ススキなどの素材で葺かれる茅屋根は意外に短命だ。茅葺き素材の中にいつも水分が残り、夏季には茅の表面に腐朽菌や苔がはびこる。陽当たりの悪い北向き屋根ほど傷みが早い。このため世界中どこでも茅葺屋根はよく水切りが進むように勾配がきつい。それでも三十年もすると屋根の厚い内層まで傷みが進む。傷んだ部分の〝差し茅〟の手入れが欠かせない。このため農村には〝結〟と呼ぶ、なんでも共同作業する組織が育ってきた。茅場の維持にも〝結〟が機能し茅を刈り溜めて持ち寄り、屋根の修復にも寄り合って、葺き替えをやってきたのが〝結〟である。

昔ながらの農村でない開拓地に移築された吉岡家の鞘屋敷は、孤立無援だった。どこにも茅葺を守り合う〝結〟仲間はいない。それだけでなく、近年の農村でも生活の個別化が進み、共同の必要性が薄れる時代になっていた。先生が屋根の異常に気づいた時、葺き替えに使う茅《ススキ》の入手が難しいばかりか、近隣にいた茅葺職人も老いて廃業していた。茅葺民家の里である南部地方の変化を知った先生は憮然とされる。農業大学校での再会以来、何度か鞘屋敷を訪れていた私に、先生は思いもよらぬ相談を持ち掛けてきた。

「戸田さん。やりましょうよ。南部曲り屋を守るための茅場つくりを」

私が畜産研究のための山仕事をやってきたことを知っていた先生は、戸田さんはススキとの付き合いだってあったでしょうと突いてくる。私がやったのは牛を養うための牧野改良で、その中にあったススキは牛の飼料。農学の中には茅葺民家のための茅を育てる研究なんてどこにもない。

「エーとですね。ススキは大きな図体なくせして、早くから牛馬に食われると弱まって、二、三年もすると放牧場からススキの株は消えて仕舞うんです。なので牧野にはススキは一本もありませんでした」などと、先生の気を抜くようなトンチンカンな答えをした。とにかく私はススキの生態も、育て方も一切知らないことを白状する。

「わかりました。それでは、茅場草原に相応しい現場探しから始めましょう」と私は先生の話に乗ることにした。以来、林野庁が撮影した県内の航空写真と首っ引き。既往の諸文献や植物生態学のにわか勉強で、ススキの生態を学ぶ他、岩手大学草地学研究室を訪ねて、赤外線による植生分布の診断成果なども教示いただく。机上での資料漁りを終えたところで、現場まわりに出る。県内の奥羽、北上の山寄りの草生状況調べに手弁当で走り回る。一年余の野外調査の結果、私たちは金ケ崎町の奥羽山系寄りの千貫石地区の旧牧野を目標地とすることに決める。そこは元肉牛生産公社が牧場に使った県有地三〇〇ヘクタールの草地だった。しかし公社の閉鎖後は遊休地になり、周辺の野草地から風で運ばれたススキが草地内にちらちら定着し始めていた。ここがススキが好む土壌なこともわかってきた。酸性が強く陽当たりのいい乾燥した原っぱが、昔からススキが好む土地だった。

繰り返しになるが、千貫石牧野はかつて私が出向を命じられて勤務した、岩手肉牛生産公社の金ケ崎牧場の跡地。いわば私の古戦場。ほぼ隅々まで知った土地だ。公社時代の用地見取り図もあり、私が下見した現地状況に林野庁の航空写真の三者を重ねてススキ茅場開発の設計案ができた。実はこの頃、県も遊休地になったこの土地の処遇に苦慮しており、県総務課は「千貫石地区県有地の処遇について」の協議を開く段取りになっていた。これに茅葺委員会も参考人として呼ばれる。ここで茅葺民家を守るススキ草原の開発構想を図面付きで披露したところ、県からとても喜ばれる。ほどなくしてこの県有地三〇〇haをススキの造成を含む山地環境保全地区に仕上げることを条件に、県から無償貸与されることに漕ぎ着ける。ここで吉岡先生の発案で私たちはNPO法人（特定非営利活動法人）〝岩手茅葺促進委員会〟（以後茅葺委員会二〇〇〇年九月）を立ち上げた。

（四）南部茅場を拓く

この仕事を始めたいきさつは「茅葺通信シリーズ」（吉岡誠　岩手茅葺委員会）、「茅葺叢書三：南部茅場創りの歩み」（戸田忠祐　岩手茅葺委員会）に詳しい。吉岡さんの「戸田さん。やろうじゃないですか」の声で県内の茅場候補地探しを始めたのが平成十一年（一九九九）八月五日とある。まさに今を遡ること二十年前だった。ススキの好む立地は開けた非林地である。このため、候補地探しは、戸田が知る肉牛生産公社の閉鎖された諸牧場を巡ることにする。順に盛岡市の都南、住田町の第一、第二牧場から、最後に金ケ崎牧場跡に辿りついたのが同年の十月だった。金ケ崎跡地は牧場が閉鎖されて六年目だった。西方からの風で運ばれてきたススキの種が牧場のそちこちに根付きはじめて、白い穂が秋風に揺れていた。近くにススキの現生地もあり、これはいけると確信する。一九七一年のここの開牧時に三〇〇haのほぼ半分に、オーチャード（かるがや）などの西洋牧草を作付し、一九八三年までの十二年間、肉牛の飼養に使ってきた。夏季は牛を放し飼いし、草刈りもされるうちは、ススキが草地内に侵入するチャンスは全くなかったのは当然だった。

金ケ崎牧場の現地視察後、林野庁の航空写真（国土地理院二万五千航空）を使って牧場の境界や林や原野の立地を見極め、茅場創りの構想を練ったのが次ページの二〇〇〇年十月の写真である。図に描かれた黒い実線内が牧場の全容。その枠内の薄墨部分は森林、それ以外の灰白色部分が旧牧草地跡。この灰白部分がススキ増殖予定地にされた。

この構想をもとに、茅場作りの予備演習をする。それには地元農協の旧知の千田氏に協力をいただき、二〇〇〇年十一月七日にブッシュ化（雑木化）しはじめた牧草地跡の刈り払い（クリーニング）をする。そのブッシュの中にはタニウツギなどの数種の灌木、オーチャードグラスなどの旧牧草株に交じって、新来者ススキの小株も混じっていた。このクリーニング作業は、先年のＪＩＣＡプロジェクトの南米ボリビアで体験した、ブッシュクリーナーを使った牧野改良の知識が活かされた。樹木は根元で切除されると完全に参るが、多年草のイネ科草たちは地中根から再生するのになんの不都合もない。このクリーニング作業で雑木化した大地を、新しいススキ原野に転換できると私は確信していた。作業は灌木刈り払いのシュレッダーで進めた。そして飛来するススキの種子を表土に漉き込んで発芽を促すロータリー耕法や、ススキ株を分割して移植する耕法等も進める。その結果、徐々にではあるが旧牧草地へのススキの定着を実現させることに成功した。この作業に係わった茅葺促進委員会関係者（吉岡、戸田、蒲田、石川、添田、千田）の他の地元のシルバー人材センターの各位も本気になって茅場作りに没頭した。茅場開発は人々の結束力で成し得たと思っている。

この項は「茅場つくり功労賞の吉岡裕さん」を偲ぶものではあるが、吉岡さんと一緒に経験したその後の茅場の維持管理の苦労話も少々加える。

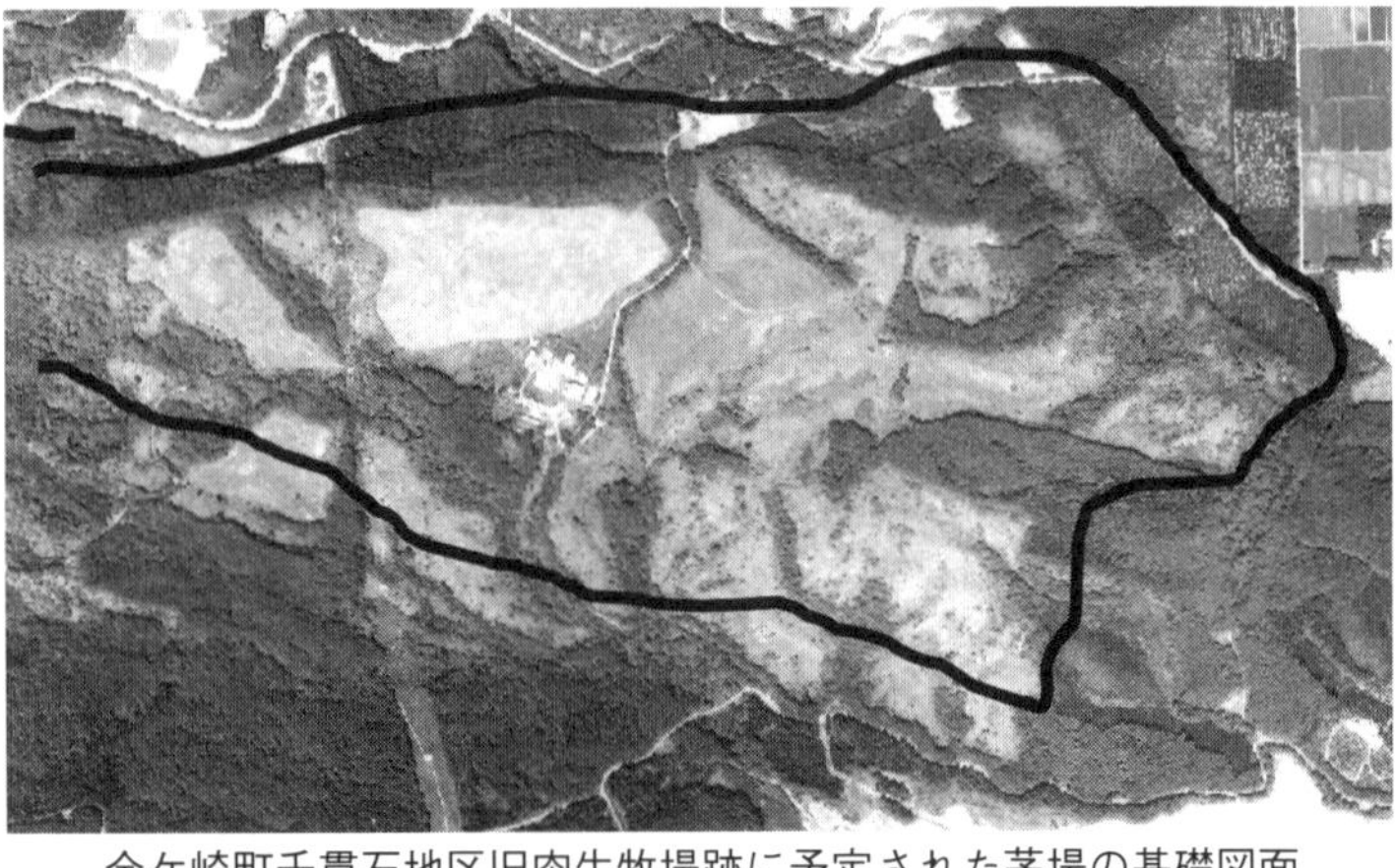

金ケ崎町千貫石地区旧肉牛牧場跡に予定された茅場の基礎図面

先に述べたように、県有地である金ケ崎牧場跡地三〇〇ヘクタールは茅場生産の場に正式に無償貸与された。吉岡さんが長年岩手県に貢献してきた人徳の他、茅の生産は南部地方の茅葺文化を守るといった無欲奉仕であることが、県を安堵させたに違いなかった。以後、十余年の間、NPO法人「茅葺委員会」は茅場を造成し続け、ついには数十ヘクタールの日本でも有数のススキ原を造成する。この茅場の最初の茅束生産は二〇〇一年十一月（茅葺き通信第八号）。この時の刈り方指導をいただいたのが吉岡家の鞘屋敷の修復を手掛けた宮城県北上町の茅葺き企業家の鈴木さんと、ベテランの茅葺職人須藤さんの二人だった。

この初回の茅収穫は柄の短い小鎌での手刈りだった。最初の茅刈に集まってくださったのは、その昔、鎌でススキを刈った経験のある年配の金ケ崎町の農家の方々。貴重な人材だった。茅葺き用の茅の収穫適期は、ススキの水分が抜け、茎が硬く締まる晩秋である。素材を長持ちさせる降雪が迫る時期のススキ刈りはキツイ仕事になり、抜ける人が出るのは致し方なかった。間もなくこの作業は鎌による人手刈りから、人材センターの方々の背負い式の草刈り機に代わり、能率が向上する。茅葺用ススキの記念すべき初出荷は、奥州市水沢区黒石町にある、曹洞宗「正法寺」の壮大な茅葺き屋根の改修工事向けであった。

正直言うと、「正法寺」の茅葺改修を請け負った清水建設の厳しい品質検査に合格して納品できた茅束は僅かであった。

その後しばらく背負い式草刈機による茅刈りが続いたが、茅場の面積が拡がり人手が追いつかなくなる。茅刈りの苦行から人を解放するには、収穫の機械化を図る他なかった。先生とも相談しインターネットで検索し、イタリア製の手頃な自動式葦《ヨシ》刈機を見つける。二〇〇七年十一月に念願の動力式茅刈機（写真）が入る。これは人力操作で自走する小型の葦刈機だった。はじめ、オランダでヨシ刈りに使われるている本機をネットで見つけたが、なんと生産国は小物作りが巧みなイタリアであった。小型ながらバインダーの名がついて、日本の稲刈り機同様に刈り取った草を結束して腹の下に落とす優れもの。輸入したものの茅葺委員会は経費の弁済につまずき、宮城県北上町の茅葺き業・鈴木産業さんにお願いして買い取っていただく。鈴木さんは北上川の河

輸入した伊国製のヨシ刈取り結束機

口に広がる広大な葦原の中に自分のヨシ場を持っており、しばらく本機を自分で使った。その後鈴木氏の好意で金ケ崎開発公社に貸し出され、ススキ刈りに使われ始めた。

しかしやがて本機の欠点が明らかになり頭を抱える。大いなる期待を寄せた本機だったが、これは所詮、平坦地に株立ちせずに地下茎からまばらに叢生するヨシ刈り用に造られたもの。ところが私たちのススキ原は、デコボコした斜面の不整地が多い。しかも巨大に発育したススキ株は非常に硬くなる。これには本機はたいそう苦労する。折角の優れもののイタリア製ではあったが、ススキ原ではほとほと手を焼き大汗をかかされたのだった。

（五）金ケ崎茅場のいま

紆余曲折はあったが金ケ崎茅場の拡大、管理はほぼ順調に推移した。ＮＰＯ法人岩手茅葺委員会は当初の目的をほぼ達成したので、二〇〇九年の総会で法人の解散を決議した。そして同年五月二十六日に吉岡裕名義で岩手県へ清算届を出し、ＮＰＯ法人岩手茅葺伝承委員会は円満に解消した。これに合わせて金ケ崎茅場の管理主体は金ケ崎町に受け継がれて、現在も継続されている。

ヨシ原とススキ原では好む土壌から、育ち方もまるで異なることは述べた。まずは輸入したヨシ刈機での使い方の改善に汗した経緯をここに紹介する。金ケ崎産業開発公社とタイアップする（株）シードグロウの千田由春氏は、このイタリア製の「刈取り結束機」の使い方改良に取り組んだ。それは並々ならぬ努力だった。自走式の車輪を外して、本機を大型トラクターに直結（写真）し、作業の動力はトラクターエンジンに任せる構造に改良する。故障の多い結束機は外し、刈り取られたススキは地面に平置きする。これが二〇一五年（平成二十七年）十一月時点の茅の機械刈りの実態。金ケ崎町並びにシードグロウの千田氏のご苦労の成果である。

自走式から牽引動力式に改良されて働く茅刈機

岩手を離れ広島で病気療養中の吉岡さんに、改良されつつあるススキの機械刈り情報を伝え、喜んでいただけたのは何よりのお見舞いであった。亡くなる直前まで金ケ崎町茅場を慈しんでおられたが、二〇一四年十月に逝去された。

ここに紹介した吉岡先生は、農林省経済局長を退任後には、幾多の国際農業関係の要職を果たしたことは前に触れたが、最後には日本でも有数な茅場つくりを発想したのである。決して敵をつくらず、誰をも味方に引きいれる先生は巷の巨人であられた。その先生も、引くべき時を悟り、NPO法人「岩手茅葺促進委員会」を解散し、平成二十一年の夏、寓居の滝沢の〝鞘屋敷〟を閉めて、終の棲家と決めた広島に戻り、誠に残念なことに平成二十六年（二〇一四年）十月に不帰の方となられた。しかし、先生が意図した信念は金ケ崎町にしっかり受け継がれていると信じている。

「トダさんですか？　ヨシオカです」の声は茅場にも届いている。

金ケ崎の南部茅場はその後、思いがけず文化庁

新機械刈体制で美しく島立てされた
金ケ崎町南部茅

の賞をいただく。文化庁は国宝や重要文化財などの文化財建造物を修理し、後世に伝えていくために必要な木材や檜皮、茅、漆などを供給する森を「ふるさと文化財の森」に指定する事業を進めてきた。そして金ケ崎町茅場はなんと二〇一六年三月十七日にその「文化財の森」に指定された。「やろうじゃないですか」と〝文化財の森〟への鍬入れをされた故吉岡さんにもこの賞を届けたい。

〝目に見えぬもの〟を大切にした巨人たちと題して、私と縁があった五人の方々を紹介した。〝見えぬもの〟〝人との絆〟を大切にした人柄を伝えしようとしたが、いかがであったか。ともあれ、この方々は本書の重要な主題である〝ネギを植えるものでありたい〟を実践された方々であると私は疑わない。人が道を踏み誤りそうになった時、人々に声かけする方々であろうと思う。巷の巨人と呼びたい、貴重な五名の方々の挿話を終える。

三、〝国際同盟〟の危うさ、虚しさ

ここでは二十一世紀の現代にまで我が国が禍根を残した〝いくつかの危うさ〟を思い返してみる。

その一、一番目の〝危うい国際同盟〟――日英同盟

第一は一九〇二年（明治三十五年）に日本が英国との間で結んだ軍事同盟で、一九二三年に失効したが、第一次大戦終了後もしばらくの間、この日英同盟は日本外交の基盤だった。あの当時の世界を照らす恒星はアメリカでなく、英国であった。この同盟は日英の国益一辺倒でお手盛りされていた。イギリスは中国における利権を維持するために、義和団の乱で活躍した日本を利用せんとして日本に接近してくる。一方日本は重荷なロシアとの対立を軽くする方策として、イギリスとの同盟論に傾倒し、小村寿太郎外相を立てて同盟を締結させる。その後にイギリスはインド支配（一八五八年）の特権を、日本は韓国併合（一九一〇年）の特権を相互に承認しあうといった身勝手なご都合主義を分け合った。

この日英同盟はお互いの汚れた手を知りながら、かばい合うといった典型的なスキャンダル外交である。日本のこのような悪辣な植民政策によって、韓国民が受けた数々の痛い記憶が消えないのは当然である。先年二〇一八年十月に韓国の大法院は、現日本製鉄に対し、第二次大戦中に徴用した韓国人民に損害賠償するようにとの判決を下した。この思いがけない判決に対して、日本政府は前政権との間での決着済みの問題をぶり返すとは何事と反目する。奢れる者の一方的な歴史認識である。そして今年二〇一九年になって日本政府は、韓国への輸出管理体制を見直し、半導体製造に必要な高純度部品の輸出規制を発動し、韓国業界を困らせるなどの、大法院への面当てとしか思えない措置を始めている。これは国交正常化に水を差す由々しい事態に繋がっている。日本政府の自重を促したい。

その二、二番目の〝危うい国際同盟〟——日独伊三国同盟

これは一九四〇年（昭和十五年）九月二十七日に日本、ドイツ、イタリア間で結ばれた日独伊三国の軍事同盟である。以前にあった日独伊防共協定を具体化することを狙い、「ヨーロッパにおける独伊の指導的地位を確認し、日独伊三国がヨーロッパ戦線や日中戦

争に関わって、第三国から攻撃を受けた時に相互に援助する」といった趣旨の取り決めだった。現在の日米同盟に酷似する。これら日独伊三国の心中には、英、仏、蘭、スペインらに比べると、日独伊は植民地獲得競争に後れをとったという、身勝手な泥棒根性の焦りがあったことは隠せない。日中戦に莫大な戦費をかけていた日本政府は、蔣介石政権を軍事支援するアメリカと鋭く対峙し、日独伊防共協定を結ぶことで、アメリカを怯えさせ牽制できると踏んだようだ。日中戦争を有利にしようと狙っての謀略だったのは明らかだ。

私は二度、加藤陽子氏の書に接している。前は『それでも、日本人は「戦争」を選んだ』（朝日出版社）で、今回は『戦争まで：歴史を決めた交渉と日本の失敗』（朝日出版社）で頭の整理をさせていただいた。これは中高校生諸君への講義と応答を編集したものというが、史実を基にした深い洞察で満たされている。氏はこの中で、三つの〝日本の交渉と失敗〟を挙げている。その第一は満州事変に関するリットン報告への日本政府の反発。第二は日独伊防共協定の失敗。最後が太平洋戦争に繋がる日米交渉の拙さである。

ここでは〝第二の日独伊三国同盟〟を承認した、御前会議の前後についての加藤氏の読みを反芻する。時は一九四〇年代。五月にドイツはベルギー、オランダに侵攻し、六月にはパリに無血入城する。その後はドーバー海峡を挟んで英国を窺うが、英国チャーチル首相のしたたかな反独姿勢に手を焼く。そこで九月七日にドイツは日本を同盟に誘う特使を東京に送り込む。日本政府は直ちに外務大臣松岡洋右の私邸で交渉させる。そして事態は急テンポに進み、九月十九日には昭和天皇が臨席する御前会議で承認を受ける。同盟の調印は御前会議後八日目に当たる九月二十七日。なので、これが「九月七日から二十七日までのたった二十日間で成立した条約」と加藤陽子氏は印象づける。

何故、日独はこれほどまでに条約締結を急いだのか。加藤氏の指摘は鋭い。ヨーロッパを片付けたドイツだがイギリスには手こずっていた。イギリスを片付ける前にアメリカに出てこられてはまずい。一方の日本は石油資源を求めて一九四〇年六月には南部仏印に侵攻。続いて、オランダが利権を持つインドネシア油田も狙っている。こちらもアメリカの出方を警戒していた。そこで手を組んだ日独の姿をアップさせて、アメリカを牽制することは両者の理にかなっていたのだった。

私は加藤氏の「戦争まで」を目にして、初めて「日米交渉絡みの御前会議」の裏話を知って驚く。御前会議では、制服組の参謀総長（閑院宮親王）、軍令部総長（伏見宮）や天皇を補佐する立場の枢密院議長らが、長引く支那事変で消耗した態勢にある日本が、日米開戦に陥れば敗戦は避けられない、といった真っ当な発言を繰り返した。これに対して、文民政治家である近衛首相や松岡外相は敗戦を危惧するよりも日本の戦略上の利益を優先させる立場を強調し、日独伊同盟に反対する軍部を抑え込んだらしい。軍部を抑え込むなど、思いもよらぬ文民統制のご乱行である。昭和天皇の外相松岡洋右嫌いはこの時に始まったのかもしれない。この三国軍事同盟は一九四〇年の締結だったが、その五年目の一九四五年に三国とも瓦解崩壊した。この虚しき同盟を〝ある時期国策を誤った〟といった程度の認識で片付けてもらいたくない。

その三、三番目の〝危うい国際同盟〟——日米戦争法案

近年、霞が関界隈にくすぶる不審火が気がかり。霞が関の権力機構が上げる火の粉である。二〇一五年に政府は明治以降で三番目の〝国際同盟〟を結んだ。それは〝同調盟約〟といった体裁に見える。同盟相手はアメリカ合衆国。中身は〝戦争法案〟である。

〝戦争法案〟と呼ばれるこの法案の内容はややこしい。正式な肩書は「安全保障関連法

案」（安保法案）。二〇一五年七月十六日に衆院本会議で多数決可決される。安保法案とはそもそも？　ふつつかながら要約すると、それは安倍政権下で新しく作られた「国際平和支援法案」と「既往の自衛隊法や十もある法律の改正案を一つにまとめた平和安全法制整備法案」の二本立ての法案であるらしい。こんぐらかる自分の頭を整理すると、その二本立て法案の主な中身は次の五項目が現れる。

①　国際紛争にかかわる集団的自衛権を認める
②　自衛隊の活動範囲や、使用できる武器を拡大する
③　有事の際に自衛隊を派遣するまでの国会議論の時間を短縮する
④　在外邦人救出や米艦防護を可能にする
⑤　武器使用基準を緩和する

集団的自衛権の行使はこれまで歴代内閣が〝いかん〟と否定してきたもの。これを自公が閣議決定し、衆参両院の多数決の一番勝負でものにしてしまった。そして決まりに従って、衆院通過後六ヶ月になる二〇一六年三月末には実効性が生じた。うかうかしてはいられない。大津波に呑まれて気づいた時は遅い。

そこで安全保障の誕生を振り返る。一九五二年四月二十八日に締結発効したサンフランシスコ平和条約にからめて結ばれた条約が「日本国とアメリカ合衆国との間の相互協力及び安全保障条約」だった。これが日米間諸協定のゆるぎない岩盤になってきた。敗戦時にできたこの協定の眼目は「日本への安全寄与、極東の平和及び安全の維持のため、アメリカ合衆国の陸海空軍は日本国内に、米軍が必要な区域に必要施設を設けて使用することを許される」であった。この条約には確かに、日本は「個別的自衛権または集団的自衛権を有し、また、日本が集団的安全保障取り決めを自発的に締結できることを承認する」という明文もある。が、これが永い間、棚上げされてきた。それは日本国憲法第九条〝戦争放棄〟の箇条に抵触するからであった。

この棚上げの留め金が、二〇一五年七月十六日に衆院本会議で外された。その上で可決された「我が国及び国際社会の平和及び安全の確保のための自衛隊法等の一部を改正する法律」で、我が国と深い関係がある他国が武力攻撃されるか、また日本も脅かされ、幸福追求の権利が覆される事態には防衛出動すること。また合衆国軍隊等への後方支援、国際平和協力業務に貢献するために、日本が行うものとして、前に挙げた①～⑤を一括した

〝戦争法案〟が内閣によって制定されたのだった。これらはアメリカから要請されたものではなく、安倍政権の自主的な選択だったらしい。したがって、一概には日米同盟とは言えない。しかし、オバマ政権がこれを歓迎したことからして、〝同調盟約〟と言えるらしい。

この過程を見ると、既成事実を順次積み上げて、本命をなし崩しにしてしまう大坂城の故事が思い起こされる。慶長十九年の大坂冬の陣で徳川方が策した講和条約で、難攻不落を謳った大坂城の四層からなる堀が内堀と本丸だけを残す裸城にされた。この結果、同二十年の大坂夏の陣で大坂城は落城し豊臣氏は滅亡した。平和憲法の外堀が埋められようとしている。危うしを思う。

その四、〝金魚のフン同盟〟は解消しよう

国連決議を経ない軍事的同盟に手を染めるのは一切止めようと叫びたい。動機が浅ましく、虚しく、手前勝手に走った日英、日独伊三国同盟の愚かさを若い方にも認識願いたい。狢《むじな》という言葉がある。むじなという生き物は実在しないが、地面に穴を掘って住む〝狸〟

〝アナグマ〟を一緒にしてむじなと呼ぶ。これには似た者同士で悪さするといった語彙がある。かつての日独伊は〝同じ穴の狢〟の典型だった。これに似るものに〝金魚のフンの間柄〟がある。金魚の体にくっついて離れないような、フン同盟の実演者が今の日本であることは世界中が知っている。

元米国国務副長官のアーミテージ氏には次の発言がある。「米軍を日本防衛に貸し出された傭兵と見るような考えを私は拒否する。米兵はアメリカの国益のために命を賭して戦う。アジアの安定は米国の国益にかなうものであり日米協定はそれに寄与する」(二〇一七年一月十六日　朝日新聞：地球を読む)。また、二〇一九年八月一日の朝日新聞「駐留費　米〝搾り取る〟」の記事によると、トランプ氏は五月の安倍首相との首脳会談で、米軍の駐留経費の分担について「日本は三割しか負担していない」と不満を表明し、一説には日本の負担額(二〇一九年　千九百七十四億円)を五倍に増額する要求を考えているとか。日本が負担する米軍駐留費には日本側から好意的に支出する人件費、訓練移転費などの一部もあり、これは「思いやり予算」と呼ばれているらしい。なのに負担額を一気に五倍に値上げしようとはとんでもない。本紙によると、米政権幹部の一人は三十一日、「米軍は日本を守るだけに駐留しているのではない。地政学的にも、戦略的にも米国にとっても（日本駐留）は重要」とし、米国の安全保障上の利益にも繋がっているとの認識を示している。

日米安保は日本を守るのが本旨ではない。アメリカの国益を図るがための協定だと加藤氏も直言している。日本政府は国益に命を懸ける米国とのお付き合いをして久しい。地球上におけるアメリカの〝地政学的、戦略的〟な位置づけがよくわかる合成図を次に示した。これを見るとアメリカは北を友邦国カナダに接し、南をメキシコに接するだけの単純な構造。地球の多くの国々が袖触れ合う構図であるのとは大違い。そして東は大西洋という海洋を従え、西は広大な太平洋海洋を従える。加えて大西洋の先には仲間内のＮＡＴＯ諸国と、不仲でない大きなアフリカ大陸が居座る。心強い。これに比べて西の太平洋の波濤の彼方には米国に気がかりな暗雲がある。暗雲は北朝鮮、大国中国とロシア。この脅威は大西洋海域の比ではない。そこで巨大な太平洋の縁を形成する日本列島、韓国、フィリピン、東南アジア諸国にアメリカを守る外壁になってもらいたい。大きな太平洋側の守りは安心だ。アメリカは建国以来、国土を侵されたのは大日本帝国による真珠湾攻撃だけ。第一次二次大戦における破壊的なダメージを、アメリカだけは免れてきた。その後のアジア、中近東での戦闘も、皆国外で済ませられた。それだけに今後の戦禍を怖れるものは大きいに違いない。〃西太平洋海域の安全リング〃維持は米国の重大な国是だ。アーミテージ氏は〃アジアの安定は米国の国益にかなうもの〃と明言している。世界一の超大国になったアメリカ。原子爆弾の洗礼も、大都市の消滅も、猛毒除草剤の悲惨も体験しなかった国は、さような悲惨を蒙ることを極度に恐れていると思う。

故・ダレス国務長官の強制で生まれた「警察予備隊」は「自衛隊」に武装替えになり、国連平和維持活動に添った「ＰＫＯ派遣」まで昇格した。「駆けつけ警護」の新任務も課され、今や日本国憲法九条にその名を明記されようとしている。何を血迷うのか日本。刀もガンも腰に下げずに平和を築いた〃ガンジー〃〃ネルソン・マンデラ〃〃キング牧師〃のような筋金入りの先覚者が現れることを期待する他ないのか。

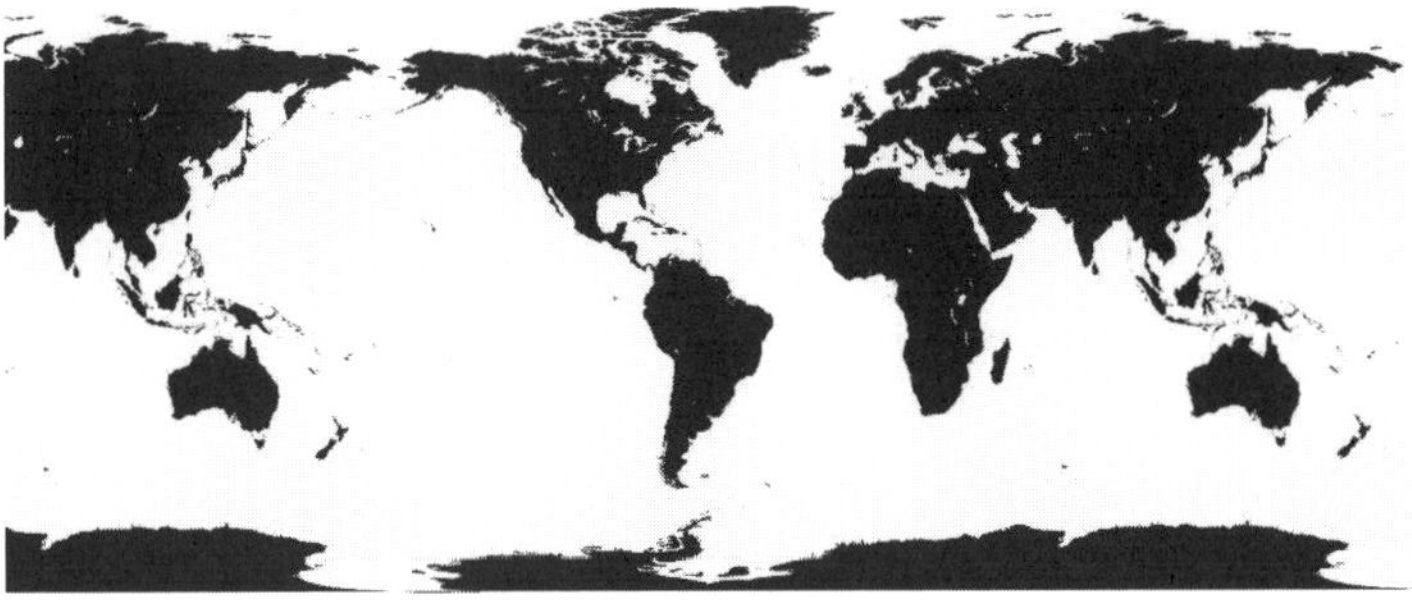

アメリカ合衆国を中心に置いてみる地図

ネットで「二〇一七年軍事力ランキング」表を見る。日本は世界第七位にある。この軍事力ランキングは五十項目もの数値から計算されるというが、兵員数と軍事予算が決め手になっていると見てよかろう。第一位はアメリカ（兵力二百三十六万、軍事予算五千八百七十八億ドル）、二位ロシア（三百三十七万、四百四十六億）、三位中国（三百七十一万、千六百十七億）、四位インド（四百二十万、五百十億）、五位フランス（三十九万、三百五十億）、六位イギリス（二十三万、四百五十七億）、七位日本（三十一万、四百二十八億）以下はトルコ、ドイツ、エジプト、十一位イタリアと続く。このグローバルファイヤーパワー（ＧＦＰ）が提供する二〇一九年のランキングによると、日本は六位に上がっている。これを喜ぶのは高価な武器を買ってもらったトランプ大統領だけだろうが。

アメリカ合衆国はどうしてここまで強大になったものか。十八世紀に建国した時代から早送りして振り返ってみる。

一七七六年：イギリスから独立。

一八四六～四八年：メキシコ・アラモ砦線の勝利を契機に、テキサス、カリフォルニア、ニューメキシコなどの広大な西部を米国領土に編入。

一八五〇年代：太平洋捕鯨漁に必要な基地として日本に開港を迫る。
一八六一～六五年：血なまぐさいアメリカの南北戦争。
一八六七年：ロシアからアラスカを譲渡される。
一八九八年：ハワイ王国を併合。
一九〇〇年初頭：フィリピンからスペインを追放しここを米領とする。
一九一四年：第一次世界大戦の当初は中立。ドイツから危害を受けて参戦。
一九一五年以降：中南米とカリブ海諸国に連携を迫る。
一九三九年：ヒトラーのポーランド侵攻開始。ヨーロッパ戦にも当初は中立を維持。
一九四一年：日本の真珠湾襲撃で対日、対独の第二次大戦に参入し勝利。
一九五〇年：朝鮮動乱で出血戦を体験。

朝鮮動乱で痛い目に遭ったアメリカは〝赤嫌い〟が昂じる。その結果ドミノ理論に走り、代理戦争ベトナム戦（一九五五年～一九七五年）を自ら買って出る。ベトナム戦の発端になったトンキン湾事件は、米国の自作自演の偽装被弾であったと判明。国内外からの総スカンを受け、米軍はベトナムから敗退し南北ベトナムの統一が叶う。第三の代理戦争だったイラクでは湾岸戦争から、ついには二〇〇三年の〝大量破壊兵器〟疑惑を盾にイラク戦に発展させ、フセイン政権を消滅させる。同時並行でアフガンでも手を焼き続ける。

朝鮮動乱後のこれら一連の米国の軍事行動は、アメリカが信奉する〝国益尊重〟に端を発するものに違いないが、若いアメリカ兵の夥しい流血に値する〝国益〟を本当に手にしただろうか。したとすればアメリカ本土に戦禍を及ぼさなかったことかもしれない。あるいは軍需産業に関係する国内の特権階層に旨い汁と豪奢な生活をふるまったことか。それとは裏腹に、嫌われるアメリカというデメリットを世界から受け取った。

早送りで〝国益尊重〟の米国の国是を振り返った。老練な政治家であったキッシンジャー国務長官のドスの利いた声色が聞こえる。二〇一六年三月十四日付の朝日によると、一九七四年の暮れ、総理を退いた佐藤栄作氏が元赤坂の迎賓館で、現職のキッシンジャー国務長官と核兵器の件で話し合ったという。佐藤元総理は一九六七年暮れの衆院予算委員会で「核兵器を持たず、つくらず、もちこませず」の非核三原則を打ち出し、田中総理らの推奨もあって一九七四年のノーベル平和賞候補に推される。佐藤はノーベル賞受賞講演にあたって「核を保有する五ヶ国がいずれも核兵器を先行して使わないとの提案をしたい」とキッシンジャー長官に持ち掛ける。するとキッシンジャーは即答した。あの渋い声だったろう。「米国はさような話し合いへの参加を拒む唯一の国だ」と。理由は「米国が核兵器の先行使用を放棄したら、それは日本にとっても危険なのだ」結局、佐藤氏のノーベル平和賞受賞講演には「核兵器の先行使用を放棄する」の前向き発言は入れられなかった。

それだけでことは収まらない。翌一九七五年に米国は「核の傘」を日本に提供すると表明。日本はこれを断らず唯一の核被爆国として「非核三原則」を提唱しながら、安全保障では米国の核に縋る矛盾を飲む。日本側のこの矛盾は米国の中ソ危険視に追随してのことだった。二〇一六年以後もこの追随はそのままである。米国のアメリカファーストの国益優先ペースが変わらない限り、見えない冷戦の終わりは来ないであろう。

私が言う「金魚のフンの間柄の解消」は、キッシンジャー以前のダレス国務長官に始まる米日の親分子分の解消清算である。第二次大戦で迷惑をかけた反省は続けるべきだが、かと言ってその見返りに〝金魚のフン〟であり続ける必然性はない。卑屈なおべっかは決然と返上してほしい。たとえどんな経済制裁を受けようともである。安倍首相が再三口にする「戦後レジーム（体制）からの脱却」は言語明晰だが内容が不明だ。戦後、米国に押し付けられた「同じ穴の狢関係」こそが脱却すべき「戦後レジーム」であろうと私は思う。

安倍首相の挨拶にはこのような素振りは毛ほどもないのが残念だ。手を差し伸べるべき中韓の友人への対応を疎かにもしてほしくない。

安倍首相のこの頃の「戦後レジームの脱却」は、日本国憲法の改憲を指しているように思える。個人より国家を尊重し教育基本法も手直しした。秘密保護法、共謀罪法、安全保障法などの強引な国会通過。果ては憲法第九条の手直しまで目論み、ゆくゆくはアメリカと手を携えて「戦争ができる国」にする、危険極まりない体制つくりを意図している。首相は祖父の岸信介の右翼主義を継ごうとしているのだろうか。アジアの諸国を武力と経済力で束縛している超大国に、敢然とノーと言える卓見、勇気を国民が広く共有しなければことは収まらないかもしれない。あなたや兄弟、子孫の血が無残に地面に吸い取られないためにである。

その五、もう一度〝むのたけじ〟氏（一九一五〜二〇一六）

むのさんは新聞コラムなど通じて、限りなく私などを叱咤激励してきた。二〇一六年暮れ近く私は『戦争絶滅へ、人間復活へ、九十三歳・ジャーナリストの発言』（むのたけじ、

聞き手黒岩比佐子 岩波新書二〇〇八年第一刷）に出会い、感動した。この新書は成り立ちからしてユニークだ。三人の協力で産声を上げたと、むのさん。事の始まりは二十年ほど前、岩波編集部の坂巻氏から〃二十一世紀への手紙〃のテーマで新書への寄稿を依頼されたことにある。だが、自分の未熟を感じて氏は降りてしまった。二十年後に約束を果たそうと思ったが、むのさんの眼にトラブルが起き、原稿が書けなくなる。窮余の策として坂巻氏が旧知のノンフィクション作家黒岩比佐子氏に、対話形式で一切を書き起こす仕事をお願いして本書が生まれたという。

むのさんは二〇一六年五月に百一歳で永眠した。また共著の黒岩比佐子氏も本書の第一刷ができた翌々年の二〇一〇年に死去した。私はこの本を手にして二人への哀悼と感謝を込めて本稿を起こした。結びに、むのさんは「語り手としての思い」を次のように述べている。

「この本は研究や調査報告ではない。ジャーナリズムを背負った個人の足跡に波乱に富んだ社会史の鼓動が絡み合った記録である。（どこかで）学習テキストになればありがたい」と。どのページも冷徹な視線で貫かれている。脳裏に強く残る九十三歳のジャーナリストの言葉の断片を紹介する。

①「戦争をやめさせることができた反戦運動はない」戦争があれば必ず反戦運動はあったが、戦争を「やめさせることができた」非戦運動は一つもなかった。戦争は悲惨、兵士がかわいそう、罪悪だと百万回叫ばれたって戦争をやろうとする連中には痛くもかゆくもない。戦争をなくするには、戦争をする必要をなくし、戦争をやれない仕組みを作らねばだめ。でもそこまで踏み込んだ平和運動は一つもなかった。

②「憲法九条は晒しものにしているだけではだめ」九条の会も誰かが上から号令かけるだけでなく、民衆の中に「九条だけは守らなければ」というエネルギーが出てこないと本物になれない。人類の戦争は数千年前から欲望のおもむくままにやってこられた。戦争は人間の欲望の発露だ。今は資本主義の矛盾を解決しようとしてその手段に戦争が使われている。

③「男天下から女中心の社会」になれだ。人類はこれまでの一万年、男天下でやってきたが、これからは女が主導する社会に変わった方がいい。

④「資本主義よ、社会主義よ」のページには、むのさんジャーナリズムの真骨頂が盛られているように感じられた。新書の合作が一段落した時。坂巻、黒岩、むのの誰かがポツンとつぶやく。「こうして見てくると、(生き)残るのは資本主義オンリーですね」。これは大変な発言だ。世界を引っ張り、人類のありようを左右する潮流が、いまや資本主義だけになり、社会主義は七十年で消えたとの観測を坂巻、黒岩、むのの三人が共有している。「資本主義よ、お前の本姓は欲望の無限大追求。儲け第一主義で、利益がないと屁もたれないし、儲けのためなら毒水も海に垂れ流してきた。お前の死と人類の死が重なるまでそれを続ける気か」この喝破は凄い。人類の強欲が資本主義を産み、止むことなく発達するとの指摘は、私が辿った思考にもすっぽり重なる。米軍キャンプでの昔、PXの日系上級曹長が私に呟いた「人間はグリーディー(強欲)な生き物だ」を忘れない。むのさんが提唱した「戦争をなくするには、戦争をする必要をなくし、戦争をやれない仕組みを作らねば」は驚くほどに明晰で、わかりよいメッセージである。オバマ大統領も感動する言葉だと思う。人為的に消耗文化をつくって(スロー・アウェイの大量消費社会)を維持しているのが現代。景気を横溢させるのに戦争を役立ててきた。消費社会の中に〝戦争をする必要は作らない〟の智恵

を嵌めこめないものか。誰もが欲望は腹八分で満足できないものであろうか。

むのさんはこの共著で、腹の奥底の思いをさらけ出したと思う。凝縮された提言は次のようになろうか。

◎人間の欲望の発露が戦争
◎強欲こそが資本主義の産みの親
◎戦争をする必要をなくし、戦争をやれない仕組みをみんなで作れ

むのさんの叫びに次のコトバを私は加えたい。

古来、生物に与えられた欲望は宇宙からの贈り物。生き続けさせ、必要に迫られて進化してきたＤＮＡもそうだ。これが途絶える時、生物は終焉を迎える。だから生物誕生から四十数億年、その贈り物は消滅しないできた。太陽と同じように〝欲望〟は善悪を超えた久遠の実存であろう。だがその実存に匹敵する力を持つもう一つの実存に〝人智〟があることを忘れまい。欲望と人智は共存していることを悟ることから始めよう。

むのたけじ氏が話した「人類は数千年も欲望のおもむくままに戦争をやってきた。戦争は人間の欲望の発露だ」を深く嚙みしめたい。そしてその欲望の渦に巻き込まれて逝った若者たちの声を『きけわだつみのこえ　日本戦没学生の手記』（光文社　昭和三十四年刊）で見る。無数の想い、声を知る。

「まるで渦中にすいこまれるような思いで、私は戦に征く」
「若きウェルテルの悩み（ゲーテ）読了。彼の死に至る経緯に胸打たれる」
「弱きもの、哀れなるもの、汝の名は人類」

大学卒業と同時に戦地に呼び出され、一様に二十五歳前に亡くなっている。私たちは悔しさの籠った若き彼らの言葉を忘れてはなるまい。

四、〃ネギをうえた人〃たるために

本書の構想を始めて十年近い。初めは自分が出逢った不遇、不毛を嘆くような鉦叩きをやっていた。叩いているうちに錆が剝げ飛んで、ハガネが出てきた。Gook manを始めたお陰で私の人生を左右していたものが、明治期からの奇胎という曲者だったことに気づいた。それに按排された影響を引きずってきた。何事にも分別のない幼児期は無論だが、十代、二十代になっても奇胎の按排にずるずる引きずられた。敗戦、占領、日米安保、ベトナム戦を眺めながら、歴史を動かした根底にあった奇胎を生む人間体質にまでは思い及ばなかった。目に見えぬものを大切にした巷の五人の巨人たちの足跡を辿り、「宇宙原理」がつくり出す〃独善、憎悪〃〃奇胎〃などの争いの根源を断つ策を探ってきたが、卒寿を超える今になって、ようやく事の理がわかりかけ、〃ネギをうえる人〃たるのは特定の人ではなく、みんなが分担するものでなければならない、という境地にたどりついた。

人類の生成はほぼ二百万年前と言われる。そして現代の世界人口は約六十三億とも。この間にどれだけの人が生死したであろう。国立人口問題研究所の「人口統計資料集」（二〇〇一・二〇〇二年版）を孫引きすると二百万年間に誕生した人の総計はおおよそ六千億人。これには古代の洞窟壁画を遺した旧石器時代人、ギリシャの哲学者、インド、イスラエルが生んだ偉大な宗教者、ドイツ、ロシアの不滅の音楽家や文学者も含まれる。無数の智者、賢者、カリスマも現れたが、人類の争いを根絶する金星を挙げた識者はいない。〝争いを根源で断つ〟のは永遠の未完成であろうと心得ねばならない。生物が体のほぼすべての組織にもなり得るiPS細胞を持っているように、人は将来いかなる個性、人間性（お釈迦様にもヒトラー）体質にもなれるスーパー性をもって世に生まれると私は思う。

旧盛岡中学時代からの友人に太田愛人君がいる。私と同じ一九二八年生まれ。学徒動員の松尾鉱山で臭い弁当や平塚の航空工場の夜勤も共にした。空襲警報下の平塚脱出と共に盛岡農専進学を選ぶ。彼は林学、私は獣医学。太田君の父は盛岡市内丸教会の牧師をしていた。その血の引いたものか、中学時代からの彼は重厚な精神力の持ち主だった。動員生活の平塚の宿の押し入れは彼の図書で埋まっており、のほほんと過ごす仲間は「お前らもボヤボヤしていないで、本くらい読め！」と諭された。彼の林学専攻もB29の襲撃から逃れる選択であり、その後東京神学大に進む。日本キリスト教団の大町（長野県）、上星川（神奈川県）などの教会牧師を勤めながら執筆にも専念し、日本エッセイストクラブ理事なども歴任する。

その彼が二〇一七年の春、我が家に立ち寄ってくれて、在盛の中谷真也君も交えての久しぶりの再会となる。その折、彼の著書『パウロからの手紙』（二〇〇九年日本放送協会）を贈呈された。私はこれをなんとか読み切った。すらすらと読める書物ではない。重厚で時折、手元の古い新約聖書のページも併せ読まねば進めない。太田君がこの重い書を私に読ませようとした無言の意志は「お前もボヤボヤしないで、パウロを読め！」であると受けた。彼はこの書では使徒パウロの強靱な伝道活動を、余すところなく伝えている。私には太田君がパウロに倣う宗教活動をしていることをよく理解できた。この『パウロからの手紙』は彼がこれまでに出した一連のエッセイとは全く異なる、真摯な伝道の書そのものだった。

彼の書からパウロはイエスの十二人の愛弟子に含まれない者で、初めはむしろ忠実なユダヤ教徒でイエス批判者だったことを知る。その後に一転して「パウロの回心」と言われるイエス帰依者になる。福音を世界に広げる使命に半生を捧げ、「ネギをうえる人たるために」を実践する。私はパウロがコリント人に送った第二の手紙の第三章に注目した。

「(パウロは言う) キリストに代わって私たちが送る手紙は墨で書いたものでなく、生きる神の霊をもって書いていると。また (モーゼが彫った) 石板とも違う。人の心に刻み込む霊書であるとも」。さらに、「神は私たちに文字に仕えることなく、霊に仕える者たれと」このパウロの福音を聞くと「真の和を獲得するには、紙や石に刻んだものの交換でなく、相互に出会って霊を交わす以外にはない」と伝えているように聞こえる。「紙や石でなく心霊の交わり」をとするパウロの言葉である。

先に挙げた〝争いの根源を断つ〟決め手は、パウロが言う「常なる霊の交換をおいてない」であろう。私が行き着いた「人任せでない、膝交えての話し会い」がパウロの言う〝交わり〟に近いと知って安堵した。太田君に感謝である。私たちの先祖たちは果てしない睦みあいばかりでなく、殺し合いをやってきた。しかし幸いにも、種を絶滅する愚かさまでは至らなかった。しかし武器の先鋭化、巨大化が進んだこれからは危うい。いったん火ぶたを切った男の争いには歯止めが利かぬ愚かさがある。国際連合による「常なる霊(心) の交換」の深化を図らねばなるまい。同時にまた、人々は常に自分の過ちに気づき、謝罪を表明せぬうちは「膝交え」の機運も生まれにくい。そこで歴史に残る先例を探ってみたい。

その一、ドイツを知って日本を考える

国付き合いは人付き合いにも似ていると思う。生き物は感じやすく傷つきやすさを持っている。国とて然りだ。痛め、傷つけられた思いは人でも国でも骨身に沁みてPTSD（心的外傷後ストレス障害）として残る。イラクやアフガン戦場から戻った米兵の多くが精神障害を負い、かなりの自殺、生活不能に陥っている。いがみ合いは被害、加害双方に傷を負わせる。混迷に陥った人や国の破綻をどう修復するか。戦後のドイツと日本を知ることから手がかりを探る。

隔たる日独両国は第二次大戦中に世界を震撼させる戦争犯罪を働く。この両国の次世代が過去をいかに償おうとしたかの比較には論議がある。第二次大戦後の　ドイツと日本がとった歩みの違いを眺めてみたい。

［戦後ドイツの流れ］

一九四六：ニュルンベルク裁判（死刑判決十二名）。

一九七〇：ブラント西ドイツ首相。ワルシャワのユダヤ人犠牲者追悼施設で跪いて黙禱を

捧げる。
一九八五：ヴァイツゼッカー西ドイツ大統領。連邦議会で敗戦四十周年記念に「荒れ野の四十年の懺悔講演をする。
二〇一五・五月：メルケル現ドイツ首相。戦後七十年を前にして政府ホームページに「歴史に終止符はない」を公開。ダッハウ強制収容所の解放七十年式典に列席、追悼演説をする。

［戦後日本の流れ］
一九四八：極東軍事裁判（A級戦犯の死刑判決七名）
一九九三：内閣官房長官河野洋平。朝鮮で日本軍部が犯した慰安婦問題にお詫びと反省表明。
一九九五：村山富市首相。「戦後五十年の終戦記念日に」の閣議決定の村山談話を表明。
二〇一五・八月：安倍晋三総理。「戦後七十年を迎えるにあたり」の談話を閣議決定し、記者会見の形式を借りて表明。「積極的な平和主義」追求による繁栄を担ってゆくと表明。

戦後日独の戦争犯罪についての反省には、両者に共通点がある。ヴァイツゼッカー大統領は国民に向けて責任を持とうと呼び掛けることに主眼をおき、村山首相は迷惑をかけた海外への謝罪に重きを置いた。表現の違いはあったが、両者とも真摯な心からなる呼びかけをしている。二人は歴史に残る名言を残した。ヴァイツゼッカーは諭す。

「われわれの祖先は苦い遺産を遺した。我々はすべて老人、若者であろうと、過去を受け入れねばならぬ。過去に目を閉ざす者は、未来に対しもやはり盲目となる」と。

村山首相も述べる。

「わが国は遠くない過去に国策を誤り、国民を存亡の危機に陥れ、植民地支配と侵略によってとりわけアジア諸国の人々に多大な損害と苦痛を与えた。私はあらためて痛切な反省と心からのお詫びの気持ちを表明します」と。

この両者の言葉にはごまかしも取り繕いもなく、真の心情を吐露している。しかし独・日の流れには決定的な相違点が三つはあると私は思う。まずは声明や行動の発露に日本側の出遅れがある。これはドイツに追従したとの印象がぬぐえない。二つ目はドイツのブラント、メルケル首相とも海外に出て、目に見える形の「お詫び」をしている。ブラントの行いを見る。彼は戦後十八年に訪れた、ポーランドの首都ワルシャワにあるユダヤ人犠牲者追悼施設で、献花後に数歩下がって、跪いて黙禱する。追随していた西ドイツの高官らもこれには言葉を失ったという。ブラント首相は膝についた塵など気にも留めなかった。顧みるに日本では南京事件、慰安婦問題にしても、ブラントのように現地に赴いて頭を下げる労を取った人を私は知らない。

三つ目は、ドイツのメルケル首相と安倍首相のお詫びの言葉使いの大きな違い。二〇一五年五月メルケルは「戦後七十年とドイツ」の講演で「ナチスの蛮行やホロコーストなどの苦しみを世界に広げたのが私たちの国であったのに、世界が和解の手を差しのべてくれたことを決して忘れない」と述べ、最後に「第二次大戦から七十年たった今、眼を見張るような発展を遂げた私たちドイツと日本は開かれた他の国々とともに、世界秩序に対してグローバルな責任を負うパートナーであらねばならない」と結び、それとなく安倍首相に促しのメッセージを送っている。メルケルは言葉少な目だが、若いドイツ連邦共和国に多くの信頼を寄せてくれた隣国に謙虚に感謝し、世界秩序維持に貢献する真情を明かしている。その表明は追悼演説の中でされた。メルケル首相が隣国に話しかける言葉を、ドイツ国民の多くが快く受け入れていると見える。

これに対して安倍首相は二〇一五年八月に「百年以上前、西洋諸国による植民地支配がアジアにも押し寄せる中で、日本は立憲政治を柱に独立を守り抜き、日露戦によっては植民地支配下にあった多くのアジア、アフリカの人々を勇気づけた」の前置きに始まる総理大臣談話を発表する。「その後に一千万人もの戦死を出す第一次大戦を契機に国際連盟が創設される。しかし、世界恐慌（一九二九年）が起こるや日本も大きな経済打撃を受け、その行き詰まりを力の行使で解決しようとし、満州事変、国際連盟の脱退を経て〝新しい国際秩序〟への挑戦者にならんとして進路を誤り、戦争への道を歩んだ」と結ぶ。

そして「先の大戦では三百万人の同胞犠牲（戦病死、原爆他の傷害死）を出し、戦場となったアジア地域や太平洋の島々などでは、多くの無辜の民に苦しみと恥辱を及ぼしたことに断腸の念を禁じ得ない」。「先の大戦への深い悔悟から我が国は、いかなる武力の威嚇や行使も国際紛争を解決する手段として二度と用いてはならぬの誓いを堅持してきた。そして戦後はアジアの人々の平和と繁栄のために力を尽くしてきた。それを引き継ぐ責任を感じており、先の大戦の行いに痛切な反省と心からのお詫びの気持ちを表明してきた。こうした歴代内閣の立場は今後も揺るぎない」。「いかなる紛争も法の支配を尊重し、力の行使でなく平和的・外交的に解決すべきと考え、世界にも働きかけていく。以ってわが国は自由、民主主義、人権といった基本的な価値を堅持して、〝積極的平和主義〟の旗を高く掲げていく」で結ぶ。

メルケル談話の三ヶ月後に出された安倍首相のこの談話は長文だ。呼びかけは自国民と隣国の双方に向けられている。切り出しの〝日本がなぜ国策を誤る愚を重ねざるを得なかったか〟の部分には言い訳がましさを拭えない。反省の潔さが消されている。中段からは安倍首相の懸命な弁明が続く。〝痛切な反省と心からのお詫びの気持ちを表明する〟は村山談話の「わが国が過去に国策を誤り、国民を存亡の危機に陥れ、植民地支配と侵略によってとりわけアジア諸国の人々に多大な損害と苦痛を与えたことに、痛切な反省と心からのお詫びの気持ちを表明する」を踏襲したものだが、このお詫び表明に関して、安倍首相が暫く躊躇したらしいとの報道に接している私などは、首相の心と言葉に裏腹があるとの思いを禁じ得ない。それは「侵略の定義は学界的にも国際的にも定まっていない。国と国との関係でどちらから見るかで違う」（二〇一三年四月二十三日の参院予算委での首相答弁）といった村山談話を否定する安倍首相の言葉があったからである。右の発言はアジア各国のみならず、米国でも戦前の日本による「植民地支配と侵略」について謝罪した村山富市首相の「談話」（一九九五年）を否定し、戦後の国際秩序を守る願いにも挑戦するものと受け止められた。

そして最後の安倍首相の〝積極的平和主義〟はいかにも唐突である。平和的な自由、民主主義、人権といった基本姿勢を世界に知らせるのに〝積極的平和主義〟などと息巻く必要はない。こじつけがましい。それは、アメリカと同盟する〝集団的自衛権〟の鎧を衣で隠そうとする言葉尻にも聞こえる。アメリカ資本主義とタッグを組んで、国益を上げ、いくばくかの分け前をもらう代わりに、必要あれば、〝集団的自衛権〟を行使することもやぶさかではない、と勘繰られても仕方がない。

以上が私の見る、第二次世界大戦後に日独政府がとった歴史反省の微妙な相違点である。先に紹介した在日ドイツ人、ウヴェ・リヒタ氏が自著『ヒトラーの長き影』の中で激しい自国批判をしているのに出合い、面くらったが、これとて彼の偽りのない歴史反省なのであろう。メルケル首相は「ナチスの蛮行」に対する深い反省をしつつも、毅然たる外交姿勢を崩さない。最近の緊張する国際情勢では中東の〝ホルムズ海峡〟における船舶の安全を巡って、米国政府は世界に向けて「有志連合」への参加を要請している。これに多くの国が足踏みする中で、英国だけは正式参加を表明したが、ドイツはきっぱり参加を拒否した。そこには緊張緩和の方策は武力連合などでない、有効な解決策をとるべきとの明確な主張を感じる。

その二、アメリカを知って日本を考える

幕末の開国以来、日本がもっとも身近に付き合った外国はアメリカだった。外国イコール、アメリカの間柄となる。となれば真のアメリカをしっかり認識し尽くさなければならない。裸のアメリカの本質を直視する必要がある。日本にとっての初の米国体験は、嘉永六年（一八五三年）のペリー提督率いる、アメリカ合衆国海軍インド艦隊蒸気船四隻の出現だった。私個人のアメリカは一九四五年九月、盛岡の狭い本町通りを威圧進駐してくる米第五一一落下傘部隊のジープとの出会いだった。ペリー提督と落下傘部隊進駐の間には、ほぼ一世紀の隔たりがあったが、いずれもが威圧的でわれこそアメリカぞであった。

一九四五年に盛岡市内で体験した米国は進駐軍にすぎなかったが、一九四八年に米軍キャンプに就労した時のアメリカは肌合いがずいぶん違った。向けられるMPのピストルの銃口、赤鬼軍曹の鉄拳など、アメさんの仕打ちは無情だった。また、多くの日本人には連続するアメリカの軍事的な外交戦略記憶がある。それらは一九六〇年代に始まったベトナム戦のソンミの住民虐殺、大規模な枯れ葉作戦と戦争奇形児の排出、非人道的ナパーム弾投下等々。さらには誤った〝大量破壊兵器〟[※]情報に基づくフセインイラクの打倒。[※]これに前後して始めていまなお解決の目途の立たないアフガン紛争への武力干渉。[※]これらが近代史に私が見るアメリカの素顔である。

［註1］イラク戦争：これもアメリカ合衆国が主体で二〇〇三年三月二十日から、イギリス、オーストラリア、等の有志連合による「イラク自由作戦」の名目で始まった軍事介入である。介入の理由はイラクが大量破壊兵器を保有しているというものであった。イラクは二〇〇二年に大量破壊兵器に対する査察を受け入れたが、査察があまりに細部に及ぶので、イラク側は積極的な協力を拒んだ経緯がある。その一方で米国はCIAを使って大量破壊兵器やテロ組織の有無を調べさせた。そのCIA情報に基づいて、「イラクに大量破壊兵器あり」の誤った結論をし、二〇〇三年三月に国連の支持なしにイラク攻撃を始め、フセイン政権を倒し、その十二月にはサダム・フセイン大統領を逮捕した事件である。

［註2］アフガニスタン紛争：二〇〇一年九月十一日に発生したアメリカ同時多発テロ事件がきっかけの戦争。タ

リバン政権は国連安保理決議によって数度に亘ってオサマ・ビン・ラディンとアルカーイダの引き渡しを要求されたが拒否し続ける。これによって、二〇〇一年十月に、アメリカが主導する有志連合諸国とアフガニスタンに結成された暫定政府が協調した「不朽の自由作戦」として、タリバン勢力、アルカーイダその他の武力集団に攻撃を仕掛けてタリバン政府を崩壊させた。この攻撃はアメリカ合衆国政府によって「対テロ戦争」の一環として、国際的なテロの危機を防ぐための防衛戦の位置づけで行われた。イギリスその他の多くの国がこれに賛同し国連安全保障理事会もタリバン政権打倒に理解を示す形になった。

［註3］大量破壊兵器：人を大量に殺傷し、または構造物などに多大な破壊を与えることが可能な兵器を指す。具体的には、生物兵器（細菌など）、化学兵器（毒ガスなど）、核兵器、放射能兵器の四種がそれ。アメリカは核兵器を実戦で使った唯一の国であり、また第一次大戦とベトナム戦で化学兵器を使っている。中国は化学兵器、核兵器を含む大量破壊兵器を保有している。

（一）生粋のじゃじゃ馬 Mrs. Prevot（プレボ）

アメリカ人のプレボ女史との遭遇は、私がアメリカニズムの脅威を認識させられた、極めて貴重な体験であった。彼女の強烈な個性に遭遇して、これぞ〝アメリカンの本領〟と知る。大衆的なアメリカンを知るには格好な反面教師であった。

出会いは一九八七年の春、彼女が国際交流基金を通じて来日した折だった。国際交流基金は一九七二年に外務省所管の特殊法人として設けられ、その後は独立行政法人となり海外との文化芸術交流、日本研究、知的交流などの活動を進める機関になった。プレボ女史は極めて行動的で、向こう見ずな強い個性の持ち主なことは会ってすぐに判った。米国内で私は「Mustang（ムスタングというテキサス産の半野生馬）と呼ばれているのよ」が最初の挨拶だった。彼女は、日本古来の伝統文化を映像にして、日米交流に貢献するとして交流基金に応募し、認められての来日だった。その時、基金の総裁だった吉岡裕さんから「かくかくの人物」が参るのでよろしく手伝ってほしいとの頼みがあり、私は引き受けた。自己紹介された時、Prevot の名はフランス風だがと尋ねると、結婚した相手がフランス系なだけで、自分は生粋のヤンキーですと返ってきた。

夫人が花巻空港に降り立ったのは一九八七年六月。NHK某氏の紹介になる数人の映画撮影グループも一緒だった。彼女が映像化しようと意図する北国の伝統文化とは、馬が活かされた農村景観だった。次第に読めてきたが、彼女が撮影したいテーマは〝歴史の証人〟（Witness）。その中身は「嫁か馬かどちらが大切か」であったことが私のメモから読み取れる。撮りたい被写体は多彩だった。まず、盛岡の六月のチャグチャグ馬コ祭り。それと泥んこの田植え風景や茅葺き民家に住む姥たちの映像。中でも腰が〝くの字〟に曲がった農家の姥に彼女は目を奪われる。伝統のこもる農具や小間物。そして桜。それに彼女はなんと宮澤賢治にも強い関心を抱いていた。あるいは賢治の「アメニモマケズ」の詩の「西に疲れた母あれば行ってその稲の束を負い」の情景を映像化することが主眼であったかもしれない。彼女が何度か口にした〝嫁か馬か〟の意図が今はすっきり読める。働く馬を大事に先祖伝来の田圃を守り、嫁ぐ嫁には腰が九〇度に曲がるほど重たい仕事を課し、賢治が言う稲束を背負わせて姥になるまで働かせる、古事記の映像仕立てをしようとしていたようだ。

プレボ女史の岩手入りは、南部のチャグチャグ馬コ祭りに焦点を合わせての来日だった。この馬コ祭りは毎年、田植え仕事が一段落する六月の第二土曜日と決まっている。この年は六月十三日であった。好天に恵まれたこのイベント撮影は彼女を満足させた。続く田んぼの農作業、農具や小間物撮影は、岩手県農業博物館にご厄介になる。農家の姥たちとの撮影は滝沢村大釜地区の吉清水タキさんの縁側で実った。九〇度近く腰が屈んだおばばには取材に出かけた沢内村の農道ですれ違う。その時プレボ女史の眼差しはおばばの屈んだ腰に釘付けになる。取材の数日を過ごした後、私は彼女を盛岡地方裁判所構内の〝石割桜〟へ伴った。裁判所の石割桜は、巨大な天然花崗岩の割れ目に育った幹回りが一・五m前後で樹齢三百六十年を超えるエドヒガンザクラ。大正十二年（一九二三年）に国の天然記念物に指定された由緒ある銘木である。裁判所では花崗岩のぐるりを柵囲いして、老桜の根元が踏みつけられないように手当てをし、害虫や冬の寒さから守る菰巻きにも意を配ってきた（写真）。

プレボ女史は〝石割桜〟を見た瞬間、恐らく文化人類学のリポーターたらんとする使命感が内部爆発したかのようだった。老桜を凝視してしばらく動かなかった。そしてふり向くなり一気に彼女のイメージを吐き出した。

「この岩の周りに筵を敷き、滝沢村の姥たちを座らせて昔語りする映像を撮り、田植えから上がったチャグチャグ馬コを祝いつつ、賢治の〝寒さの夏〟や〝疲れた母の稲束〟の昔話をここで語らせたい」

この着想はいいが困った。〝石割桜〟のぐるりに柵をして古木の根を傷めない万全を期してきた裁判所の思いを知る私は、ダメのサインを出した。しかし、ムスタング・プレボは引き下がらない。〝日本文化の紹介が大切か、裁判所の配慮が重大か〟の鼻息。とうとう我々は

樹齢360年を越える石割桜

裁判所内に足踏み入れて、事務長さんに面談を申し入れる。厳めしい部屋に通されてもプレボ女史はいささかも怯まない。アメリカ代表の勢いを披歴しつつ、日本文化を米国民に紹介する使命を米語で力説する。事務長さんは温厚だった。

「ご使命はわかる。だが、文化財古木を守らねばならぬ私の使命も理解してほしい」と答える。

ならばとプレボ女史は、桜の根を傷めずに人が腰掛けられる木製のベンチを誂えてくるが、どうかと食い下がる。

裁判所にすれば建前を一度崩せば前例になる。これを事務長さんは理解させようとする。正論である。しかし、プレボ流からすると、

〝高尚な目的〟を持つ文化交流に比べれば、裁判所の古木保全論は〝一片の感傷〟に過ぎないと譲らない。擦った揉んだしたが裁判所は譲らず、さすがのムスタングも引き下がらざるを得なかった。

それにしても、裁判所内でのプレボ女史の言動は、類を見ない迫力だった。彼女の使命に対する強固な意欲は理解できたが、目的達成にはバズーカ砲で壁をぶち抜くことも怖れぬ彼女の攻撃精神は私をたじろがせる。この攻撃精神はペリー提督以来、アメリカ製の強腰を練り上げてきた成果であろう。彼女との出会いは、一国主義アメリカニズムの理解を深めるにはもってこいの機会であって、アメリカ式じゃじゃ馬の手綱を締める時は気を緩めてはならぬと思い知らされた。あれほど情熱を傾けたプレボ女史の〝嫁か馬か〟がドキュメント映画として成就したかどうかは今もって知らない。

（二）プラグマティズムで武装するアメリカに注目

アメリカの現実主義の源泉は何かを論ずる本『アメリカを動かす思想：プラグマティズム入門』（小川仁志　講談社現代新書）に出合った。「アメリカが世界最強の国であり続ける理由」なる長い副題付きだ。言ってみれば、従来のヨーロッパ型の観念的哲学とは一線を画する新生合衆国の現実主義論（思想）である。プラグマティズムは辞書によると英字では pragmatism で、実利・現実主義。哲学的には実用主義とある。形容詞の pragmatic は〝実用本位の〟。これを見ると、前述のプレボ女史の言動はすっぽりこれに嵌る。なるほどである。小川氏が第一章のアメリカ思想の系譜に書いた一節は簡潔にして的確だ。ここに紹介する。

「なにもない土地に入植してきた開拓民に大切だったのは、生きるための結果だけ。プラグマティズムはヨーロッパ的歴史のないアメリカに生まれるべくして生まれたもので、やがて思想となり、実利的な思考の基礎になった」

このような背景から実利・現実主義的に生きる思考は、かなり前からアメリカ移住民の中に根付いたに違いない。物事の認識の仕方、捉え方、行動と効果の相互関係をよく見極めようと提案したのが、一八七〇年代のパースという人だった。最初は学問的、哲学的な発想だったが、次第に現実に役立つ思考方法に進化したものと私は思う。小川氏が述べる次の説明は私の体験にピタリ重なる。

「ゼロの荒野を拓き、自営して生きてきた人たちが個人主義を堅持するのは無理からぬこと。必死な競争社会では物事を効率よく行う必要が生まれ、効率よく物事を進めるのが『正義』とする考え」

これはアメリカ人の特徴を言い当てた表現だ。

加えて私は考える。英国のプリマスから出航したメイフラワー号が新天地アメリカについたのは一六二〇年。四百年前だが、これが白人国家の端緒となる。アメリカは若い国だ。英国から独立した一七七六年から数えると、今が二百四十歳。ペリー提督が浦賀に現れた一八五三年からでは百六十五歳である。中国やインダスなどの古代文明を持つアジアの老成国に比べると、アメリカはヤンチャ坊主の真っ盛り。いくら飛び跳ね、遊び回っても疲れを知らぬ年代だ。新大陸アメリカの東部から生きんがために大西部に進出し、先住のインディアンを締め出し、メキシコからテキサス、カリフォルニアにかけての広大の地域を取り上げ、それで納まらずにハワイの王様にも退位願った。この膨張主義の根底にはpragmatismがあったと思う。その膨張線上に現れたアメリカにとっての脅威は日独の防共協定であった。ここでアメリカは初めて国際舞台に登場する。第二次大戦に続く朝鮮動乱まで世界の警察官として動いたアメリカには、正義の戦士の名誉が世界から惜しみなく注いだ。

アメリカが次の正義を決意したのが、赤い脅威となると睨んだベトナムだった。さらに続いてテロの元凶と見做したイラクのサダム・フセイン。そして二〇〇一年九月十一日のアメリカ同時多発テロ事件を謀ったウサマ・ビン・ラディンを匿ったとみなしたアフガンである。このあたりからアメリカは世界の警察官を捨てて、なりふり構わぬ一国主義を暴走させる。この実利理論の武装で暴走する時、ともかく、結果が国益に繋がれば許されると実益優先を自ら許したように思う。この理論武装の危険は現代米国に内在する。プレボ女史の専横もこの理論上にあった。小川氏はそのようなアメリカ専横が赦されるのかの問いに「ノー」を出し、世界との連携を薄めるアメリカ式個人主義の危うさを指摘している。

アメリカ国内にも専横を「ノー」とする声があるが、大きな力にはなっていない。その証拠に二〇一七年一月に第四十五代アメリカ合衆国大統領に選出されたトランプ氏などは典型的なプラグマティズム信奉者である。その彼を大多数のアメリカ国民が選んだ。一国主義を抑制する手綱引きを米国民の大多数が身につけてほしいと願う。

(三) 親愛なるアメリカの友を偲ぶ

私はこれまでに、アメリカ脅威論とはかけ離れた立場の米国人から、ありがたい〝友好の絆〟をプレゼントされてきた。それは八戸キャンプＰＸで人生観の手ほどきをしてくれた日系の上級下士官、兄貴のようなアドバイスをくれたヨーブスト伍長、またYukoのアメリカ留学をアシストし、一切の差別を排する姿勢を堅持したフロイド牧師、牛の購買で訪米した私に真摯な対応を惜しまなかったイグルストン氏、紹介もなしに飛び込んだ日本人を笑顔で歓迎してくれたUS林野局のホートン氏などの皆さんである。また知遇があったわけではないが、素晴らしい日本国憲法提供に貢献したベアテ・シロタ・ゴードン女史。知り得て数十年になるこの方々は、私の中では実在感を失っていない。〝リメンバー、心地よきアメリカの友人たち〟である。

私などが米国の友人と言っては僭越も甚だしいが、「新しい日本の国民憲章」を起草してくれたGHQ民政局ほどありがたい存在はない。ジョン・ダワー氏によれば、この起草にたずさわったGHQのメンバーは殆どが軍人だったが、職業軍人は誰一人いなかった。メンバーはホイットニー准将に加えて四人の弁護士チャールズ・L・ケーディス陸軍大佐らだった。このケーディス大佐は運営委員会の長であり、作業の実質上のリーダーだった。その作業メンバーには日本通のユダヤ系女性、ベアテ・シロタ・ゴードン（人権委員会の担当）も含まれており、彼女は自著『一九四五年のクリスマス』（一九九五年）の中でケーディス大佐への信頼を表明している。いずれにしても、このGHQのメンバーが一九四六年に日本国憲法の草案に関わったことは確固たる史実である。

連合国が創案した日本国憲法の話をまた持ち出したのには訳がある。二〇一九年五月二十二日付朝日新聞の「天声人語」は、「敗戦後論」（加藤典洋　一九九七年）で憲法の平和原則を貴重と考える立場の加藤氏は、日本国憲法が（ＧＨＱ）から「強制」されたことを直視せよと述べ、「日本人」が自分の力で勝ち取ったものではないことをしっかり認知し、平和主義が「ごまかし」やひ弱であってはならない立場を明確にしていると伝えている。同時に氏は平和を唱えながら、世界で戦争を続ける米国に従属する日本の「ねじれ」も強く指摘している。アメリカを親愛なる友とするには、相手を知り、自分も知ることが基本と知らされる。

（四）真摯に日本を考えたジョン・ダワー氏

戦後の日本を思う時、私は日本史研究家ジョン・ダワー氏（一九三八年米国ロードアイランド州生まれ）の言葉に惹かれる。氏の著作『敗北を抱きしめて』上下（三陽一他訳岩波書店）については、Gook man ノート前編から何回か取り上げてきた。再度ここに、誠実に緻密な日本研究をしたダワー氏の言葉や著書を反芻して、アメリカ合衆国と日本との今後の付き合い方を考えたい。

ダワー氏はきらびやかな学歴は意に介さず、研究一筋に意を注いだ方だと思う。アメリカのリベラルを尊重するアマースト大学を卒業後に来日し、日本文学に関心を持つ。後にハーヴァード大学院に進み、森鷗外、吉田茂研究で博士号をとる。その後の経歴も通り一遍ではない。アメリカ空軍勤務、金沢女子短大の英語教師も経験する。その後はマサチューセッツ工科大学名誉教授として日本近代史専攻の現職につき、第二次大戦後の日本の政治的な動き、文化人、一般庶民に至る諸階層の人々に触れながら、日米両面からの近代史を描いた『敗北を抱きしめて』でピューリッツアー賞（アジア関係図書部門）を受賞。夫人は日本人。氏は『敗北を抱きしめて』上巻に載せた謝辞の冒頭で、本書の完成に大きな助力をいただいた二人のうちの一人として、靖子夫人の名を挙げ、妻には多大な負債を負っているとしている。氏は数知れない日米の知己との交流、無数の図書・文献との関わりといった蓄積を真摯に積み重ねて研究した方と知る。

（五）ダワー氏の〝stand by the emperor〟天皇の傍に立つ

ダワー氏の偏りない第三者の目でとらえる歴史観に注目した。例えば多くの日本人は幕末に来航したペリー提督は横着者で、江戸幕府が望まぬ開国を迫り、挙句に惨めな不平等条約を締結させた人物と解してきた。ところがダワー氏はアメリカ人の異なる視点を次のような言葉で表す。

「ペリー提督はビンの蓋をこじ開けて一匹の妖精を世に送り出した。それは血にまみれた怪物になり、南京大虐殺から、マニラでの蛮行、皇軍兵らの残虐と略奪、絶望的な自殺的突撃、沖縄では非戦闘員の同国人を殺害もする。その間指導者たちは『一億玉砕』がいかに大切かを説き続ける。かくして中国だけでも千五百万人が死に、三百万人の日本人と大日本帝国の全てが失われた」

ダワー氏は明治、大正、昭和を歩んだ大日本帝国をズバリ表現して、ペリー提督がこじ開けたビンには妖精が棲んでいたという。『敗北を抱きしめて』下巻の第四部第九章の「くさびを打ち込む」では、当時のGHQは細心の配慮を籠めて、究極の占領政策を行ったとダワー氏は語る。くさびを打ち込む政策について、ダワー氏は語る。「戦争終結六週前のギャラップ調査によると、アメリカ人の七〇%が天皇を死刑もしくは厳罰に処すことを支持していた」。その時、マッカーサー司令官の下にあって天皇に関する政策に重要な助言をした軍事秘書官がいた。Ｂ・Ｆ・フェラーズ准将で、心理戦の責任者でもあった。彼は「日本兵の心理」と題するリポートも纏めた心理研究者であり、日本人の際だった忠誠心、日本兵の規律正しさに注目していたという。

終戦直前の一九四四年に出された米戦略作戦局（ＯＳＳ）の内部報告書には「現在の天皇を排除すべきかどうかは疑問であるとし、天皇は将来有用な影響力を及ぼす可能性もある」と書かれていた。マ司令部も天皇の存在は、戦後の日本変革の重要な鍵になると考えており、フェラーズによると「〝軍国主義者のギャングたち〟は日本国民を騙しただけでなく、聖なる君主も裏切ったのだと日本人を説得し、それによって軍部と天皇との間に『くさびを打ち込む』ことが重要である」と考えていた。フェラーズは「天皇は太平洋戦争の一部であり、その扇動者とみなされなければならない」と言いながらも、「天皇は日本軍の完全な降伏を実現するうえで不可欠なばかりか、戦後の日本政府の精神的な中核としても必要である」といった見解を表明。天皇制を維持するだけでなく、裕仁個人を追放しない政策をマ司令官が正当化するのに貢献したという。そういえば、アメリカ映画「終戦のエンペラー」の中でも、昭和天皇にかかわった人物群の要人としてフェラーズ准将が登場している。

「[stand by the emperor 天皇の傍に立つ」は、マ元帥やフェラーズ准将が天皇を歓待して天皇の傍に立っているものだが、英紙が解説した〝stand by the emperor〟の意味合いは、ただ立っているのではなく、いつでも天皇の力になるということを明確にするものであった」という。ダワー氏による視点では、英語の「by」には「そばに」「かたわらに」といった、人の近しさを表す意味合いがある。アメリカのフォークソング〝赤い川の歌詞come and sit by my side〟が思い出される。

「くさびを打ち込む」占領政策の実際が「天皇の傍に立つ」になったのであろう。その原点は恐らくはフェラーズ准将が行きついた「アメリカの長期的な利益には、相互の尊重、信頼、理解に基づく東洋との友好関係が必要で、将来、国家的に最重要なことは日本に永続的な憤りを抱かせないこと」であったであろうとダワー氏は結んでいる。私はこの「アメリカの長期的な利益」なる言葉に注目する。歴史に文化人類学的な視点を交えて煮詰めた挙句、取り上げたものが実利を期待できる「長期的な目算」であったに違いない。これを創りだした黒子は、アメリカが産んだあの実利主義の「プラグマティズム」だったかもしれない。

私は、ジョン・ダワー氏が注目したアメリカ駐留軍が戦後の日本占領政策の柱とした「旧日本軍部と天皇との間を引き離す、くさびを打ち込む」方針と、その後に中国の周恩来首相や習近平国家主席までがそろって示した「日本の侵略行為責任者と一般庶民は分けて見るべき」とする政策には、米中両者の歴史観に共通する見解があると思えて興味深い。

この項はジョン・ダワー氏の戦後の日本観、昭和天皇観を偲んだものだが、ごく最近、当時の昭和天皇が言い残したとされる記録文書が見つかったとの報道を知り、昭和天皇像に見逃せないものを感じた。二〇一九年八月十九日のことだが、戦後に宮内庁の初代長官だった田島道治氏が、昭和天皇との数百回にも及ぶ面会の詳細を文書にしていた。それを遺族がＮＨＫに開示したもの。その手記ノートは十八冊に及ぶ膨大さというから、只事ではない。今回、そのほんの一部を朝日新聞で目にする。一九五二年二月十一日の記録で、昭和天皇は「今となっては他の改正は一切ふれずに軍備の点だけ公明正大に堂々と改正してやった方がいい様に思ふ」と述べるなど、憲法改正による再軍備にたびたび言及しておられたという。

天皇のこの言葉は田島道治氏に抑えられていたというが、その時は警察予備隊が保安隊に改組された時期と重なる、一九五四年の自衛隊発足の二年前のことである。その田島記録には、新憲法に位置づけられた「象徴天皇」にどう対応すべきかを模索し、悩む昭和天皇の様子も描かれているという。一九五〇年六月に発生した朝鮮動乱の衝撃があったにせよ、新生日本の再軍備を吉田首相に進言しようとした「象徴天皇」の思惑は、象徴を甚だしく損なう行為だったと思えてならない。しかし、政治的な権能は持たされてはいない憲法規定は天皇も理解できていたはずだ。

㈥　再びジョン・ダワー氏

最近ジョン・W・ダワー氏の『アメリカ　暴力の世紀』（田中利幸訳　二〇一七年　岩波書店）を入手する。『敗北を抱きしめて』では敗戦国日本の現実を中心に据えたGHQの関わりや日本の民主化への取り組みが取り挙げられたが、今回は一転して、米国を中心にアメリカ暴力の世紀 VIOLENT AMERICAN を思い切って描写しているのには正直驚いた。本著の〝日本語版への序文〟にダワー氏が明記している。「二〇一七年の段階で、多くのアメリカ人と世界がドナルド・トランプを不安の目で見ている。……彼は世界で最も強力な国家を指導するにふさわしい知性も気質も備えていない……読書もせず、物事の詳細を知ろうとする忍耐力も持っていない」と鋭い。このトランプ大統領への抑えがたい懸念がダワー氏を本書の執筆に向かわせた私は思う。そして私もダワー氏の懸念を共有する。

ダワー氏の発言は火のようだ。「トランプの不寛容とアメリカファーストの愛国主義は国際関係の拒否、世界的に見られる民族、宗教間の憎悪と完全に一致する」さらに、「言うならば、トランプの極端な言語表現と行動を好む性癖は、もともとのアメリカ人気質なのである」「アメリカの国家と社会には力があり、それが第二次世界大戦以来、繰り返し高貴な理想を提唱してきたとトランプは考える」ダワー氏はこの思いが、アメリカを軍事強化と世界的な規模の非寛容、暴力に走らせてきたとみている。ダワー氏の言う〝もともとあるアメリカ人の気質〟は、先に私が論じたアメリカ人が産み出したプラグマティズム（実利的）な思考傾向に重なることに気づいた。

また、ダワー氏は特に断って、「アメリカの世紀」の暗鬱な戦後史を分析することが本著の大事なテーマであると述べる。私はこの氏の言葉には並々ならぬ決意が秘められていると見る。そしてダワー氏は、「ライフ」誌の創刊者だったヘンリー・ルースが一九四一年に同誌に載せた論文「アメリカの世紀」を取り挙げて論証している。これはとても興味深い説である。

「ヘンリー・ルースの論文は、日米開戦の直前、米国は経済的にも軍事的にも冠たる国になり、信念をもって美徳を海外に広めるべきだと説いている。そして彼の理想主義は戦後の日本占領の数年の間、日本にも導入された」とダワー氏は述べる。これがGHQの一連の「平和と民主主義」政策に影響を与え、この思想が今日まで一度も改正されずに維持されてきた日本国憲法誕生にも影響を与えたとしている。私はこれまでに本書でGHQが関与してできた日本国憲法についてかなりのページを割いた。その過程でGHQのあの少数メンバーがあれほど崇高な日本国憲法の草案を短期間に、どんなビジョンを基に生み出したものかと少々訝ったものだ。ダワー氏の新刊『アメリカ　暴力の世紀』の言葉に接してこの謎が解けた。ヘンリー・ルースの美徳の精神が底辺にあったと。

だが、ダワー氏のアメリカ近世史観は続く。朝鮮動乱後の冷戦が深まった一九四七年頃から米国の政策立案者は理想主義を捨て、「共産主義封じ込め」に取り憑かれる。「逆コース」への走り出しだ。日本国内でも口裏を合わせたように、自衛隊が発足する。自国が侵されたことの少ない米国は戦場になることへの恐れが大きい。そのため先手を打った攻めはベトナム、ラオス、カンボジアに止まらず、アフガニスタン、イラク、シリアにまで続き、今は北朝鮮と対決する。米国の飽くなき軍事力行使の中毒症状が続く。日本の米国盲従姿勢は、米国の行為の一切を支持しているとのダワー氏の指摘は重く受け止めねばならぬ。金魚のフン同盟から国際同盟への切り替えを目指せとの貴重なアドバイスと拝聴した。

今回、ダワー氏の『アメリカ　暴力の世紀』に出合った私は、アメリカ人が持つ相反する二つの性癖を確認した。一つは「ライフ」誌の創刊者であったヘンリー・ルースが強く提唱した「美徳の精神」を広めようとする聖なるアメリカン。そしてかたや、ダワー氏がこの度『アメリカ　暴力の世紀』の中で痛烈に批判した「トランプ大統領のような極端な言動を好む性癖は、もともとアメリカの気質なのである」である。アメリカ人の中にある相反する性癖の混在に、私はそれとなく気づいてきた。トランプ流の実利主義にアメリカ人のどれだけが同調しているかはわからないが、昭和の民が軍国日本に同調した割合よりは低く、ルースの美徳主義の信奉者はかなり多いのではと思う。

その三、〝イエスマン〟にならぬ日本を

正邪相反する二面性を持つ超大国のアメリカに、日本はどう向き合ってゆくかである。現代の日本は潔く自立して、他国に依らずに自分の足でしっかり大地を踏みしめているかを問われる時、大方の日本人は俯いて〝金魚のフン〟、寄らば大樹の陰で良しとする方に○をつけるかもしれない。

人類史は往々にして、カリスマ性を持った先導者に仕切られてきたと私は思う。カリスマとは、自信に満ち、説得力に優れ、見た目の風格に秀で、温もりがあって動じないなどの特性を指すらしい。百点満点でなくとも、その時々で、この中から王や、指導者、暴君も生まれてきた。一般庶民はカリスマ性に惹かれる弱点がある。世界に冠たる〝歓喜の歌〟の第九交響楽を生んだ同じドイツ人が、ヒトラーに歓喜したことに私は頭を抱える。私の中には良質なカリスマ的二人の人物イメージがある。一人は第二次大戦で英国の危機を救った英国宰相チャーチル。傾きのない、真っ当なカリスマ性を持った筆頭として浮かぶ。二人目は一九七二年に日中国交正常化協定に当たり、日本への戦争賠償の放棄を決断した中華民国政府の周恩来首相。十三億を超える中国国民から圧倒的な人望を受けていた

孤高のリーダーだった。私が言いたいのは、われわれは誤ったカリスマに惑わされない感性を持ち続けたいものだということ。

(一) イエスマンよさらば

ここでは、日米安保の関わりで、心的外傷後ストレス障害（PTSD）に侵されているに違いない沖縄の方々に触れねばならない。それは米軍の新基地建設問題である。基地周辺住民の危険排除のために、米軍普天間飛行場の撤去は決まったが、沖縄県内への強硬移転で、沖縄住民のストレスは一向に消えない。沖縄県の元翁長知事は「移設予定地の名護市辺野古の埋め立ての承認を取り消す」と表明した。国土保全の平等を訴えての正論である。この沖縄県の姿勢に国が真正面から対決する。日本政府は「米軍普天間飛行場は世界的にも最大級の危険空域で、これを撤去移転することは沖縄県民の安全のためになすべき緊急事態である」との殺し文句を並べる。知事も沖縄県民もさようなおこがましい言い分は聞きたくない。とにかく自分たちの「沖縄を返せ」「新たな基地はお断り」「なぜ沖縄だけが」が本旨である。

沖縄の基地問題の根底には日米の安全保障条約が居座る。基地問題の解決は安保改定から始めなければ話にならない。「イエスマンよさらば」からである。日米安保は、日本の安全のために米軍を日本国内に駐留させることを、一九五一年の米軍の占領終了時に日米の二国間で決めた。それは一九六〇年に日米間の相互協力と安全保障条約（新日米安保条約）に引き継がれる。この新安保には重大な骨子変更が内蔵された。それは日米に集団的な自衛協力が盛り込まれ、どちらかの国が武力攻撃を受けた時、米軍と自衛隊が共同して軍事行動がとられる危惧が盛り込まれたこと。これに対して国民的な大規模な反対運動がおこった。いわゆる〝六〇年安保闘争〟である。反対運動の最大の根拠は「冷戦を超えて起こるかもしれない米ソの争いに巻き込まれたくない。アメリカと同盟を結べば、日本も戦争に巻き込まれる」と怖れたのは至当なことだった。

この時の日本国民は真剣に〝アメリカの腰巾着ではいけない〟と願ったと思う。岸元首相が結んだこの新日米安保には第六条に米軍施設の在り方、また事後に重大な人権問題を起こすことになった、日本国内での米軍の恣意を承認する日米地位協定も盛り込まれた。雲行き次第で人のあしらいは甘くも辛くもなるのは世の常。戦後は傷ついた日本を労わったアメリカであったが、冷戦を迎えるや、裕福な国家を守るためには、有無を言わせぬ隷属を日本に強要し始める。〝逆コースへの発進〟である。このあたりから〝アメリカ政府の暴虐的カリスマ性〃が現れ始めたと私は思う。従属を飲んで、日本も豪奢なアメリカ式ゴルフ場を共有するような体制を追求するのか。快楽の享受と引き換えに集団的自衛権の危険を飲むのか、ヤマト民族の正念場である。

新憲法制定のために動いた日米の高官の協議経緯をまたおさらいする。初めに吉田首相と側近が明治憲法の焼き直し程度の草案をこさえるが、マ元帥に一蹴されたことは周知の事実。ジョン・ダワー氏の『敗北を抱きしめて』から日米間の熾烈な〃鍔迫り合い〃の結果誕生した日本国憲法草案の誕生経緯を再確認する。

① ポツダム宣言の中に既に明治憲法改正の前兆が潜んでいたとダワー氏は考える。宣言第六項にある世界征服の挙を再現するような勢力は永久に除去しなければならない、を指してである。

② マ司令部は一九四五年十月までに日本政府に憲法改正すべきことを伝え、しばらく日本側の出方を見守った。

③ 一九四五年十月に幣原内閣が憲法問題調査会を設け、法律学者の松本烝治氏を委員長に指名。だが日本政府には憲法改正に本腰を入れる気配は薄かった。

④　一九四六年二月一日、「松本憲法草案」をマ司令部に提出し拒否される。
⑤　マ司令部は一九四六年二月十一日を期限として「ＧＨＱ憲法草案」を一週間で作成する。
⑥　一九四六年二月十三日、マ司令部のホイットニー准将らが日本外務大臣公邸を訪ね、英文の「ＧＨＱ憲法草案」を吉田外相、スタッフの松本、白洲に提示。日本側は時間をかけて読み、その内容に驚愕する。
⑦　一九四六年二月二十六日、「ＧＨＱ憲法草案」に基づく日本政府起草の体制を決め作成作業に入る。
⑧　一九四六年三月四日、幣原内閣が「ＧＨＱ草案」を基にした「修正案」をマ司令部に提出。この時、日米合作で日本語案を英語に直す血の出るような三十時間の翻訳マラソンが開かれ、激論も交わされて修正案が成る。
⑨　一九四六年三月五日、日米合作の憲法草案が閣議に付される。
⑩　一九四六年三月六日、「新憲法案」を天皇に奏上。
⑪　一九四六年三月七日、新聞が国民一般に「新憲法案」を公表。
⑫　一九四六年六月二十日、憲法改正案が衆議院で可決。
⑬　一九四六年十月七日、貴族院で可決。

⑭　一九四六年十一月、同公布。
⑮　一九四七年五月三日、同施行。

新憲法の一次草案は確かにGHQの手になるものだったが、翻案には日米間で壮絶な〝鍔迫り合いの協議〟がなされたのは隠れもない事実。一九四五年八月十五日の敗戦日から七ヶ月しか経たない一九四六年三月に、あの偉大な憲法草案ができたのは感動的である。これにかかわった日米双方の関係諸氏には頭が下がる。あれは日米の識者が手を取りあった成果であって決して「強者へのイエスマン」の結果であったと憂うる必要は全くない。

世界に冠たる日本国憲法草案を作った日米の諸氏には感謝である。この平和憲法第九条のお陰でこの七十年の間に日本が参加する戦闘がなく、一人の日本人戦死者も、一人の戦争殺人犯も出さずに済んだ。これに比べると、昭和十二年に始まる支那事変以来、同二十年の原爆敗戦までの八年間に、日本では民間人も含めて三百万人余の同胞死、中国では一千万から二千万人もの犠牲があったとされる。もう一度ありがたい日本国憲法第九条を噛みしめる。

第九条　日本国民は、正義と秩序を基調とする国際平和を誠実に希求し、国権の発動たる戦争と、武力による威嚇又は武力の行使は、国際紛争を解決する手段としては、永久にこれを放棄する。

2　前項の目的を達するため、陸海空軍その他の戦力は、これを保持しない。国の交戦権は、これを認めない。

ただし、敗戦直後から十数年の間には重大な政治的な局面を迎えて、我が国ではかなり「イエスマン」に身を任せたことがあったと私は思う。それらに関係したことがらを挙げる。

1. 一九四五・八・一五：玉音放送：日本国天皇
2. 一九四五・九・二七：マッカーサー元帥、天皇裕仁：トップ会見
3. 一九四七・五・三　：日本国憲法施行：フェラーズ准将、マ元帥、吉田首相
4. 一九五〇・六・二一：朝鮮動乱：南北朝鮮軍、日本駐留米軍、中華民国義勇軍
5. 一九五〇・八・一〇：警察予備隊創設：ダレス米国務長官、マ元帥、吉田首相

6．一九五一・九・八　：サンフランシスコ平和条約：ダレス米国務長官、
トルーマン大統領、吉田首相
7．一九五一・九・九　：旧日米安保条約締結：ダレス米国務長官、トルーマン大統領、
吉田首相
8．一九六〇・一・一九：新日米安保条約：アイゼンハワー大統領、岸首相

右の八項目で日本の戦後体制（レジーム）の大きな形が決まる。その意味で、現代の安倍総理が「戦後レジームからの脱却」のスローガンを繰り返す気持ちはわからぬではない。しかし、カタカナ言葉で格好をつけずに「戦後体制」と言ってほしいし、どこをどう脱却させたいかを明確にしてほしい。世界に冠たる日本国憲法第九条を、後に形骸化することに執念を燃やしたジョン・フォスター・ダレス（写真一八八八〜一九五九）は、一九五〇年にトルーマン政権下で国務長官の顧問を勤め、一九五三年から一九五九年まではアイゼンハワー大統領の下で国務長官の要職にあった。旧日米安保条約の〝生みの親〟とも言われるこの人物の押しの強さは尋常でなかった。押しのアメリカン代表と言っていい。日本ではワン

ジョン・フォスター・ダレス
（1888〜1959）

マン首相で知られる吉田茂でさえ手を焼いた。ダレスによって警察予備隊が創設された。またダレスは強力な反共主義、恐共産家でもあり、世に過ちを広げかねない危険なカリスマ人物の一人だった。

二〇一五年八月四日付の朝日新聞の戦後特集にジョン・ダワー氏のインタビュー記事を見る。そこで氏は「吉田茂首相の存在は大きかった。朝鮮戦争の頃、（その後に）国務長官になるジョン・ダレスが憲法改正を要求してきた。（それに対して）吉田首相は（日本の）女性たちが必ず反対するから改憲は不可能だ。女性に参政権を与えたのはあなた方ですよ」と反論したという。そして「もし、改憲を承諾すれば米国はきっと日本に朝鮮半島への派兵を求めるだろうと吉田は踏んでいた」ともダワー氏は述べている。またダワー氏は『敗北を抱きしめて』の中で同じ敗戦国の日独を比較し、連合軍による「直接統治」を受けた独と違って日本は既存の日本政治組織を通じてのアメリカの「間接統治」となったが、それにしてもマ元帥の存在は帝王の如く強力だったとも述べている。その圧力を背景に日本の再軍備を迫るダレスの押しは「強力アメリカ」そのものだったろう。しかし、米軍が大挙、朝鮮半島に移動して手薄になった国内治安を維持すべく、警察予備隊の創設には応じたものの、改憲にはノーを崩さなかった吉田茂の政治手腕は大きかった。

吉田首相は〝イエスマン〟ではなかった。このことをここで確認しておきたい。これに比べると吉田が米軍の駐留は認める、でストップさせていた旧日米安保条約を、一旦緩急あれば日米の軍事力を集団的に協力し合うにすり換えた「新日米安保条約」を結んだ岸首相は情けない。ここから日本の対米〝イエスマン〟体質が強まったと私は見る。六〇年安保闘争が渦巻くのは当然だった。私は去年卒寿を迎えた。往年のマ元帥、吉田首相、ダレス米国務長官、トルーマン、アイゼンハワー大統領、岸首相も私が〝生身で知った〟人々だ。私はそれぞれの政治家の面影を思い浮かべながら、戦後の画期的な出来事を拾い挙げてきた。ここからは、日本を〝イエスマン〟から脱却させる算段について考えたいと思う。

サンフランシスコ平和条約は昭和二十六年（一九五一年）九月八日に日本国と国連加盟の四十八ヶ国の間で締結されたが、この中に記された次の一項に私は異様さを覚える。それは「連合国は、日本が主権国として国連憲章第五十一条に掲げる個別的自衛権または集団的自衛権を有すること、日本が集団的安全保障取り決めを自発的に締結できることを承認する（第五条（C））」である。言葉を換えれば、一九五一年の時点で日本国は国連憲章によって、集団的自衛権を承認されていたのだった。だが、その四年前の一九四七年に成立した日本国憲法の第九条で日本は〃武装せず、戦わず〃を世界に宣言している。これを盾にしていれば、「第五条（C）」に第九条の注釈を加えることができたであろう。

その九年後後の一九六〇年に、米軍の日本占領が解消され「日本国とアメリカ合衆国（以下米国）との間の相互協力及び安全保障条約」が締結される。そこで米国は陸空海軍が日本の国内にあって施設及び区域を使用することを許されるとなった。

さらにその五十五年後の二〇一五年に安倍政権の第百八十九回国会で「平和安全法制‥『自衛隊法の一部を改正する‥平和安全法制整備法』と『諸外国の軍隊等に対して協力支援活動する‥国際平和支援法』」が強行採決された。これら一連の軍事的な取り決めは一九五一年以来の強力な地下茎で繋がっている。安倍政権が結んだ「平和安全法制」によって、米国に対する「イエスマンぶり」が頂点に達したと思う。これからは「イエスマン」にいっそうの拍車がかかりそうな懸念が大である。「憎まず、傷つけあわず、イエスマン傾斜にブレーキを掛ける」外交を敢然と進める胆力の発現が待たれる。

（二）イエスマン体質を払拭しよう

日本には〝金魚のフン〟なる俗語がある。水槽の中で金魚の尻にフンが連なり、魚体から離れずにいる。これを捩《もじ》って、親分にくっつき離れないフンに似る人となりを蔑む物言いだ。第二次大戦後の米国に追従する日本は〝金魚のフン〟そのものに映る。米国は巨大なので〝鯨のフン〟または〝核のフン〟とでも言い換えた方がもっともらしいかもしれない。

私は先に「一旦緩急あらば日米が集団的に協力し合う条項にすり換えた一九六〇年新安保から、日本の対米〝金魚のフン体質〟が強まった」とした。安倍総理が「戦後体制からの脱却」をいうのであれば、一九六〇年に祖父の岸信介が締結した新安保からの脱却こそ取り上げてもらいたい。一九六〇年の新安保は日本と米国との間の相互協力と安全保障条約であり、また行政協定の「日米地位協定」も関連づけた悪例である。これは岸首相とアイゼンハワー大統領（写真）の間で交わされた。そこでは集団的自衛権を建前とした相互協力を目指し、日本と極東の平和と安定に日米双方が協力するとした。この新安保は期限を十年とし、その一年

岸首相と
アイゼンハワー大統領

後以降は予告によって一方的に破棄できるとされている。この破棄条項は忘れてはなるまい。締結六十年余になるが、この重要な破棄規定を忘れたかのように、日本政府が一度も異議申し立てをしないのはどうしたことか。同時に結ばれた日米地位協定では、アメリカ軍に施設や地域を提供する具体的な方法の他に、その施設内での特権や兵士、軍属などが犯す裁判権も米側にあると明記されたままである。いつまでも負け犬のままであることはない。

自衛隊と米軍の役割分担を定めた防衛協力の指針を〝ガイドライン〟と呼ぶらしい。これは新安保条約の実行計画に繋がる。一九七九年に初めてつくられたガイドラインは二十年を経て、一九九七年二度目の改定案がつくられ、二〇一五年四月に十八年ぶりに安倍総理とオバマ大統領のもとで三度目の案が成立する。

一九九七年のガイドラインは日本有事のほか、朝鮮有事を念頭に日本周辺で武力衝突が起きた場合の自衛隊と米軍の役割分担を定めたが、二〇一五年の改定では日本を守るための協力体制を見直しただけでなく、自衛隊と米軍が手を取り合う協力行動が世界規模に広げられるものとなった。このように軍事協約は一度作られると果てしなく拡大改定してゆくものらしい。この日米の軍事協定の破棄は早いに越したことはない。

日米軍事協力中止を望む私の思いには、れっきとした根拠がある。同盟国アメリカが危うしと見えるからである。米国の国際的な軍事力行使は、もはや滅私奉公的な世界の警察官行為ではなくなっている。あるのは国益第一主義。私は建国以来のアメリカが先住民インディアンの抑圧、メキシコ、ハワイ、フィリピンなどで見せた侵略領有などの飽くなき膨張、カリブ海に浮かぶ島々や私がJICA用務で赴任した中南米の国々への政治的な干渉、さらにはベトナム・アフガン・イラクなどで働いた無軌道ともいえる覇権・一国主義の数々の暴挙を知っている。合衆国側には、それぞれのケースに申し分はあろうが、それらの結果が米国を強大な国家に導いたことは確かである。そしてその過程に米国政府と一体的に謀略を働いた黒幕CIAの暗躍を見逃せない。

これらの米国の暗部は建国以来の国益第一主義の由縁であろう。そして建国当初のガンマンは今や原爆マンへと進化し、とてつもなく強化された。米国の建国以来、本土が敵に襲撃されたのは一九四一年の日本海軍の真珠湾攻撃が初めてで、その後は二〇〇一年の世界貿易センタービル他の同時多発テロぐらいであろう。第一次、第二次世界大戦の欧州、東アジアの破壊に類する被害経験のない米国は、国土を攻撃される恐怖はとても強いと思う。ベトナムを体験して狂い死にする若者の話からもそれが想定される。その恐怖がさらなる兵器開発を促し、軍事パートナーの堅持、秀吉が大阪城守護に掘った巨大な外濠、内濠を必要としたように、米国は自国からはるか離れた太平洋の彼方の日本、韓国、フィリピンが並ぶ防衛ラインを必要としている。際限なき、米国の危険な膨張主義に〝イエスマン〟を呈し続ける危険を日本国民は深く自覚する時である。

西太平洋の防衛ラインは米国の国益に必要欠くべからざる聖域であろうが、資本主義大国米国にとって、北朝鮮の軍事的な脅威などは小粒であって、本当の最大の脅威は中国の世界的な経済進出であろう。米国にとっての歴史的脅威を振りかえってみる。まずは独立宣言以前の大英帝国の干渉、ついで黒人奴隷制を巡る国内の南北対立。資本主義経済のバブル崩壊後の世界恐慌。日独などのナショナリズムとの間の第二次世界大戦。その後に力を増したソビエト、中国、ベトナムなどの共産勢力がドミノ的に拡大するとへの恐怖。だがソビエトの崩壊後は赤色イズムの脅威から、中国経済の世界進出の脅威にとってかわった。今後第三次大戦があるとすれば昔のイズム戦ではなく、繁栄を築いた国家利益を守る実戦になるのではなかろうか。戦いのエネルギーは〝強欲〟。豪奢な生活、楽しみを守らんがための戦いになるに違いない。人にとって最も大切なもの「心の自由」を世界が見直す時ではないか。

(三) イエスマンからの転身

これを唱えずにおれない私には、日本が米国の「核の傘」から脱却しないことへの無念がある。周知のことだが米国、ロシア、イギリス、フランス、中華人民共和国の核先進五ヶ国以外は核兵器の保有を認めない「核兵器不拡散に関する条約NPT」略称「核拡散防止条約：一九六三年国連採択、一九七〇年発効」がある。先駆けて核を手にした五ヶ国以外は核保有するのは怪しからんとする独善条約だ。さらにもっと奇態なのは日本政府の核に係わる不面目な姿勢だ。唯一の被爆国として国連に「核兵器廃絶決議」を提出しておりながら、核兵器は非人道的であるとの観点からオーストリアが提唱し、国連加盟の百七の国々が賛同した「核兵器禁止条約」に、日本は反対票を投じている。その言い分は米国の「核の傘」のご厄介になっている身分なので米国の要請に従わざるを得ないという。核の恐ろしさを訴えながらもその使用禁止には賛同しないという、醜悪な「二面性」を世界に晒している。この卑屈なイエスマン振りは国際社会で面目を失う事態になっている。

五ヶ国だけに核保有を許すＮＰＴ条約を考える。この話は昔読んだ芥川の〝蜘蛛の糸〟に繋がる。芥川の筆は滑らかに語る。ある日、お釈迦様が池のほとりから下の地獄を見ると、血の池に喘ぐ一人の男が目に入る。その男は〝かんだた〟だ。現世にある時、一度は善行をしたことがある。釈迦はそっと蜘蛛の糸を垂らす。〝かんだた〟は狂喜して蜘蛛の糸を握って登り始める。見ると無数の罪人どもが後に続いているのに気づき、細い蜘蛛の糸が切れるのではと仰天する。

「こら、これは俺の糸だ。お前らさっさと下りろ！」

と叫んだ時、蜘蛛の糸は〝かんだた〟の手元でプツンと切れ彼は血の海にもんどりうって沈む。どうであろう。オーストリアが提唱する〝人道の誓い〟にも賛同しない我先の五ヶ国や日本、取り巻きの国々も、お釈迦様の救いの糸から血の海に落ちる時が来るのでは。

プラグマティズムで国家を装備する米国政府は、自国の富国安全を守るべく日本、韓国に同盟を求める。いかなる国にも富国安全を図る権利が保証されて当然だが、戦前の日独伊のような軍事同盟で徒党を組むことは許されない。歴史には道を誤り、多くのイエスマンに成り下がった事例を見る。今、日・米・中の間で神経をかき立てられる危うい火種がある。日米には世界有数の浮沈戦艦とも例えられる沖縄の巨大な米軍空軍基地があり、これに対応するかのように、中国は南シナ海の南沙諸島の暗礁を埋め立てて軍事拠点を形成しつつある。これは間違った諺とされるが、まさに〝目には目を歯には歯を〟である。沖縄問題はいまや巨大な未解決な政治課題である。後段で「沖縄を知る」と項を起こして取り上げる。

この項を「イエスマンからの転身」としたのは、ジャパンはアメリカ一辺倒をほどほどにして、近隣との信頼回復を大事にする政策に換えるべき時の思いからである。国民の大多数には「ノーモア・イエスマン」たるためには、隣人を信頼し、尊重する心象を養ってもらわねばならない。諸外国と平等に垣根なしに付き合える心強い国民になってほしい。

(四) 日米新安全保障条約(日米安保)を解体しよう

日米新安保は前文に続く十箇条の条文からなっている。その最終の第十条には、十年の有効期限を過ぎれば、一年前に予告して一方的に破棄できる、とする破棄条項があることを確認する。「イエスマンからの転身」を進めるにはこの居座ってきた「日米安保」に向き合わなければならない。これを解体改変させないことには、何事も始まらない。そこで一九五一年のサンフランシスコ平和条約に絡んで結ばれた旧安保条約を復習する。敗戦と新憲法制定によって日本の自主防衛力が除かれた情勢下では、日本の防衛のため米軍の駐留を希望するという形式でつくられた条約である。これは「駐留権」にもとづく日本防衛であるが、日本は米国を守る責任はない片務的な性格を持つ条約となった。

このため米国民からはブーイングを、日本国民からは外国軍駐留への批判が沸き上がった。武力を持たず、行使せずの平和憲法を持ちながら、防衛問題が大きな柱になる「日米同盟」をつくったことに、そもそもの矛盾があった。さらには、新安保条約と同時に締結された日米地位協定では、日本がアメリカ軍に施設や地域を提供する具体的な方法を定めるほか、その施設内での特権や税金の免除、兵士・軍属などへの裁判権などをしっかり定めている。

山本章子著『日米地位協定　在日米軍と「同盟」の70年』（中公新書　二〇一九年発行）を手にして多くを学んだ。まず日米地位協定は在日米軍の基地使用、行動範囲、米軍関係者の権利を保障するのが主眼で、日本の立場をどうこう決めるものではない。そして、何故、日米地位協定にある既得権益（①基地の使用、②米軍の演習・行動範囲、③経費負担、④米軍兵・軍属の保護、⑤税制・通関上の優遇、生活の諸権利保障）などが、同じ敗戦国であるドイツやイタリアよりも日本を厳しく扱っているのか、の私の疑問も解けた。

以下は山本氏が述べる諸点である。日本政府は一九六〇年の岸首相による安保改定以来、日米地位協定の施行は欧州の「NATO並み」だったと強調してきた。しかし、ドイツやイタリアを含むNATO加盟国は米国の同盟国のなかで例外的に、「互恵性」のある地位協定を結んでいるとわかる。互恵性とは同盟国が互いに法的に対等関係にあること意味する状態である。それはドイツやイタリアが米国並みの民主主義的で、人権を尊重した国内法を持つと認定されているからと言う。

で日本の評価はどうか。国際人権NGOアムネスティからは人権機関の設置、死刑制度の廃止、人種差別への対応改善など求められ、国連人権規約委員会からは、日本の監獄制度や取り調べ時の強制自白なども批判されてきた。二〇一五年に米国務省が発表した「地位協定に関する報告書」に、なぜ米国が「刑事裁判権」に最も高い優先度を置いているかについて、率直に本音を述べている。それは「米兵・軍属が外国で〃不公正〃な司法制度で裁かれると、米国政府が国民の支持を失い、海外に軍を送れなくなる恐れがあるため」であると。

以上の経緯を踏まえると、わが民が問題視される国民性を改造して、日米安保の地位協定施行に「互恵性」を期待するのはかなり難しいようだ。日米地位協定の取り崩しに時間・労力を注ぐよりも、日本は率直に日米安全保障条約そのものがなくても、周辺諸国との間の安寧を築いていける体制づくりに取り組み、米国との間の信頼と尊厳を構築して納得を得てゆけばいいのでなかろうか。

その四、〝欲せずに和し、言葉よりも実行〟を

長い語らいをやってきたが、〝争いの鎮め方はどうする〟こそが本書の役目でなければと思い当たる。だが、一方ではこんな役割はキリストさんや、お釈迦さんに任せておけばいいのでは、のためらいにも袖を引かれる。

だが〝山行カバ草ムス屍　大君ノ辺ニコソ死ナメ　カヘリミハセジ〟とそそのかされて

戦場に散った、私より少々年長の若人が遺した書を見るにつけ、〝争いを鎮めるにはどうする〟の天声に背を叩かれる。そして最近辿り着いた心象が〝欲するより和する〟である。これはほんのささやかな境地。まだまだ青菜のように未熟だが、日ごとに確かになりつつある。

社会学者で米ニューヨーク州立大学教授のウォルデン・ベロ氏は日本に向けて「戦後の日本は米国の〝準主権国家〟に納まり、その〝恩恵〟を被ってきたが、トランプ新政権を迎えた今、対米追従を止めて自主外交に転換する好機であろう」との思い切った提案をしている。ありがたい提案だ。

私などは今、マスコミが伝える膨大な情報に時には目が眩む。しかし〝欲するより和する〟の旗印は見失うまいと思う。世に見る森羅万象の源は遡ればすべて「生を受けしものよ、生き繋げ励めよ」の宇宙原則に行き着く。故事にある「平清盛のきらびやかな衣の袖から漏れる内部は、鉄の鎧兜だった」である。すでに何度も触れたが、はるか昔、宇宙の手品師がいろいろな無機資材を錬金して、数々の有機体を作った。するとそれらが相互に融合し合って、自らを複製し続ける生命体を作り上げる。宇宙から授かった掟「生命を次に繋げよ」はその生命体の絶対的な縛りになった。この命題に従って生命体は無数の有力な生き方を身につける。宇宙に許された罪なき食欲、生殖欲に次いで、ホモサピエンスに進化した人類だけが〝貪欲〟を開発し、争いを常習化する。

紀元前の古代ギリシャ哲学者、仏陀、儒教者、イエス他の無数の賢人、知者が人類の争いの鎮静化を願ってきたが、人類の〝強欲〟を解除することはできなかった。「生を受けしものよ、生き繋げ励めよ」の宇宙原則は強靭であることを歴史が証明してきた。

「残る手段は何か」

強力な宇宙原則に立ち向かえるのは〝人智〟しかないと思う。それは〝悪いものを取り除くメスではなく、強欲にかけるブレーキ〟である。このブレーキを学んで多くの国が〝欲するより和する〟を良しとする〝わざ〟を磨き、永世中立国スイスを見習うほかないと思う。この知の磨きとは「相手と喜びも悲しみもともにするわざ」の会得にあるかもしれない。これはたいそう息切れする修行である。だがこの修行を怠れば筋力が劣るように、知力も劣化する。人は自分を映し見るのは不得手だが、我が身を映しとる手鏡をポケットに忍ばせることを怠るまいである。これが「残る手段」でなかろうか。

また触れる。中華民国初代首相の周恩来である。「磨きあげた知性と良識の典型」を偲ばせる人だ。知性的であれば大声も言葉巧みもいらない。これが強力な〝宇宙の掟〟に歯向かえる切り札であろう。人類には、人の願い、思いを聞き分け、分別と諭しを授け、欲望の妥協点を演出する能力を持ち合わせていると思う。「磨かれた知性」の持ち主の層が厚くなることが望まれる。

十八世紀を代表するドイツ人哲学者イマヌエル・カント(一七二四～一八〇四)は晩年の一七九五年に『永遠平和のために』(池内紀訳　集英社)を出版している。カントは近寄りがたい存在だったが、この『永遠平和のために』はかなり人肌の温もりを感じさせるものがある。カントは、

「人間の歴史は戦いの連続であり、人間にとって平和は自然ではなく、敵意に脅されているのが自然状態だ」という。この世の自然な状態は、平和でなく敵意に満ちるものとは凄い指摘である。「生まれしものは戦っても生き増えよの宇宙指令に縛られている」との私

の自然史観に重なって、カントを身近に感じた。そして晩年のカントは、「国籍などにとらわれない、世界市民的な永遠平和の考えに至ることこそが残された（人類の）選択である」と結び、当時はなかった国際連合（国際連盟 一九二〇年）の創設を提案している。観念を弄ぶことなく、実行せよとも教示している。この〝言葉よりも実行〟は尊い。また無関係な国を攻撃するために軍隊を貸し出すようなことはいけないとも言っている。今を二百二十年も遡る十八世紀末にカントは、現代に現れる「集団的自衛権の行使」などに向けての警鐘を鳴らしていた。カントにも深いものを学ばせられた。

（一）司馬遼太郎のジャーナリズムに触れて

先に〝強欲へのブレーキ〟を私は提案した。これを見える形で言えばどうなるか。そこで司馬遼太郎氏が表明した、真っ当な〝怒り〟にお出まし願う。氏は私より五年の先人で、物狂いが激しかった昭和期には、深く傷つく戦時体験をしている。自叙伝によると外語モンゴル語科を出て、あの忌まわしき昭和十八年の明治神宮外苑の学徒出陣で徴兵をされる。翌十九年に満州の戦車連隊に配属。この学徒出陣の実話は、前編の南方作戦に送られて命を失った故鈴木正男氏の話に重なる。司馬氏はその後、本土防衛の命を受け栃木の佐野に移り、ここで終戦を迎える。この戦車隊との付き合いが氏にとっての最大の戦争体験だったらしい。氏は述懐する。当時の日本の戦車ほど無力な武器はなかった。装甲板が薄くソ連の戦車砲の弾丸にカンタンに串刺しになったと。戦車隊下級士官として佐野に駐在した頃の、忘れられない体験を司馬氏は何度も筆にしている。房総の九十九里浜に米軍が上陸するとの仮定で、北関東にいた戦車隊は即刻南下せよとの命令を受ける。司馬さんは路上を埋め尽くすであろう戦争難民をどう避けるべきかを上官に訊ねると、

「轢っ殺してゆけ」が返ってきた。（『司馬遼太郎と三つに戦争』青木彰　朝日新聞社）

「国民を守るための日本軍隊が、戦争のためには国民を殺してかまわぬ」とはどういうことか。理性のかけらもない。青木彰氏はこの一言で司馬氏の屈折が極まったと述べている。私も司馬氏の言う「昭和の異体」には同感してきた。私は生物学的な見地から「奇胎」と表現したが、異体と奇胎の根底は同じルーツで繋がる。あってはならない、日常には起こりえない異常事態が生まれた史実であった。日露戦の勝利に日本国民、ジャーナリズムが一体になって半狂乱し、それに便乗して軍政を強めた大日本帝国であった。この中で有無を言わせずに学徒出陣させられ、惨めな戦車に押し込まれ、国民を「轢っ殺せ」と命じられた司馬氏。除隊後に新聞記者になり、ジャーナリズムは一体何をしていたかとの屈辱感

に深く悩ませられたようだと青木氏は述べる。さらに亡くなる前の司馬氏を悩ませたのが、「公」（自他の人権を守り生物が命を託している地球を守る意識）を無視する現代の思い上がった自己中的な政治の振る舞いであり、〝苛立ち〟と〝怒り〟を持ったとも、青木氏は述懐している。

青木氏は続けて、新聞の使命は読者に「情報」を売るのではなく「ニュース（知恵や英知を読者に根付かせることを目指す新しい出来事など）をきちんと届けることにある」と確信すると述べている。そしてこの「英知を育てる情報」なる考えは司馬さんに学んだことも隠されない。私もこれだと思った。真の情報こそが、人々の英知を育て人間性（司馬の〝公感覚〟）を高めるのだと。

〝知性によるブレーキを掛ける〟とした私の思いの実現には「人間の日常性を悟り、たじろがず、英知を育ててくれる歴史や文芸によく親しみ、〝ネギ〟を次世代に次々と手渡し広めること」だと悟るほかにない。

ここからは、〝言葉よりも実行〟を提唱したカントの極意を、現代の海外で実行している二人の日本人を紹介したい。初めが中村哲医師である。

(二) アフガンに生きる中村哲医師と魯迅

近年、私は『ダラエ・ヌールへの道』(中村哲著　石風社)を読んだ。中村氏は当初、キリスト教系の海外医療協力団体からパキスタンに派遣された、ハンセン病撲滅のための担当医だった。ところが隣国アフガニスタンに起きた難民騒動を無視できず、国際NGO団体ペシャワール会を立ち上げ、医療活動を国境越えしてアフガニスタンまで広げる。そして、遂にはアフガニスタンの根本的な難民救済策は、医療活動よりも戦火で荒廃したアフガンの農地を回復させることにあるという結論に到達する。ここから永年の戦火で荒廃した農地を、灌漑によって緑化する壮大な復興事業にまでのめり込む活動に入る。中村哲医師の、医療だけにとどまらずに砂漠化した農地の灌漑緑化に献身する活動に感銘を受けた

ペシャワール会報：アフガニスタンへの山越えをする日本・アフガン医療サービス(JAMS)の一行・右から2人目が中村医師：“ダラエ・ヌールへの道”から

私は、及ばずながら寄付を続けペシャワール会報を購読してきた。

中村哲氏の人物と活動のアウトラインを記す。

・一九四六年福岡市生まれ。九州大学医学部卒。
・一九八四年パキスタン北西都市ペシャワール赴任。ハンセン病を中心にアフガン難民の診療に就く。氏のアフガンとのかかわりが始まる。
・一九九一年以来アフガン北東部の三診療所による山岳無医村での診療開始。同時に大旱魃にあった井戸と水路の修復、井戸の新設にも従事。
・一九九八年ペシャワールにパキスタン・アフガニスタン両国での活動の恒久的な拠点となるＰＭＳ基地病院開設。
・アフガン東部の大旱魃を迎え、医療に加えて灌漑事業の重要さを認識し、二〇〇二年に「緑の大地、十五ヶ年計画」を打ち出し、現在に至る。

アフガニスタン混乱の基はソ連軍の侵攻と撤退、続いて介入したアメリカ軍の介入。これらと闘う農民側に立つ中村氏の行動には内外から無理解な非難があった。氏の当初の活動資金は日本政府でも、ＮＧＯ団体からでもない、日本国内の有志のカンパに支えられるものだった。それだけに氏の命がけのボランティア活動は際立っていた。血生臭い日々の中で、氏の命は現地農民の連帯で守られていた。〝ダラエ・ヌールへの道〟の中で氏は気取らずに控えめに次のように自己紹介している。

「かくなる自分も愚鈍みたいなもので、失われてゆく風物を惜しむ人種であった。もともと自分がペシャワールに行くハメになったのも蝶や山を楽しもうとしたまで。それがのっぴきならぬ事態が展開して足が抜けなくなった」と。

続けて「初めから大上段に構えても成るものは案外少ない。自分の役割は天の摂理の赴くところに見つかる。あとはそれを忠実に実行することで自分のものになってくる」とも。近著『afghan・緑の大地計画：伝統に学ぶ灌漑工法と蘇る農業』（中村哲　二〇一七年石風社）を入手する。二〇〇二年の「アフガン・緑の大地計画」を立ち上げて以来、中村医師のＰＭＳ活動にＪＩＣＡ（日本国際協力機構）が加わることになった。これは緑の大地計画には大きな力になった。

これらによると、アフガン東部の大河クナール河灌漑事業によって二〇一一年には最初の灌漑用水堰を実現する。また東部灌漑事業によって現在までに二七キロの用水路を建造し、一万六〇〇〇ヘクタールの農地再生をほぼ完成させ、さらに事業を継続中という。この灌漑事業に寄せられた募金は三十億円にせまり、アフガン東部のジャララバードの北部に一大拠点の穀倉地帯を造成した。ここでの灌漑用の取水工法には、九州の筑後川流域に残る古き「山田関」に教わるところ、大であったと中村氏は感謝している。費用をかけず、住民自らが建設と補修ができるよう筑後川の伝統工法に倣ったという。

中村哲氏の生き方は絵に譬えるなら、厳然たる具象派だ。誰にでもわかってもらえる真実を突き詰める生き方である。中村氏についてここまで書いた時、二〇一五年一月八日付の朝日新聞天声人語が語る魯迅の言葉が目に留まる。それは魯迅が希望について語る言葉だ。

「希望とはもともとあるものともないものともいえず、地上の道のようなものだ。もともと地上には道はなかったが、歩く人が多くなれば、それが道になるのだ」と結んでいる。これは人の生き方の理をズバリ突く。魯迅（中華民国　一八八一〜一九三六）は医学を志して、今の東北大学医学部に学ぶが、自国の不合理な日清戦を体験する中で、これからの中国を救うのは医学によりも、文学による精神の改造だと考え、自分の進路を練り直す。仙台の医学部を中退し、国に戻って作家になる。道は自分がつくるの実践家である。

この辺り、医療活動から砂漠化した農地の灌漑緑化に果敢に軸足を移した中村哲医師に通じる。そして魯迅は中国の若者たちが安穏に過ごしていることに絶望を抱き、闇夜を知ってこそ光が来るのだと諭す。〃何もしない絶望や希望は虚妄に過ぎない〃と言い切っている。中村医師と魯迅の言動に相通じるのは、虚妄や時流にも流されず、〃人事を尽くして天命を待つ〃生き方である。人の針路を照らす言葉に違いない。しかしこの実行には知恵、気力、実務体験を積み重ねる徳力が必要であろう。

中村医師がアフガンで行動するうちに、アフガンを救うには医術だけでは不十分で、緑の大地の復興が必須と悟る。そして決然と灌漑事業を起こしたその決断が、日本国内にシンパを生み、ＪＩＣＡも動かし、ついには砂

中村氏とアフガニスタンのガニ大統領（右）

漠地帯に一万六〇〇〇ヘクタールの農地をつくり、六十数万人の農民を定着させた。そして二〇一九年十月、アフガニスタンのガニ大統領から名誉市民権を授与される。小柄な一日本人医師、中村氏が、中東の荒野に専門外の壮大な灌漑の青写真をひき、自分でもブルドーザーを動かして水堰を掘り、蛇籠に玉石を詰め、農民たちとの信望を深めつつ、数十万の人々に喜びと感動を手渡してきた。人間尊重のあるべき姿を荒野の中で示された中村医師に頭を下げたい。

用水路が開通する以前のガンベリ砂漠の実態

用水路到達５年後に上の砂漠と同じ所に出来た試験農場

ここに二枚の写真を載せる。アフガン・緑の大地計画内のガンベリ砂漠の用水路建設前と水路開通五年後の景観である。モノクロ写真なので、緑が蘇った実感が薄いが、豊かに実る農地の周辺には防風林が育ち、自然が秘める回復力を引き出した緑の大地計画には敬服するばかりである。

二〇一九年十月三十日、国連難民高等弁務官や国際協力機構（ＪＩＣＡ）の理事長などで活躍した緒方貞子さんの訃報に接する。報道では、米留学時代に接したに違いない米プラグマティズム（現実主義）が緒方氏の強みになったのではとして〝リアルな平和主義者〟と評している。氏が世界で難民救済に活動した国には、私も関心を深めてきたアフガニスタンがあり、ペシャワール会の農村復興活動にも協力を惜しまず、励まして下さったとの現地代表中村哲医師の言葉も見る。はからずも〝言葉よりも実行〟に果敢に取り組んだ二人に接点があったことを知り、感動を覚えた。

二〇一九年一二月四日、アフガニスタン東部の灌漑工事現場視察に向かう中村哲さんが乗った車が銃撃されたとの突然のニュースに接する。何故？　と驚く間もなく、中村氏を含む六人が死亡、と続く。一瞬にして氏は帰らぬ人となる。何ということだろう。

戦火で荒廃した農地を灌漑で回復させるという壮大な事業で、アフガンの人々に平和と喜びを与え、人間尊重の姿勢を貫いてきた中村哲医師の死に接し、私は言葉を失った。ペシャワール会が発行してきた中村哲氏のアフガニスタンレポートの数々を手にしてきた私は、医師である中村氏の言葉「医療だけではアフガンは救えない」に打たれた。荒廃した世界に飛び込んだ中村氏こそが到達できた心境であった。哀悼の思いを捧げたい。

(三) 国境なき活動をする獣医さん

〝言葉よりも実行〟を海外で実践している二人目の日本人にお出まし願う。その方は獣医師の冨永秀雄氏（以下冨さん）。無冠の身で熱帯諸国の農村で仕事をして久しい。第二章の「日本脱出・国際協力への転身」の中で最初に登場願った冨さんは歴とした日本人だが、七十年近い人生の大半を熱帯圏で家畜を養う農村を住みよくする援助に終始したきた。右下の地球平面図に氏が活動したインド洋から環太平洋に跨る広大な領域を紹介する。その行動範囲は①マダガスカル（以下マ国）に始まり、②ボ

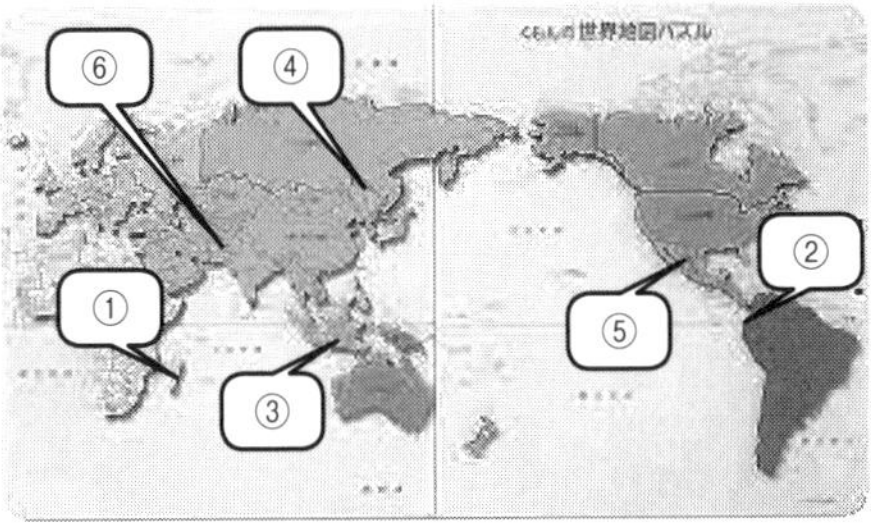

1973年―2015年の40年間に冨さんが
実践活動した熱帯地域

リビア、③インドネシア、④中国、⑤ニカラグア、そして現在の⑥パキスタンまで幅広い。活動した地域はいずれもいろいろな熱帯牛の棲む暑いサバンナ気候帯の農村であった。

先に紹介した太田愛人氏は『パウロからの手紙』の中で、二千年前キリスト教伝道者のパウロが故郷イスラエルを出て、徒歩と小舟でキプロス島に渡り、さらにトルコ、エーゲ海を経てバルカン半島南部のマケドニアからギリシャに入ったと述べている。そして最後は地中海を西に旅してローマに至り、その地で殉教する。この間にパウロは「キリストの名がまだ知られていない未開拓地での伝道を意図した」と太田氏は見ている。そして「既に教会のある地域に割りこんだり、既存の教会をわがものにすることをパウロは好まなかった」とも述べている。伝道者パウロはヘブライのユダヤ語は無論、トルコ語、ギリシャ語、最後はローマ語にも通じたのであろう。これこそが伝道者の歩みなのであろう。

私には冨さんの長年の熱帯国での活動が、聖徒パウロの徒歩伝道の姿に重なって見える。大変な心身の消耗を要する熱帯での技術伝達を、ひるまずにする冨さんのエネルギーの源は何か。冨さんの言葉を借りると子供の頃からの動物好きが日本大学獣医学科に繋がる。恩師、諸先輩方から世界観や熱帯の畜産情勢を教示されるに及び、自分が働きたい地球上の居場所がわかったという。冨さんは一九四七年長野県生まれの神奈川育ち。一九七〇年に日大獣医学科を出ると、一度はその道の国立家畜衛生試験場の門をくぐる。だがワクチン製造などの業務よりも、海外でのフィールドワークが自分を呼んでいると悟り、二十六歳でキッパリ家畜衛試を去る。アフリカ協会の理事長さんの支援を得て、一九七三年に九五〇トンの冷凍貨物船に乗り、四十五日間の南シナ海、インド洋航海の末にマ国に辿り着く。これが冨さんの世界を股にかける旅路の始まりだった。

その後アフリカ東部の何ヶ国かを回るが、熱帯作物の開発輸入を目指してマ国に進出した日本企業、(株)東食の実験農場の管理人に採用されてマ国に落ち着く。熱帯に向く雑穀、陸稲、果物などの栽培に三年間従事した後、JICAのマダガスカル北部畜産開発プロジェクトの始まった時にその要員に迎えられる。ここからが冨さんの天職となる熱帯畜産コンサルタントの始まりとなる。彼の海外技術協力は一辺倒な技術指導

ボリビアの農村での冨さん

ではない。滞在が最も長かったマ国ではほぼ十年、その他いずれの国でも複数年滞在し、現地語、仏語、英語、西語をマスターしつつ、人の中、牛の群れの中に裸になって飛び込んでの人間関係の構築、牛つくり、農村つくりに深くかかわる。これは熱帯圏巡りの伝道獣医の姿である。完全にオープンで陰ひなたのない物腰が、どこの国の人々にも文句なしに受け入れられ、快い信頼関係を結んだ。私がこう言い切れるのは、初めて冨さんに会ったマ国以来、彼の海外職場を訪ねてアドバイスしたり世話になったり、つぶさに彼の仕事ぶり、日常に接したので間違いはない。

冨さんが出向く国々ですぐに信頼をもって受け入れられるのは、初めは彼の持つ天性かと思ったがそれは間違いで、彼自身が築き上げてきた心がけであるとわかった。彼の言い分は「熱帯圏の途上国の人々の貧しい中でも底抜けに明るく、家族との深い絆、自分より貧しい人を惜しみなく助ける姿勢に感動させられた」である。この感動を支えに、「熱帯牛の生産力を改善することを通じて、少しでも熱帯圏の生活改善に貢献できれば」との秘めた思いに取り憑かれたらしい。

加えて彼は合気道の有段者。学生時代からの四十年の合気道キャリア。自身の体力保全の思いもあろうが、合気道を人間交流の柱にしているようだ。彼はマ国に長期滞在した時、そこに海外初の合気道の個人道場を開く。弟子にはマ国の軍人、一般人、フランスの若者など多士済々だった。インドネシア、ボリビアでも道場を介してたくさんの弟子に慕われていた。この合気道の修練が彼の人間関係づくりに力になってきたと私は疑わない。冨さんの大抵のプロジェクト現場を見せてもらった私である。偽りはない。481ページにボリビア農村での一枚の写真を添える。一見厳つい農民との話し合いだが、常に農家に寄り添い、同じ目線で言葉を交わし、必要あれば牛糞にまみれても生き物を大切に扱う。大切な熱帯乳牛の体型審査にも真剣に立ち会う。熱帯畜産コンサルタントとしての冨さんは、かように、国境なき獣医として熱帯域の人々の生活を潤す役割をする〝ネギをうえる人〟であり、人間尊重が信頼を築いたと私は信じている。

女性に手搾りされる乳用水牛

彼は二〇一四年以来五年間、独立行政法人国際協力機構（ＪＩＣＡ）との契約案件「パキスタン国シンド州持続的畜産開発プロジェクト」に没頭してきた。この畜産プロジェクトの相手は、乳用タイプの水牛（写真）を飼っている畜産農家の皆さん方だ。冨さんのお蔭で、水牛には水浴びを好む被毛の黒い役牛だけでなしに、乳搾り用の乳用水牛もいることを知った。彼はパキスタン南部の水牛の産乳量を育種改良でなしに、餌の給与改良やさまざまな施設改善などで向上させることに、五年間取り組み、一定の成果を挙げた。

二〇一九年からはパキスタン北部の畜産農家に貢献するプロジェクトに招かれ、いまＪＩＣＡの現地事務所とともにその構想に取り組んでいると聞く。北部パキスタンは永年の印パ紛争で南北のカシミール問題を抱えており、気掛かりである。滞りない発足をお祈りする。

冨さんはインド洋、太平洋に跨る熱帯圏に数々の知友をつくってきた。ボリビアでは成人した息子のような教え子たちに私も逢った。現在の彼は熱帯畜産コンサルタントの社名の下、ＪＩＣＡの依頼にこたえる代表だが、ほんとうに国境を

パキスタンバディン県のパイロット農家の皆さんに囲まれる冨永氏

越えて恐れず、怯まず農民の側で実働する七十一歳の獣医さんである。

アフガニスタンの中村哲氏やパキスタンの冨さんのように、膝つき合わせて海外活動する人を目にすると、難渋する国際関係にも陽が射し、世界の国境は随分と開かれるのではと思ってしまう。心がけ次第では、現代の日、中、韓、北朝鮮の間でも田中角栄、周恩来が交わしたような力強い握手が再現できるのではと勇気がわく。中村、冨永の両氏に感謝である。

（四）足るを知るの丹羽宇一郎さん

私は二〇一九年の春『日本をどのような国にするか　地球と世界の大問題』（丹羽宇一郎　二〇一九年　岩波新書）を手にする。丹羽氏は伊藤忠商事の元会長で二〇一〇年に駐中国特命全権大使に就いていた。民間人で中国大使に就いたのは丹羽氏が初めてである。中国政府とのパイプを持つ財界人として隣国との友好関係維持に尽力していた。二〇一二年、東京都が日本、中国、台湾が領有権を主張する沖縄県石垣市の尖閣諸島を、土地所有者から購入する計画を発表する。丹羽大使はこれに対して「日中関係に極めて深刻な危機をもたらす」と警鐘を鳴らした。一方「日本の国益を損なう」と主張する自由民主党の外交部会は平成二十四年（二〇一二年六月八日）丹羽大使の更迭を要求する方針を決定する。中国大使を退いた氏は、早稲田大学特命教授、伊藤忠商事名誉理事をされる傍ら、今も日本中国友好協会会長に就いて、習近平国家主席と面談する絆は切れずにいるらしい。

今を数十年遡る話だが、岩手県の命を受けた私が米国のヘレフォード肉牛を購買した時、現地の案内、購買牛の船舶輸送などの万事をしっかりやってくれたのが伊藤忠商事であった。商事の現地担当者は、私の案内をするが、牛の選定、価格決めなどには一切口出しすることなく、極めて信頼に値する対応をして下さった。その好印象が伊藤忠商事であったと記憶するので、会長だった丹羽氏の著書には端から親しみを覚えてページを捲った。伊藤忠商事入社後には、信頼を軸に日本屈指の巨大総合商社の発展に寄与してきた氏の文中の言葉には生命感が溢れている。感銘を受けた言葉のいくつかを再掲することをお許し願いたい。

「劣化するリーダーたち」

ページの初っ端に始まる「劣化するリーダーたち」に驚かされる。それについて氏は「世界は多くの国で激しい内部の意見対立、分断が進むようになり、各国とも人材の劣化が進んだのか、特異なキャラクターのリーダーが相次いで現れるようになった。アメリカの覇権が陰る中、自国第一主義を掲げるドナルド・トランプ氏が大統領になり、その言動に世界が翻弄されている」今の日本でも、あらゆる分野で真実を話しているのが誰なのかわからない。国民から圧倒的な信頼を受けている政治家、経済界の指導者も見当たらないと断言する。

［中国共産党の優位はどうなるか］

中国は国家主席などの任期制限を定めた憲法を改正し、現在は国家主席、総書記、軍事委員会主席の長期三大権力を習近平に集中してしまった。丹羽氏は考える。「こうした中国共産党の独裁は二〇二一年以降、徐々に弱めていかざるを得ないだろう。なぜならそれでは党そのものが腐敗するから。長期政権は必ず腐敗する。習近平だって腐敗する」「大国中国は将来、五〜六の地域連合に分権化し、集積と分権のバランスを保った連合国家United States of China へと脱皮していかざるを得ないのでは」と丹羽氏は驚くべき観測をしている。ＵＳＡならぬＵＳＣ国家の誕生を予言している。実現すれば、これはソ連がロシアに変貌したのに次ぐ大きな出来事かもしれない。そして氏は今の発展する中国に欠けているのは「世界の信用・信頼」ではないかとも指摘されている。

［足るを知る］

竹本和彦氏（国連大学サステイナビリティ高等研究所所長）との「地球温暖化問題はどうなるか」の対談で、丹羽氏の質問に応える竹本氏はまず「大気中に温室効果ガスがあるお陰で、地球は極寒近いマイナス世界にならず、住みやすい環境になっている」と答える。そして話は進み、世界のCO_2を押し上げる大きい要因は人口増。また人間一人当たりのCO_2の排出量は先進国で高く、都市化することでも増幅されると続く。それでは温室効果ガスの抑制策はとなると、植物の働きが見えてくる。樹木も植物も呼吸でCO_2の排出もするが、光合成でCO_2を引き取り、代わって酸素を排出する。その差し引きで、ありがたいことにCO_2の吸収量が上回っている。しかし自然だけに頼らずに、再生エネルギーの範囲内での生活に心掛け、経済の発展にも〝質〟を考えるとかして、〝足るを知らなければ〟百億を超えるであろう人間が生きていくのは難しいでしょう」と結ぶ。

［多元連立方程式］

丹羽氏は続ける。これからの世界は中国対アメリカで、二分されていく可能性が大きい。今の日本はアメリカ追随だが、世界のどの国とも仲良くし、尊敬され信頼を得ることこそが、日本生存の〝国是〟：自由と平和〟と考える。さらに言えば、日本は我が国を囲む五つの国々、「中国、韓国、北朝鮮、ロシア、そしてアメリカ」との間で、多元連立方程式を解いていかなければならない。しかも。それぞれの方程式を成立させる答えはすべて同じでなければいかない。そのただ一つの基はというのは、〝自由と平和〟であろうと。

五、沖縄を知る

その一、沖縄の古今

沖縄を話す時は一九四五年に話を戻さねば申し訳ない。一九四五年三月二十六日に膨大な艦艇と銃火器で武装した五十万をこえる米英を主体とする連合軍が沖縄本島に上陸する。この地上戦で約二十万の沖縄人民と日本兵が犠牲になり、同年六月に戦闘が終結する。この間に日本本土が手を差し伸べた支援は、特攻隊を使った米艦艇への攻撃と戦艦〝大和〟(昭和二十年四月七日沈没)を中心とする連合艦隊の派遣にとどまった。言うなれば沖縄は本土決戦を引き伸ばすための時間稼ぎの「捨て石」にされた。この戦史を沖縄の方々は決して忘れない。

沖縄の不遇はなお続く。一九五二年四月に結ばれたサンフランシスコ平和条約でも、沖縄は米軍の占領が解かれず、日本から切り離される。もっとも昭和天皇は沖縄の占領継続を希望するメッセージを一九四七年九月に米側に送り、占領継続承認のハンコを捺している。私は新憲法第四条の「天皇は憲法の定める国事に関する行為のみを行う」に照らして、この天皇の捺印行為は越権だったのではないかと思う。一九七二年に沖縄は日本に復帰したが、その時までには中曽根首相が渡米中に発言した「不沈空母」の言葉通り、沖縄は日本を代表する米軍の主力基地に仕上げられた。

ここでサンフランシスコ平和条約からほぼ七十年になる沖縄の古今に触れずにおられない。七十年ともなれば古事と言ってもいいほどだが、どっこい、この古事は生き続けて沖縄の方々を今も苦しめている。ゆめゆめ古事と片付けてはならない。近著『日米地位協定在日米軍と「同盟」の70年』(山本章子 二〇一九年五月刊 中公新書)を私は入手した。本書のお陰で、私の中で霞にかかったようだった「日米安保」「日米地位協定」の全容がはっきり見えてきた。加えて全く目に触れることのなかった、沖縄返還時に改定した地位協定に絡んで内蔵された「五・一五メモ：日米地位協定合意議事録」なる〝隠し子密約〟の存在も知った。

山本氏は〝隠し子密約〟の「五・一五メモ」の米軍の運用こそが、沖縄県民の日常の自由を有無を言わさずに取り上げている元凶だと指摘する。日米地位協定の条文では明記されていないもの、たとえば「米軍用機、船舶は日本の領空・領海を〝移動〟の名目で自由に軍事行動ができ、民間地でも緊急の離発着や寄港もできる。基地外でも米軍は事故（ヘリの墜落）・犯罪（少女殺害）現場を封鎖して証拠、被疑者を日本側に渡さないこと」などの密約ができてきた。この〝密約〟が沖縄全域を米軍基地とする〝全島基地方式〟を許している。沖縄大学に堕ちた米軍機の検証からなぜ沖縄の警察が除外されたのか、沖縄県民のみならず、日本全国民もキツネにつままれたことの原因がようやくわかった。〝隠し子〟の「五・一五メモ議事録」などはさっさと米国に返却してもらいたい。

山本氏の論説の筋書をなぞらえて、沖縄戦終焉から以降の今に至る日米安保絡みの流れを以下にまとめた。

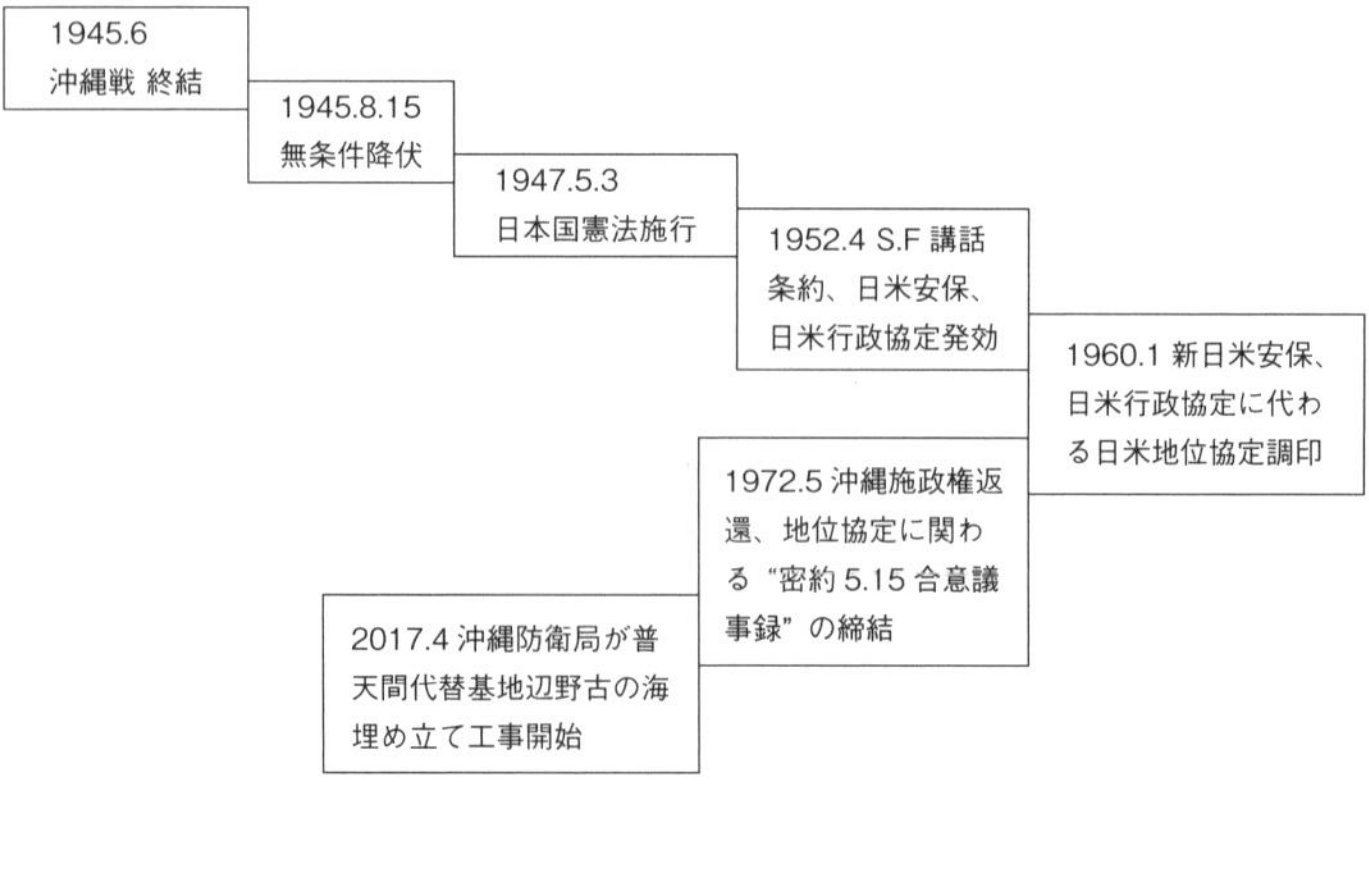
1945.6 沖縄戦 終結
1945.8.15 無条件降伏
1947.5.3 日本国憲法施行
1952.4 S.F 講話条約、日米安保、日米行政協定発効
1960.1 新日米安保、日米行政協定に代わる日米地位協定調印
1972.5 沖縄施政権返還、地位協定に関わる“密約 5.15 合意議事録”の締結
2017.4 沖縄防衛局が普天間代替基地辺野古の海埋め立て工事開始

そして現代の沖縄問題は、宜野湾市の真ん中にある在日米軍普天間飛行場の存続に集約されている。日本政府はここが世界一危険な米軍飛行場として即刻閉鎖を決めたままでは良かった。だが蓋を開けると、完全撤去でなしに移転させる、だった。沖縄県民の総反対を前にしながらも、名護市辺野古沿岸部に移設することが、沖縄県民の安全を守る最善策であると政府は詭弁を繰り返す。普天間飛行場には米軍用機墜落事件などの他、米軍兵の暴行、航空騒音にも市民は長年悩まされてきた。この基地を沖縄県内の辺野古に移転する政府の魂胆には、米国との盟約に基づく「不沈空母」の継続にあることぐらい沖縄県民はお見通しだ。新たな米軍基地は寸土も許さないとする故・翁長沖縄県知事の心情は一二〇％支持に値する。日米条約上、抜き差しならぬのであれば、日本国中から移転先を提供するのが正論。普天間はまたベトナム戦の時、滞空時間が長く、多量の爆弾を搭載できるB‐52戦略爆撃機を、連日ベトナムの絨毯爆撃に出動させた悪名高き基地である。目と鼻の先の中国にとっては痛い〝目の上のたんこぶ〟であることは間違いない。

中国の肩を持つものではないが、この脅威の「不沈空母」が名護市辺野古に移されて命脈を保つのであれば、中国が南沙諸島になんらかの拠点基地を確保しようとする申し分にも耳を貸さねば不公平な気がする。これまでの私は中国の歴史、中国人民の心情に疎かった。明治以来の西欧かぶれに乗ってアジアを軽視する不徳に私も染まっていた。だが大まかで恐縮だが、世界の四大文明の一角を背負った中国史に目を向けると、紀元前三千年前後のエジプト、メソポタミア、インダスに続く中国文明があった。ローマ帝国や倭国（旧日本）の弥生文化などよりはるか以前の話。以後、中国は三千年ばかり、東アジアの首領的地位を占め、政治、経済、文化が隆盛を極めた「眠れる獅子」と評された歴史を持つ。

中国の不幸は十九世紀に起きた。かつては後進国だった西洋諸国が産業革命で急成長を果たし、植民謀略に乗り出す。中国もこの流れに晒される。英国（イギリス東インド会社）が仕掛けたアヘン戦争、不平等条約、加えて日露の北部からの侵略も清国を〝四面楚歌〟状態に陥れ、ついには滅亡させられた。大日本帝国が瓦解した一九四五年、蒋介石の国民党が台湾に去って中華人民共和国が樹立される。一三・五億の民を擁する大国の誕生であった。二〇一〇年にはGDPが世界第二位となる経済大国になる。新国家樹立から僅か六十五年での快挙である。これは中国が内蔵する膨大な民力と低賃金が世界の求めるあらゆる日用品を生み出す〝世界の工場〟たらしめ、世界中からの投資も促した結果であろう。

中国の近年の経済発展は世界の注目の的だが、南沙諸島の暗礁を埋め立てての敷設造成の真意は不明だ。南シナ海を囲む諸国ばかりか、太平洋の彼方の米国も息を潜めて注視する。海底の地下資源の利権、漁業利権、海上通行利権なのか。はたまた、及ばずながら沖縄米軍を睨む小粒な「不沈空母」たらしめようとするものか。アメリカの軍事力に渡り合えるとは思っていまいが、縄張りの匂いづけくらいはしておきたいのかもしれない。米国にしても、中国にしても軍事費の増大は骨の折れることだろう。米中の狭間にある日本こそが武力に依らない仲介役ができる立地にあると思う。沖縄はいまや米中の鍔迫り合いの渦中に置かれている。沖縄には迷惑至極そのものである。

『盛岡ことば辞典』（中谷真也　二〇一〇年刊　杜陵印刷）には〝じょっぱり、じょっぱる〟（強情張る）。

「おめはんも、ずいぶんじょっぱりなもんだな」がある。

日米開戦の切っ掛けにも〝じょっぱり〟があったかもしれない。またキナ臭い米中の駆け引きにもそれを感ずる。大国の面子もあるだろう。振り上げた挙を下ろさせるには昔から仲介役が必要だった。この〝じょっぱり〟同士に挟まれた日本は一方に与することなく、朝鮮民話の迷える人々を目覚めさせた〝ネギをうえる人〟の役を果たす時であるまいかとしきりに思う。

　国際間の仲直りには忘れ難い記憶がある。一九七二年に日中国交正常化を果たした中国初代首相の周恩来（一八九三～一九七六）と田中角栄総理（一九一八～一九九三）が交わした固い握手（写真）である。田中首相は二十五歳も年下だったがこの時の二人の間には信頼の芽生えがあったと思う。なんと周恩来は戦争賠償の請求を放棄する約束をしたのだった。毎日ニュースで報じられた共同声明の署名を終えた両首脳が、握り締めた腕を大きく何度も振り上げ振り下ろす映像がある。首脳がこんな感動的な握手をするシーンはこの先にも後にも知らない。この場には〝じょっぱり〟などはカケラもなく、あったのはアジア人同士の信頼だったろう。サンフランシスコ平和条約に呼ばれなかった中華民国政府が、多大な加害者だった日本への戦争賠償をなぜ放棄したのか。これについては

固い握手を繰り返す田中、周恩来の両首脳

日本と中華人民共和国政府が署名した次の共同声明に明らかだ。この共同声明は一九七二年九月二十九日に北京で結ばれた九ヶ条からなるが、私はそのうち次の六ヶ条に注目する。

1．日本国と中華人民共和国との間のこれまでの不正常な状態はこの共同声明が発出される日に終了する。

2．日本国政府は、中華人民共和国政府が中国の唯一の合法政府であることを承認する。

3．中華人民共和国政府は、台湾が中華人民共和国の領土の不可分の一部であることを重ねて表明する。日本国政府はこの中華人民共和国政府の立場を十分理解し、尊重し、ポツダム宣言第八項に基づく立場を堅持する。

※「ポツダム宣言第八項」カイロ宣言の条項は履行されるべきものとし、日本の主権は本州、北海道、九州及びわれわれの決定する周辺小諸島に限定するものとする。

4．日本国政府及び中華人民共和国政府は、一九七二年九月二十九日から外交関係を樹立することを決定した。両政府は、国際法及び国際慣行に従い、それぞれの首都における他方の大使館の設置及びその任務遂行のために必要なすべての措置をとり、また、できるだけすみやかに大使を交換することを決定した。

5．中華人民共和国政府は、中日両国国民の友好のために、日本国に対する戦争賠償の請求を放棄することを宣言する。

6．日本国政府及び中華人民共和国政府は、主権及び領土保全の相互尊重、相互不可侵、内政に対する相互不干渉、平等及び互恵並びに平和共存の諸原則の基礎の上に両国間の恒久的な平和友好関係を確立することに合意する。
両政府は、右の諸原則及び国際連合憲章の原則に基づき、日本国及び中国が相互の関係において、すべての紛争を平和的手段により解決し、武力又は武力による威嚇に訴えないことを確認する。

右の共同声明を平易に書き換えてみた。

「日中両国は一九七二年九月二十九日からは正常な間柄に戻り、日本領土はポツダム宣言第八項で決められた領域に戻り、中国は日本に対する戦争賠償の請求を放棄する。今後はすべての紛争は平和的に解決し、武力、威嚇に訴えないことを確認する」日本が日清戦争で手にした莫大な戦後賠償の史実に比べると、中国の懐の大きさに打たれる。

また、共同声明の前文では日中両国は一衣帯水の間柄であり、長い伝統的友好の歴史を有する。両国間に生じた不正常な状態に終止符を打つことを切望する。日本側は過去に戦争を通じて中国国民に重大な損害を与えたことについての責任を痛感し深く反省する。両国間の国交正常化は相互の善隣友好を発展させ、アジアの緊張緩和と世界の平和に貢献すると認知している。

［註］共同声明：ブリタニカ国際大百科事典によると、共同声明とは政府首脳が外国を訪問した際の会談内容や合意事項を記した外交文書（外交交渉に用いられる一切の公文書）で、法的拘束力はないが、その内容は両国を事実上拘束するとある。また、この文書には破棄条項はないので、公文書としての生命力は継続すると見られる。

故・大平外相には周首相と交わした対談の貴重なメモがある。それによると周首相は「日本は戦後の処理で大変な状況にある。第一次大戦では敗戦国に求めた過大な補償請求がその後の国際政治に悲惨を生んだ歴史があった。配慮しなければならない」と述べたという。これは公式な発言ではないが、日中両首脳に信頼関係があったればこその成果と思われる。紀元前からの厚みある歴史を背負った国の総裁らしい重みある発言だ。傷つけあった歴史を好転させようとした逸材が隣国に居られた幸運を知る。一九七二年の田中、周恩来の共同声明を機に日中交流が盛り上がったが、近年は日本側の中国志向は冷え込み日中海峡が暗い。代わって日米同調を掲げる政治力が高まり、残念ながらアジアの隣組に背を向ける風潮が強まっている。

沖縄を知るほど、「ノーモア・イエスマン」を提唱したい。戦前戦後を通じて沖縄に課された不平等、不遇を書き起こす。一九四五年三月米英連合軍が沖縄本島に上陸し、この地上戦で約二十万の沖縄人民と兵士の犠牲を生んで六月に戦闘を終え、同八月に日本が敗戦受託。戦後七年目の一九五二年四月の日米平和条約で日本国の占領は解かれるも、沖縄の米軍占領は不問にされる。その後、日本各地にあった米軍基地は順次閉じるか自衛隊基地に編制替えされ、米軍の本隊は沖縄に大集結する。以後、米軍兵の性的暴行、幾多の米軍ヘリの墜落事故。その都度、安全保障に規定される地位協定によって、日本側は手も足も出せない立場に追い込まれ、悲しく重大な沖縄県民の人権蹂躙が続く。

(一) なぜ沖縄だけが重荷を負うのか

一九九五年の米兵による少女暴行事件をきっかけに、沖縄にある米軍基地への反対や都市の真ん中にある普天間基地の返還要求運動が高まる。それを受けて、政府は一九九六年当時にはほぼ数年以内に普天間は返還されるとの目標を立て、沖縄県外の日本全国、はたまた国外のグアム島などの移転候補が検討された。しかし結果的に一九九七年に候補地として沖縄県内の名護市キャンプ・シュワブ辺野古沖案が固まる。工法を巡る紆余曲折があったが二〇〇二年以降、沖縄県知事らの強硬な反対を押しのける形で、自然豊かな辺野古沖の埋め立て工事が始められる。そもそもなぜ、米海兵隊基地がそれほど日本に必要なのかの論議がされていない。沖縄の七不思議のトップである。

沖縄県民の辺野古沖への米軍基地の移転反対の本音は、自然保全なんかよりも、沖縄に米軍基地は要らない、である。北朝鮮脅威論を日米安保にからませているとしか見えないが、北朝鮮と最も離れた沖縄になぜその重責を担わせるのか。列島の北辺に住む私は正直、長らく遠い沖縄への関心は薄かった。しかし今にして慙愧を覚えている。沖縄の基地反対運動のうねりの中で近年「辺野古への基地建設を許さない実行委員会」が結成されていることも知った。そして二〇一七年六月にこの実行委員会が沖縄県議会に「普天間の代替基地を沖縄以外の全国自治体を等しく候補地にせよ」の陳情書を提出したことを那覇市在住の司法書士、安里長従氏が報じている（二〇一七年十一月十二日付朝日新聞　フォーラム沖縄）。

安里氏はこの中で、「全国の自治体が他人事にせずに〝自分のこと〟として、安保は必要かをきちんと論議してほしい」「私たちが求めているのはそれだ」とも言う。また、憲法で保障された幸福追求権に地域間格差があってはならないし、〝法の下での平等〟も崩されてはいけない。この基地問題はこれまでのようなトップダウン決定でなく、国会で審議した上で住民投票で同意を確認する民主主義のプロセスを経てほしい。なんにしても、沖縄基地問題は国民的な問題になってほしいというのが沖縄県民の切なる願いであると述べている。

また二〇一七年十一月六日に平和を実現するキリスト者ネット（事務局代表　平良愛香）が内閣総理大臣　安倍晋三様、防衛大臣・小野寺五典様あてに送った抗議文を目にした。わかりやすく、率直で感動的な提言に打たれる。その中で「沖縄は大変ですね」とかけられる言葉に、安里氏が困惑と不快を禁じ得ないとする三つの要素をここに孫引きして紹介する。

①　沖縄県民は二〇〇四年から、辺野古の海で数々の基地建設の阻止行動を進めてきた。

小舟操業や潜水までして阻止をするたびに、大型船で脅され命の危険に晒される非人道的な被害を被っている。「戦争は人間を人間でなくする」ばかりか「戦争の準備をすることも人間を人間でなくする」日本政府と防衛省は今すぐ、戦争の準備をやめてください。

②沖縄の大変さは、明治十二年（一八七九年）の「琉球処分」からずっと続いている。一つの国だった琉球に日本の軍隊と警察がやってきて、無理やり「沖縄県」にされた。さかのぼれば慶長十四年（一六〇九年）の薩摩藩の琉球侵略から軍隊には苦しめられてきた。現在まで通算すると四百年を超える。

③国は戦争ができる国になるために、敵の脅威があるかのように煽って、いろいろな法律を乱暴な手続きで作っている。そんなに戦争をしたいのでしょうか。「沖縄は大変ですね」どころか、「日本も大変なことになっていますね」と申しあげたい。

（二）ここでもドイツを見て日本を考える

山本章子氏の「日米地位協定」をまだ手放せない。その第五章の〃冷戦後の独伊の地位協定〟に惹きつけられる。第二次世界大戦で日独は世界を敵に回した敗戦国である。戦勝国と締結した地位協定によって手足を封じ込められた。日本の協定締結相手は米国だったが、ドイツは事情が異なる。一九八九年のベルリンの壁崩壊を契機に、翌一九九〇年にドイツの再統一がなり、統一ドイツのＮＡＴＯ（北大西洋条約機構）への帰属同盟が決まり、これを契機に、自国内に駐留するＮＡＴＯ加盟国に地位協定の見直し、補足協定の改定を申し入れた。

山本氏によると、第二次世界大戦の敗戦国だったドイツにＮＡＴＯ加盟後も駐留する米英仏の連合軍にはＮＡＴＯ軍地位協定による既得権が色濃く残されていた。このためドイツ国内では自国が「半主権国家」扱いされているとの非難が高まる。この頃、国内では米軍機の墜落で多数の死傷者を出す事故もあった。このような中で、ドイツが完全な主権を回復すれば、駐留軍に有利な地位を与える必要はないと考えるようになって当然だった。冷戦後のＮＡＴＯを再定義するにあたってはドイツの存在が不可欠でもあったことから、米英仏を中心とする駐留軍は地位協定・補足協定の改定交渉に応じることになった。

新補足協定で決まった成果は大きかった。米英仏の駐留軍もドイツ国内法に従って基地外訓練をする時は、事前にドイツ政府に申請し、国防大臣の許可を得なければならないとなった。またこれまでは駐留軍の判断で実施できた空域訓練もドイツ政府の同意と国内法の全面適用が課された。旧補足協定では駐留軍が基地・施設内では自国の法令による独自の規則運用が認められてきたが、新補足協定ではドイツ国内法令が基地の内外を問わず、適用されることになったという。ただし、裁判管轄権は日本の地位協定と同様に犯罪がどこで起きたかに関係なく、加害者が米兵・軍属である場合、「公務執行中」の場合は米国に一次裁判権が認められている。したがって、加害者が公務中だったと主張することの多い米軍側との間でしばしば摩擦が生まれているらしい。

以上が日独の地位協定への取り組みの大いなる相違である。山本章子氏のお陰で日独政府の主体性の在り方の違いを学んだ。これこそが、〝正しく実行する〟の模範解答例であると思う。

その二、リメンバー・オキナワ

私は二〇一九年二月十五日に初めての沖縄参りをしてきた。昔の草地学研究仲間（落合一彦氏、川村輝雄氏）からの誘いがあっての旅だった。足元が不如意になりかけた私はこの二人にすっかり世話になった。仙台空港をたって那覇に降りてからの三泊四日は短かったが、観光一切なしの、太平洋戦末期に沖縄の南半分が蒙った戦禍の跡巡りに限ったので、結構、濃密なＯＫＩＮＡＷＡの戦史視察ができた。その旅メモを辿って三泊四日の印象をつづる。

十五時に那覇空港に着くと、レンタカーでまっすぐに糸満市のホテルに入る。途中に見た街並みは整然としており、清潔でしっかりした都市構造と立派な舗装路に目が奪われる。見る限りどこにも破壊された戦禍の跡が見えない。これだけの完全なインフラ整備がされた背景には、日本政府の遅まきながらの〝申し訳ない〟の強い反省があったに違いないと感じた。二〇一九年四月の朝日新聞「多事奏論：国分高史」は沖縄国際大学の鳥山淳教授の言葉として「米統治下の一九五〇年代後半から、基地への不満や怒りが日米関係を揺るがさないよう日本政府が住民生活の改善を図る〝鎮静化の回路〟を機能させ、沖縄に〝寄り添う姿勢〟を見せてきた」と述べている。

見るところ庶民の家は整然と並び、それぞれに門柱の構えがあり、多くの門柱の上には、さまざまな獅子の像が鎮座している。琉球瓦を敷き詰めた屋根にも、この獅子が散見された。日本では馴染みのないこの飾り付けを目で追う。後ほどこれは災厄をもたらす悪霊を追い払う魔除けの〝シーサー〟と知る。なかなか愛敬があり我が家用にもセットを求めた。これはエジプトやインドからシルクロードを経て東方に渡り、十三世紀から十五世紀頃には中国から沖縄へ伝わったという。なるほど、沖縄は早くから海の向こうとの文化ロードができていたらしいとわかる。

翌十六日はまっすぐ〝ひめゆり会館〟へ。入ると限りなく居並ぶ少女らの遺影に迎えられる。多くの参観者とともにただただ無言の歩を進める。戻って会館を出た時、その近くで若者たちを匿ったとされる珊瑚礁の洞窟〝ガマ〟を目にする。この洞窟には沖縄戦末期に陸軍病院第三外科が置かれていたとも言われる。この洞窟で手榴弾による強制自爆や米軍

ガマ洞窟から救い出された少女：
戸田スケッチ

沖縄の魔よけのシーサー

の火炎放射器に見舞われたかもしれない。私は暗い口があいた〝ガマ〟のスケッチを描き残した。那覇市付近からの中南部の一帯の地質は、サンゴ礁を起源とする「琉球石灰岩」からなっているらしい。一方、北部山地は異なって、海洋プレートに乗ってきた堆積物からできた地質と言われる。今回の巡回は南部に限られたので、いたるところサンゴ礁、サンゴのかけらで埋まっており、地上に散らばる白い珊瑚の破片は、小さな人骨を見るようだった。

ひめゆり会館から下る南の海辺には、沖縄最南端の喜屋武《キャン》岬が広がっていた。この岬には人を惹きつける強力なテレパシーを発散する断崖があった。ここは珊瑚礁とは異なる露出した岩石の崖で、隆起した海底の基盤が険しい海食に曝されてできた断崖らしい。一九四五年の沖縄戦末期に、米軍に追い詰められた沖縄の人々が海に身

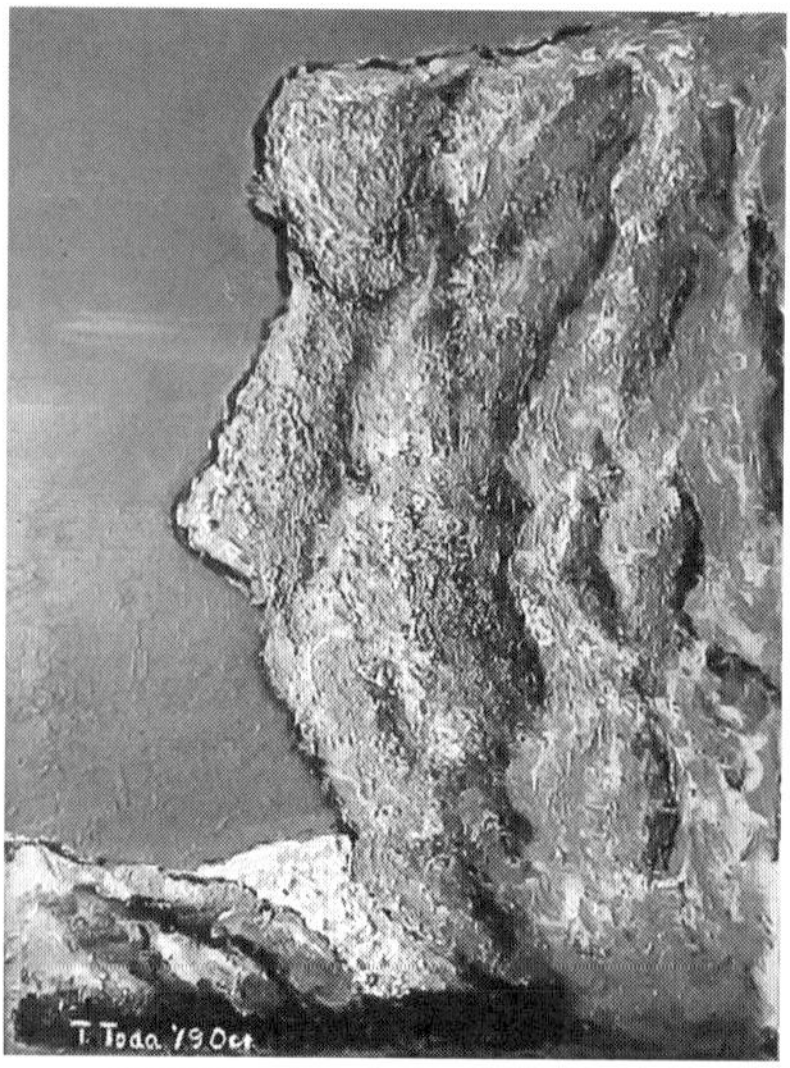

喜屋武（キャン）岬の断崖：
戸田スケッチ

を投げた断崖である。ここに私は〝怒りのキャン岬〟を見た。喜屋武岬から知念岬にかけて連続する本島南端の断崖は実在する。ここで浮かんだ言葉が〝リメンバー・オキナワ〟だった。

夕餉は市内のそちこちに連なる大衆食堂だった。酒に弱い私以外の仲間は〝泡盛〟を傾けてご満悦。大食堂はどこもかしこも超満員だった。少数の日本人とたくさんのアジア人（中国、韓国、台湾、シンガポール）の皆さんで埋まっている。店のハッピ姿の沖縄の若者たちは、何語にも素早く反応して鮮やかに飲み物、大皿を次々と持ち寄る。客のもてなしは見事だった。実はこれが今の観光に生きる他ない沖縄の実像だった。三泊四日の短時日での所見だが、沖縄にはトヨタも日産も富士重工の組み立て工場も見なかった。他の軽工業も、重工業もだったと思う。帰国してトヨタ関連の仕事をする長男に訊ねると、複雑な関連子会社を必要とする自動車産業が、沖縄に進出することはとても考えられないという。現状の沖縄は政治的にも企業的にも、悪く言えば本州から見捨てられている。近くの台湾企業が沖縄進出を図る動きがあるとも聞く。沖縄の庶民はこれらをよく心得て、アジアの国々と仲良くし、とりあえず観光で生きようと笑顔を絶やさずにいるように見えた。

三日目の二月十七日（日）の午前、宜野湾市の佐喜眞美術館を訪ねる。入館する前に建物の三方をすれすれに囲む頑丈な鋼鉄のバリゲートに目を奪われる。なんとそれは米空軍普天間基地を取り囲むバリゲートだった。実態を知らされたが、この佐喜眞美術館はそっくり普天間基地の一部に嵌まり込んでいるのだった。ここは日米安保のお触れが息づいている場所だった。元を質せばこの辺一帯は佐喜眞氏の所有地だった。そこをそっくり米軍「普天間基地」に強制接収された。しかし、十一代目の佐喜眞家の当主で、現館長である道夫氏が強力に米軍に折衝した結果、一九九二年に先祖伝来の土地の一部が返還され、今の佐喜眞美術館の開館を迎えたのだった。佐喜眞館長の案内で屋上に上がると、目の前に米空軍基地の滑走路が広がっていた。

佐喜眞美術館が竣工なった時、佐喜眞氏が丸木位里・俊夫妻から託されていた『沖縄戦の図』等の一連の大作が晴れて常設展示される運びになる。痛ましい地上戦を題材とする赤黒い血のりが流れる〃沖縄戦の図（四〇〇×八五〇㎝）一九五四年〃は正にピカソのゲルニカのＯＫＩＮＡＷ

佐喜眞氏、筆者、落合氏：左から

A版だった。また白黒のチビチリガマの前では、竹やりを構えて先陣を切る勇者の立ち姿をスケッチせずにおられなかった。そして丸木夫妻が数少ない沖縄戦の〝代弁者〟たろうとした画家の覚悟のほどが伝わってくる美術館であった。参観後に佐喜眞氏を囲む話し合いを持つ。そこで米軍の基地問題に話が及んだ時、佐喜眞氏が言われた「この膠着状態から抜け出すには、沖縄は独立を考える他ないのかもしれない。そのような意識が沖縄の中に芽生えつつある」には驚いたが、感動を覚えた。

丸木夫妻「沖縄戦の図チビチリガマ」戸田スケッチ

　さてその午後のドライブに移る。これは圧巻だった。沖縄では必見の名所と言われる「沖縄《おきなわ》美《ちゅ》ら海《うみ》水族館《すいぞくかん》」詣での思いを伏せて、一行は沖縄の将来を左右しかねない問題の名護市辺野古に車を走らせる。直線距離にして五五キロ。川村氏の見事なドライブさばきで走り切る。辺野古の基地に近づいた時、路上に屯する若きアメリカンが我々に無邪気に手を振る。その日は日曜日。私服の米兵であるかもしれないと複雑な視線を返す。この界隈は道も不揃いな田舎風のただずまいで道に迷い、どうやら日本政府が敢行している土砂投入の現場には立ち入れないらしいとわかる。

横道、わき道をかき分けるようにして、我らレンタカーはどうにか新基地建設阻止運動をやっている拠点にたどりつくことができた。そしてそこの運動員の方と手を握り、各人がささやかながら運動への基金をさし出す感動を味わう。これぞ、沖縄訪問を果たせたの感慨であった。その辺野古の海に浸かってスケッチをし、「座り込み５４１８日」の立て看板の前にへたばり込みながらも写真に納まった。

沖縄の旅の最終日二月十八日（月）の午前、一行は那覇市の首里城公園に入る。首里城は琉球王

新基地建設阻止運動5418日目の看板の脇で

国の居城だったところ。一九四五年のアメリカ軍の集中攻撃により全焼したという。その後復旧が進み、二〇〇〇年には世界遺産に登録された。この鮮やかな赤色に彩られた首里城の前に立った時、この立派な建物の中に立ち入れるとは思えなかった。それがである、大人も子供ゾロゾロ入ってゆくではないか。かつては琉球王国の居城だったところを全開放する沖縄の公平さに感嘆する。どこもかしこもすっかりオープンに見せてくれる。ふと思う。東京の皇居と言われる敷地にはこんなオープンさはないだろう。それが疎ましい。

米軍の攻撃で全焼後に再建された首里城正殿

私の沖縄参りのほぼ一ヶ月前に「何人死んだ…沖縄巡る政治の悪化」なる朝日新聞の社説を見る。これは内閣府副大臣を罷免された自民党の松本文明衆院議員（元沖縄担当の副大臣）の失態失言の報道である。ことは「沖縄で相次ぐ米軍機のトラブルを追及する共産党の志位和夫氏の質問に対し、議場から〝それで何人死んだんだ〟のヤジを飛ばした」とする報道記事。この発言が問題になると同議員は「誤解を招いた」の卑劣な言い訳をする。報道によると、一九七二年の沖縄の本土復帰後だけでも、沖縄での米軍機の事故は七百件以上とある。このような背景の中で、「それで何人死んだんだ」の発言をする議員が出る自民党政治の悪化に沖縄県民と同じ怒りを禁じえない。

また半世紀以上前、東京では反米軍基地運動の「砂川闘争」があった。東京都砂川町付近にあった在日米軍立川飛行場の拡張を巡る闘争にからんだ一連の訴訟だ。とくに昭和三十二年（一九五七年）七月八日の東京調達局が強制測量をした際、基地拡張に反対するデモ隊が米軍基地の境界柵を壊し、基地内に数メートル入ったとして逮捕される。裁判では、「米軍の駐留が戦力不保持を定めた憲法九条に違反しないかが問われた」。一九五九年の一審は「米軍は九条違反」とし被告人に無罪判決が出る。しかし、最高裁は「米軍駐留は合憲」とし、これが今も生きている。思えばたいそう重大な裁判であった。

沖縄最終日の午後、私らは〝うちなんちゅう〟の地への便に乗った。戦後も日の浅い頃は情報が乏しく、戦争末期の沖縄の方々の言葉に尽くせぬ苦衷をほとんど知らずに過ごした。年を経て次第に沖縄の戦禍の真実を知る。さらには沖縄県への過剰な米軍基地の集中も知る。これらが沖縄への積年の〝申し訳なさ〟を私に感じさせた。この度の沖縄の旅は短時日ではあったが、私の積年の罪滅ぼしをいささか届けられた安堵を覚えた。だが、これで〝リメンバー　ＯＫＩＮＡＷＡ！〟をお蔵入りさせてはなるまい。この旅で足手まといな私を引率してくださった同行の皆さんにありがとうとこの印象記を進呈申し上げる。

［付記］

二〇一九年十月三十一日早朝のテレビに釘付けにされる。いきなり燃え崩れる〝首里城〟の映像が飛び込んでくるではないか。二〇〇〇年に世界遺産に登録された「沖縄王国関連遺産群」である。沖縄の歴史や琉球文化が凝縮された首里城だ。ついこの前、恐る恐る城内の全容を拝観させてもらったばかり。沖縄県民の皆さんの前に舞い降りた重なる

戦い済んでの握手が交わされた日米：戸田スケッチ

悲哀に言葉もない。沖縄の歴史には、忌まわしい受難を思わせる「琉球処分」なる政治用語がある。これは明治政府が琉球王国を日本近代国家に組み入れた一八七二年の琉球藩設置から、一八七九年の廃藩置県までの一連の過程を指す政治用語である。明治政府自身が〝処分〟と称したように、強権をもって琉球王国の滅亡を断行した。これが首里城の受けた最初の受難。これによって首里城は明治政府の所管となり、第二次大戦ではここに日本軍司令部がおかれ、米軍の容赦ない砲撃で灰燼に帰した。これが第二の首里城の受難。そして第三が今回の火事による被災である。沖縄の悲哀は計り知れず、大日本帝国の罪は重い。

六、韓国を知る

その一、慰安婦問題をないがしろにすまい

申し訳ないが私はまだ韓国を訪ねていない。そんな私だが隣国について、思いは深まる昨今である。過ぎ去った歴史はセピア色にかすむが、真実を見直すべきものは多々ある。これまでの本書の役割は、この見直すべきものへの取り組みだった。故意に歴史に目を背けては、明日の道筋を見失う。敢えてここに、日本男子なれば誰しもが眼を背けたい古い記録写真（二〇一五年七月二日付朝日新聞　慰安所問題を考えるから）を引用する。

日本の陸軍軍人だった故・村瀬守保氏は、一九三七年七月に召集され、中国大陸で二年半の軍務につく。その間に約三千枚の写真を撮った。氏は著書『新版　私の従軍中国史から』で中国に日本軍の慰安所があったと振り返り、〝順番を待つ兵士たち〟の写真を紹介した。この写真は中国戦における旧日本軍の慰安所設置の動かぬ証拠である。これのお陰で大陸の多くの民間婦人の安全が守られたのだといった戯言は許されまい。私が模写した

順番を待つ帝国陸軍兵たちも、出征前の殆どは村の働き手の若者や、優しい夫、良きパパだったに違いない。人殺しや慰安所通いが必要になるような横道に連れ込んだ帝国の施策にこそ問題があったと反省すべき。海外従軍から生きて戻った帝国軍将兵の多くが、従軍時代のことには固く口を閉ざすとの話はよく聞く。初めはみな間違った戦に加担したことを恥じての無言と思っていた。しかし真実は誰に知る由もないが、口に出せない複雑な数々の事情があったのではと思うようになった。私も少女像が韓国内の日本領事館前ばかりでなく、アメリカ・カナダ・オーストラリア・中国などにも設置されている情報を知った。すべて大日本帝国軍部が犯した不埒を世界に周知させようとするもの。現代の日本政府はこれを消極的に難じているが、われわれは〝順番を待つ兵士たち〟の証拠写真を直視して、頭を下げなければ、隣人が蒙った心傷を癒すことは難しいと思わねばなるまい。

瀬守保："順番を待つ兵士たち"の
戸田模写スケッチ

そもそも、生きものの雄が持つ大仕事は子孫をつくること。これは古からの真実だ。動物の繁殖に関わる仕事（獣医師）を長くやった私には、これには確信がある。顕微鏡下で懸命に泳走する牛精子の検査を十三年間やった。授精を完成すべく精子は競って子宮内を懸命に遡る。動物の中には子育ても分担する健気な父性もいるが、大方の雄の命題は種播きすることである。世界中の古今東西の雄はこの大命題を果たすためにあった。だから古来、東西南北どこでも肌の色、人種のいかんにもかかわりなく、日常性を奪われた雄は性的に狂う。この宿命は古くから変わりない。

慰安婦問題の日韓合意は、平成二十七年（二〇一五年）十二月の日韓外相会談でされた慰安婦問題の最終的かつ不可逆的な解決を確認した日本と大韓民国の政府間の合意であり、韓国政府が元慰安婦支援のため設立する財団に日本政府が十億円を拠出し、両国が協力していくことを確認したものとされる。

歴史に不行跡が起こる時、雄の性もそれに倣って狂う。日本政府は戦時中の雄の不行跡を認め、「責任を痛感する」として隣国に十億円を出し、〝最終的かつ不可逆的に解決された〟とケリをつけようとするが、人が受けた心傷はそんなことで収まるものではない。またいつ、どこでどれだけの韓国婦人が凌辱を受けたものかも詳らかでないが、精神問題を金銭で、しかも十億円程度の端金で一切ケリをつけるなどは言語道断である。日本政府の言う「不可逆的」の真意を測る。それは逆を認めず元に戻ることはないことを強調するものであろう。要はこれでおしまい！　である。これについて、ジャパンタイムスはこの部分に「irreversible resolution」（撤回しない結論）を当てている。

察するに「慰安婦問題をこれ以上、蒸し返すことには日韓双方とも同意しません」として韓国民に口封じを押し付けた形にしたもの。これは韓国の朴前大統領政権が合意した姿勢である。トラブルのおもてを撫でて終わりにしようとする合意である。こんな魂胆では元慰安婦と言われる方々の怒りは収まるまい。侮辱感は金銭を積まれて納まるものではないことを日本国首相も、外務大臣もとことん知らねばならない。この体験は〝心的外傷後ストレス障害〟に相当しよう。これを機会に「我が国は憲法を遵守し、再び慰安所問題を招くがごとき国策は永久に放棄する」といった協議声明を書き直してもらいたい。「慰安婦という女性の尊厳を汚す行為があった歴史があった」ことを忘れないように、「少女像」は人権擁護の象徴像として残そうとする韓国巷の声が私には理解できる。日本人は凌辱問題に鈍感であってはならないである。

慰安婦問題は肌の色、人種にかかわりないと書いた。これはその延長上の話である。敗戦直後の連合軍の占領下のことである。連合国側からの要請からではなしに、日本政府が（日本婦人の性的被害を防ぐためとして）一九四五年八月二十六日に「特別慰安施設協会」の設立を予算化する。はっきり言えばこれは日本政府が戦勝国兵士向けの〝慰安所〟の設置であった。当然、進駐軍兵以外は「オフリミット」である。ここに五万五千人の日本女性が自主的に登録されたとの説がある。この施設は「Recreation and Amusement Association」（特殊慰安施設協会）と名づけられた。しかし、GHQ側から不適切であるの指示があって、翌一九四六年に施設は閉鎖される。これにはアメリカ式の自由恋愛尊重に背くとの判断があったらしい。廃止後は駐留軍兵士と日本女性の交流は両者の自由に任される。生物にとっての性衝動は常なるもの。これを缶詰にするような戦時体制こそ止めるべきである。

その二、徴用工問題もないがしろにすまい

徴用工訴訟問題は第二次世界大戦中に日本の統治下にあった朝鮮から、日本企業の募集

や強制徴用されて就労した元労働者に関わる訴訟である。元労働者は奴隷のように扱われたとして、複数の日本企業を相手に多くの人が訴訟を起こしてきた。韓国でこの訴訟が起こされている日本企業は、三菱重工業ほか七十社を超える。二〇一八年十月、韓国の最高裁にあたる大法院は新日本製鉄（現日本製鉄）に対し、韓国人四人へ一人あたり一億ウォン（約一千万円）の損害賠償をするように命じた。

日本における強制徴用工への補償問題については、韓国政府は一九六五年の日韓請求権協定で「解決済み」としてきたが、韓国大法院は日韓請求権協定では個人の請求権は消滅していないと判断したもの。これに対して日本政府は、大法院判断は日韓関係の「法的基盤を根本から覆すもの」として強く反発する。安倍首相は「昭和四十年（一九六五年）の日韓請求権協定で完全かつ最終的に解決しており、韓国大法院の措置は国際法に照らしてあり得ない判断であり、日本政府は毅然と対応する」と反駁する。日韓請求権協定には両国に紛争が起きた際は、協議して解決を図り、解決できない時は「仲裁」という手続きも定められている。日本政府がこの手続きによる解決を拒否する場合は、国際司法裁判所への提訴が残されている。

日韓請求権協定は朝鮮半島を植民地とした日本が、戦後に韓国と国交を結ぶにあたり、双方の関係を清算するために結んだ条約で、戦後の日韓関係の礎になるもの。結果、一九六五年六月に外交関係を樹立するための「日韓基本条約」と同時に請求権協定も締結される。日本からの経済協力は無償供与が三億ドル、有償は二億ドル。これらの巨額の支援はその後の韓国経済の急成長を支えた。韓国の歴代政権は協定に基づいて個人が賠償請求を日本企業に求めるのは難しいと判断してきたと言われる。

韓国の歴代政権が、韓国の労働者が個人として賠償請求をするのは難しいと判断していたこの件を、韓国大法院が二〇一八年十月に人民の声を取り上げて、日本企業に損害賠償を命じたものである。このことを我々一般人はそれぞれの頭でどう判断するかを問われている。これに似る私の戦時体験を付け加えたい。太平洋戦末期の昭和十八年（一九四三年）、国は深刻な労働力不足を補うため、中等学校以上の生徒にも軍需産業や食料生産に奉仕させる学徒動員令を発令させた。これによって盛中の四年生になったばかりの私たちは同十九年六月に県内の松尾鉱山の褐鉄鋼採掘に、そして同年十月には一転して県外の日本国際航空工業平塚工場でほぼ六ヶ月間の強制就労に従う。

私が話すのはその後の話。盛岡農専の学生になっていた私だったが、通学の途中で、中学の師だった瀬川経郎氏に呼び止められる。なんと、日航平塚工場から勤労手当が学校に届いているから、受け取りに来なさいとのことだった。記憶は不確かだがその額は二百円前後だったろう。ほぼ百八十日勤労だったから日当一円に当たる。昭和二十年当時では大金に感じた。ところが松尾鉱山からは何もなしだった。かように、動員、徴用をかけた日本国中の会社、工場の賃金体系はバラバラだったに違いない。この体験がある私には、韓国大法院が今になってだが、日本企業に損害賠償を命じた成り行きに、違和感なく同意できることを申し上げたかった。

この度、日本政府が二〇一九年七月以降にとった〝韓国への半導体関連素材の輸出規制の強化〟や〝韓国を輸出優遇国から除外〟するなどの大人げない反動的な処置はいただけない。また韓国政府が見返りに打ち出した〝GSOMIA〟の破棄通告にも〝目には目〟の大人げなさを感じる。しかし、軍事同盟に馴染まぬ私には〝GSOMIA〟がなくなっても痛痒を感じないが、ともかくである、隣人、隣国の間では自由で平和をベースにした調和を心掛けて行動してもらいたい。今こそ前述の丹羽宇一郎氏が提唱する世界から尊敬され、信頼を得る「多元連立方程式」を活かす「自由と平和」の門出でなかろうか。

ここでまた韓国大法院が発動した強制就労への補償問題に関する最近の知見に触れる。

二〇一九年九月二十九日の〝しんぶん赤旗〟は「韓国人徴用工に和解あった」の見出しで、戦時徴用工として釜石にいて、米軍艦砲射撃で亡くなった韓国人の遺族十一人と日本製鉄の前身の新日本製鉄との間で、一九九七年に和解が成立していたと報じる。その内容は賃金支払いではなく慰霊という。合同慰霊のための旅費や永代供養の費用などのかたちで、遺骨の返還ができなかった原告十人に一人当たり計二百万円が支払われ、和解したとある。「韓国や中国の方との間で強制動員・強制連行をめぐる裁判で和解が成立したのは、釜石訴訟が初めてで、その後に日本鋼管（一九九九年）、不二越（二〇〇〇年）でも和解が成立した」とある。自主的な誠意を果たした一部の日本企業があったことを知った。

つい近日、「高退連、岩手・戦争を記録する会」のメンバーの大信田尚一郎氏から、朝鮮人の強制就労の実態を報じる冊子をいただく。その冊子は「第六十二次岩教組教育研究会問題集」平和と民主主義分科会がまとめた＝岩手の朝鮮人強制連行・基礎資料抄録＝である。そのＰ6には、「朝鮮人強制連行地図　岩手」があり、昭和十九年に私が受難の実際を見た松尾鉱山を筆頭に、県内隈なく二十ヶ所に及ぶ就労事業所名が載っている。私に馴染み深い外山ダム建設、六原農民道場も含まれている。Ｐ28にある朝日新聞一九九四年一月二十三日　岩手地方版小西正人記者の生々しい報道記事が目にとまる。お断りしてその要旨を以下に紹介させもらう。

受難者の一人だった車さんは昭和十六年（一九四一年）に慶尚南道の山村から日本への連絡船、汽車、トラックに乗り換えながら松尾鉱山のヤマに連行される。ヤマでは杉材の外皮で作ったバラックに押し込まれ、早朝の起床と同時に、軍刀をかざす憲兵らしい男の「皇国臣民は……」の訓示を受けて硫黄の坑道に入り、目のただれる鉱石を積んだトロッコを終日押す。朝鮮人七人から十人に一人の監視人が付いたとある。これはまさに私の目に焼きつく情景だ。車さんは身を守るため決死の逃亡をして、ある朝鮮人に匿われた。一九八一年に松尾村が歴史民俗資料館を建設したが、朝鮮人労働者に触れた展示は一つだけという。昭和十五年八月～十月に「朝鮮人労務者四百二十四人を受け入れた」の一行だけだけ。松尾工業所は戦後も硫黄需要で好景気であったはずだが、補償の如何は梨のつぶてである。日韓請求権協定は穴だらけではなかろうか。

その三、在日韓国民が受けた痛ましい傷を忘れまい

今を遡ること九十六年前の一九二三年九月一日に起きた「関東大震災」は東京、横浜周

辺の大都市を一瞬にして壊滅させた。その崩壊の中から火事が発生し、人心を一層攪乱させたのであろう、とんでもない流言が飛び交った。「朝鮮人が暴動を起こし、放火している」あるいは「井戸に毒を投げ込んでいる」。この種の流言は野火のように奔った。これを信じた官憲や一般住民までもが恐怖の末、無防備の朝鮮人を取り囲んで竹やりで刺し殺し、火に投げ込むといった残忍な虐殺に走った。これは私が生を受ける数年前のことで、この事変は大分経ってから知った。

私はつい最近、「加藤直樹：なぜ朝鮮人虐殺を否定したがるのか　虐殺否定論者の戦略」(二〇一九年九月六日　イミダス　imidas)を目にした。この震災に伴って起きた流言が朝鮮人の虐殺事件に繋がったことは、おおよその日本人の常識になっているが、これを覆す主張が現れたことを加藤直樹氏のリポートで知る。この歴史修正主義者はいったい誰か。それはノンフィクション作家の工藤美代子・加藤康夫夫妻であることも知らされる。二人は「関東大震災〝朝鮮人虐殺〟の真実：産経新聞」の中で「朝鮮人虐殺はなかった」の虐殺否定論を展開する。この二人がいかなる根拠で出鱈目な虐殺否定論を始めたかはわからないが、歴史を書き換えようとする怪しい企てには厳しく抗議しておきたい。

その四、日韓こじれの扉はみんなで開く

昨今の日韓の間で軋轢を深めているのが「徴用工」問題だが、これは第二次大戦中に日本企業が起こした不祥事といった単純なものではない。二〇一八年に韓国大法院が出した判決の論理に注目する。まずは「日本の植民地支配を不法だった」と断じる。このため、「原告の元徴用工たちが日本企業で働かされたことも反人道的な不法行為。したがって原告が受けた精神的な苦痛に対する（慰謝料）請求は、一九六五年の日韓請求権協定の対象外であって、被告は日本企業に賠償を求めることができる」と結んでいる。

大法院が日本の植民地支配を不法とした背景には、百十年前、一九〇九年の韓国併合条約が不法だとの認識が根底にあると私は思う。韓国併合が合法か、不法かは日韓の間では長く決着がついていないが、私は『Gook man ノート』の前編の第四章で〝アリランの国の哀しみを〟の中で韓国併合について次のように触れた。

「明治四十二年（一九〇九年）に日本が強行した韓国の日本併合は、日露戦争後の特筆される植民政策だった。これはいまだに韓国国民には許し難い、記憶に消えない史実である。当時、日露戦争に負けたロシアの後退につけ込む形で、日本は英、仏と盟約を結び、東亜侵略を有利に進める地歩を固め、その上で韓国併合を強行する。当時の日本政府は先ず併

合案を閣議決定し、天皇の裁可、欧米列強の駐日公使に裁可を伝えて了解をとりつけた」

その上で、日本政府が工作してつくった親日な韓国政府との間で、

「韓国皇帝ハ韓国ノ一切ノ統治権ヲ完全カツ永久ニ日本国皇帝陛下ニ譲渡ス。日本国皇帝陛下ハ前条ニ掲ゲタ譲渡ヲ受託シ、韓国ヲ日本帝国ニ併合スルコトヲ承諾ス」

と、まるで韓国から頼まれて併合を承諾したかのような歯の浮くような条約文を交わす。これによって韓国は一九四五年の日本敗戦まで、完全に日本の支配下に置かれた。私はこれを〝奇胎劇場〟と見做さざるを得ない。冷厳な史実を見誤ってはならない。

日本と韓国のキリスト教協議会は、往時の朝鮮の植民地化について、武力的な脅迫によって断行されたとする認識が多数を占めると報じている（〝韓国強制併合百年日韓NCC共同声明書〟日本キリスト教協議会　二〇一〇年十月十二日）。また、韓国併合は日本軍の占領、王后の殺害、王への脅迫によって実現されたもので、武力によって朝鮮民族の意志を踏みにじったもので、韓国皇帝が同意したとの報道は神話とする。前文も本文も偽りで、併合条約は不義不当である（二〇一五年知識人声明　発起人姜尚中ら二百七十人）の声明も目にする。

二〇一九年十月十二日の朝日新聞のインタビューシリーズ「隣人：日本からの視点②」に心温まる対談記事（日韓議連幹事長　河村建夫）を見る。その中で河村氏は一九九八年

に訪日して当時の小渕恵三首相と「日韓パートナーシップ宣言」を発表した元韓国金大中大統領が、日本の国会で演説した時の次の言葉を紹介している。

「わずか五十年にも満たない不幸な歴史のために、千五百年にわたる交流と歴史全体を無意味なものにすることは実に愚かなことであります」

さらに氏は（日韓の国民感情が悪化する中で、政治はどう向き合いますか）の聞き手の質問に、「日韓はお互い引っ越しできない近隣国。いかにうまくやってゆくかを考えることでしょうね」と結んでいる。つづくシリーズ④では政治学者の中島岳志氏は、保守政治家こそ韓国と対話すべきとして、「自分たちこそ正しい。韓国はおかしなことを言い続けているといった頑なな姿勢」はいただけないとの主旨を述べている。庶民の声に耳を傾け、日韓こじれの扉を開く声をみんなも上げる外ない。民主国家の民とは人任せにしないで、みんなで難関を開きたいものと願っている。

あとがき

続編の〝あとがき〟はどう締めようかと思案したが、日常に必要なアクセルとブレーキの在り方を取り上げようと思いつく。身近な車のアクセル、ブレーキであれば、ずばり本人責任で片付くが、国家的、国際的な大災害や大事件では責任者があやふやになりかねない。

二〇一九年の現在から八年前の東電福島第一原発の事故をめぐって東京地裁の判決が出た。なんと東電の旧最高経営陣の三被告がみな無罪になった。これは二度目の門前払い判決だ。原発事故について二〇一二年に、福島住民が東電や国を相手取って責任追及を提訴したが東京地検は全員を無罪にした。今回はこれを不服とする検察審査会の弁護士たちが強制起訴に踏み切ったもの。

朝日新聞の〝問われぬ責任：上（二〇一九年九月二十日）東電旧経営陣無罪判決〟では「納得いかない。別に牢屋に入ってほしいわけじゃないけど、あれだけの事故の責任を誰も取らないというのはおかしい」と転居被害者の富岡町の望月さんが判決にやりきれない思いを伝えている。この無罪判決の理由には私も腑に落ちない。何故かというと、二〇〇二年には国が東北沖でマグニチュード八・二クラスの津波を伴う巨大地震が起こる可能性を予告していた。これを基に東電が子会社に二〇〇八年に計算させて「最大一五・七m」の津波予測を得ているという。

なのにである。この予測を二〇一一年三月の事故後も公表せず、五ヶ月後の八月になって明るみに出る。東京地検は「当時情報に信頼性が持てなかったとして、東電本部に原子炉の運転を止めるべきと義務づける」のは難しいと判断し、三被告を無罪としたとある。三人は大津波を予想しながらも、大都会の生活や経済に重大な影響が及ぶとして運転停止を怠り、結果的に福島の入院患者を多数死亡させ、東北地方の農山漁村に甚大な二次災害をもたらした。朝日の天声人語（九月二十二日）は「当局（国家）も専門家も電力会社も、原子力界全体が安全に鈍感だったので三人だけを責められない。そんな理屈で責任者を消してしまった」と嘆く。

そもそも人間の手に負えないような原発開発にかけるべきブレーキをこの判決は見向きもしない。まだまだ言える。第二次大戦中に近隣諸国の中国、韓国、台湾、比国、インドネシア、周辺の太平洋諸島にまでエンジンをふかして荒らし廻った日本軍にも、有効なブレーキ装置がついていなかった。この欠陥機関をつくった責任者は誰か。日本国はこの責任を明らかにする裁判をついにやっていない。この無責任ぶりは次の過ちを起こしそうで大いに気になる。

日本国が犯した無軌道を裁いたのは戦勝連合国だった。安倍首相も二〇一三年の衆院予算委員会で「先の大戦」の総括は、日本人自身の手ではなく「東京裁判という連合国側が勝者の判断によって断罪した」と述べている。日本国は頬被りして我が罪の裁きを人任せにしたのである。なので連合国の極東裁判は、戦時中に捕虜や非戦闘員に対して行った虐待などの罪だけを問うことになる。「日本、イタリア、ドイツの三国同盟による世界支配の共同謀議」などについては証拠不十分として除外されるが、一九四八年に最終的に以下のように日本国への罪状訴因がまとめられた。

「満州事変以後の中華民国への不当な侵略。米国、英国、オランダに対する侵略戦争、北部仏印進駐以後における仏国領域侵略。ソ連及びモンゴルに対するノモンハン事件。一九四一年～一九四五年の間における捕虜及び一般人に対する条約遵守の責任無視による戦争法規違反等々」

この結果、極東国際軍事裁判、海外地裁判ではA、B級戦犯に個人的な処刑が科され、日本には平和条約締結までの七年余の占領と、日米安保と地位協定をセットにした〝たが〃が嵌められた。これらは連合国や米国が日本国に科した戦争責任であり、これには日本国民が蒙った幾多の戦争被害の責任は毛頭含まない。日本国は戦争責任の取り方は一切他国に任せて、自らはほとんど責任をとらずに手打ちにして終わりにしたようだ。「貧困、家産喪失、餓死、戦災死、戦病死、戦地栄養失調死、特攻死、集団自決死、艦船沈没死、玉砕死、原爆死などなど」の人民の苦難の一切はだれもが責任をとらずに今にいたる。今後は人権に関わる不始末を水に流して片付けるような始末は決してやってほしくない。人権がいつでもすべての上位にあるようなアクセル、ブレーキが利く国柄・政治であることを願ってやまない。

盛岡には創刊五十一周年を超える小振りな月刊タウン誌「街もりおか」がある。その六百二十二号で「あんべ　光俊〃イーハトーブタイム〃第三十四回」に出会う。氏は釜石市出身のシンガーソングライターだが、釜石にかかわりがあった井上ひさし氏が釜石小学校に贈った校歌の「いきいき生きる」の歌詞をこの六百二十二号に紹介している。歌詞は三番まであるが、その二番「はっきり話す」が私の目に留まる。

はっきり話す　はっきり話す　びくびくせずに　はっきり話す
困ったときは　あわてずに　人間について　よく考える

考えたなら　はっきり話す

あんべ氏は「おそらく井上さんも感じてこられた、東北人が長らく抱いてきたコンプレックスの反省から生まれた言葉ではないか」と述べているが、私は「はっきり話す」の言葉に励まされる。日本近代史にいささか刃を向けるような『Gook man ノート』を書き連ねてきて、何か空恐ろしいことを仕出かしているような不安を覚えていたが、「人間についてよく考え、考えたならはっきり話す」の言葉に、そうだ、私も良かったのだ、の安堵を頂戴した。

前編・後編を通じて私は自分史を並べる意図はなかった。送り先不定の嘆願書を綴ったに過ぎないと申したい。長広舌に目を通していただいたことに、心から深謝申し上げる。

「追記・脳梗塞」

それは一瞬の衝撃だった。二〇二〇年二月六日の午後のことであった。首の辺りに違和感を覚え、続いて手の動きがおかしいのに気づき、全身が麻痺状態に陥るのに一時間余。たまたま、北上市に出かけて来ていたので、連れだっていた佐々木さんの機転で岩手県立中部病院に直行、即日入院となった。脳梗塞であることは確かだったが、MRI検査の結果、延髄梗塞と判明したのは次の日だった。

時を同じくして、㈱文芸社から「Gook man ノート後編」のゲラを送るという連絡が入る。脳梗塞のため手足麻痺の私にはどうにもこうにもならない。ゲラの送付先を北上の佐々木家にしてもらい、校正の一切を佐々木さんに依頼することにした。

私が倒れたとの連絡で駆け付けた長男、次男とも協力して入院の急場をしのぎつつ、佐々木さんは早速、文芸社から届いた分厚いゲラの校正にも着手した。佐々木さんは農学研究の仲間でもあり、私の畜産開発の経緯や、海外活動を垣間見てきた経験から、拙著の校正者として最適であった。

このようにして、「Gook man ノート後編」は、私の家族、親類、知人など、サポートしてくれる方々の協力を得て陽の目を見ることができた。皆様に衷心から感謝を申し上げる。

令和二年

著者プロフィール

戸田 忠祐（とだ ただすけ）

生誕　1928年　岩手県雫石町小岩井農場
学歴　1945年　盛岡中学卒
　　　1948年　盛岡農林専門学校獣医畜産科卒
主な職歴　1948年～1950年　青森県米軍第511落下傘部隊 PX
　　　　　1950年～1986年　岩手県奉職
　　　　　1982～1984年　JICA（日本国際協力事業団マダガスカルプロジェクト）
　　　　　1987年～1991年　岩手県畜産会
　　　　　1991年～　CGS（草地畜産）アドバイス開業
　　　　　1997年～2009年　NPO 法人茅葺促進委員会
　　　　　2013年～　民家画廊“ダダの家”
賞罰・学位　1980年　日本畜産学会東北支部会賞
　　　　　　1986年　全国農業技術功労賞
　　　　　　1987年　農学博士（東北大学：落葉広葉樹林帯の草地開発）
　　　　　　1995年　日本草地学会賞
著書等　学位論文「落葉広葉樹林帯の草地開発と牧養力向上に関する実証的研究」
　　　　オランダ発　「酪農家支援情報の紹介」（翻訳発行）
　　　　茅葺き叢書シリーズ三　「南部茅場創りの歩み」
　　　　戦場からのメッセージ（母へのハガキ絵）
　　　　『Gook man ノート　卒寿からの提言』（文芸社）

Gook man ノート　世界ぜんたいの幸せを

2020年７月15日　初版第１刷発行

著　者　戸田 忠祐
発行者　瓜谷 綱延
発行所　株式会社文芸社
　　　　〒160-0022　東京都新宿区新宿1－10－1
　　　　　　　　　　電話　03-5369-3060（代表）
　　　　　　　　　　　　　03-5369-2299（販売）

印刷所　株式会社フクイン

ISBN978-4-286-21688-1　JASRAC 出2004145－001